The
Emotional
Wound Thesaurus
A Writer's Guide to Psychological Trauma

情感创伤设定
创意宝库

深入刻画人物过往痛苦造成的心理影响

［加］安杰拉·阿克曼　［意］贝卡·普利西　著
Angela Ackerman　Becca Puglisi

中国友谊出版公司

于杭 译

目 录

1	前　言		80	仅美貌被他人关注
2	写作者的自我防护		82	社交困难
3	故事镜像：人生和深层自我的反映		84	身体缺陷
5	什么是情感创伤？		86	失去视听嗅味触五感之一
16	人物弧线：转变内心，迎接改变		88	失去手臂或腿
21	反派的心路历程		90	性功能障碍
24	构思人物的创伤		92	学习障碍
30	痛彻心扉：影响创伤的因素		94	言语障碍
32	通过行为揭示创伤		96	与慢性疼痛或慢性病共存
40	要避免的问题			
45	最后说明			●失败与错误
			100	当众犯错
	情感创伤词汇		102	没能挽救某人的生命
			104	没有去做正确的事
	●犯罪与受害		106	判断失误导致意外后果
50	被劫车		108	屈服于同辈压力
52	被人当成私有财产		110	为许多人的死亡负责
54	被人跟踪		112	宣告破产
56	目睹谋杀		114	选择缺席孩子的生活
58	身份被窃取		116	学业表现不佳
60	失去人身自由/被劫持囚禁		118	意外杀人
62	凶手未落网		120	因为犯罪而被判监禁
64	遭到性侵		122	在压力下崩溃
66	遭受人身攻击			
68	遭遇入室抢劫			●不公与困境
			126	被解雇或被裁员
	●身心缺陷与容貌问题		128	被迫保守不可告人的秘密
72	不孕不育		130	被迫离开祖国
74	创伤性脑损伤		132	被人诬告犯罪
76	达不到社会公认的外貌标准		134	成为恶意谣言的受害者
78	对抗精神障碍		136	单相思

138	经历干旱或饥荒	200	遭到同辈的排斥
140	经历内乱	202	自己的创意或作品被盗用
142	偏见或歧视		
144	生活贫困		●特定的童年创伤
146	受到霸凌	206	被保护欲过强的父母抚养
148	因不可控因素而无家可归	208	被一个自恋狂抚养
150	因他人的死亡而受到不公正的指责	210	被瘾君子抚养
152	冤狱	212	被总是忽略自己的父母抚养
154	遭遇权力碾压	214	从小就担当家庭的照顾者
		216	儿时被寄送到别处生活
	●错付信任与遭遇背叛	218	抚养自己的父母只给予有条件的爱
158	被他人断绝关系或受到他人冷落	220	父母控制欲强或过分严厉
160	不忠	222	父母抛弃或冷落自己
162	错付的忠诚	224	父母偏爱某个孩子
164	得知父母一方另有一个家庭	226	和虐待自己的照顾者一起生活
166	对榜样感到失望	228	居无定所的童年
168	对所信任的组织或社会系统感到失望	230	年幼时目睹过暴力
170	发现伴侣性取向的秘密	232	生活在危险的地区
172	发现某个兄弟姐妹受到虐待	234	童年或青少年时期经历丧亲之痛
174	发现自己的父母是恶魔	236	兄弟姐妹有某种缺陷或慢性病
176	发现自己的孩子受到虐待	238	在成功的兄弟姐妹的阴影下长大
178	发现自己是被领养的	240	在成长过程中不受重视
180	家庭暴力	242	在公众视野下长大
182	乱伦	244	在寄养环境中长大
184	配偶不负责任,造成经济损失	246	在情感压抑的家庭中生活
186	失恋,被抛弃	248	在异教团体中长大
188	说出真相但没人相信	250	自己是强奸的产物
190	童年遭到熟人性虐待		
192	兄弟姐妹的背叛		●创伤性的大事件
194	因为意外怀孕而被抛弃	254	把孩子送人抚养
196	因为专业人士的过失而失去所爱的人	256	被困在坍塌的建筑物中
198	有毒的关系		

258	被他人羞辱	288	因为随机的恶性事件痛失亲人
260	堕胎	290	有孩子死于自己的看护之下
262	父母离婚	292	在大自然中迷路
264	和死尸困在一起	294	遭遇恐怖袭击
266	家中起火	296	自己的孩子去世
268	离婚		
270	流产或死产	299	附录A　创伤流程图
272	目睹别人死亡	300	附录B　人物弧线发展工具图
274	确诊患上绝症	302	附录C　流行故事中的创伤实例
276	受到虐待、折磨	305	附录D　背景故事中的创伤概述工具表
278	所爱的人自杀	306	推荐读物
280	天灾人祸	307	出版后记
282	威胁生命的事故	308	关于作者
284	为了生存不得不杀人		
286	校园枪击事件		

注：本书词汇条目的阅读顺序如下：

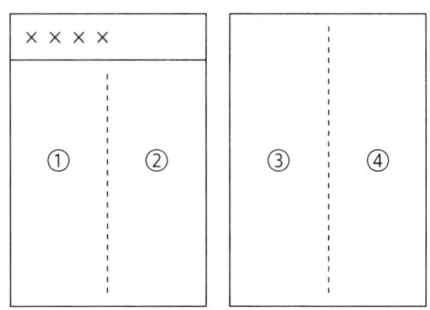

前　言

前言和序言有着相似的命运，读者很容易将其跳过，直接阅读书中正文。我们希望你在阅读正文之前，能允许我们简要但郑重地介绍一下你将读到的内容。

这本书旨在有效说明创伤事件及这些事件如何影响着书中各个人物——不仅是针对主人公，故事中所有人物都适用。导师、朋友、恋人还有反派都会受到创伤影响，创伤会决定他们追寻所选目标背后的动机。所以你读这本书时，要想着每一个重要人物，以及过去的种种创伤对人物造成了怎样的伤害，引发了怎样的性格转变、种种偏见以及行为态度的转变。

也请注意，尽管我们已经透彻研究过这些创伤，尽可能地对创伤表示尊重，但我们两人都不是心理专家。本书内容并不适用于现实世界，只可用于更好理解人物深层精神世界及过去的创伤如何影响他们的选择。

最后，尽管本书内容是为写作而创，让人感到悲哀的是，创伤并不是虚构的。创伤是一种十分真实、摧毁性强的存在，阅读有关创伤的内容有时会引发人的痛苦情感，因为我们每个人都经历过各种各样的情感痛苦。因此，我们强烈建议你在探寻书中人物的阴暗心理面时考虑到这一点。如果有必要，请为自己做好防护措施。为了你能有效自我防护，我们收录了以下有关自我防护的内容，以防本书中某些条目引起你的强烈不适。

写作者的自我防护

在安全地点使用本书。许多写作者喜欢在繁忙的咖啡馆、图书馆，甚至在参加小组写作活动时写作。但是，如果你正在探索一个人物的创伤经历，这种经历让你联想到了自己过去的某些事，你通常会感到一阵不快涌来。如果是这样，那么最好换个地方写作。在这个地方，你能够花些时间私下里慢慢消化所产生的情感。

给自己一定的缓冲时间。描写人物一生中的困难时期绝非易事，尤其是有些事让你感同身受时。因此，如果你将要去赴约或刚吃过午饭，请不要写能引起痛苦的内容。在写需要投入许多情感的场景时，要给自己充足的时间找回平衡的心理状态，之后才能去完成现实世界中的任务。

该休息时就休息。如果感到太过压抑，就出去走走、抱抱小猫，或是做点让自己高兴的事。在开始写作时，点一支香味蜡烛，准备停下来时就把它吹灭。这样做的好处是告诉大脑：是时候放下这种情感，做点其他的事了。

身边有信任的人随时提供帮助。如果你要写一个极其难写或能引发共情的场景，有个朋友知道你的情况会很有用。告诉朋友你何时要写，必要时招呼他们来支持或鼓励一下自己。你也可以让他们发短信、发邮件，或是使用社交媒体来查看你的近况。这样，你写作时遭遇的孤独感就会有所缓解。

故事镜像：人生和深层自我的反映

如果现实存在一个举世公认的真理，那就是人们都会深深迷恋上故事。我们每个人从心底都想看看别人的世界，那个世界的现实和我们的不同，它一点点展现在我们眼前，让我们着迷。我们解开谜题，勇敢战斗，览胜猎奇，发掘（或重新发掘）传奇，或一步步地跟着人物的足迹去经历他的人生旅程，不论我们的人生是否相似。一个好故事就是一个独特的入口，我们跨过去，就可以经历他人的别样人生。

从表面看，故事似乎只关乎逃离现实世界的平淡乏味与压力重重，然而，娱乐放松只不过是故事吸引人的原因之一。古往今来，故事一直被用于引导、教化人们，让我们以不同形式传递重要信息、观点和信仰。

讲故事的传统延续至今。我们可能会添油加醋地和朋友讲述在拉斯维加斯度过的离奇周末，或是跟同事讲述令人咋舌的"我的傻瓜邻居这周做了什么"的故事。然而通常来说，故事产生于更有意义的背景中，它能够让我们和他人分享真情实感、希望和渴求。不论怎样，作为创作者，如果我们写作时只是为了娱乐大众，我们的故事就会缺乏深度。为了确保故事的内容引起读者共鸣，我们要承认：要引起最深的共鸣，就要给读者提供他们一直苦苦追寻的东西——情境。

情境为何如此重要？因为人生没有使用手册（噢！有些时候我多希望人生有个手册啊！）。作为人类，我们花大量时间让自己的生活看起来井井有条，假装我们的确知道自己在做什么，但事实上，大多数人并非如此。生活中出现的各种障碍、挑战和机遇会引出许多难解的问题："我怎样处理这件事？我应该做什么？如果我失败了，世界将如何看待我？"

不幸的是，恐惧、自我怀疑和安全感缺乏都是我们每天要拖着走的人类包袱中的一部分。我们不想看上去羸弱，因此大多数人都不会公开分享心中的不安，而是尽最大可能把控局面，在身边寻找例子——情境——观察他人如何表现、如何前行，并希望自己成为更加富有经验和能力的人。

世界上人人都需要成长，这给了创作者一个特殊机会，让他们通过故事来映射现实世界，使读者能够安全地探寻自己的深层世界。毕竟，当人物面临艰难抉择、痛苦结果和艰难取得的成就时，读者很难不想到自己的人生旅程。通过分享人物经历，读者能够详尽窥见他人如何应对艰难处境、道德困境和变化的破坏性。不论读者是否清楚意识到这一点，接触到人物的心路历程让他们得到了所追寻的情境，也获得了能让他们更好应对生活的相关信息。

最重要的一点是，人物从破碎到完整的心路历程能够让所有人共情，因为在心底，我们每个人都多少受过一点伤。我们都经受过情感伤害并希望能够将其治愈。更强烈的是我们更深层次的动机，它驱使我们发现自身存于世界的意义，驱使我们找到归属并成为更好的人。为了达成这些目标，就像故事中的男女主人公一样，我们需要将阻止我们前进的东西——自己的种种恐惧和情感痛苦——放到一旁，因为它们是我们不安全感的根源。

复杂人物会使读者联想到自己，而把读者与这些人物联系在一起会使故事产生魔力——这完全可以实现，且魔力永不削弱。

用故事来创造现实生活镜像是吸引读者的关键。人类的种种渴望、需求、信仰和情感都是需要探索的领域，但是对现实生活最有力的反映之一就是人物的情感创伤，它能够从头到尾引导着整个故事。

什么是情感创伤？

你还记得在成长过程中发生过的一些始料未及、令你震惊的糟心事吗？可能是某一天，你拿了个科学竞赛三等奖回家，迎接你的不是热情到令人透不过气的拥抱，也不是对你荣誉的高调夸赞，你的妈妈只不过瞥了奖章一眼，告诉你当初应该更努力一点。现在，让我们快进到高中三年级，你参加了学校音乐剧的主角选拔，但最终别人当选了。那是种怎样的感觉？尤其是你还要把这消息告诉你亲爱的老妈的时候？那么你申请一所大学的某个专业未通过时又做何感想呢？而且你的妈妈总是喜欢提醒你，你哥哥可是毫不费力就通过了申请的。还有，在工作中，偏偏你没被提拔时，你还不得不参加亲戚聚会，听着一大家子人对哥哥的成就赞不绝口，你自己只能暗自叫苦。

这些创伤经历很可能与你的经历不符。但如果相符，你对妈妈的怨愤是何时开始的呢？你怨愤，她仅仅因为你未达到她不切实际的期望就不再爱你。又过了多久，你开始对自己的目标绝口不提，甚至更糟的是，你根本不愿尝试，因为你觉得你只会失败。

不幸的是，生活本就痛苦，并非所有道理都是快快乐乐学到的。像你我一样，我们故事中的人物也会遭受情感上的伤害，难以摆脱、难以忘却。我们把这种创伤称为**情感创伤**（emotional wound）：一段（或是一连串的）能够给心灵深处造成痛苦的负面经历。这是一种持续伤害，它通常和亲近的人有关：某个家庭成员、情人、导师、朋友或其他所信任的人。创伤也许和一件具体的事有关，也许来源于对世界上某个残忍真相的了解，也许是在感到身不由己、面对一种境况或挑战力不从心时产生的。

不论以何种形式出现，大多数创伤经历都是人们始料未及的，就是说，人物有极少或没有时间来实施情感防备措施。猛烈的痛苦立即随之而来，这种创伤的余波会产生持续影响，从而极大地（通常消极地）改变人物性格。和我们一样，书中人物一生也会经历许多不同的痛苦事件，包括他们童年时期所经历的痛苦。这些创伤不仅最难以逾越，还会产生多米诺效应，引起其他痛苦。

现在，你也许会问我们为什么在写作前要在意人物都经历了什么。毕竟，他们在故事中的所作所为才是最重要的，不是吗？对，也不对。人是自己过去的产物，如果我们希望我们笔下的人物在读者眼中真实可信，我们同样要了解他们的**背景故事**（backstories）。这一人物是怎样长大的，她[①]一生中遇到了哪些人，她几个月或几年前接触到的事以及所处的环境会对故事中她的行为和动机有直接影响。背景故事中的创伤影响极大，它能够让我们笔下的人物改头换面，改变他们的信仰和他们最害怕的东西。理解他们所经受的痛苦是我们创造有血有肉、动人心弦的人物形象不可缺少的条件。

---

① 本书作者轮流使用了"他"和"她"，作为无明确性别属性的第三人称代词，翻译时予以保留。——译者注

每当谈到情感创伤，我们通常把它想成能够永久改变人物现实生活的某一刻，但是创伤会以多种形式出现。的确，创伤可能是由**单一痛苦事件**（single traumatic event）引起的，如：目睹谋杀，困在雪崩中，或是经历了丧子之痛。但其也有可能是**不断重复的痛苦经历**（repeated episodes of trauma）造成的，如：被职场霸凌者以各种手段羞辱或是遭遇一连串有毒的关系。创伤还可能源于**持续不断的有害情形**（detrimental ongoing situation），如：生活贫困，父母吸毒导致小孩无人照看，或是成长在一个暴力的异教团体中。

不论成因如何，这些时刻都会留下痕迹。尽管这是心灵上的，但也会和身体一样留下伤疤。创伤经历会损害人物的自我价值感，改变他们看待世界的方式，引起信任危机，并决定他们和他人交流的方式。以上所有都会使他们追求某些目标的路更为艰难，这也解释了我们为何应该深入挖掘他们的背景故事和可能受过的创伤。这点很重要，因为每个创伤中都有一个黑洞，它的能量不仅能够将人物的思想困在过去，使其止步不前，还会在他的头脑中植入一种能破坏其幸福感的谎言，让他深深感到无法完成心愿。

● 创伤的始作俑者：谎言

经历情感创伤很痛苦，但在无情多变的命运中，创伤本身不是最可怕的，最可怕的是创伤内部所藏的东西：**谎言**（the lie，也就是人们所说的错误观念或谬见）。谎言是通过有缺陷的逻辑形成的结论。人物处于脆弱状态时，就会尽力去理解或合理化其痛苦经历，最后只能错误地得出一个结论——错误不论如何都是由自己引起的。

这听起来有些夸张，但这种情形并不仅存在于故事中。它反映了人们最常见的处理现实生活中痛苦经历的方式。思考一下——如果有什么坏事或我们不懂的事发生，我们总想尽力去理解它们，这是人之常情。这样一来，我们总会把问题指向自己："为什么我不能早点预料到这件事呢？为什么我不早点采取行动呢？"或者在幻灭的情况下："为什么社会制度（或政府、社会、上帝，等等）辜负了我？"这通常会导致某种自我责备或观念：如果我们更有价值，做出不同的选择，换一个人信任，更注意一些或是更好地保护自己，结果就会不同。

因为谎言会使人产生**自我贬低的观念**（disempowering beliefs，人物认为自己不配得到尊重，自己是无能、天真、有缺陷或缺少价值的），所以谎言形成后，毁灭之路就开始了。这个谎言会影响他的自我价值感以及他看待世界和自己的方式。谎言也会使他踌躇不前，让他无法放手去爱、深信他人或是大方坦诚地生活。

想象一个人物，让我们叫他保罗。保罗结婚五年后才发现妻子是同性恋。他们有房有债，还有好几个孩子——正常婚姻中有的，他们都有。也许是妻子在终于接受自己是同性恋之后，让保罗坐下来，把自己的秘密告诉他。也可能是保罗发现妻子一直以来在和其他人探索性取向。不论如何，这都是致命一击，因为保罗发现他娶回家的人并非像他以前所深信的那样，他对未来的规划也陷入了混乱。

紧接着，保罗会感到自己受到了背叛、伤害，并且会愤怒。但是当心情平缓下来后，他会回头看看，搜寻记忆中自己错过的种种迹象和细节。如果当时他多注意一下，就不会尝到被人抛弃的痛苦了。他会想："如果我们一开始相处时，我就多注意点，现在就不会这么让我心痛了。但我没有，我这都没看出来，真是太傻了。"

一旦保罗开始这种自我谴责，他的怀疑和不安就会加剧，他也会感到更加痛苦："如果我是个更好的伙伴、更好的情侣，这也许就不会发生了。她也会高兴。我们的生活就会和我们婚礼发愿时想象和期望的一模一样。"

你我都有客观视角，因此我们会分辨出，保罗根本无法阻止这一灾难性情况的发生。但他眼中只有自己的缺点：他忽略的警告迹象，他没做对的事，还有作为丈夫的种种失败。他在头脑中已经开始觉得自己也要对这场灾难负责。将创伤内化会造成一个错误结论，那就是发生了这样的事应该怪罪一个人的内在缺陷。这会使保罗质疑自己的价值："我肯定有哪儿不对劲。我不够好，所以人家才不跟我过日子。"

接着谎言就会出现：有缺陷的人根本不适合结婚。

谎言一旦形成，就会像真菌在释放有毒孢子。这种错误观念将在人物内心深深扎根，损害他的自尊，消磨他的自信，还会给他制造恐慌——如果他还想开始一段感情，他依旧不够格，伴侣早晚会离开他。

尽管多数谎言都集中在因自我怀疑或愧疚感引起的自认为的个人缺陷上，但是并非所有谎言都如此。当创伤没有被深刻内化时，个人也许会通过其他路径感到幻灭。拿保罗的例子来说，他可能会产生倦怠的人生观，认为自己经历的痛苦，世界所有人都会经历，即人人都撒谎，没有人表里如一。甚至是，爱情就是不能长久，人们早晚都得找个借口离开。

这种谎言会变成一种对世界运作方式的批判，因为在保罗眼中，谎言是真实的，他的妻子**确实不是**她自称的那样。她**确实撒谎**了，也**确实**离开了。保罗的结论可能是歪曲的，但这些"事实"会让他踌躇不前，限制他和其他人的深入交往。他对被人抛弃和冷落的恐惧会继续增长而不是削减，因为——这都归结于他的创伤经历带给他的失败教训——他总觉得还会有悲剧发生。

谎言源于不安全感和恐惧，是一种摧毁性强的力量。除非人们将其扭转，不然它会一直阻碍人们获得快乐、满足感和内心成长。在人物弧线中，这一谎言通常会和主人公为达成目标所做的努力产生冲突，因为在内心深处，他可能认为自己不配达到这一目标，也不配得到达成目标所带来的快乐。只有破除这样的错误思想，他才能真正感觉到他值得拥有自己所追寻的荣耀。

● 深入骨髓的恐惧

有些作者认为，真正无畏的人物不应被情感创伤吓得退缩。如果真是这样，那就和现实世界中人们的经历不符了，因为不幸的事实就是：在心理创伤的痛苦面前，无人能够幸免。对现实世界中人们适用的真理同样适用于书中人物，也就是说，不论主人公多么强大或勇敢，创伤面前人人平等。如果一个人失去了亲人，他会无端产生暴力行为，或是变得形容枯槁，或是在重大关头无法做对事情；最后，创伤带来的痛苦使人身心虚弱，这种痛苦会唤醒一种人物从未经历过的**恐惧感**（fear）。这种恐惧感十分强大，它可以钻到人物的头脑中，它的唯一目的就是：不论如何都要确保痛苦的情感经历不再发生。

没有人会对恐惧感陌生。不论恐惧感是否合理，我们都会在日常生活中感受到它带来的压力，轻微但源源不断。"如果我走那条巷子，会有人抢劫我吗？如果我让孩子自己在后院玩，他们能安全吗？"恐惧感是我们生存本能的一部分，它让我们警惕可能发生的危险。

但是，围绕情感创伤而产生的恐惧感与生存本能的恐惧感不同。即使是危机过后，它也不会消散，而是靠着不安全感和自我怀疑持续存在和生长。

因为人物经过情感创伤的打击会变得十分脆弱，不堪一击，所以他们深信：如果不保护自己，就一定会再度经历由这些消极情感引发的痛苦。人物心理上害怕情感创伤再度发生，又确信它一定会发生，这些成为他的行为的最大动因，占据他的全部精力，以致其无暇顾及其他。就像一位上校打仗前要清理台面展开地图一样，此前对这一人物来说重要的事变得全然无用，或者说，以前的事因为眼前新的威胁而变得不那么重要。防止痛苦发生成为首要指令。

这种掌控全局的恐惧感最深远（也最具有毁灭性）的影响之一是**情感防御**（emotional shielding）的形成，这是人物设置的障碍，用于将他和可能导致更多伤害的人或情境隔绝开来。好莱坞剧作大家迈克尔·豪格（Michael Hauge）把这种防御叫作"情感盔甲"。人物穿上它就能够防止更多痛苦经历发生。

这层防御如此具有毁灭性，是因为它包含着人物的性格缺陷、自我设限的心态、扭曲的认知以及异常的行为——人物之所以如此急切地表现出以上几点，是因为要阻挡任何可能伤害他的人。这也可以帮助他避免自己受伤经历中的消极情绪再度出现。

恐惧其实就是逃避，也是人物情感防御的成因。理解与创伤有关的具体恐惧之处，可以帮助你看清你的人物躲避不舒服的情境与问题的所有方式。害怕亲密关系可能会使你的人物成了自我放逐的流民，因为这让他和他人保持距离或是直接回避人际交往。不想与人亲近还可能会驱使他阴暗地追逐权力和控制，使他戴上冷酷无情的面具，让别人都对他敬而远之。

然而，和现实生活一样，用逃避来解决问题只会适得其反。对人物来说，这层防御看似是一个保护层，但事实上会把他封锁在恐惧中。聚光灯总是时时聚焦于他恐惧的事情，这件事会成为他心中永久的伤疤，会提醒他如果他卸下防备或让别人靠得太近会有怎样的后果。不仅如此，他为和他人保持安全距离而展现出的种种缺点和消极态度，正是再次使他在生活中停滞不前的原因。因为人物从来都没有去治愈这一创伤，所以对可能发生之事的恐惧无时无刻不在牵引着人物的行动和选择。

人物做事的动机是其恐惧感而不是对满足感的渴求，这会给他带来种种不良后果——从人际关系问题，自己内心深处的需求受到忽视，到被不满情绪慢慢侵蚀，生活根本不是他所希望和梦想的样子。

● **创伤的不良后果**：痛苦经历如何重塑人物

生活中的沉痛经历教人道理，因此，人物会穿着某种形式的情感盔甲进入故事。这些缺点、偏见和坏习惯通常是人物所经历的影响深远的困难时刻带来的；探索它们对作者来说十分重要。我们尤其要清晰地认识到主人公需要面对和抛下的遗留创伤，比如保罗自己的创伤经历。

创伤和与之相关的谎言会影响一个人物的主要性格特征，这决定了人物在你故事中的行为表现。所以，我们来仔细看看这些消极经历会带来哪些改变。

他们怎样看待自己

因为创伤中包含的谎言是自我价值最大

的破坏者，所以它会成为你故事中人物思想、行动和决定的有害根源。如果一位自学成才的音乐家深信自己很愚蠢并且没有真正的天赋，她就会害怕嘲笑，回避能够展现她技艺的场合。这会导致她错失追求热爱之事的机会。她也许还会任凭别人告诉她擅长什么、应该做什么，因为她对自己没有自信。

人物所相信的谎言对她的人物弧线来说至关重要，因为谎言决定了她必须认识到什么，才能平衡、积极地看待自己和世界。她如果改变了对自己的看法，就能够获得新领悟。这不仅会促进人物自我成长，还会强化你故事的主题。

性格转变

人人都有一幅性格蓝图，也就是使人们独特有趣的性格特点、观点信仰、价值观念和其他品质。这一蓝图成为"他们是谁"的基础，让他们和其他任何人都不同。但是当情感创伤发生时，一个人的心理层面会介入，去找出创伤的原因。正如我们先前提到的，如果恐惧感控制着一个人，他就会戴上一层吹毛求疵的滤镜，专注于发现任何导致自己如今所处困境和脆弱性格的可能原因，继而，他会立刻建立起情感防御。情感防御最先改变的对象之一就是性格。

因为创伤事件的发生，一些积极特质也许会被当成弱点，比如：太友好、太善良或者太过信任他人。当一个人建立起情感防御时，这些积极特质会被其他特质（缺点）所代替，因为它们能更好地使人们远离积极特质所引起的痛苦。

例如，如果一个人物经历过诈骗，她就不再会乐于助人、待人友善，反而会变得多疑、吝啬且冷漠，这样她才不会再次受骗。讽刺的是，这些消极特质成了她的盲点，因为她根本不把它们看成是缺点。她会找理由证明它们其实是优点，能让自己警惕诈骗和欺骗他人的人。只有当这些缺点随后开始扰乱她的生活时，她才会看清它们的真实属性。

应重点注意的是：并非所有由创伤引起的性格变化都是负面的。经历不论好坏，都能给人教训，从而促使人物欣然接受有益的性格特点。她过去可能经常想什么做什么，从不考虑后果，或全凭直觉做事，对事情不加深入思考。正因为受过诈骗，现在她才变得更加谨慎，还会花时间调查后才做决定，尤其是涉及钱财的决定。

如果人物以健康的方式处理创伤经历，那么她也会形成积极特质，所以如果你想写这些积极特质，你要注意故事的创作进度。例如，如果你的人物由于创伤正处于异常状态，那么应凸显她的缺陷行为；但她如果正要改变和成长，以此来忘却创伤，那么这些积极特质会给读者以强烈信号，告诉他们她的思维方式正在转变，她正在痊愈的路上。

被人物看作是重要的事

如果人物经历了创伤，她会重新规划人生重点。因为人物处于防御状态，所以以前对她重要的事物也许会变得不重要；她会评估可能受到的情感伤害，继而放弃可能导致进一步伤害的目标（这会导致需求得不到满足，以后我们会讲到）。她也许还会黏着某些人，或总是参加某些活动，这些都是她害怕失去的。

想象一个人物把她所有的时间和金钱都投在了她梦想的陶艺事业中，希望能够在此领域大获成功。之后，她的长子在一次远足中跌落致死，接着一切都变了。在悲痛中，她觉得自己应对此事负责，因为当时她没在那里保护儿子。她害怕幸存的女儿也会遭此不幸，这促使她卖掉公司，又干起了会计工作。这份工作很稳定，能让她有更多时间在家仔细照看女儿，但这也是个让人丧失灵魂的工作，毫无乐趣和满足感可言。她牺牲了自己的快乐来确保她能一直在女儿身边保护她的安全。

要找到什么对你故事中的人物最重要，就要仔细查明她的创伤经历。你的人物在那段沮丧的时光里有没有要保护的人或事？她到底失去了什么，这份"失去"把她伤害得这么深，使她宁愿不要它也不愿冒再次失去它的风险？她牺牲掉了什么，使她现在无法感到满足？

理解这些问题的答案能使你的人物更加立体丰满，使他们拥有真实的欲望和渴求。这会帮助我们构思出一个有力且引人入胜的故事目标，这个目标与人物最需要和最想要的东西息息相关。

关系、沟通和联系

因为情感创伤通常涉及和人物最亲近的人，并且会使人产生不安全感和不信任感，因此，情感创伤会影响她与他人沟通的方式以及与他人的亲密程度。也许她一和人说话就会冒犯他人，也许她很难清楚地表达，只有经过解释，别人才懂她说的话。她可能看起来总是在和有毒的人交往，或者她自己就是个这样的人，或者她和别人的交往都非常正常——除了和某个人或某个团体的交往。她生活中的不健康人际关系，以及她和他人建立关系的不健康方式，可能是她创伤经历的直接结果。

情感敏感性

我们能在一流小说中发现：没有两个人物用相同的方式表达情感。同样，人物以往经受过的痛苦，使她的情感会因为不同的事而变得活跃（以或好或坏的方式）。在所有背景故事经历中，很少有什么经历能像情感创伤一样对人物影响巨大。人物因情感创伤经历在不同方面受到的伤害（创伤经历毁掉了她的自信吗？动摇了她的家庭观念吗？使她质疑自己的身份了吗？）决定着她对哪些感受敏感。

情感防御不仅会使人物和对其造成伤害的情况保持距离，还会隔绝人物不想感觉到的某些情感。如果你的人物受到了父母一方的背叛，比如，她只有十多岁时，母亲就离开了她。她就会对那种因为生活在有爱家庭中而享受生活，对生活充满希望的正向情感十分敏感。因此，如果她参加一个朋友的婚礼，朋友的家人欣然接纳她、给她无条件的爱，她的反应可能是怀疑、嫉妒或愤怒。细心照顾孩子的父母会让她感到如芒在背，会让她痛苦地想到她从未享有的东西。在这样开心的场合中如何表达她的负面情感会充分显示她的感受和有此感受的原因。

了解人物对哪些情感敏感的附加好处在于：你不仅可以真切地写出她的反应，即她的思想、直觉、肢体语言、对话和行动，还会知道当你想寻找强烈的情感反应时，应该如何激起人物的这种情感。

他们的道德准则

每个人（除了反社会人格的人和那些精神失常的人）都有一套根深蒂固的道德观念。如果我们的人物并非属于出格的那一类人，他们定会有一套自我遵循的准则，有一条他们不会逾越的底线。人物怎样被抚养以及被谁抚养都会对他们的道德观念的形成产生很大影响，但是创伤经历会改变它。如果有坏事发生，比如人物成了政府的受害者，被折磨、迫害或是遗弃，他对人和世界的观念就会被腐蚀，道德观念也会有所变化。

如果坏事真的发生了，即使是最善良有爱的父母也会变成恶魔。想象一个小男孩骑车时不小心刮坏了别人的轿车，车主恼羞成怒，把他殴打致死。如果男孩的父亲发现警察在证据上做了手脚，行凶者将会逍遥法外，那么他在悲痛、愤怒、疾呼正义的情况下会做出怎样的举动呢？

你所写人物的道德观念是他精神内核的一部分，会决定他为了达成故事目标愿意做什么（不愿意做什么）。让他的行动反映他的道德观念，哪怕他的道德观念有所改变，也会使故事更加可信，只要你已经认真地为读者梳理好了其中的因果关系。

● **创伤引发的后果：一个案例分析**

如你所见，创伤事件力量之大，足以影响人物的精神内核，并改变他的人生轨迹。秉持错误观念带来的不良后果也会使他在许多方面受阻，所以花些时间去了解人物内心基本变化的重要性不容小觑。

让我们重温保罗的故事和他即将消亡的婚姻，看看他的创伤经历如何将他重塑。正如你所记得的，在妻子向他坦白之后，保罗备受打击，开始推卸责任并且头脑中浮现了一种有缺陷的观点：妻子在别处寻找爱情，部分是因为自己不够好，不配拥有她的爱（这是谎言）。

请暂时和保罗换位思考一下。想象你从心底相信自己犯过什么致命错误且这给你带来痛苦，因为它，你再也不会找到真爱、受到接纳。你的自信心正在动摇，你的自尊心急剧下降。你自我折磨，因为你总是驻足在心中那块令人不快的地方——不安之井，你在此处打上一桶又一桶井水，里面盛满了个人弱点、缺陷以及关于你所做的蠢事的回忆。

这就是保罗的思维模式。正因如此，他感到被人排斥，这使他伤透了心。现在，他被困在了一种令人懊恼，但从未预见的现实中。

正当他痛苦之时，他突然意识到一件可怕的事：这种经历让人在情感上"五脏俱焚"，它发生过一次，就有可能发生第二次。恐惧感驱使保罗慌不择路，他不择手段地要确保这种被人排斥以及随之而来的痛苦不会重演。

以下是可能发生的情境，以及保罗以后的日子将会有怎样的不同。

情感防御工事，或者说"拉起心理吊桥"

当保罗的恐惧感十分活跃时，他就会立刻建立情感防御，这会导致他在性格、态度和行为上的变化。也许在创伤事件之前他是个友好的人，总是愿意聆听他人的想法，对生活积极乐观，但现在他变得冷漠多疑，从不相信他人话语的表面含义，认为他们话里有话。如果他感觉同事知道的比她宣称的多，他就会十分生气，盘问、操纵甚至恐吓她，以发现她到底隐瞒了什么。办公室中的其他人已经发现了这种变化，经理也批评过保罗两次。

人际关系变得疏远

保罗在和人交往的时候会瞻前顾后，这不足为奇。他的冷漠也使人际关系浮于表面，无法深入发展。他和新同事交往时总是很慢热，即使在小事上也不愿和他人开诚布公地交谈。和老朋友在一起时他还好一些，但他经常发现自己过度解读他们的话和行为，或是质疑他们的动机。总体来说，他觉得大多数人都没有完全真诚地对待他人，这种观点使他更有理由坚决不完全信任他人。

在爱情方面，保罗不会再投入精力和时间。他和异性的关系大多都很浅薄，都是工作上的交际，或者，他为了和异性保持一定距离会采取防护措施。他会选择在性方面主动且对自己的性取向十分清楚的女人。有一次保罗开始和一个人走得很近，但是他切断了这层关系，因为在他心中，早些结束这段关系更好，省得到时候她觉得保罗不值得她的付出从而把他甩掉。

用恐惧，而不是希望的滤镜看待世界

相信一个人的情感痛苦会再度出现，就像一个人觉得他遇见每条狗都会咬人一样。在保罗引领自己的生活向前行进时，他的每个行动和决定都被他对被人排斥和抛弃的恐惧左右。信任他人，别人说什么他就信什么，真心实意地跟他人相处——所有这些都造成了他过去的伤痛经历，所以现在他限制某些活动和交往。为了避免加剧他伤痛或质疑他错误观念的情况发生，保罗在工作上没有发挥应有的水平，因为追求更大目标的奋斗（比如追求工作晋升）一旦失败，就会暴露他的缺点，让所有人都知道他并不完美。

因为总是选择在感情方面保守以避免任何形式的伤害，保罗对事物的感触没有那么深，这就限制了他获得真正幸福和满足的机会。保罗总是被恐惧感支配，并不去面对它，这样一来，他就无法获得内心成长。内心成长不仅会使个人获得满足感，对个人达成重大目标来说也十分必要。恐惧感使保罗不愿冒任何风险，即使这会使他过上一种被不满和停滞占据的残破生活。

保罗生活的光亮就是他的孩子，他尽可能地抽时间陪伴他们。然而，在他思想深处有种恐惧感：如果他现在不和他们搞好关系，有一天他们也会离开他。因此，他十分溺爱孩子并开始注意到，如果自己不顺着他们，他们就会耍性子。

内心不断扩张的空虚感

保罗和妻子离婚后，他最不想要的就是另一段失败的关系，所以他小心翼翼，不敢和任何人正式交往。他跟人谈恋爱只不过是为了满足肉欲，却忽视了深层需要：爱与归属。随着时间流逝，尽管他在和孩子们的关系中能找到满足感，也喜欢和朋友出去玩，他仍感到好像有什么东西丢失了。实际上，尽管他不愿意承认，但他内心深处渴求的正是自己发誓绝不要再次拥有的东西：一段忠贞且有爱的恋情。他尽力通过其他事情来满足自己，比如买新摩托车、去国外旅行、放纵地吃油腻食物或者喝酒，但是由这种空虚感带来的不满就是无法消除。

● 改变的诱因：未满足的需求

情感防御越来越强时，就会彻底改变人物，给他带来伤害。如果他要重返平衡、快乐、满足的生活，就要消除这种伤害。不幸的是，情感创伤对人的影响很深，它带来的恐惧感会使人物好多年都无法过上正常的社会生活，直到更深层次的迫切需要浮现，才会促使他改变航向。随之而来的空虚感会给人带来痛苦，这种痛苦需要得到解决。但是，这样深入骨髓的心理痛苦正在主宰着人物的人生，他又如何能回到从前的生活呢？

有几件事可以使人物行动起来：后悔、生气、愧疚，甚至是某种道德观念，例如公平和尊重。但最重要的是，生活中的第一驱动力是恐惧和需求。恐惧感，正如我们刚谈到的那样，会产生许多不良后果，使人物在生活中停滞不前。但未满足的需求比其他一切因素都更有能力操控人的行为，就是说，如果需求足够强烈，它就可以催促人物采取行动，即使他们心灵最深处、最令人无力的恐惧感告诉他们不要这样做。

人类需求层次理论由心理学家亚伯拉罕·马斯洛（Abraham Maslow）创建，它特别关注人类行为及驱使人类行为的各个因素。其中有五类需求，最底层的是人类最需要迫切满足的（生理上的）需求，最顶层的需求则围绕个人满足（自我实现）。马斯洛独创的需求层次通过金字塔的形式来展现，这使写作者在理解所写人物行为动机时能有更清晰的参考。

生理：最基本的需求，如食物、水、住处、睡眠、性生活。

安全感：不论是自己还是亲人，都要安全、健康安稳。

爱与归属：和与他人建立关系、与他人维系长久联系的能力有关，感受亲密、感受爱并且回报他人的爱。

尊重与认可：因为做出了某些贡献而被人重视、欣赏、认同，以及获得更高的价值感、自我尊重及自信。

自我实现：需要通过实现潜能来获得满足感。自我实现的形式有：追求

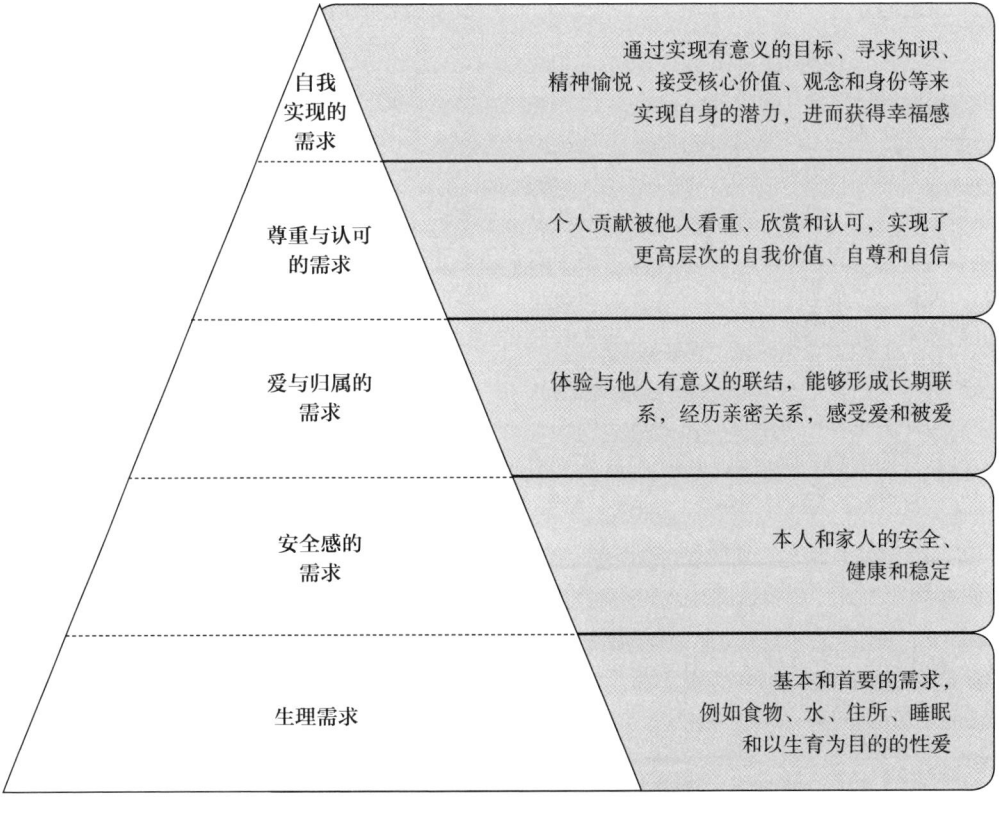

并达成有意义的目标、寻求知识、获得精神启迪，或是接受核心价值、信仰和某种身份，以此来活出真我。

这些需求是按照重要性来分类的。所以食物、水和其他基本的生理需求是最需要满足的，因为这关乎人们的生死存亡。下一层次是安全感，接下来依次是被爱、被尊重，最后是发挥自身的潜能。这些需求一旦得到了满足，就会使一个人/人物内心获得平衡和满足。但如果一项或多项需求未得到满足，人就会感到空虚，就像丢失了什么一样。随着缺失感逐渐增强，随之而来的心理压力也不断增加，直到最后它会促使人物寻求能够填补空虚的方法。

当一个人物满足的需求减少或缺失到扰乱生活的程度，这种需求就会成为一种动力。比如，一个人可以不吃午饭，在吃下顿饭之前，他只会稍微觉得不舒服。但如果他已经一周没吃饭了，这种不适就会变成恼人的空虚，逼迫人物将其填满，成为他不得不追求的一种执念。他可能会为了偷点吃的而逾越道德界限，或是委曲求全，做出一些让自己丢脸的行为，比如乞讨或在垃圾箱里翻找食物。他甚至可能以身犯险，干蠢事，比如吃已经坏掉的食物，因为他一心只想着那个未被满足的需求。其他任何事——骄傲、恐惧、自尊，甚至是安全——都成了次要的。

牺牲一个需求来满足其他需求的情况时常发生，这就解释了为何需求有层次。如果有两种工作——一种工作能让人物走到哪儿都受尊敬（尊重），另一种工作的优点是收入稳定（安全感），一个人物必须在二者之间做选择，那么他会选择后者。或者，他的目标是成为医生（自我实现），而如果他的妻子被确诊得了绝症，他不得不离开学校去照顾她（爱），他就必须把自己的目标搁置。就像那顿没吃的饭一样，短期内将一种需求置于其他需求之前不成问题，但是一种需求未得到满足的时间越长，它就越会扰乱人的生活，最终达到无法遏制的地步。当痛苦无法忍受时，不愉快的婚姻就会以离婚收场。如果一名员工的工作令他的自尊降到了最低点或者令他受到越来越严重的不公正待遇，他就会辞职。人人都会遇到"最后的稻草"时刻，在这之后，他们就无法承受更多。到达这一时刻的速度取决于个人和当初他选择将自己置于此种情形的种种原因。

这些"需求"类别能帮我们想象笔下人物所处的层次以及他们所寻求的完整性。有些未满足的需求较其他需求可被搁置更长时间，但是它们都会终结于相同的爆发点：一旦空虚感扩张得足够大，尽管人物会感到恐惧，他也会行动。

对于我们的人物保罗来说，他尽管害怕被排斥，但是没有能够与之分享自己生活的伙伴的空虚感会催生一种难以被忽略的渴望。同时，他的情感防御使他在工作中变得更难和人相处，而且他现在已经难以应对孩子们要性子的行为。再加上未尽潜能带来的孤独感和不满足感，他正变得愈发沮丧和不悦。

最终，将会发生以下两种情况中的一种：保罗未满足的需求将会增加，直到他的日常生活变得似乎难以忍受。他在心底会知道有什么东西缺失了，他会迫切地找出丢的是什么，并且把它找回。未满足的需求支配着他，催促他审查内心，从而发现阻碍他前进的事物。情况越来越急迫，未满足的需求最终会迫使他重塑自己的行为，以此来做出改变。

第二种可能以新目标的形式出现，会使保罗质疑他现在的道路。他可能会遇到一个单身女人，她很有趣，对忠贞的关系不感兴趣。表面来看，这对保罗来说简直完美……直到他开始对她动了真感情，这种情况已经好长时间没发生了。这让保罗面临一个选择：迎接新目标带来的挑战（找到真爱），或是放弃，因为他的恐惧感太过强大（同时像他以前做的一样，和所有事物切断联系）。鱼和熊掌无法兼得。当然，如果他内心最深处的观点认为自己不配拥有这段恋情，他就无法找到真爱。所以，为了朝前走，满足寻找真爱的需求，他必须揭下谎言的面纱。

改变并不容易。实际上，改变通常是痛苦的，一个人需要巨大的勇气才能踏入未知世界。对一个人物来说，总会有待在安全却失常的舒适区的诱惑：一边安于现状，不思进取，一边则尽力忽视由未满足需求引起的空虚感。

总而言之，选择权在人物手中，自然就是在作者，也就是你的手中。改变之旅（人物弧线）是大多数故事的核心，我们将会在下一部分进行讨论。

人物弧线：转变内心，迎接改变

在电影中，离奇的爆炸、飞车追逐、史密斯夫妇式的约会往往会得到人们的青睐。这都无可非议，但是对于一部出色的小说而言，有很多比刺耳的轮胎声和爆炸物更好的取材。故事的**内容**背后隐藏着**追问**：读者为何会在意这部作品？为何会投入时间精力？最重要的是，主人公为何会采取行动？

每一部叙事作品中都有一连串的事件，能给人物在小说中的历程提供框架。这就是**外部情节**（outer story）。大多数虚构作品都包含**内部情节**（inner story）：人物弧线，即人物从头到尾经历的转变。正是这个内部因素吸引着读者，让他们想起自己的挣扎并提供他们情境，能够让他们更好地理解自己在现实世界中的经历。

内部情节，或者人物弧线，有三种形式。

● **变化弧线**

这是最常见的一种弧线。通常来说，在故事的发展过程中，主人公会经历他十分需要的内心演变，这会把他从过去的恐惧、偏见、情感创伤（及由此带来的谎言）中解放出来。没有了这种思想包袱模糊他的视野、主宰他的行动，主人公就可以看清自己的处境，主导自己的行动，而不是受恐惧感驱使——这会帮助他达成目标，获得满足感。

● **静态弧线**

有些故事包含激烈的动作或受到强情节推动，这就意味着，相比人物的内心成长，这些故事更注重人物达成某个具体目标的过程。尽管这些主人公可能不会发生很大变化，他们也会受到极大挑战，所以必定要磨炼技能，增长知识，或应用学到的技巧来战胜和他们作对的力量。

● **失败弧线**

不是所有故事都会有个永远美好的结局。有时主人公也会失败，故事就以悲剧结尾。这源于失败弧线，在这个过程中，人物朝着内心成长的方向努力，但是无法完成必要的转变。主人公的恐惧感太强了，因此，他不是无法改变，就是改变得不够达到预期结果。通常来讲，失败弧线会使主人公的境况比刚开始时更糟，因为虽然拯救近在咫尺，但是他缺乏卸下情感防御并且将自己从恐惧中解脱出来的勇气。这是许多非传统主人公都会走的路。

提到和内心变化有关的人物弧线，情感创伤尤为重要。在这种弧线中，通常会发生以下两种情况中的一种。

第一种，故事开始时，人物缺乏某种东西，感到内心空虚，这使他渴望拥有更多。这就是未满足的需求，故事剩余部分就是关于人物对这种需求的追求，人物会追逐一个可达到的目标来满足这一需求。就拿我们的人物保罗来说，他完美的生活在妻子离开他时被撕裂。他的故事情节可能会包含：需要再次找到真爱（爱与归属）、在工作中得到重大表扬（尊重与认可），或者二者兼有。

另一种情况是，人物在故事开头感到完整且满足，他的种种需求完好无损。但几乎是一瞬间，就发生了大变故，他被剥夺了某些东西。这之后，故事就会讲述人物重新拿回丢失东西的过程。可能的情况是，一家人正在海外度假，内战爆发了。他们不得不冒着生命危险跨越边境，找到避难所（安全感）。不论是什么情况，在变化弧线中，主人公都会一直挣扎，直到他能控制自己的恐惧感，面对过去的创伤，看清谎言的真实面目。他观点的变化和对自己的重新认识标志着他的内心在成长，他需要这种成长来主动向前，使他走上通往目标的道路。

在多数虚构作品的叙事餐桌上，都无一例外坐着四位晚宴客人：

- 造成深刻渴求或紧迫感的未满足或缺失的需求（**内在动机**）
- 能够代表这种需求得到满足的可达到的目标（**外在动机**）
- 阻挠人物完成任务的人或事物（**外在冲突**）
- 任何阻碍个人成长和降低人物自我价值的恐惧感、缺点、创伤或错误观念（**内在冲突**）

这四点构成了叙事的核心。只要拿走一个，剩下的就会受到削弱，或者说，故事作为一个整体就无法产生意义。有一个可能的例外，当故事包含静态弧线时，内在动机并没有十分清晰地和具体的缺失需求相连，内在冲突可能是阻碍成功并且必须克服的弱点。虽然如此，这种故事的中心仍有需要解决的问题，且主人公能够有动力去解决问题。

理解人物弧线的四个变动因素和主人公内心随之而来的激烈斗争对写作者来说通常很困难。（有关这些因素及其在变化弧线中如何协同工作的可视化过程，请详见附录B。）有许多方式可以应对这一困难，但以下例子可以体现人物的心路历程。在这一过程中，人物成功地从状态失常、自尊受损、遭受恐惧中走出，从而获得成长思维、对自己价值的重新认识，还有希望。

● **释怀的旅程**

故事开头，人物正在试图达到目标（外在动机），他追寻这个目标，可能是为了避开不想要的事物，或是为了满足某个渴求（内在动机）。追求这一目标很困难，或许看起来毫无希望。追寻目标时，可能有路障挡路，有和人物作对的人或物（外在冲突），但未满足的需求会持续驱使他朝目标前进。

随着故事情节的发展，他一点点洞察了阻碍他前进的事物（内在冲突）、他害怕的东西和他害怕的原因（创伤和谎言），以及他的习惯和偏见（情感防御）是怎样对他有害无益的。有了这些自我成长的摸索，他会学得更多，会变得成熟，从而适应环境，取得许多能够增强自信的小小成就，尽管这些成就可能是虚假的、表面的，因为人物还没有完全摒弃恐惧感和给他带来伤害的错误观念。他仍然害怕情感痛苦，所以他盔甲的许多部分仍然留在身上。他也会继续接受谎言，怀疑自己是否真正配得上所追求的目标，但还会小心翼翼地希望目标终将得以实现。

当人物遭遇困境或重大挫折时，他会到达某个点。这个点就是黑暗时刻，是他的人生低谷。他发现自己不能像从前一样进步——他如果想要成功，就必须诚实审视自己所处的境况，更仔细地观察自己的内在问题。这意味着他必须直面情感痛苦，质疑他深信的谎言。

　　创伤经历的本质决定了获得真知灼见的过程很痛苦,但这是必需的。人物最终一定会认识到两件事:第一,他必须从新的角度看待自己的创伤,承认创伤已经阻碍他前进,使他不能感到快乐和满足;第二,他必须换个角度、以更加友好的眼光看待自己,并相信自己值得更好的,值得获得快乐。

　　这种自我意识会改变他对自己的看法,使他用**积极的信念**(empowering beliefs,他值得,他有价值,他能成功改变自我)代替认为自己一无是处的消极的信念。这一新的、平衡的视角让他解脱,不再受任何愧疚、责任或一无是处感觉的干扰,让他能打破谎言,并用真相代替它。

　　反驳谎言、正视创伤事件使人物能够原谅自己(如果有必要的话),使他摆脱控制自己行动的恐惧感。这么做也会使他改变有关世界和世界是如何运行的错误观念。他不再是恐惧的囚徒,相反,他有希望并充满信心。他人格健全、专注、接受真我,因此,即使要做出个人牺牲,他也会去做达成目标所需的事。

　　让我们最后一次谈谈保罗。当他意识到被妻子排斥不是他的错这一真相时,他在许多方面都得到了解脱。他不再认为必须保护自己,不能让恋爱关系变得亲密和深刻。他意识到,让对被人排斥和抛弃的恐惧感影响着他的每段人际关系,这很不公平,因此,他决定重新敞开心扉,再次寻找真爱,他相信自己值得拥有合适的伴侣带来的幸福。

　　保罗也发现,他和孩子们之间的爱是无条件的,因此无须害怕如果不满足孩子们任何的突发奇想,他就会失去他们。他的工作日常也有所改变。他能够更加真诚地看待他人,而不是误解他们的意图和行为。因此,

办公室的士气大幅提升,效率突飞猛进。保罗现在相信他有能力获得更多,因此,他竭尽所能,迎接新的挑战。他感到很满足,感到实现了自己的目标。

　　即使你故事中的人物能够像保罗一样对创伤释怀,他还是会感到恐惧,因为他将要迈步跨过一个未知的深渊。但是,因为人物相信自己,他就会知道自己必须做的事,从而能够迎接前方的挑战。尽管在他和目标之间存在阻碍,他也会蓄势待发。而要想前进,他就要摆脱阻碍他前进的自身消极特质,采用新的、积极的特质或是磨炼已被遗忘的特质。他确实可能再次遇到和创伤事件相似的处境,受到它的考验。这会引起相同的恐惧感,但他刚获得的力量和对自己的信心能够让他驾驭恐惧感,而不是被它驾驭。

　　假如你笔下的主人公成功经历了变化弧线,达成了目标,过去的创伤也不会就此消失。那种痛苦还会经常令他感到刺痛。不同的是,人物已拥有积极的信念,获得了他之前缺乏的内在力量,这会防止他让自己的伤痛继续恶化。在困境中前进时,他会利用明智合理的应对策略以及积极特质去保持专注,走向完整。

● **能够帮助治愈人物的积极应对方式**

　　如你所见,要让行为有所转变,人物必须有想要改变情况的想法。情感治愈过程的开端是人物能够改变他的观点,并看到自己的价值。他也用这种方式开始驳斥之前所接受的谎言,拒绝削弱力量的观点,接受自己本来的面目——这需要持续的努力(这样做能够实现自我接纳)。

　　一旦达到了这一认知水平,人物就应学会为自己负责了。他必须认识到不好的习惯

和处事方式，以及情感反应过激是如何使他痛苦和失败的。这种由消极到积极做法的转变并非一夜之间就能达成，而且过程也会因人而异。下面这些方法能使人物克服他或她自寻烦恼的行为和态度，从而走向人物弧线中的治愈部分。

步骤一：承担责任，想象出一种新的现实

实现积极转变，关键的第一步是人物要愿意承认，她迄今为止的应对方式对她来说弊大于利。以这种方式承认自己的责任标志着她思维模式的转变，这会激起她的勇气，令她审视内心，客观甄别必须改变的不健康的思维模式。有的放矢地处理问题能够减轻情感负担，从而让她能够想象出一个没有如今此种痛苦的未来。想象生活如何变得更好可以帮助她规划达成目标的路线，达成目标即可满足内心渴求。人物不应满心只想消极事物，或是陷在过去的挫折中无法自拔，而是要回答这个问题："在前进的路上，我能做些什么不同的事来使梦想变成现实？"

步骤二：建立小的、可达成的目标

失败会导致痛苦和失望，而恐惧感通常是妨碍人们再次尝试的因素。一旦人物完全踏上了改变之路，她刚刚获得的意识和转变后的观点会使她抵制住恐惧感的诱惑，从而感到有希望。但是这一新视角的基础并不牢固。为了避免失望或失败来袭时再次感到恐惧，人物应该设立较小且能够达成的目标，这些目标能让她达成更大的目标。每一次成功都会增强她的自尊，让她更加强大，即使她遭遇一些小小挫折，她也能用自己的力量将其克服。接踵而至的小小成功让她更加相信，全新的、更加快乐的未来，以及和它相关的目标都有可能实现。

步骤三：养成好习惯

根据你笔下人物的情感状态和情感防御层数，她可能会有许多坏习惯要摆脱。坚定采取的新行动方向中，十分重要的一部分是：要认识到出问题的地方，积极主动用好习惯代替坏习惯。

让你的人物好好照顾身体（合理饮食、多睡觉、改善个人卫生以及进行锻炼）能够让读者知道她正在积极改善自我。人物还可以远离有毒的朋友以及他们给她带来的影响，这样会给她的亲人留足空间。其他积极的变化还可能包括参加某个团体、与大自然接触、阅读、记日记或是有创造力地宣泄情绪。追求教育和其他方式的自我提升也是好兆头，说明人物的思想正在发生转变。

步骤四：装好情感降落伞

尽管你的人物已经树立了新的态度，有了达成更好结果的决心，挫折也可能会出现。如果她没有做好心理准备，那么她很可能会重新掉落到否认和回避的困境中。除非你只想展现短暂的改善，否则你一定不想让她重新采取过去消极的应对策略，比如酗酒、推卸责任或是情感反应过激。此外，如果你的故事不采用失败弧线，那么她就不能采取失败主义者的态度并放弃追求。你的人物如果真的感到失落，可以使用以下几个**挫折生存技巧**（setback survival techniques），这能够使她拉开一些情感距离，获得新的视角。

发现令人沉沦的漩涡。行为模式很难打破，所以当人物感到失望时，她的自尊和自我价值感很可能受到影响。这种情况很快会演变成一个令人无助的漩涡，把她的情感拖拽到黑暗地带。如果你的人物意识到了正在发生的事，而这时她一连串的负面情绪还没变得十分严重，她就能够主动决定并重新控制局面。

关注积极的一面。你的人物与其只是想着哪里出了问题,不如让她寻求进展顺利的事情。可以接受并庆祝小小的成功,这会给她提供新视角。此外,不论挫折多么令人不快,它都不会像本来可能发生的那样糟糕。能认识到事情本可能更糟的人物在遭遇失望时能够保持心理平衡。

休息。人物可以出门散步、与朋友或亲人待在一起、听音乐、冥想或是发展业余爱好,这能够帮助她减轻压力,改变观点。你如果选择这一策略,要确保它不能干涉故事的前进势头。你应该始终深思熟虑故事情节的推进,每个场景都应该促进故事向前发展。

回报他人。如果你的人物对过去发生的事很悲观并有可能重拾旧习惯,那么你就要给她为别人做好事的机会,比如说帮助修缮破旧房屋的邻居撑住梯子,辅导小弟弟做作业或是捎某人一段路。帮助他人或是为他人做好事会使人物精神振奋,从而重新找回积极的思维模式。

跟人倾诉。有时,你的人物只是需要别人的倾听和可以倚靠的肩膀。让她主动和别人沟通而不是封闭自己,从另一方面说明了她正在以健康方式处理失望或失败情绪。和人说说烦心事,这一过程即使不能解决问题,也能使压力得到缓解,因为有人倾听了她的烦恼,人物不再是一人扛下所有。

采取幽默态度。另一种应对困境和难事的方法就是保持幽默感。开玩笑调侃自己的处境,或是告诉自己其实不用为如今这一处境负很大的责任,会使人物的沮丧情绪有所消散,还能促进她和故事中其他人物的友谊。

步骤五:制订行动计划(并坚持实行)

人物需要处理好某些步骤或阶段,才能以最好的状态去达成总体目标。让她确定需要做的事,预测可能的问题以及巧妙回避它们的方法,接着,即使过程并不顺利,也要贯彻实行她的计划。这种坚持能体现出她眼中的目标很坚定,也会使她有能力做出任何达成目标所需的牺牲。

反派的心路历程

正如我们先前提到的，从破碎到完整的历程对现实生活中的人来说很常见，这个历程可以应用于你故事中的任何人物。但是，这一过程对于某一类人物来说尤为重要。

反派（如果你的故事中有的话）作为主人公的头号敌对势力，地位至关重要。他是冲突的主要来源，使主人公极难获得成功。令人遗憾的是，反派的人物弧线往往并不精彩。他们的故事怎样开始就怎样结束，很少有或根本没有变化。有关反派的背景信息可能很稀缺或根本没有；如果没有对他的行为做出清晰解释，读者会误认为反派只是为了作恶而作恶。

虽然几乎不透露背景细节有时也会塑造出真正的、噩梦般的反派（多洛雷斯·乌姆里奇之类的？），但最动人心弦的反派通常有个同样引人注目的过去。因此，如果一个反派在你的故事中占很大比重，作为作者，发现背景故事中对人物成长产生影响的各个时间节点十分重要，因为只有这样你才能以许多不同方式向读者传达这些节点。你即使不直截了当地展现这些细节，只是通过反派的行为动作稍加展现，只要你对这些细节有所了解，就能够创造出一个独特、真实的反面人物。

特别要注意，虽然反派的弧线是隐形的，但它的走向和主人公的一样：创伤事件会使人莫名地恐惧，从而使人物形成情感盔甲，它会导致未满足需求的形成，让人物感到不满足。然而，反派经历的这一过程在许多重要方面都与主人公有所不同。

● **与未满足需求共同生活**

第一个重大区别是主人公最终会到达一个爆发点，这意味着他不再愿意继续和未满足需求共同生活，而反派通常不会走到这一步。为何会如此呢？

一种常见的可能是反派之前也尝试过正视自己的创伤经历，但失败了，这又加深了他最开始感到的痛苦。因此，他变得无动于衷，不愿意再冒着重新受伤的风险去尝试了。

另一种可能是反派从来没尝试过处理令他极其痛苦的创伤；他可能意识到某项需求缺失了，但对他来说，没有这项需求的生活，比直面过去的痛苦或承受再度经历痛苦的风险要好。所以，他通过追求任何能够暂时缓解伤痛的事物来遮掩折磨人的空缺。这可能会导致他拒绝接受自己的情感，以致他对自己或任何人都没有感觉，因此他能寻仇，如《生死时速》（*Speed*，1994）里的霍华德·佩恩，或干出真正骇人听闻的事，却毫无悔恨之心，如《电锯惊魂8：竖锯》（*Jigsaw*，2017）。

最后一种可能是，失常行为带给反派的满足感到了一定程度，他根本不想摆脱这种行为。罪恶最终都是毁灭性的，但罪恶会带来原始快感；对于一个拒绝面对痛苦或精神失常的人来说，这些恶行可以被看作是前进动力，因此很难让他为了终生的改善而放弃眼前这些恶行。

● **自我责备**

我们已经讲过，自我责备是大多数创伤

事件的自然结果，即使人物一点错也没有。处理自我责备的过程是治愈历程的一部分。这也是场严峻考验，会将许多正派转变为反派。

创伤过后，有些反派要么不因愧疚而内耗，要么就转而责备他人。不管是否正当，他们都把事情的责任推给别人，不论是推给个人、组织还是现存的体系制度。他们的目标就是要报复应负责任的一方，而且要无所不用其极。

还有一种情况，很多反派刚开始都是尝试直面过去的好人，但他们从来不能实事求是地看待客观环境；他们就是不能原谅自己或是承认这并非自己的责任。他们不能打破束缚自己的谎言，因此会在自我厌恶、自我中心主义和黑暗中陷得更深。为了适应对自己的看法，他们的道德观念也随之转变，最后，他们会追求并不能满足自身需要的目标。

● **追求错误的目标**

实现未满足需求是故事中人物目标的核心。他相信，实现外在目标就会填补空虚，这就是他追寻这个目标的原因。在故事中，我们会发现许多主人公和反派最开始都去追求错误目标的例子，但是他们道路的不同之处在于，主人公会认识到自己的错误，改变方向，而反派不会这么做。

两个人物可能遭遇了同样的毁灭性打击——比如说，他们都有个孩子在肇事逃逸事故中丧生了。虽然他们最后都失去了基本需求中的安全感，但由于人物性格、得到的社会支持、精神状态和一系列其他因素不尽相同，他们填补安全感的方式也会不同。一个人物可能想在执法部门工作，力图修改有关醉酒驾驶犯罪的法律，或是开设一间戒酒中心，让酗酒者更方便接受治疗。追求这样的目标，本质上是一种积极行为，因此这对寻求安全感的主人公来说是有意义的。

另一个人物可能走上完全相反的道路：跟踪杀害孩子的凶手并将其杀害，或是肆无忌惮地放火，烧毁城中所有的酒吧。他认为，消灭身边应负责任的人或机构会让世界更加安全。但是因为人物拒绝从悲痛中解脱，而让恐惧感支配他的行为，这些目标最终还是不能令他满意，因此，在急迫寻求内心平静的情况下，他会犯下更大的罪行。

人物为达成故事目标所走的每一步都和他信奉的道德准则息息相关，因为每个人愿意去做的事情都是有限的。这通常是主人公和反派最大的区别：如果真有什么改变了主人公的道德观念，他会立即停止错误行为，但反派会继续横冲直撞，毫不悔改。他的道德底线，如果有的话，也要比主人公的低很多，这使他为了目标能够不择手段。他越是偏离自己的道德准则，就越难找回原来的路，实际上这意味着，他一定无法获得真正的满足，而且会永远受阻。

● **他们的人物弧线的状态**

主人公和反派的另一个重大区别就是：反派的人物弧线一般并不会在故事发展过程中体现出来。故事开始时，反派通常对审视或处理自己的过去毫无兴趣。他可能会忽视或否定自己的创伤，从来没想过对它们做点什么。有些反派则接受了自己的过去，他们认为，创伤使他们变成了更加强大、更有能力的人，并且告诉自己，相比过去那个柔弱稚嫩的自己，他们更喜欢现在的自己。

在其他情况下，反派也曾试图克服创伤事件，但是失败了。这个人物就再也不想处理过去的种种伤痛来变成更好的人，因此，现在他只能作为一个受伤的、极度不满的人前行——他仍然追求他认为能够在某些方面满足他的目标。

● **救赎就在不远处**

以上这些情况也有例外，即当反派的弧线在主要故事线中占重要地位时。大多数时候，这种情况发生在救赎主题的故事中。当主人公正在进行自己的转变时，他的对手也遇到了一件事，促使其审视自己的人生轨迹、重新考虑自己的道路，最终重新回到正常的弧线上。不论这种引发变化的因素以什么方式出现，它都会激发深刻且出乎意料的情感，带来心灵的改变。反派看见了自己的未来，到那时，长期受到压制的需求终于可以得到满足，或者救赎成为可能。另一种选择是：他的目光更加长远，发现有比他个人更伟大的事业，这让他有理由牺牲个人欲望。反派要么重回正道，要么未能成功击败心魔。

对于一个选择救赎的反派来说，救赎的过程通常很简短，就像扳动开关一样迅速，在故事的最后几页，他终于从黑暗中解脱。这种反转通常需要自我牺牲，并且可能以反派的死亡结束。

不论他们在故事中的结局是什么，像《星球大战》（*Star Wars*，1977）中的黑武士和《迷失》（*Lost*）中的本杰明·莱纳斯这样的人物，都可以证明反派和主人公同样可以通过人物弧线来回归自我。

反派和所有人一样，都是自己过去的产物。基因问题和天生畸形可能是一部分原因，但是绝大多数精神失常的人变成这样都是因为他们曾经接触到的坏人和坏事。这就说明了为何对你（也就是作者）来说，即使反派在故事中比重不大，但理解他的过去、仔细考虑他的弧线仍十分重要。了解什么在驱使他、他为什么选择某个目标，会让你描绘出真实可靠的反派。重申一次，大多数的背景故事细节不会被分享给读者，但是你知道得越多，你写人物就写得越好，他们的行为尽管应受谴责，但是会很真实。

构思人物的创伤

创伤具有侵入性，最坚强的人物也会被动摇根基，因此，选择合适的创伤并非小事（也并非易事）。尽管许多创作者更愿意让主人公的恐惧和创伤在写作的过程中浮现，但是提前花些时间对她的背景信息多加探索会节省无数修改时间。

许多创作者害怕**背景故事**一词，因为总会有人建议他们规避背景故事。但这样的言论令人遗憾，且太过笼统，没有意识到背景故事有多个种类。我们在此讨论的这种——人物构思——是写作重要的部分之一。不论你的写作体裁是什么，人物形象都应该十分丰满、真实并有明确目标。人物做的、说的和决定的每一件事都应该从动因上着手，不论动因是恐惧感、未满足的需求还是其他引发变化的因素。你的人物想要什么（外在动机），她为何想要它（内在动机）都应根植于她的过去。

除非你的人物刚开始时就十分完善，整装待发，否则你就需要在她的阴暗面中搜寻信息，去发现她经历过的情感创伤。你在构思时，不要把她的伤痛情境尽数打捞，而是要寻找确定主题之下的痛处和有一定模式的经历。例如，人物如果在过去总被和兄弟姐妹比来比去，总被要求做到最好，总要取得所谓的成就来让父母接纳自己，那么，她早年间需要满足要求才能得到爱的经历就会引发创伤。

并非所有人物都需要进行同样多的背景故事调查，根据他们是谁以及他们所扮演的人物，你可以决定有多大必要来准确地描写他们。你在构思背景故事时，要把它看成一个岛，你可以通过很多条路线到达这个岛，路线包括以下几条。

● **过去对人物有影响力的人**

一个可悲的真相就是：跟我们最亲近的人容易给我们带来最大的痛苦。同理，我们的人物在故事开始之前交往的人通常和他们的创伤事件有关。养育者位列榜首，因为他们的虐待会使小孩产生深深的恐惧、缺乏逻辑的观念或偏见，会在小孩心中种下暴虐的种子，甚至会导致他们将无意造成的不当育儿方法传递给下一代。

比如，想象有个小女孩亲眼看到她四岁的妹妹窒息而死，十分无助。她日后可能会变成控制欲极强的妈妈，她的恐惧感使她总是在儿子身边忙活，保证他的安全。她也许会替他选择朋友，替他做大多数决定，因为她相信自己知道什么是最好的。她的儿子在这种紧密监视的环境中长大，可能会低自尊，因为他不相信自己能够做好决定。当这个年轻人成为你故事的主人公时，你就收获了这样一个人物：他费力地想要独立，过分在乎别人的目光，对批评极度敏感，会因为觉得自己会把事情搞砸而逃避责任。

能给人施加痛苦的不仅局限于父母、看护人甚至一般意义上的家人。想想那些给你的人物留下负面影响的人，这些人可能限制了她的成长、破坏了她的自尊、羞辱过她、或是打击了她的自信。导师、前任、以前的朋友还有当权者可能没有做她的正向人生引路人，或是没有树立好榜样，这就可能导致创伤的产生。要想激发灵感，设计更多样的过往影响者，请为下面这个问题寻找答案：有哪些过往接触过的人是人物一辈子都不想再见到的？为什么？

● **不愉快的回忆**

创伤藏身于让人不愉快的过往经历中，比如一段非常困难的时光、一个难以忘记的事件，或是你的人物想要完全抹除的一个瞬间。要和她面谈，不要害怕询问她所承受过的艰难处境。每个人的过去都充满着错误、失败、失望、自卑感和恐惧感，因此，你要尽最大努力了解这些痛苦的回忆。

● **性格缺陷**

有些创作者发现，在构思人物时，性格是第一个浮现在头脑中的因素。人物可能有惊人的幽默感，是你所认识的人中最不崇拜物质的人。但同时，她还喜怒无常，令人咋舌，变脸比翻书还快，并且会在没人冒犯她时感到被冒犯。你需要做一些深度调查，找到缺点背后的**原因**。是什么使她变得反应过激、极度敏感？她为何会敏锐地察觉到根本不存在的敌人？找到导致这种下意识反应的情境会帮助你发现人物不想感受到的情感，从而构思可能造成她身披情感盔甲的创伤。这个有益的训练也可以帮你确定人物的致命缺点，也就是她的情感防御中最能牵制她前进的主要因素——这是她的问题所在，要想有机会达成目标，她就必须将其克服。

● **恐惧感**

恐惧感是大多数人都厌恶、至少不愿去经历的。因为虽然它能敦促我们更加努力，获得我们想要的，但其也会引发许多令人不适的情感。很明显，你的人物在面对决定性创伤事件的核心时会有种深深的恐惧感，但其他的忧虑和担忧也会是创伤事件的标志。如果在构思人物的过程中，你意识到了主人公对水的恐惧，想想这是为什么？如果她每次在人行道上遇到陌生人时都会紧张，或是，每次她接到姐姐的电话时都会心跳加速，你就要深入挖掘这种反应，获得更多信息。恐惧感不会凭空产生，因此要寻找其根本原因。

● **未满足的需求**

迅速回忆一下马斯洛的需求金字塔，我们就能发现人物生活中缺失的部分，也可以指明她经历的情感创伤。你如果知道她缺失了什么需求，要想想为什么会这样。是为了保全其他需求而做的牺牲吗？或者这一需求本来就不存在？如果人物正在逃避某种需求（比如爱与归属），那么她必定有理由说服自己：没有这一需求，她过得更好。

你如果刚开始了解人物，不能立马发现其缺失的需求，问问自己什么可能使她感到不满足。她在生活中有没有不喜欢、躲避甚至是害怕的方面？这大概率会和她未满足的需求有关，可以引导你了解她可以承受的创伤类型。找出人物缺失的需求还能让你首先发现她的外在目标。你如果知道她明面上的追求，就能发现她**为何**要追求这一目标，从而发现她要满足的需求是什么。

● **秘密**

经验告诉我们，人人都有秘密。人的第二天性便是隐藏那些尴尬、引起愧疚感或是令自身感到易受攻击和脆弱不堪的事情。通常来讲，人物的秘密之下藏着她的创伤，所以要问问自己,你的人物隐藏着什么。她严密保卫并决不让别人发现的是什么信息?这最可能和她希望永远埋葬在过去的情感创伤的碎片有关。

● **不安全感**

在一定程度上,人人都会经历自我怀疑。人们会担心自己的能力达不到标准,担心犯错误影响他人,或是让亲人失望,这些都会渐渐侵蚀我们的自我价值感。如果你的人物感到不安,害怕自己不被集体接纳,想想为何会如此。在哪种情况下,她不愿做决定或是冒险?仔细考虑她的疑虑和担忧,接着,你就会构想出让她有这种感觉的不愉快经历和人物。

● **偏见或倦怠的世界观**

即使最乐观开朗的人也不会一直表现得宽容、有耐心。她极有可能形成许多固有成见。有些人物根据过去的经历和观察形成了一整套的偏见和消极观点。想想你的人物有什么扭曲的观点,那种她应对起来一点耐心也没有的人是怎样的,以及能让她解脱的情境。事出必有因,所以你要跟随这些线索,找到促成消极世界观形成的不愉快经历或情况。

● **过度补偿**

用另一种方法也能够发现背景故事中令人痛苦的部分,即寻找你的人物过度补偿的方式。她是否非常努力地讨好一个人?在一段恋情中,她是否比另一方付出更多的时间和精力?她会为他人开脱吗?比如对不好的行为置若罔闻,或不断地为他人解决问题、替他人对抗难事,从而"拯救"他人。过度补偿也会以其他形式出现,比如拼命委屈自己,宽容别人;再比如极其努力地要融入集体,或是竭尽所能要得到重要人物的赞赏。如果你的人物过度补偿,要找到原因,看看自我责备或恐惧感是否在支配她的行为。

● **功能失常**

没人有完美的生活,我们的人物更是如此。人物失调的情感防御导致人物自己常常成为自身问题的来源。思考人物生活中各个领域存在的冲突:她是否不善于理财?她是否和上司有矛盾,致使她工作受挫?她酗酒吗?她是否会在小事上撒谎,但自己都不明白为何这样做?消极行为和冲突之处并不是随便一个大型机器加工出来的,它们始于人物,也终于人物。看看她是如何妨碍自己前行的,顺着这条线索找到过去的一刻——在那一刻,她形成了下意识的反应或是消极的处事方法。

● **探索创伤类别**

关于人类经历,有个令人悲伤的事实:人们给别人和自己带来情感痛苦的方式似乎数不胜数。我们在此书中简要描绘的创伤绝对还没穷尽所有,它们可能以无穷无尽的形式出现,从而适用于人物的背景故事。此书已将各种创伤归纳在几大普遍适用的痛苦主题之下,所以如果你无法为人物选择合适创伤的话,它可以帮你理解心理创伤的常见领域。

身心缺陷与容貌问题

这种创伤围绕的是一种存在于普遍接受的社会准则之外的状态,人物认为这种状态使他处于不利地位。这可能表现在生理上、认知上或是二者皆有,可能由一场事故、一项天生缺陷、一种不治之症、一场普通疾病,或是一次暴力行为引起。有这种创伤的人物通常会感到"少点什么"或感到自己不同于他人，他会质疑自我价值，尤其是在并非天生残疾的情况下。

创伤的影响取决于人物在故事中面对的个人考验、创伤发生时他的年纪，以及残疾或毁容的严重程度。许多有这种创伤的人都会有羞耻感，会尽力隐藏他们的缺陷。他们害怕别人给他们贴标签，或是嘲笑、排斥他们。此外，要在这样一个世界中正常生活给他们增加了额外负担，因为这个世界并不总能包容他们的特殊性。

不公与困境

这类情感创伤彰显了不平等和差异，让人物感到自己受到了针对。这会影响他的自我价值，因为他以别人没有经历的方式遭受着痛苦，这使他质疑人类道德精神，质疑自己的宗教信仰（如果有的话），在很多情况下，这会损害他与别人共情的能力。这些创伤通常会导致幻灭和痛苦，而不是自我责备，因为错在他人，这不是自己能控制的。

如果人物所爱的人因为这种创伤而遭到了附带损害，或是不公或苦难演变成了长期境遇，痛苦就会加剧，一个未满足的需求从而形成，且必须快速被满足。失衡并非自然状态，因此人物会受到驱动，去做一些事让情况回到正轨，即使这只是牺牲一个需求来满足另一个需求。

失败与错误

和个人失败有关的创伤很常见，而且通常会被深深内化，因为大多数人物都是自己最严厉的批评者。人物的自尊心会受损，因为这些创伤很快就会从"我犯了错误"演变为"我就是错误"，这会使人物感到自己不够完美。这种情况还会催生一种观念，就是人物自己活该被罚，这会导致不同形式的自我苛责，影响核心需求，妨碍人物发现快乐和感到满足。

背景故事中创伤的影响取决于错误的类型、它和个人的关联程度，以及它影响的人。人物今后或许会因为害怕而逃避责任，或是为了弥补过错而变得完美主义，要求自己进行过度补偿。通常来说，要促使他冒着再次失败的风险做事，就要在故事中加入一个强有力的催化剂，特别是在其他人可能付出代价的情况下。

错付信任与遭遇背叛

这归根于和人物最亲近的人利用了人物的爱和脆弱情感。由信任引起的创伤让人物很难释怀，因为人物不再能依靠自己对人的直觉，他会相信自己的判断有缺陷。女性作为生养孩子的人，天生能感到一种亲密联系，因此比男性更能深刻地受到这些创伤的影响。

这种创伤通常会导致人物对真实或自己所认为的背叛过分敏感。小小的冒犯也会被过度解读，并让他更加感到需要保护自己、停下前行的脚步。人物会发现对他来说，在没有确凿证据证明别人没错的情况下，承认别人是清白的几乎不可能，宽恕他人更是难如登天。背叛他的人和他越亲密，痛苦和愤恨情感就会越多，人物就会越难以前行。

犯罪与受害

这种性质的创伤会唤起人们对死亡或痛苦的恐惧，使人物感觉到了侵犯，并动摇他对大多数人和整个世界的信心。虽然人物可能会责怪作恶者（比如，偷了他的车的瘾君子），但有时他最后会把错误怪罪到更大的事物上，比如说政府、根深蒂固的社会体系，或是所有人类。这会使他对许多事物都产生恐惧和愤恨，同时还会感到深深的幻灭。在这种情况下，人物感到失望，觉得世界没保护好他，而世界本应关心人们，更加努力地使人们安全。

罪行的受害者可能会不公平地责备自己。一个被强奸的女人可能会认为正由于她跟人调情才会遭此不测，或是一个人如果家里被盗了，反而会责怪自己没锁门。在这种情况下，不该指向自己、实际却指向了自己的责备通常（如果并不总是）是人物信以为真的谎言的一部分。

创伤性的大事件

创伤性事件具有一定的随机性，这使人们几乎不可能做到有备无患或是防御它们。在现实生活中，这样的创伤能展示一个人内心的力量或弱点。尽管我们都希望自己能够很好地应对这些情形，但我们通常不能。对我们的人物来说，这种经历带来的惊吓会留下令人痛苦且愈合很慢的情感伤口。

突然出现、令人受惊的创伤通常会让一个人得不到宽慰，只会让他提出各种各样的问题："为什么会发生这种事？为什么是我？这个世界怎么能这么残忍呢？"人物不仅会对此次经历十分震惊，还会质疑自己的反应，并责备自己没有确保更好的结果。这种自我责备通常缺乏逻辑，会损害自我价值，让人产生愧疚感（在一些情况下还包括幸存者的负罪感）。创伤性事件会让人有很大变化，可能会让人对生活毫无热情。他害怕相似的事会再度发生，因此性格和行为会改变巨大，尤其是面对和安全感有关的情形时。创伤性事件也最易导致人物遭受**创伤后应激障碍**（Post-Traumatic Stress Disorder，PTSD）。

创伤后应激障碍是一种得到权威认证的疾病，它会影响那些经历过极其恐怖或危险事件的人。遭受创伤后应激障碍的人会在人格分裂时重新回放悲剧，这种情形可能持续一小会儿，也可能持续几小时或几天。人物还可能因看到使他想起创伤事件的东西，进而产生应激反应；他们会逃避和创伤有关的情感或想法，会因噩梦而难以入睡，也会因为长期处在高度戒备的状态中而感到紧张、焦躁。情感上反复无常（包括自我责备和愧疚感）十分常见，同样还有消极的自我认知和自我封闭等类似抑郁的症状，人物会对自己热爱的事和业余爱好都失去兴趣。

尽管创伤过后，受害者有上述这些反应很正常，但那些患有创伤后应激障碍的人会有持续更长时间（甚至无限期）的症状，这些症状会严重到影响他们的日常生活。如果他们难以得到需要的帮助，更多的不良后果就会以不同形式出现：离婚、失业、暴力、无家可归、吸毒或酗酒——这一切都会加重问题，进一步降低人物应对自身状况的能力。非常需要强调的一点是，儿童也会患上创伤后应激障碍，但可能会和大人的反应形式不同。就像对待任何精神障碍问题一样，对作者来说，至关重要的是要透彻研究这类问题和其诱发环境。创伤后应激障碍的表现形式因人而异，这就意味着作者只有深度理解人物，才能将这种状态精准地传达到故事中。

特定的童年创伤

在所有的创伤中，发生在童年的创伤对人的损害最大，因为受害者越小，他们能够用来保护自己的情感屏障就越少。儿童通常缺乏经验，也不成熟，无法理解他们所见和经历的事，这会导致他们采取失常而非健康的应对机制。创伤也会对生理造成影响，因为有些情感创伤会影响大脑本身的结构，而大脑可能到人二十几岁时还在发育。这样的认知重塑过程会阻碍他们的应对能力。

童年创伤可能含有背叛这一深层元素，遭遇背叛的感受很难被察觉，直到人物意识到他本应该受到养育者和整个社会的保护时（如果社会文化普遍认同儿童天真无邪，应该受到保护的观点）。如果是养育者或是近亲带来了创伤，那么人物的背叛感会更加深刻，并在很大程度上影响人物成人后和他人相处的方式。童年受到的创伤有最充足的时间发生恶化，这就意味着人物会形成更多层更难卸下的情感防御。

尽管这些分类可帮你为人物寻找可能的创伤类型，但有一个事实对所有创伤都适用：背景故事中的创伤绝不仅仅是痛苦的回忆那么简单。它们会造成真正的损害，不良后果会渗透到人物今后生活中的方方面面。每一件事中都藏着怀疑的种子："这究竟是我的错吗？我应该受到责备吗？"这种怀疑越来越多时，就会侵蚀自我价值感。尽管时间可能是个治愈大师，但不一定每次都有效。如果相似的情感痛苦再次发生，就会加强原来的恐惧感和错误观念。只有通过自我成长和自我接受而获得新观念，创伤带来的沉痛才能最终消除。

记住，尽管人物的过去可能含有布满不快经历的雷区，但为了达到故事的目标，读者需要明白人物要面对和克服的是哪种伤痛。为了实现这一目标，可以只集中描绘一种创伤，让它代表人物感到的最掣肘的伤痛。描绘这一事件或一系列相关事件也会帮你理解，未来会有何种错误观念来打击人物的自我价值感或改变他的观念，让他形成倦怠的世界观。有关更多如何规划人物过去这部分的信息，请详见附录 D。

痛彻心扉：影响创伤的因素

我们都知道创伤事件会给人物带来极大改变。但它到底有多大的影响呢？事实上，人物的过去不同，事件的影响也不同；同一件事，对一个人来说是毁灭性的，但对另一个人来说可能没有持久影响。然而，在遵循变化弧线的故事中，背景故事中的创伤应该总是削弱人物的力量。创伤造成的损害给人物造成阻碍，让她得不到她急切渴望和需要的东西，除非她能改变并摆脱自己的**致命缺陷**（fatal flaw）——一个关键的消极特质、一种偏见或是固有的行为方式，这些只有通过自我成长和否决错误观念才能克服。选择一个可以真正成为故事中阻碍力量的创伤，要考虑以下几个因素，并按需应用。

● 性格

理解情感创伤影响的一个关键部分是了解在创伤使人物的生活偏离轨道之前，人物的真实面貌。核心人格特质在危机中发挥着决定性作用。比如，一个天真无邪的人物如果遇到不公的事，就会受到严重打击，她会感到幻灭，还会形成让她远离他人的情感防御。但是，非常世俗老练的人物会有不同的反应，她可能会采取措施寻求平衡，即使要牺牲自己的道德准则。

每个人物独一无二的性格组成都会影响她处理压力和焦虑的方式，了解她创伤前的性格会使人更轻松地预测她在痛苦事件后形成的具体情感防御类型。

● 物理距离

虽说所有的创伤事件都有可能给人带来折磨，但直接经历事件的人会比那些远距离目睹的人受到更大影响。以一群校园枪击事件的受害者为例。一名学生被行凶者严重伤害，而他的两个同学只是听到枪声，没有遇到开枪的人，那么前者经历的创伤一定更大。此外，相比那天缺勤的老师，这两名同学应对这个事件更为艰难。每一个和这一悲剧有关联的人都会受到不同程度的影响，但是离现场更近的人最难释怀。

● 责任

我们已经讨论过，创伤事件之所以能给人带来创伤，部分是因为受害者几乎总是责备自己。因此，构建让读者有真实侵入性体验的一种方式，就是确保人物感到自己有责任。经历了孩子溺水而亡的母亲可能完全没有做错什么，但她依旧可能责备自己，比如自己反应不够快，自己没上过心脏复苏课，或是自己把手机用没电了，没法求救。跟随这样的思路，真正有一定责任的创伤受害者可能会更难从重创中恢复。

要记住一点，如果人物真的应当承担责任，读者就无法那么同情她了。尽管前文提到的母亲自认有罪，但几乎没人会拿孩子的死来非难她。但如果孩子溺亡是因为她在卫生间里吸毒呢？读者就会大大减少对她的同情，可能会嫌弃这样的主人公。的确，人物对一件糟糕的事负责对你的故事有益，因为它能带来紧张感，这是真实事件缺少的；同时，随着事件一步步发展，读者被削弱的同情还会以其他方式被找回。但是，作者需要时刻把这些放在心上。

● 支持

一个人能否从挫折中站起来，很大程度上取决于在悲剧来临时，能够给予她的支持的程度和类别。一个受到亲人鼓励的人在坏事来临后更容易恢复，因为亲人会分担她的压力，并给她的生活注入活力。同样，艰难情况下仍然坚定不移的强烈信念会使人在创伤后仍然对生活保持冷静。另一方面，几乎得不到支持或没有信念的人被创伤事件摧毁后恢复起来会更难。

● 创伤重现

任何悲剧事件都会给人带来创伤。被性虐待或身体上受虐、让他人失望，或是被父母一方冷落都是会产生长期影响的可怕经历。如果这些经历反复出现，创伤就会进一步加深，使治愈和恢复更加困难。

● 恶化的事件

创伤本就会改变人生，而如果受害者还要处理随之而来的困难，如离婚或是被炒鱿鱼，创伤还可能恶化。精神和情感并发症（如恐慌发作、抑郁或是让人无力的恐惧感）会在创伤事件后出现，给人物带来其他必须面对的难题。当然，任何反复出现的提示物，如身体伤疤、噩梦或是其他刺激物诱因，都会使治愈变得更加困难。

● 侵略性

另一个影响创伤事件恶化状况的因素是创伤事件针对个体自身的程度。对身心的攻击影响极其深刻，它给人带来的负担比随意发生的事更加沉重。成为特别针对的对象（如被霸凌）会比随机事件（比如成为十几个身份被盗用的人之一）更难应对。

● 情感亲密度

同样，一个人和加害者的情感亲近程度会左右加害行为的影响深度。想象有个人物说出了一件令人发指的罪行的真相，但是别人不信。如果对人物嗤之以鼻的人只是点头之交，比如说学校辅导员或是警官，那么这样的背叛不会引起人物很大的情感反应。但如果听者是父母或兄弟姐妹，那么这种不信任的态度就会对人物造成很大伤害。

● 情绪状态

创伤发生时，人物的情感状态怎样？她是否刚刚大获成功，感到十分自信强大？或者，她是否正在艰难应对已经使她疲惫不堪的事情？无论事情如何情有可原，创伤事件都会使人十分痛苦，但相比正在处理其他事情或正在从重创中恢复的人，一个对自我和生活感觉良好的人恢复力更强。

● 正义

人类天生充满正义感。我们受害时，就希望将有罪的人绳之以法，且罪行越大，惩罚越重。得知正义没有缺席，自己将会得到补偿，犯错的人不会再来侵犯时，人们会感到些许的宽慰；但如果人物知道给她造成痛苦的人还没受到惩罚，或是作为无形的威胁仍然逍遥法外，那么她会很难对此释怀。

这就是一些会加重本就糟糕的情况，并使它更加让人受伤的因素。因此，你如果有兴趣将主人公的处境变得更加绝望，或是为一名次要人物安排想要的社会距离，那就要在做规划时牢记创伤事件的这些方面。

通过行为揭示创伤

一旦你决定了哪件创伤事件把你的人物塑造成了如今你故事里的样子，你必须踏上把创伤事件揭示给读者的艰难旅程。这一步很重要，原因如下。首先，创伤事件给读者传递信息，让他们把人物的过去和现在相联系；实际上，这能让读者知道人物的动力，以及为什么他会变成如今这样。其次，让读者发现创伤事件也至关重要，因为正是它造成了主人公要想成功必须面对和在故事结尾必须克服的因素。承认创伤的存在会使读者更能对人物产生共情，这对读者参与到人物人生旅程中来说至关重要。

记住，如果你选择了静态弧线，它可能包含不了多少内心成长以及和过去和解的内容。尽管如此，用行为暗示过去的创伤仍然重要。人物应该总是复杂深刻的，即使这并不能完全通过让人转变的变化弧线加以实现。

所以我们要怎样将这份重要的背景信息传达给读者呢？这就引出了要展现而非讲述的重要性。

像任何一种重要的故事元素一样，展现而非讲述的方式几乎总是更受欢迎，因为它能让读者亲身体会所发生的事，而不是等待作者给他们灌输信息。就像给人画图和做事实报告的区别一样；前者会激起情感、带来质感，并吸引观赏者，而后者只是传递信息的一种方式。不论你是在描述人物的情感状态，揭示他的性格，还是在确立一个场景中的氛围，展现总是更好的选择，因为它能使读者更加深入地体验人物的经历。揭示创伤事件也是同样的道理。过去的重要时刻可以通过两种方式展现，这两种方式在证明人物的破碎程度方面都很有效。

● 重磅揭秘

有时，最好以闪回、记忆，或是和另一个人物对话的方式来完整地揭示创伤。一次性地将事件全部展现将会影响巨大，因为读者能够目睹这一悲痛的场景，从而产生更加活跃的情感反应。这是最扣人心弦的一种方式，它能使读者和人物共同经历发生的事，从而强化读者与这一事件之间的情感联系。我们可以在《哈利·波特》（*Harry Potter*）系列小说的第一幕中发现这一点。通过邓布利多、麦格教授和海格的对话，读者知道了哈利在接下来的七部书中要应对的悲剧性事件。

重磅揭秘十分有效，因为它能清楚展现创伤事件。读者能立马预见哈利父母突如其来的死亡会造成麻烦，而哈利要想走向圆满就必须解决麻烦。我们不知道的是这些麻烦到底是什么。谎言，随后形成的缺陷，哈利今后要去重新获取的未满足需求——这一切都在他故事的进程中一点点出现。虽然读者已经知道创伤事件是什么，但只有通过仔细展现**创伤之后**所发生的事，读者才能理解这些事如何改变了他，以及他为何必须面对它们。

正常来说，这种揭秘如同给读者的最后一块拼图，会在故事随后的情节中出现。如果它在最开始出现,并且和下一幕的时间跨度很大(就像《哈利·波特》里的例子一样),你很可能在读的是序幕。序幕出了名地难写,因为通常没必要写。很多时候,序幕中的信息随后再分享会更有效,因为这时,读者已经爱上了人物,并且掌握了背景故事中这一重要时刻的线索和暗示。序幕如果写得不好,就会造成麻烦——因为大量的信息堆砌或长篇叙事会减缓文章进程,使读者疏远。综上原因,通常不鼓励大家以这种方式写故事开头。所以,如果你决定了必须在序幕中揭示创伤事件,那就要将其精心安排。要让自己熟悉什么样的方式有效,什么样的无效。有关创作序幕和闪回的建议可以在"要避免的问题"这一部分中找到。

● **重磅预告**

这种方式会让观众无法确切知晓到底发生了什么事。通过作者抛出的暗示和设置的些许悬念,读者能够窥见人物的过去,但在凑齐所有的故事拼图之前,他们都不能看清创伤事件的全貌。他们可能会自己达成结论,或者,作者之前抛出的暗示加上最后的起底会使整件事真相大白。这样的顿悟时刻可能在故事中的任何一刻发生,但通常要等到下半部分才出现。

在电影《冰上奇缘》(*The Cutting Edge*, 1992)中,观众会发现许多能表明凯特行为原因的线索,但她过去的创伤事件从没有被直白地写出。创伤事件大多通过她的性格和行动来暗示:她是完美主义者,非常争强好胜,别人没法和她相处。这些线索加上故事结尾处她和父亲在一起时意味深长的场景,清楚展现了她的创伤:从小生长在单亲家庭,父亲的爱是有条件的,只有她表现好才能得到父亲的爱。这样的结构使读者不断猜测创

伤事件的始末,但是它的后果以及它如何对人物造成阻碍从一开始就很明显。

● **面包屑导航:引领读者见到创伤事件**

不论创伤是被直接展现还是仅被暗示,我们总是有必要在故事的细节方面提及创伤事件,因为它正是人物拥有重大意义的过去的一部分。一个人如果失去过亲人、受到过身体折磨,或是曾身陷离婚的纠葛中,是绝不会轻易把创伤事件忘掉的——尤其是当事情还没得到处理时。那件事会一直在她身边萦绕,旁人都能看到这件事的影响。因此,你仍需掌握间接提及发生之事的艺术,这样才能让故事读起来十分自然。以下几点既是创伤事件衍生出的副产品,又是能够引导读者了解创伤事件的媒介,不要堆砌一堆信息或是将整件事情全盘托出,将下面这几点混合并配对,就能够将信息很好地传达给读者。

恐惧感

我们知道,创伤事件会引起恐惧,因为人物想要避免自己再次遭遇同样的状况。在你的故事中安排展现人物回避态度的场景,能够给读者提供线索,让他们知道人物过去发生了什么。

比如,人物经历了失败,给许多人造成了严重后果。因此,这个人物——我们叫她杰丝——可能会回避领导他人,因为她不想重复那个经历。如要暗示这一点,你可以创造展现她躲避责任的情境。在工作中,她可能得到了一个机会,让她带领一个优秀的团队去搞定一个大客户。读者肯定认为她会答应,但是杰丝用非常站不住脚的理由拒绝了。也有可能她先是同意,但后来又编造借口退出。她为何会放弃这么好的一个机会呢?她害怕的是什么?她为何选择这样有大好机会

的职业，但却在机会来临时躲避呢？

回避是用委婉的方式表明人物恐惧感的好办法。当恐惧感和其他线索结合时，读者就能够发现困扰她的是什么。这对人物弧线也有益处。在这一例子中，我们这位不负责任的领导者让自己的恐惧感阻碍自己获得真正的幸福，因此，她如果不面对并克服恐惧，就无法走向完满结局。

在结构严谨的故事中，这个过程不会突然发生。她需要很多胜利（和失败）的机会，才能意识到恐惧感正在阻碍自己前进。把这些情景写进情节主线中可以提供她所需要的机会，使她能够在人物弧线上前进，直到取得最终的成功。

自我怀疑

故事中的人物和现实中的人一样，十分复杂。不论他们如何受欢迎、吸引人或有成就，他们都会经历自我怀疑和犹豫。这些不安全感通常与创伤事件有关。

看一看杰丝的例子吧。她可能大多数情况下都很自信，只是在特定情形下感到不安：当她必须做领导者时，以及当有人要依靠她时，或是要做重要决定时。她的自我怀疑可能也和她过去失败时的具体情形有关。比如，如果她在电视采访中犯错，那么她今后会在公共论坛上或在公开表明观点时变得十分紧张。

一旦你确定了人物的创伤事件，请问自己一些问题来更好地理解她的不安全感和这一事件的关联。她何时会怀疑自己？在什么情境中她会不信任自己的直觉？什么时候一个简单的决定也会让她无法思考，或是事后又胡思乱想？这些问题的答案能让你知道她的不安全感到底源于何处，接着，你就可以展现她本来的样子和导致她个性变化的情形之间的对比。坚持这样做，可以突显出人物的怀疑，从而暗示她的创伤事件，并展示这一事件如何到现在还影响着她。

过度反应和反应不足

如果你足够了解自己的人物，你就能把她一直写下去。读者能通过出现的不同情形来了解她，预测她将要做的事。如果她的反应很轻描淡写或是十分夸张，这就给读者发出红色预警，告诉他们情况有些不对。

让我们想象杰丝是那种典型的外向、鹤立鸡群的女生。她总是参加聚会，所以每当她的朋友召开盛大聚会时她都在，光彩照人、活力四射——直到有一天她受邀回答当地新闻团队的问题。我们会觉得杰丝这样的人能够充满活力地回答问题，在镜头前放开自我，尽情展现。然而，她脸上的快活不见了。她的身体变得僵硬，说话的声调也变低了。她苦笑着拒绝了这一邀请，表示要让别人替代她，接着就转身离开。

这一反应对我们认识的杰丝来说太过低调了，这标志着"采访"这一场景会让她害怕。如果她在应该反应平淡时却表现得愤怒无比，我们对这样的情形也应警惕。

你如果已经为人物性格奠定了基础，并始终在她合理的情绪幅度内写作，和她性格相反的反应会提醒读者情况不对，这样，你也能够暗示出她过去的难事。

诱因

诱因就是能强有力地让你的人物想起创伤事件，从而引发和它相关的情感、恐惧感和消极反应的东西。诱因可能是感官上的，比如说气味、颜色、口感或声音，还可能是能让她想起创伤事件的人物、事物、情形或环境。诱因甚至可以是她在那段时间容易感受到的强烈情绪。人物遇到上述诱因时，就会回想起伤痛时刻，感受到自己多年来一直在尽力摆脱的负面情感和警备反应。

想象有个人物叫埃米莉，她在青少年时被人贩子拐卖，又被迫当了妓女。成人后，她终于自由了，生活中的大部分时光都很正常。但时不时地，她就会遇到能够唤醒不快回忆的事情。廉价的汽车旅馆、裤兜里零钱叮当的响声、橙子汽水，或是某种古龙香水的味道都可能让她进入恐慌模式。她会身体紧张，呼吸粗重而短促。她的本能冲动就是跑，她必须集中全部精力平息恐惧，劝说自己没有危险，自己很安全。

这是对古龙香水味这样平常事物的极端反应。读者也许并不知道埃米莉的创伤事件，但当他们看见她对同一个诱因的反应总是如出一辙时，他们就会知道那和令她非常恐惧的事情有关。最后他们得知创伤到底是什么时，一切就都水落石出了。

被否认的情绪

你的人物可能对她的感觉没什么不适——除非她的感觉能够令她想起自己在可怕的事发生时的感受。在埃米莉的例子中，羞耻感是她创伤事件的试金石。尽管她是被迫为娼的，怎么说都不应受到责备，但是她为了生存不得不做出的选择实在糟糕，因此羞耻感永远伴随着她。

作为成人，再次发生这种创伤的可能性几乎为零，但无论何时她自己或别人让她感到羞耻时，她都会想起那段可怕的时光。好像她从未离开过那儿，她被困在了记忆中，并且永远无法摆脱。因此，她培养了新的习惯，以期将那种情感从她生活中摘除。她以最高的道德标准要求自己，遵循一系列规则，只要一用这些规则约束自己，她就没有任何懊悔情绪。她的选择也有可能完全相反——完全抛弃道德准则，这样无论做什么决定，她都不会感到羞愧。

情绪健康包括能够以自然的方式体会并展现我们的情绪。回避并否认自己的情绪是问题的征兆。当你表明你的人物不断回避某些情绪时，这将暗示她过去的痛苦。这是一种更加难以察觉的附带结果，你可以用它来指明人物的创伤类型，只要你抛出了足够多的线索，读者就会完全明白事情的真相。

执念

否认的另一面是执念。经历过创伤的人自然会逃避某些事，但另一面也会对某些事物高度敏感。在埃米莉的例子中，经受了多年虐待的她对个人安全有种执念。她的公寓装有昂贵的报警系统，她睡觉时紧锁卧室的门，并有狗陪伴。不论是去体育馆上自卫课还是出去和朋友吃饭，她的包里都装着隐蔽持枪许可证和一把手枪。无论她在哪里，她都会注意各个出口并分析她身边的人来确定他们对自己的威胁程度。

人物抱有执念的事情，和自身过去的创伤有关。读者也许不能从这样的过度补偿中发现创伤经历的细致全貌，但是他们会意识到人物的敏感和创伤事件有关。

对话和其他人物

可悲的是，人物对创伤事件对自身的影响其实一无所知，且无法改变现状。因此，他们不是最佳或最可靠的创伤事件信息来源。但其他人物，尤其是那些和受害者关系近的人，通常能意识到发生了什么以及发生的事如何改变了这个人。配角尽管十分小心翼翼，没有透露很多，但他们也可以成为重要的信息来源，他们所知道的能够轻松地通过对话传递给读者。

在《爱国者》(The Patriot, 2000)中，本杰明·马丁受到过去某件事情的困扰，并且拒绝谈论此事。但是因为有许多人谈到这件事，所以十分明显，这件事影响巨大。他的儿子问他在原野堡发生了什么事时，本杰明走开了；有个对手提到本杰明在原野堡战役中的狂怒，之后本杰明沉默不语；还有个战友提到了本杰明在原野堡对法国人做的事，但本杰明几乎不为所动，只是继续发号施令。

对话——即使只有一方在说——也能自然地暗示创伤，因此，如果行得通的话，要最大限度利用这一媒介来和读者分享重要事件的一点一滴。

场景互动

场景似乎并不是个能够明显揭示创伤经历信息的媒介，但其实它的效果还不错。创伤事件是人物真正自我的一部分，尽管他尽力使自己远离这个事件，但从未完全成功。在当前场景下总会有人或物——或是场景本身——能够让他想起从前发生的事。

让我们回到《爱国者》，本杰明·马丁有把放在储物箱中的斧子。仅仅是看它一眼，他的脸上就会显现出痛苦，很明显，他不想记起任何和它有关的事。当他被迫用这把斧子杀人来救下被挟持的大儿子时，这一场景让我们更加了解他痛苦反应的原因。他得心应手地使用和挥舞斧子时完全变了一个人：行为暴力、充满仇恨、像野兽般凶猛残暴。

这个道具给我们提供了有关他创伤事件的重大线索。这把斧子加上前文提到的原野堡和他曾经当过军人这一信息，让读者能够凑成一个框架，明白到底是什么在困扰着本杰明·马丁。

想想你自己人物的创伤事件。什么东西会在这一事件中发挥作用，或只是当时碰巧存在？哪些人或哪种人会让你的人物想起曾经发生的事？什么标志、地点、天气或季节会自然地让他想到此事？把这些元素写进场景，你的人物对它们的反应会给读者提供另一条谜题线索。

防御机制

防御机制是情感防御的有力形式，它有利于避免人物再次经历痛苦的创伤事件。在现实世界中，当我们发现有迹象显示创伤事件或与它有关的负面情绪有可能再度出现时，防御机制就开始运作起来保护我们。这对我们或是我们的人物来说可能并不是件好事，但因为它们是潜意识，我们通常不会意识到它们。就算向主人公指明存在一种有害的防御机制，她也会紧握不放，因为她相信那能保护她不受伤害。

当读者发现人物不断运用某个防御技巧时，他们会意识到她何时情感会被触发，以及这种情况会引起她对痛苦事件的联想。以下列举了常见的防御机制，以及将它们添加到人物的行为档案中的方法。

否认即人物拒绝相信或承认创伤事件的发生。也许会从口头否认开始，但当压力增大时，人物会变得更加焦躁不安。她的性格可能会导致她的行为发展为挑衅或暴力，以此来阻止冒犯她的人继续聊让她害怕的话题。否认可以通过人物对创伤事件有关话题的反应体现出来，她要么会从对话中挣脱逃离，要么忽然就变得敌意很大。

合理化即人物试图让自己和他人相信发生的事没有那么坏。乱伦的受害者可能会说她和罪犯之间有种他人不懂的特殊感情。受害者会为作恶的行为找借口，这种场景可能是，被男朋友虐待的人为他找借口，"他只是喝了酒的时候才这样"，或是，"我本应该打电话告诉他我要迟到了"。

这种机制的好处是它能使创伤事件清楚显现。接着，如果人物试图把创伤事件说成正常的事，读者会发现她的不健康反应，并意识到创伤事件正以令人担忧的方式改变着她的思想。

发泄通常被看作是不受欢迎的吸人眼球的行为，因此不会被写进书中，但事实上，这是一种表达愿望或是释放人物无法用健康方式表达的情绪的极端方式。儿童在很生气时会冲人乱发脾气，因为他们只是不懂怎样表达感受。

因为这和创伤事件有关，你可以通过把人物放在以下场景中展现这一机制：人们觉得人物会以某种固定方式做出反应，但实际上她的反应特别夸张或是出乎意料。比如，一名女性在恋情中遇到的伴侣控制欲很强，她就会急迫地想要拿回自己的支配权，但却不好意思开口说。所以，当她感到特别压抑时，就会偷东西——她根本不需要那些东西，但就是忍不住想偷。在这种情境中，其他发泄行为的例子还包括：自我伤害、用暴力对抗他人、霸凌、一阵阵的狂怒、不负责任（如，不去上班、故意不完成学校的作业）、滥用药物和暴饮暴食，还有纵欲。

写出你的人物那些和她性格相悖的行为可以揭示创伤给她造成的影响的程度，如果这种发泄行为持续存在，读者甚至可能目睹创伤改变她的过程。

退化是一种常见的创伤应对机制，它能使人在面对压力，特别是某种事物让他想起过去的创伤时，退化到从前的发育阶段。比如说，一个成年男人在触发创伤的诱因出现时会无法控制自己的膀胱。展现这种变化并始终把它和相同的诱因相联系，就会让读者的思想转动起来，他们会想要知道是什么可怕事件导致了这种反应。

当人物长时间处于退化状态时，这一机制也会显露。比如，一位成年女子发生了退化，穿着打扮和年轻时一样，比如说像她在大学甚至是小学时候的穿着。在这种情况下，这一行为本身就明显异常，能够表明她问题的根源很严重。

解离即一个人的感知和身体、情感或整个世界处于分离的状态。这种分离是保护自我的方式，它能使人物隔绝与创伤事件有关的情绪或诱因。严重的情况下，一个人会持续处于解离状态中，这种情况很糟糕，因为她活在对真实世界不断地否定之中。

为了叙事的目的，展示人物在某些触发因素或情境下出现解离现象——在心理或情感上脱离，甚至感觉自己像是飘浮在身体外面，观察着事情的发生——可能是有帮助的。被强奸过的人可能会在性交时发生解离，导致她无法享受性行为，因为她想回避性交带来的情感和回忆。

另一种展现这种机制的方式是描写记忆缺失。如果你的人物记不起过去某段时间的事，这意味着她在回避痛苦的回忆或事件来保护自己。

投射即人物把不理想的性格特征、态度或动机投射到别人身上。这会使她回避或否认对自己不满意的地方。例如，一个受到看护人言语漫骂的女孩会把这些辱骂转移到朋友身上，说朋友愚蠢、丑陋、淫荡或是脆弱。通过给他人贴标签，人物和这些特质撇清了关系。这些污蔑之词真实与否并不重要。如果她说服自己，认为这些标签确切形容了她的朋友，那么相比之下，她就会感到好受一些。

要记住的重要一点是，在某种程度上，大多数人都会投射。这并不意味着他们有需要解决的问题。对你的人物来说，你要展现的是她因为受到和创伤事件直接相关的诱因的触动，才做出了投射。你如果一直这样写，读者肯定就会发现情况不太对。尽管如此，还是要谨慎描写投射，不要因人物的投射太过强烈而让读者反感，要用其他能够引起读者共情的成分对其加以调和。

转移即一个人把本来对某人产生的情绪或回应转移到第三个人身上的行为。想象有个人物儿时目睹了自己的兄弟姐妹受到虐待，那么生长在这样的家庭中，他可能很难表达对父亲的愤怒，因为他害怕招致报复。就算是成年后，如果感到对父亲的怒火正在积聚，他也可能会找个"更加安全"的对象发泄怒火，比如说同事、配偶、孩子，甚至是宠物。如果读者总能发现人物在回避对某人表达应有的情绪，那么他们会得知二者之间的关系已经失常，一定是有什么重大的事情导致了这一现象。

压抑即人们潜意识下对接受某些行为、思想或感觉（正如在前文"被否认的情绪"部分中所讲到的）的抵触。他们拒绝思考，甚至拒绝承认他们希望避免的东西真实存在。严重时，人的整个记忆都会受到压抑或改变，从而反映真相以外的事物。通过展现人物不断避免谈及过去的某些时刻，或者在同一件事上和他人有不同的记忆，你就能一点点地揭示，这个事件是问题的症结所在。

补偿是一种尽力向他人和自己证明自身弱点并不存在的行为。就创伤来说，补偿用于弥补人物认为自己在事件中展现出来的弱点，或用于重新获得因为这一事件而失去的东西。要达到这一目标，人物通常过分强调某些品质、能力或身体特征，来证明自己在做得不完美的领域的实力。例如，一个男孩儿时因为体弱受到欺负，长大了就会有种证明自己体魄强健的强烈欲望——他会长期泡在健身房里、参加健美比赛、参加格斗比赛或是服用类固醇。

和大多数机制一样，只有能向读者展现发生的变化，补偿才会对情节起作用。即使你的人物在故事开头就是这样，你也可以通过闪回、回忆、对话、老照片和其他线索来展现他原来的面貌。读者会认识到创伤对他的影响，或是好奇发生了什么事能给人带来如此巨变。

人类的心灵就像养护宝宝的熊妈妈，她能嗅出各种潜在的威胁，并用多种方法保护人的头脑、身体和灵魂。还有其他防御机制存在，但出于篇幅原因，我们只集中讨论最容易写进故事中的常见机制。要记住的重要一点是，多数人会在日常生活中将各种反应机制进行有益的结合。但谈到创伤事件，尤其是人物还没有完全处理好的事件，我们在此大致描绘的机制则可以用来展现他的盲点、令他恐惧的事，以及创伤（即使还没有揭示出来）对他的影响。为了让读者看得更清楚，最好从这些反应中选择其一，并展现你的人物始终都有这一反应。把这一反应用于创伤事件或与之有关的人身上会让所有内容紧密相连，使读者能够将细节串联起来，厘清头绪。

通过人物行为展现创伤十分重要，因为

这能让你一点点地揭示真相，吸引读者。这样做还能强调创伤令人窒息的力量，因为读者能够看到，不论时间如何流逝，创伤都在持续产生影响。随着故事的推进，人物的恐惧、引发伤痛的事物、回避的事物、防御机制和其他回应都会向读者强调，这并不是简单的独立于过去的事件，而是一段令人感到无力的回忆，它在多年后仍然纠缠着人物，一直纠缠到现在。

要避免的问题

故事叙述在各个方面都会出现问题,情感创伤的写作也不例外。在描写人物过去的创伤时,要警惕以下陷阱,并利用以下建议避免落入陷阱。

● **问题一:信息堆砌**

信息堆砌即作者用大块的叙事或说明传递信息时打破了故事的连贯性。作者如果认为有必要揭露背景信息,尤其是在开头几页中,那么就很容易掉入这个陷阱。大段的说明在许多方面不讨喜。信息堆砌是一种单方面讲述的形式,因为读者必须被动地听作者讲述发生之事,但不能和主人公一起经历这件事。这不仅会拉大读者和人物之间的距离,导致读者失去共情,还会打破行文节奏。

每个作者都有落入信息堆砌陷阱的时候。好消息是时间长了,作者练得多了,就会更容易避免这样的陷阱。你如果发现自己正在用一堆信息来描述人物的创伤,就要用下面这些技巧重写这一段落。

缩小篇幅

主人公(还可能是反派)的创伤经历,尽管有必要让读者知道,但这毕竟属于背景信息。完整写出创伤事件会有风险,因为用记忆闪回会把读者拉出他们已经投入进去的世界,而用长篇对话或内心反思则会放慢行文节奏。

为了使读者始终投入,你要仔细看看整个事件,并想办法将它浓缩成精华。虽然你知道这件事的方方面面,但并不是所有的细节都要分享。问问自己:"在这一点上,我的读者必须知道的是什么?哪些细节会发挥最显著的影响?"如果你能删除不重要的信息,就能减少字数,这样,情节不会拖沓,故事也不会停滞不前。

变化写作技巧

一种技巧再好,用多了也不好。因此,用多变的技巧来分享有关创伤事件的信息是使故事叙述保持新鲜的有效方式。利用诱因和随之涌来的强烈情绪能够打破本容易变得凝滞的对话段落。此外,全面描写并不总是要依靠对话或回忆,不断展示人物的执念或偏爱的防御机制也是一种方式。

以下段落可以展示将多种技巧融合的方式。

萨拉往咖啡里倒了些糖,搅了搅咖啡。勺子碰到杯壁,铛铛作响,十分悦耳,周围是其他客人的柔声低语。露天咖啡馆里的人们沐浴着阳光,感受着水边吹来的微风,享受着咖啡馆一天之中最静谧的时光——一会儿,高中的孩子们就要将它霸占了。

"我喜欢这儿,"妈妈边说边吹着茶,"这儿能让我想起小时候总去的一个地方。"

萨拉轻轻地笑着,身子往后倚着,

椅背上的木条让她感到皮肤暖暖的。"是有巧克力手指饼干的那家吗？"

"嗯……就是那家。"妈妈呷了一口茶，接着，她的眉毛向上挑起。"你有个朋友周日也来弥撒了。安娜玛丽？还是玛丽贝思？"她摇了摇头，"她好像有两个名字。"

萨拉一惊，热咖啡洒到了手上。她把杯子当啷一声放到桌上，耸了耸肩。"我不知道你说的是谁。"

"我这几天的记性啊……真的……"妈妈叹了口气，"她说去年夏天你实习的时候你俩在一起工作。"

迎接萨拉的，是母亲的凝视。母亲的眼里充满好奇，但如果她知道了真相，眼里就该是恐惧了。

"记不起来了。"萨拉慌张地拿过账单，"我请客！问一嘴啊，你的瑜伽课上得怎么样？"

这里我们可以看到，作者运用多种方法展现（而非叙述）了过去发生、至今还萦绕在萨拉身边的事件。对话用来传递和神秘女孩有关的信息。她的名字就是诱因，它使萨拉激动起来，反应躲躲闪闪，提早结束了这次外出。我们也能通过她沉默不语，接着又改变话题的举动看到她的逃避。最后，并非所有真相都被一次揭晓。在这里，作者只展示了一小块拼图——随着故事的进行，这块拼图将会和其他拼图一起拼凑出故事的全貌。

这个例子展示了在不妨碍行文节奏的前提下，以扣人心弦的方式揭示创伤事件细节的技巧。这些小技巧不仅有助于告诉读者发生的事，还有助于从整体上进行"展现"，不论你想要让读者明白什么。

● **问题二：出现时间不合理的闪回**

闪回在揭示创伤情境方面十分有效，因为读者能够看到这一幕正在上演，即使不是实时的，也如同在真实世界发生一般。但是合理安排闪回的位置才是关键，因为虽然闪回场景也是主动展现的场景，但是它仍要把读者从当前的时间线中抽离，让他们进入已经过去的时间线。

闪回在故事中呈现得太早也是问题，因为读者刚刚开始投入到人物的叙事中，如果焦点一下子聚集到过去，就会因思路被打断而感到不快，因为他们想要回到之前沉浸其中的故事里。

那么，把闪回放到哪里，才能得到最好的效果呢？最佳情况就是，你需要一个着陆点，闪回能够和一个关键场景相联系，并影响人物的情感状态。当闪回场景和现在正在发生的场景相联系时，就不会那么让人感到自己的思路被打断了，因为当前行为和过去事件明显相连。如果闪回影响了人物的情绪，那么它也更有可能引起读者的情感反应，这会使他们更加投入。

在电影《少数派报告》（*Minority Report*，2002）中，约翰·安德顿是一名有毒瘾的警察，刚和妻子离婚。我们从几条线索和零星对话中得知，他从前有个儿子，但我们不清楚现在他的儿子怎么样了。在被指控为罪犯并逃跑之后，安德顿做了一个风险极大的手术，这能帮他躲避侦查，直到他能证明自己的清白。术后恢复期间，他孤身一人，他的眼睛被绷带蒙着，而头脑则因药物作用而变得神志不清。就在这时，创伤时刻终于揭晓了：他的儿子在由安德顿照顾时被人从公共泳池绑走了。

这个例子体现出创伤如果由适时出现的闪回揭示，是多么能够引起人的痛苦。安德顿的创伤是在他最脆弱的时候被揭示的，当我们认为人物处在最虚弱的状态时，我们就会明白人物心底的破碎是怎样的。这种揭示创伤的闪回时刻和当前的叙事主线相连的方式，能够吸引读者的兴趣，因为当下抓捕他的人正在逼近，安德顿却沉浸于对过去不快时刻的回忆中，对此毫无察觉。用这种方式审慎布置闪回的位置，情节便会自然地揭露创伤事件，并使读者迫切地想要知道接下来会发生什么。

无论何时以全貌展现创伤事件，都要特别注意这个事件可能会给你的读者带来什么影响。特别是针对个人或极端暴力的创伤更有可能引发有同种经历的读者的情感。有种将这种可能性最小化的方式，即提早给出线索。线索会暗示即将发生什么，因此，最终揭露事件时，读者已经做好了心理准备，他可以直接跳过此处，或者，如果有必要，将它速读一遍。作者还可以用有限或较抽离的视角（而非能够把读者拉得很近的深入视角）写作这一场景，这能使读者站得离事件远一些，他们会感到自己正在一个更安全的地方旁观事件。

● **问题三：被不当使用的序幕**

序幕在文学世界中是二等公民——大多是因为人们使用过度或运用不当。为了尽量使你的序幕做到最好，请考虑以下建议。

确保序幕是必不可少的

序幕几乎总是用来传达某种信息：一个民族或地区的历史、将对所有人物产生影响的人的掌权过程、为当下故事情节奠基的灾难性事件，或是——针对本次讨论所说的——人物的创伤事件。故事一开始就写序幕会给部分读者带来麻烦，因为他们不想被提前灌输太多信息；他们只想直接跳到正文，了解一下各个人物，因为他们才是和读者待得最久的人。因此，如果你想在序幕中揭露人物的创伤，重中之重是要确定你这么做是必要的。问问自己：可以让创伤事件随后才在故事里出现吗？为什么读者现在就要知道这一信息呢？随后再揭露信息会使你的写作直接进入人物当前的故事——那正是读者想要深入了解的故事。

快速引起共情

和任何故事的开端一样，序幕必须吸引读者。不要误以为人物的创伤过往足够吸引读者。共情并不是通过创伤事件形成的，当读者关切到底是**谁**遭遇了创伤事件时，共情才会产生。形成这样的情感联系要花费时间。在任何大事发生之前，读者需要完全站在人物的一边，但是如果要写序幕，你能在正文中创建情感联系的地方就会明显减少。

为了能让读者和人物快速建立共情，就要集中描写能够引起共情的事物：人物招人喜欢或令人敬佩的性格特征、他们的脆弱，以及积极的行为。你如果能立即展现出这些方面，就能促进共情联系，因此，当你在几页之后描写那一可怕的创伤事件时，读者就会受到吸引。坚实的情感联系至关重要，它能带领读者从序幕过渡到下一章节。

避免牵强的时间转换

因为读者不经常注意章节标题，所以他们可能不会注意到自己读的是序幕。他们深深沉浸在序幕里主要人物和那个场景发生的事中，此时，出人意料地猛然进入正文会让人觉得很突兀。告知读者这一变化的方式就是，在第一章的开头要清楚地宣布新日期或时间过去了多久，比如：**十五年后**。这显示出了时间上不连贯的跳跃，它在大声告诉读者，下一章节将会和他们刚看完的那章有很大不同。

突然的时间转换本身并不会毁掉序幕，但可能会导致读者的阅读效果减弱。微妙平缓的过渡会极大改善读者的体验。作家鲁塔·苏佩提斯（Ruta Sepetys）就做得非常好，她在《胸衣与学士帽》（*Out Of the Easy*）的序幕结尾处就提到了在故事中，到下一章开始为止已经过去了多长时间。以这种方式提及时间的流逝会引起读者兴趣，让读者想要接着往下读。

以下这些例子展现了在序幕快写完时悄悄把时间变化融入故事中的方式：

例1：他们说通过治疗，三个月后我就又能走路了。但是一直到2020年末，我仍被困在那张椅子上。

例2：十五年后，他们才会再次相遇。

例3：我确信杰克会原谅我，但漫长的四十三年过后，我的第二次机会才来临。

还有一种方式能够实现从序幕到之后内容的平稳过渡，就是两个场景用同一背景。这一背景会连接两个场景，为读者搭建桥梁。前后场景会有变化，因此提到这些不同之处会体现出时间上的跳跃，但如果有相似背景，就不会显得那么突兀。

● **问题四：不可信的创伤**

有时，即使经过细心钻研的创伤在被揭示时也达不到预期效果。读者并不买账或是给出的反响并不好。要想确保人物的创伤达到最大效果，就要确认创伤达到以下标准。

创伤和人物的致命缺陷相关

当创伤事件被揭露时，我们期望从读者那听到类似"哦"的恍然大悟的声音。他们应该感到满足，因为他们意识到了，这段背景故事和他们现在所知的人物完全相符。还记得变化弧线吗？在弧线中，创伤事件会导致致命缺陷出现，它会阻碍人物完成总体目标。一旦创伤被揭露，读者就会知道为什么对人物来说，克服这一缺陷这么困难。如果你描写了某个过去发生的痛苦事件，但你的人物必须处理的问题并不会从中自然产生，那就要重新开始，找到更适合人物、与故事联系更精准的创伤情境。

创伤能驱使人物行动

创伤事件应该是纠缠人的不快经历。如果人物的选择不是根据创伤事件做出的，这通常说明你没有完全审视创伤和创伤给她带来的影响。留出一些时间来真正探究这一创伤和它的影响。找到因创伤产生的恐惧感，它会开始左右你人物的决定。找出她会接受的谎言，以及她的行为基于这一新观念将会发生的变化。确切说明她可能会发展出哪些缺陷，以及它们将如何影响她的进步。一旦你知道了这些和创伤事件相关的重要因素，你就会更清楚她将如何表现、如何对刺激因素（驱动她的因素）做出反应。知道了这一点，你在描写人物和她过去的创伤时，就会让读者觉得真实可信。

创伤使人耗尽心力

从定义上说，创伤就是使人精神受创。如果你的人物并未受到创伤的极大损害和消耗，并且能够恢复，那就有大问题了。如遇以上情况，你可能需要找到另一个给她带来更严重影响的创伤。或许，你需要使你选择的事件或令人痛苦的环境更加个人化，可参见此前讨论的"痛彻心扉：影响创伤的因素"的部分。

另一种可能是你的事件不够具有侵略性。人物受恐惧感驱动而做出的选择和情感防御应该给她造成阻碍。各种缺陷尤其会使其生活的方方面面失常——破坏人物的人际关系、影响她的工作、损害她对自己的看法，并阻碍她前进。如果创伤对你的主人公来说不具备摧毁性，那么就要探索她重要的生活领域，看看这些领域应如何受到创伤的影响。

● 问题五：突然解决掉的创伤

面对并克服情感创伤并不会发生在一夜之间。为了实现故事的目标，要在整个故事进程中让人物按照弧线方向发展，并完成解决创伤的过程。因此，如果发生得太突然——他很快就面对创伤并取得了胜利——就会让读者感到极大不满。当事情很快得到解决时，通常意味着故事的结构存在问题。

要把故事设计成每件事都在正确的时间点发生，并且行文节奏丝毫不差是很困难的。但是，把握好创伤解决过程的节点至关重要。作者必须在故事发展过程中均匀安排信息，在人物穿越弧线时要设置引人入胜的情节来吸引读者。主人公一往无前地前进，直到达到目标，完成旅程的那一刻为止。

如果你在这方面需要帮助，写作者小站（One Stop for Writers）能够提供全面的结构布局工具，帮你规划故事和人物弧线。此外，本书末尾的推荐读物中还列出了其他可提供帮助的书。

最后说明

情感创伤的形式无穷无尽。尽管我们已经尽量大范围地列出了创伤种类来帮助你开始构思过程,但这些词条绝对没有穷极所有。我们强烈建议你真正探索一下人物的过去,来更好地理解是什么独特的缘由把人物塑造成了故事开头的样子。别怕跳出定式,大胆按需改编此书中描述的创伤。

如果你在头脑中已经想出了一个创伤,但找不到你所需的确切情景,我们建议你通读同一分类下的其他词条,因为这些词条有共同的主题,它们能激发你的灵感,让你知道如何使现存的词条适用于人物的某个处境。为了写作能够真实可信,我们也建议你对所选的创伤做更加深入的调查,根据"痛彻心扉:影响创伤的因素"中的选项按需改编。

在研读这些词条时,你会注意到所列行为中大多数都是消极的。这是有意为之,因为背景信息中的创伤本身就有破坏作用,除非人物采取有效的处理策略,它后续还会给人带来进一步的伤害。如需获得有关人物治愈过程的具体信息,请参见"面对或克服这一创伤的机会"部分。你可以选择自己觉得适合人物处境的方法,并用它们去唤醒人物治愈自己的渴望,引导人物接受不能改变的事实,帮助人物实现内心成长,获得更高的自我价值。

另一件在通读词条时要记住的事是,你会注意到许多相互冲突的行为。例如,一个失去了某一肢体的人可能会封闭自己,和身边的人断开联系,也有可能完全相反,她变得完全依赖他人。每个人物都是独一无二的,都有自己的性格特征和过往,因此,对自己创伤的反应也与他人不同。为了帮你解决这一问题,我们已经列出了许多种反应。在这些词条中寻找灵感时,要时常问问自己,你想用的这个反应适合人物吗?要确保她在故事中的行为和她的性格相符,这样在读者看来才能真实可信。

在发掘人物信以为真的谎言时,可用词条中的例子作为起始点,因为这些是我们特意总结出来的普遍适用的例子。每个创伤事件都截然不同,并且,与之相关的周边人物和人物自身独特的过往经历会影响谎言的具体形式。例如,如果人物经常照顾并保护的某个兄弟姐妹去世了,那么这件事带来的谎言会和兄弟姐妹之间关系不亲近的情况下产生的谎言不同。人物是复杂、多层的存在,他们的创伤事件和深信不疑的谎言要像量身定制的衣服一样合身。

我们希望这本书能够帮助你发现并充实未来人物可能会出现的创伤。创伤事件对人物成长的作用不可估量。仔细审视并从不同的角度考虑它们,你就能选出完美贴合人物的创伤事件,塑造出层次饱满、鲜活立体的人物,从而引起读者共鸣。

The Emaotional Wound Thesaurus
情感创伤词汇

犯罪与受害

Crime And Victimization

被劫车
A Carjacking

人物受到创伤的具体情境：
- 劫车人强迫人物下车并把车开走，据为已有
- 被劫车人暴力胁迫，把车开到荒凉地带

因受此创伤而常常受到损害的基本需求：
安全感、尊重与认可

人物可能接受的错误观念：
- 因为我弱小，所以我才成了他人的目标
- 那一瞬间我被吓得不会动弹；我在紧急时刻靠不住
- 我无法获得真正的安全
- 我没法保证家人的安全
- 获得物质财富没有意义，因为它们只会被别人夺走
- 试图在这个世界上寻找美好是幼稚的
- 警察很无能，谁也保护不了
- 以暴制暴是唯一的方法

人物可能会害怕：
- 以其他方式被害
- 另一件珍视的东西被强行夺走
- 拥有好东西，因为它们会使自己成为他人目标
- 随意的暴力行为给自己或亲人造成不好的结果
- 和劫车人类似的人
- 在家被袭（因为劫车人能在车上找到个人信息）

可能的反应和结果：
- 特意买比以往差的东西，希望不要成为他人的目标
- 花钱更加节省，以此来弥补损失
- 追逼警察，确保肇事者被捕
- 回避劫车地点
- 巡查遇袭地点，希望能和劫车人正面对抗，夺回自己的控制权
- 一旦认为哪些陌生人会造成威胁，就会对他们产生对抗情绪
- 多疑
- 认为警察无法充分保证公众安全，因此投奔治安会
- 购买胡椒喷雾剂或者防身武器，把它放在新车里
- 给自己的车和家加强安全防护
- 变得悲观，戴着消极的滤镜看待世界
- 选择更加安全的路线，即使这会增加通勤时间
- 拒绝要求自己独自开车外出的机会
- 不允许自己十几岁的孩子独自开车
- 坚决让家人在到达目的地时打电话（报平安）
- 只有所有家人都回到家了，自己才能睡着或放松下来
- 开车时极度警惕
- 如果有人走近自己的车，就会非常紧张
- 拒绝当乐于行善的好人（如，有人的车坏了也不会停下来帮忙）
- 对大多数人都不信任

- 患上恐慌症
- 占有欲很强；不再愿意把自己的东西"交给别人"
- 控制能力出现问题
- 待在家中，不出屋
- 针对和劫车人相似的人进行偏见性思考和行动
- 寻求市政改革，确保街道更加安全
- 物质欲望减弱；需求减少
- 把这次的死里逃生看作是人生重来的机会
- 对亲人表达爱意时更加放得开
- 重新排列事情的重要程度（家人第一，少花时间在工作上，不再过于担心钱财，等等）

可能会形成的个性特征：
积极特质
- 充满爱意的、警觉的、善于分析的、充满感激的、大胆的、自洽的、讲究策略的、专注的、慷慨的、独立的、内向的、公正的、一丝不苟的、简单的、善于观察的、有条理的、坚持不懈的、细心保护的、负责任的

消极特质
- 成瘾的、冷漠的、对抗型的、品头论足的、大男子主义的、病态的、紧张的、多疑的、咄咄逼人的、愤恨的、惹是生非的、报复心强的

可能会加重这一创伤的诱因：
- 有人在红绿灯处或停车场中接近自己的车
- 在路上看见和自己被偷的车特别像的车
- 孩子或配偶到了回家的点还没回来
- 在更小的方面感觉受害，比如有朋友操纵自己，或是老板用计令自己感到愧疚
- 被另一辆车跟踪很长时间，自己往哪里拐弯，它就往哪里拐弯
- 有人敲车窗
- 听到被袭时车上广播放的歌曲
- 在相似的条件下开车（深夜，城市的同一区域，穿过交通隧道，等等）

面对或克服这一创伤的机会：
- 一个能做自己真正想做的事的机会，但需要自己在劫车发生地点开车
- 注意到自己恐惧或妄想被害的生活方式已经影响到了孩子
- 因为太害怕而不敢开车，并且意识到这正在影响着自己的快乐（无法和家人旅行，无法自驾游，无法在周末出去度假，等等）
- 被迫和与劫车人相似的人交流，并意识到自事件以来产生的偏见

被人当成私有财产
Being Treated as Property

人物受到创伤的具体情境：
- 被迫卖淫
- 被人奴役
- 被卖给其他人
- 被迫嫁给不喜欢的人
- 被卖到人贩子手中
- 作为家庭成员（器官、骨髓，等等）的捐赠者，被抚养长大
- 为了他人的利益被迫做自己不想做的事
- 个人价值的大与小取决于自身某个品质（如，美貌、力量、美德）所带来的金钱、权力或威望的多与少

因受此创伤而常常受到损害的基本需求：
生理、安全感、爱与归属、尊重与认可、自我实现

人物可能接受的错误观念：
- 我没有价值
- 我的存在就是为了给他人牟利
- 我的意愿不重要
- 这一定是爱情真正的样子
- 这很正常
- 我不会获得自由
- 我的意志不属于自己
- 我过得也没比动物强
- 我只有死了才能自由

人物可能会害怕：
- 被卖给或送给更坏的人
- 受到虐待或伤害
- 先是依恋一个人，后来又不得不离开
- 被他人利用
- 逃不出会受到暴力虐待（包括性虐待）的生活环境
- 因为不像从前那样有价值，因此被杀掉
- 永远不会获得无条件的爱

可能的反应和结果：
- 变得极度顺从，希望能获得掌控者的喜爱，以免受罚
- 失去自己的意志或身份；只和掌控者交往
- 会被任何一个有权势的人恐吓到
- 尽最大的努力不引起他人注意
- 几乎没有或没有自尊
- 无法感觉或表达某些情感
- 为了熬过虐待而变得不动感情或人格分裂
- 行尸走肉般做事，独来独往，别人说什么就做什么
- 专注于能讨好掌控者和帮他们完成目标的活动
- 在某些小的方面反叛（囤积物品，行动上服从但态度上不服从，等等）
- 把自杀当成是获得解脱的唯一方式
- 偷偷磨炼能够帮助自己最终逃脱的技能
- 偷偷练习被禁止的技能，为了还能够保持点自己的东西
- 偷偷储备用于未来逃脱的物品

- 巧妙地寻求帮助（如，给一个看起来有同情心的人递纸条）
- 逃脱后可能会通过吸毒或酗酒来应对自己的过去
- 总是想着自杀或尝试自杀
- 不信任他人
- 没有太长远的规划
- 没有充分发挥潜能；格局很小
- 冷漠地看待世界
- 对任何有权有势的人都缺乏尊重
- 认为谁比自己弱小就应该控制谁（动物，兄弟姐妹，同学，等等）
- 容易分神；无法专注
- 在有毒的关系中委曲求全，以求和人亲近
- 不愿意进行人际交往（避免被人抛弃和失去他人）
- 感到空虚，但是想要改变，想要像他人一样感受事物
- 对别人习以为常的小事也感到感激
- 慢慢敞开心扉、寻求帮助（诉诸治疗，跟可靠的人诉说心事，等等）

可能会形成的个性特征：
积极特质
- 警觉的、谨慎的、协作的、勇敢的、彬彬有礼的、考虑周到的、随和的、共情力强的、友好的、温柔的、谦逊的、善良的、忠诚的、抚育他人的

消极特质
- 成瘾的、冷漠的、冷酷的、不诚实的、悲观多疑的、狡诈的、不可靠的、无趣的、无知的、拘谨的、紧张的、缺乏安全感的、反叛的

可能会加重这一创伤的诱因：
- 别人没有兑现对自己的承诺
- 身边只有不熟悉的人（保姆或救援人员）陪伴
- 收到了从前施虐者给予自己的那种赞美或礼物
- 认为亲友利用自己为他们牟利
- 和自己的受虐经历相关的感官诱因（链子的碰撞声，床垫弹簧的声音，等等）

面对或克服这一创伤的机会：
- 逃出来后刚尝到自由的滋味，又被抓到"主人"那里
- 逃出来后碰到了自己怀疑正在受虐的人，想要帮助他们
- 意识到自己正在重蹈覆辙，在某些方面对待自己的孩子像对待私人财产一样
- 逃出来后，又经历了一连串的有毒关系，随后意识到自己根本没有被治愈

被人跟踪
Being Stalked

人物受到创伤的具体情境：
跟踪者通常对他们的跟踪对象十分迷恋，这或是出于恋爱目的，或是他们认为这些人在某些方面冷落或轻视了他们，或是出于他们自己也不能完全了解或明白的原因。跟踪者可能是各种各样的人，包括：

- 一位发了邮件却没有收到回应的粉丝
- 从前的生意合伙人
- 一名奖学金申请被拒的学生
- 一名在评选竞赛中失利或得到很差评价的艺术家
- 前男友或前女友
- 一个求爱被拒的熟人
- 一名在升职时遭到了忽略的情绪不稳定的员工
- 处于单相思幻想中的人
- 连环杀手或强奸犯
- 一个精神失常的人，对跟踪对象有种说不清的迷恋
- 一个感到自己在某方面受到了轻视、忽略或没有受到应有赏识的人

因受此创伤而常常受到损害的基本需求：
安全感、爱与归属、自我实现

人物可能接受的错误观念：
- 某种程度上是我鼓励他这么做的
- 如果我不那么友好（或是拒绝她的约会邀请），这种事就不会发生了
- 人们知道我很软弱，总想伤害我
- 我的判断有误；我从一开始就应该意识到这人是个威胁
- 没有真正安全的地点或真正可靠的人
- 权威机关无力帮助我
- 相信人性中的善是十分天真且危险的想法

人物可能会害怕：
- 自己的生命受到威胁
- 跟踪者会出狱并寻求报复
- 跟踪永远不会停止（如果正在被跟踪）
- 信错了人
- 让任何人靠近，以防他们迷恋自己
- 自己无辜的家人或所爱的人可能会受到牵连，成为受害者

可能的反应和结果：
- 失眠和疲乏
- 没有胃口
- 隔绝自我；避免不必要的社交
- 回避社交媒体或关闭自己的社媒账号
- 整天黏着自己熟识的安全的人
- 因为怀疑自己的分辨和判断能力，要依赖自己所爱的人来做决定
- 对所爱的人和宠物过分保护
- 过分怀疑和妄想被迫害
- 患上精神障碍，如广场恐惧症或抑郁症
- 产生创伤后应激障碍症状（噩梦，记忆闪回，容易受惊，焦躁不安，等等）
- 难以专注于日常任务
- 做出改变（搬家，改变名字或外貌，等

等），以甩掉跟踪者
- 非常在意个人安全
- 通过食物、酒精或毒品自我"治疗"
- 总是没来由地自我责备一阵
- 通过严格的自我评估，搞清楚是什么引起了他人注意
- 摆脱自认为导致自己被跟踪的个人特质（如，将友好态度改为敌对态度）
- 高血压、胃肠疾病、性功能失常以及其他和压力有关的身体症状
- 工作或学业表现不佳
- 放弃需要走出家门的爱好或活动
- 难以信任他人
- 不跟人说话或不回应点头之交的客套
- 避免恋爱关系
- 因为压力很大所以体重增加或减少
- 不能完全享受生活或放下焦虑
- 变得更加警惕，注重观察周围环境
- 做更加保险的选择，做好预防措施
- 参加自卫课程
- 变得更有集体意识；帮助自己所在的公寓楼或社区中的所有人做好安全工作

可能会形成的个性特征：
积极特质
- 警觉的、充满感激的、谨慎的、遵守纪律的、考虑周到的、共情力强的、专注的、独立的、抚育他人的、善于观察的、在乎隐私的、积极主动的

消极特质
- 成瘾的、控制欲强的、戒备的、充满敌意的、无趣的、拘谨的、不理性的、缺乏安全感的、黏人的、紧张的、喜怒无常的、多疑的、疑心的

可能会加重这一创伤的诱因：
- 被人偷拍
- 看到和跟踪者外貌相似的人
- 和跟踪者有关的感官诱因（跟踪者哼唱的某首歌曲，玫瑰的香味，等等）
- 在被人跟踪时发生的重大事件（假日，年会，等等）

面对或克服这一创伤的机会：
- 再次处于当初导致跟踪者出现的相同场景中（必须在公司中选出升职的人，受邀出去约会并想拒绝，等等）
- 得知跟踪自己的人已经出狱了
- 在恋爱关系中，对方开始显示出占有欲或嫉妒心
- 发现恋人有家暴史或情绪变化无常

犯罪与受害

目睹谋杀
Witnessing a Murder

人物受到创伤的具体情境：
- 家庭争端演变为暴力事件
- 目睹一个行人在抢劫中被杀
- 一名同学在校园枪击案中被杀
- 父母在入室抢劫中被杀
- 目睹一名警官被罪犯枪杀
- 一个朋友在一次聚会上被谋杀，而这起谋杀与帮派袭击有关
- 被人绑架，绑架者杀害了另一名受害者

因受此创伤而常常受到损害的基本需求：
安全感、爱与归属

人物可能接受的错误观念：
- 我本应做些什么来阻止它
- 我在压力之下很无用
- 我保护不了我爱的人
- 应该让我替他们死
- 世界是个危险且不可预测的地方
- 人们本质上就是暴力的
- 没有人会真正安全

人物可能会害怕：
- 被人谋杀
- 家人被杀害，但是无力阻止
- 在最需要自己的时候，自己却被吓得动弹不得（如果这是造成创伤事件的一个因素）
- 对他人的生命安全负责
- 做决定，尤其是影响他人的决定
- 在错误的时间出现在错误的地点
- 和凶手外形上或思想上相似的人

可能的反应和结果：
- 加强住宅安全
- 参加自卫课程
- 买把枪，自己练习着使用
- 获取秘密携带武器的许可
- 随身携带胡椒喷雾
- 天黑之后不出门
- 远离家人、朋友
- 在脑海中一遍又一遍地重现那一事件
- 因为没有做得更多而在精神上自责，即使这不是自己所能控制的
- （出于自我保护目的）不愿帮助看起来处在困境中的人
- 担心家人和他们的行踪
- 因为要逃避责任，所以变得不可靠
- 为了证明自己的能力而变得极度负责并控制欲极强
- 为了保护孩子，频繁地查看他们的情况、监督他们的活动，并限制他们独立，这一切使孩子很窒息
- 没来由的担忧，使自己回避某些人、地方和活动
- 无论到了哪个新地方，都要检查出口
- 容易焦虑和恐慌
- 难以入睡
- 常做噩梦
- 执着于识别并找到凶手

- 背离自己的信仰或坚守自己的信仰
- 参加守夜活动或寻求治疗来处理事件带来的情绪
- 帮助受害者的家人
- 不断追逼警务人员,确保正义不会缺席
- 通过社媒告诉人们发生了什么,获取支持
- 懂得感恩;从小事中找到快乐

可能会形成的个性特征:
积极特质
- 警觉的、充满感激的、大胆的、果断的、遵守纪律的、公正的、一丝不苟的、善于观察的、有条理的、在乎隐私的、积极主动的、细心保护的、明智的、有精神信仰的

消极特质
- 大男子主义的、冷酷的、幼稚的、控制欲强的、爱挑剔的、冲动的、病态的、黏人的、紧张的、多疑的、自毁的、迷信的、喜怒无常的、沉默寡言的、孤僻的

可能会加重这一创伤的诱因:
- 目睹争吵不断升级
- 看到包含谋杀调查的新闻报道或虚构的警匪剧
- 看到或听到让自己相信有人处在危险中的东西(不论这是否真实)
- 和袭击有关的感官刺激,如血的味道或货车回火的声音
- 和谋杀有关的地点或事件(小巷,停车场,家庭聚餐,等等)

面对或克服这一创伤的机会:
- 保护犯罪者而不是无辜受害者的法律得到通过,这激励了自己去面对伤痛事件并积极参与到申冤平反中来
- 被请求在谋杀案件的审判中作证
- 错误地谴责和谋杀者同一种族或宗教信仰的人,并认识到自己的偏见
- 肩负重大责任的情形(被要求帮忙照看生病的姐姐的孩子,自己是唯一能够救助在雪崩中被埋者的人,等等)
- 有种本能反应,虽然最后证明这种反应是对的,但当初并没有按照它行事,因为自己已经不相信自己的直觉了

犯罪与受害

身份被窃取
Identity Theft

人物受到创伤的具体情境：
- 个人资料被罪犯获取，身份被假冒
- 护照被罪犯复制，用于罪犯非法入境
- 银行账户里的存款或投资被人用假文件取光
- 银行卡被人克隆，负债增加
- 因身份被他人盗用而受到债主、警察或罪犯的骚扰
- 名字被人盗用创建网络账号，进行网络霸凌
- 竞争对手仿制自己的账号，想要毁掉自己的名誉
- 身份被盗用后被催缴医疗保险，自己获取保险的资格受到影响
- 朋友或家人假冒自己的身份，做些毁坏自己名誉的事情
- 指纹或DNA被人用于指认自己有罪
- 个人照片被别人PS得不堪入目，并被发到网上用于打击报复
- 个人信息被用于创建淫秽色情网站上的虚假账号
- 邮箱被盗，用于发送犯罪威胁或破坏性信息

因受此创伤而常常受到损害的基本需求：
生理、安全感、尊重与认可

人物可能接受的错误观念：
- 努力生活得更好毫无用处，因为总有人会将我的生活夺走
- 我成为他人的目标是因为我很软弱
- 人们不尊重我是因为我不值得尊重
- 到处都是掠食者；我不能将个人信息透露给任何人
- 掌控权不过是幻想；我所拥有的任何东西都可能被夺走
- 真到了艰难时刻，谁也帮不上忙，尤其是警察
- 我的名誉再也无法挽回了；我将永远被此束缚

人物可能会害怕：
- 被人利用
- 失去积累的一切
- 破产
- 因为信错了人而犯错
- 本应可靠的社会机构

可能的反应和结果：
- 回避高科技和信息采集
- 把钱藏在某处，不存到银行
- 疯狂地修改密码、变更银行账号和更换信用卡
- 拒不分享个人信息
- 关闭社交媒体账号
- 在朋友或同事询问个人问题时反应过激
- 不信任他人，质疑他人的动机
- 因多疑而相信边缘阴谋论
- 总是花现金
- 从来不把钱包、手机等物品留在能让他

人轻易拿到的地方
- 避免亲近的人际关系（如果窃取身份是针对个人或因仇恨而起的）
- 撕碎或焚烧包含个人信息的邮件和其他文件
- 把所有信息都复印一份，以防要证明其他人的信息是盗用的
- 不再信任其他本来值得信任的机构（保险机构，银行，等等）
- 为自己照顾的人制定不合理的网络和科技使用规则
- 总是仔细阅读文件中的细则，并经常拒绝签署标准政策文件（网站服务条款和条件，医生的信息共享同意书，等等）
- 对新认识的人很慢热
- 公开讨论自己的担忧和不信任，把恐惧感传染给作为听者的孩子
- 自己研究安全协议，以免身份窃取再次发生
- 做好最坏的打算，同时尽量往好处想
- 简化生活（扔掉多余的信用卡，精简生活而让生活变得更好管理，等等）
- 更加自给自足
- 变得独立，这样在有必要的时候自己可以离群索居

可能会形成的个性特征：

积极特质
- 警觉的、善于分析的、谨慎的、考虑周到的、诚实的、有条理的、积极主动的、明智的、简单的、好学的、传统的

消极特质
- 控制欲强的、玩世不恭的、不诚实的、回避的、充满敌意的、缺乏安全感的、持有执念的、多疑的、持偏见的、沉默寡言的、孤僻的

可能会加重这一创伤的诱因：
- 发现信用卡上有笔莫名其妙的账单
- 伪造的电子邮件向自己索要银行卡信息、密码或要求汇款
- 朋友或亲人来借钱
- 当初一直追着联系自己的人又来纠缠（如，讨债公司或银行职员）
- 脸书网页、推特上的基本信息等被人篡改了，尽管没有造成伤害
- 在商场无法使用信用卡
- 被机场的海关人员扣留（尽管只有一会儿）

面对或克服这一创伤的机会：
- 在恢复身份很久之后，还不得不去反驳某项指控（如，由金融机构或执法部门发起的指控）
- 因多疑而认为他人动机不纯，但很快被推翻，因此自己意识到不信任他人就是在伤害他人
- 有机会给自己的生活带来经济上的改变
- 不得不去法庭上作证，证明有人盗用了自己的身份

失去人身自由 / 被劫持囚禁
Being Held Captive

人物受到创伤的具体情境：
被人绑架并且：
- 被索要赎金
- 被长期囚禁
- 被当成奴隶卖掉
- 绑架者是自己亲生父母中的一方或其他亲戚，被绑架至别处开启新生活

因受此创伤而常常受到损害的基本需求：
安全感、爱与归属、尊重与认可、自我实现

人物可能接受的错误观念：
- 我是个易受骗的傻瓜，是别人攻击的对象；人们总是想陷害我
- 我再也回不去从前了，再也不会感到完整了
- 其他人都没逃出来，那么我也不该逃出来（幸存者愧疚感）
- 绑架我的人并不是个坏透了的人（斯德哥尔摩综合征）
- 我的判断有误，不能信（如果觉得自己有某种过错）
- 我唯一能信任和依靠的人就是自己
- 被绑匪洗脑后产生的某些想法："没人爱我，我就应该被罚……"

人物可能会害怕：
- 自己的权力和自由再次被夺走
- 信错人
- 无法实现梦想
- 逃出来后无法适应现实世界
- 家人被人绑走，遭受了相同的磨难
- 在囚禁期间承受的事情会导致自己被亲人冷落
- 男人或女人（取决于绑匪的性别），尤其是与绑匪外貌相近的人
- 再次被攻击、被困住、被俘获或被杀害

可能的反应和结果：
- 小心翼翼到近乎偏执的地步
- 对自己周围的环境高度警惕
- 对触发性刺激十分敏感，如处于密闭空间里或自己的活动受限
- 疏远朋友与亲人
- 难以信任他人
- 饱受噩梦折磨
- 沉迷于安全防护（上自卫课程，把家改造得跟堡垒一样，等等）
- 抑郁和焦虑
- 对爱好或从前喜欢的活动失去兴趣
- 过分保护自己的孩子
- 自从绑架事件过后就难以适应世界上的种种变化（如果绑架持续了很长时间）
- 为了保护自己的隐私，变得躲闪或不诚实
- 为了应对现实而自我治疗
- 有自杀想法或尝试
- 让所有人都注意不到自己，不想吸引他人的目光

- 因为愧疚感而对绑架自己的人产生共情（斯德哥尔摩综合征）
- 因为所发生的事或自己无力逃脱而厌恶自我
- 出现创伤后应激障碍症状，如记忆闪回、多疑和极度焦虑
- 变得极度顺从；失去了自我意志
- 注意力、专注力和记忆力下降
- 感到无力、恐惧和焦虑
- 采取行动（改名，搬家，换工作，等等），重新开始新篇章
- 感到自己获得了重生的机会
- 认为自己能够逃脱一定是因为仍有大业未竟，活着就要去实现这一目标
- 认为自己应该对救自己的人报恩，并身体力行
- 寻找治疗师或互助小组

可能会形成的个性特征：

积极特质
- 警觉的、充满感激的、大胆的、遵守纪律的、谨慎的、共情力强的、勤奋的、一丝不苟的、抚育他人的、善于观察的、耐心的、坚持不懈的、在乎隐私的、积极主动的、细心保护的、足智多谋的、关心社会的、睿智的

消极特质
- 成瘾的、难以自控的、回避的、充满敌意的、拘谨的、缺乏安全感的、不理性的、病态的、黏人的、紧张的、持有执念的、多疑的、自毁的、讨好型的、疑心的、胆怯的、沉默寡言的、不合作的、孤僻的

可能会加重这一创伤的诱因：
- 和绑架者有关的特定气味、声音、味道或事物
- 能让人想起拘禁时期的地方，如地下室或谷仓
- 听说绑架者即将获得假释或是已经从监狱里出来了
- 有孩子离家（去上大学，参加夏令营，租公寓，等等）
- 不停重演事件的记忆闪回
- 看到和绑架者相似的陌生人
- 看到有电影或电视节目描述和自己的经历相似的场景

面对或克服这一创伤的机会：
- 感觉自己被监视或被跟踪（即使并没有），并意识到寻求帮助是摆脱幻觉的唯一途径
- 发现自己的孩子被人扣留，是为了保证他们的安全（如，在商场抢劫中被锁在储藏柜里）
- 意识到自己因绑架产生的恐惧感正在使亲人疏远自己
- 意识到自己的生活质量和与人交往的能力正在被创伤后应激障碍毁掉，并决定寻求帮助

犯罪与受害

凶手未落网
Being Victimized by a Perpetrator Who Was Never Caught

人物受到创伤的具体情境：
当一个人在某些方面受到陷害或攻击时，作为受害一方，他希望凶手被抓捕归案并绳之以法，因为这是他治愈自己的过程中的一部分。若凶手仍然逍遥法外，受害者便觉得自己会再次受到伤害。这对许多暴行的受害者都适用，暴行包括：
- 强奸或性侵
- 亲人被谋杀
- 入室抢劫
- 打劫或人身攻击
- 家庭暴力
- 绑架
- 跟踪
- 劫车
- 霸凌
- 身份盗窃或钱财诈骗

因受此创伤而常常受到损害的基本需求：
安全感、自我实现

人物可能接受的错误观念：
- 只要凶手仍然逍遥法外，我就不会安全
- 不能相信任何人、任何事
- 这个人毁了我
- 他不被抓捕，我就不能安家
- 我连自己都保护不了，自然无法对他人负责
- 我和别人敞开心扉后，他们总会来占便宜
- 社会体系让我失望，它没法保证我的安全

人物可能会害怕：
- 凶手永远不会被捕
- 再次受害（被同一个人或其他人）
- 所爱之人被这个人陷害
- 永远活在恐惧中
- 因为这件事情没有得到妥善处理而感到郁闷
- 再次信错人
- 放下防卫或让人靠近
- 无法保护亲人
- 永远无法重获自由和掌控权

可能的反应和结果：
- 大肆地加强住宅安全，把家变成了堡垒
- 销声匿迹（改名，搬家，变换容貌，等等）
- 追逼警察，打听案件细节
- 蔑视权威（对警察有负面评价，组织抗议，等等）
- 雇用私家侦探去查找凶手
- 对家人过度保护
- 过度担心亲人的安全
- 患上疑心病
- 因为凶手未被绳之以法以及受害一事本身而患上精神障碍（抑郁，创伤后应激障碍，焦虑症，恐惧症，等等）
- 自我治疗
- 为了保护他人而让他们远离自己
- 不去认识新的人或保持警惕，不让人们靠近

- 只在绝对必要时才离开家
- 因为受到恐惧感的阻碍而放弃梦想
- 变得自怨自艾
- 误解情况,认为他人有罪或怀有恶意,其实并没有
- 避免会让自己为他人负责的情形
- 意识到从前的某些行为是如何使自己更容易受害的(把房门钥匙留在门外的花盆下或者不锁门),下决心避免这样的行为再次发生
- 对周围环境更加警惕,和他人交际时更加小心
- 尽管害怕、担心,还是要追求目标,因为下了决心不要被进一步伤害

可能会形成的个性特征:
积极特质
- 适应力强的、警觉的、善于分析的、大胆的、谨慎的、勇敢的、遵守纪律的、考虑周到的、好客的、独立的、公正的、一丝不苟的

消极特质
- 成瘾的、难以自控的、懦弱的、不知变通的、戒备的、健忘的、无趣的、不理性的、不负责任的、向人诉苦乞怜的、絮絮叨叨的、紧张的

可能会加重这一创伤的诱因:
- 凶手(通过信件、短信、电话等)联系自己
- 看到远处有个陌生人,怀疑他就是凶手
- 看到反映自己受害情形的电影或书籍
- 发生奇怪的事(丢东西,车窗被砸,物件被移动,等等),这可能是巧合,也可能不是
- 让自己回忆起遇袭事件的感官诱因(香烟的味道,嘎吱作响的楼梯,等等)

面对或克服这一创伤的机会:
- 遇到另一名生活得很满足、开心的幸存者,自己也想要那样的生活
- 找到凶手并获得正义,但发现这并没解决自己的问题
- 当家人处于危险中时,自己不得不信任曾让自己失望的权威机关
- 面对因压力产生的健康危机,意识到自己必须找到释怀的和继续生活的方法

遭到性侵
Being Sexually Violated

人物受到创伤的具体情境：
- 被（陌生人、熟人、家庭成员或是伴侣）强奸或试图强奸
- 被人强迫或要挟进行性行为，如口交或肛交
- 被迫出卖肉体
- 遭受带有性意味的爱抚或是令人讨厌的性接触
- 乱伦
- 在人群中遭遇咸猪手
- 被迫看淫秽作品
- 被迫摆姿势照相或被迫录视频
- 被迫看露阴癖者展示性器官
- 收到令人作呕的性文本、照片或信息

因受此创伤而常常受到损害的基本需求：
安全感、爱与归属、尊重与认可、自我实现

人物可能接受的错误观念：
- 如果我说出来，人们会觉得是我撒谎或是我挑起的性侵
- 我不会再变完整了
- 是我的错，是我咎由自取
- 我被人盯上，因为我很无能
- 我的判断力有问题，因为事情到了眼前竟然还不醒悟
- 最亲近的人总会造成最深的伤痛
- 现在没有人想跟我在一起了
- 没什么能保护我远离作恶者，包括我自己
- 信任别人意味着受伤

人物可能会害怕：
- 性行为和亲密关系
- 让他人靠近
- 误解某个情形，使自己或所爱的人陷入危险
- 男人或女人，这取决于作恶者的性别
- 受到侵犯或是被迫违背意愿
- 说出真相但不被（警察，家人，朋友，媒体，等等）信任
- 怀孕或感染性传播疾病
- 因为发生的事而被爱人冷落或抛弃

可能的反应和结果：
- 想尽一切办法隐瞒发生的事，因为感到羞耻或害怕被报复
- 有创伤后应激障碍的症状（记忆闪回，做噩梦，等等）
- 通过酗酒或吸毒来应对创伤
- 患上恐惧症或产生饮食障碍
- 难以专注于工作或学业
- 因为抑郁而无法照顾自己（不管个人卫生，对危险毫不在意，等等）
- 沉默寡言
- 远离亲人和朋友
- 放弃爱好和兴趣
- 质疑自己的性取向
- 性欲减少或对性产生更加强烈但不健康

的欲望
- 对自己对施虐者的感情感到困惑（如果施虐者是家人或朋友）
- 对自己的身体产生负面情绪或看法
- 自杀想法和行为（做计划，写笔记，尝试自杀，等等）
- 改变生活习惯，回避遇害地点
- 情绪不稳定
- 大发脾气，以示反抗
- 不信任权威人士（如果施虐者有权有势）
- 在他人面前不敢裸体；穿着很多层衣服
- 被人碰一下会吓一跳
- 变得控制欲极强
- 遇到能使自己想起性侵过往的场景时，会变得愤怒、沮丧
- 难以信任他人
- 难以为自己说话
- 和恋人维持着柏拉图式的关系，不可能发生性关系
- 对所爱的人和生活中出现的弱势群体过分保护
- 把遭遇性侵的事告诉治疗师、信任的朋友或是亲人
- 通过倾诉自己的经历、投入时间或金钱，以及游说政府来试图促成变化

可能会形成的个性特征：
积极特质
- 独立的、警觉的、谨慎的、勇敢的、遵守纪律的、顺从的、考虑周到的、共情力强的、温柔的、一丝不苟的、抚育他人的、善于观察的

消极特质
- 成瘾的、反社会的、冷酷的、幼稚的、控制欲强的、不诚实的、无礼的、充满敌意的、拘谨的、缺乏安全感的、鲁莽的、愤恨的、惹是生非的

可能会加重这一创伤的诱因：
- 看到描写性侵的电视节目或电影
- 碰到能够让自己回忆起被性侵的感官刺激
- 在社交场合（聚会、派对或慈善活动）意外碰见性侵者
- 看到性侵者和可能成为受害者的孩子或成人在一起
- 意外被人从背后接近

面对或克服这一创伤的机会：
- 无意中疏远了自己理想中的恋人或配偶，随后才意识到自己的过错
- 想让一段恋情继续发展，为此必须对自己的经历开诚布公，并面对恋人可能的冷落
- 听说有朋友也遭到了性侵，鼓起勇气把自己的事说出来或寻求帮助

> **注意：**
> 尽管被人强奸和收到不堪入目的图文内容之间有很大的不同，但二者带给人的性侵犯感受是一样的。因此，我们在此条目中收录了各个种类和层面的性骚扰、性侵犯和强奸行为。

遭受人身攻击
A Physical Assault

人物受到创伤的具体情境：
- 挨了打，但不知道攻击者是谁（如，被黑帮、仇恨团体或学校的同龄人攻击）
- 遭受家人殴打或身体伤害
- 遭到抢劫
- 被一个人攻击（如，在酒吧里因为看别人的女友而遭到殴打）
- 上前保护他人但自己却成了攻击者的目标

因受此创伤而常常受到损害的基本需求：
安全感、尊重与认可、自我实现

人物可能接受的错误观念：
- 我很弱——容易被人盯上
- 只有时刻保持警惕才会让我安全
- 必须以暴制暴
- 我不能信任那个性别（或种族、民族等）的人
- 权力机关无法保护任何人
- 插手别人的事而受罪，不值得。人们能处理好自己的问题
- 我没法对他人的幸福负责，因为我只会让他们失望

人物可能会害怕：
- 再次成为受害者
- 受害者成为自己无法摆脱的一种身份
- 再也无法夺回本属于自己的权力
- 变得脆弱
- 相似的事会发生在所爱的人身上
- 被袭击和/或被杀害
- 别人会看不起自己，因为自己被人打过

可能的反应和结果：
- 天黑之后不出去探险
- 从不孤身前往某地
- 回避遇袭地点
- 经常感到恐惧或焦虑
- 对家人过度保护
- 过度锻炼，为了身体变得更强壮
- 隐藏自己的一切（观念、宗教、民族、性取向，等等），防止被人盯上
- 对自己的言辞更加谨慎，避免激怒他人
- 总是处于警戒状态
- 怀疑所有陌生人不怀好意
- 处处都要赢，不想让别人认为自己很弱小
- 回避责任，因为害怕失败或被证明自己不值得信任
- 对不公正现象视而不见（如果当初是因为插手别人的争斗导致自己被袭的话）
- 对袭击自己的人产生偏见
- 情绪无常；容易产生过激反应
- 对警察有愤恨情绪（如果有警察责备他对此次遇袭也有责任）
- 酗酒或吸毒
- 参加自卫课程
- 找到红颜知己倾诉心声，获得新的观察事物的角度

- 感激这次攻击没有导致更大的损伤
- 以新的视角看待暴力，并尽力用其他方式解决分歧
- 更加珍惜自己的福气；感到自己获得了重生的机会
- 不为小事伤脑筋
- 避免可能令人生畏的行为，这样别人就不会像自己当初那样害怕
- 成为和平主义者

可能会形成的个性特征：

积极特质
- 警觉的、充满感激的、大胆的、谨慎的、彬彬有礼的、讲究策略的、遵守纪律的、善于观察的、在乎隐私的、积极主动的

消极特质
- 粗暴的、成瘾的、冷酷的、对抗型的、充满敌意的、拘谨的、不理性的、向人诉苦乞怜的、黏人的、紧张的、多疑的、鲁莽的、疑心的、喜怒无常的、沉默寡言的、暴力的、反复无常的、意志薄弱的、孤僻的

可能会加重这一创伤的诱因：
- 看到和攻击者外形相似的人
- 撞上攻击者
- 身处的某个地点突然爆发了一场打斗
- 不得不去医院（为了检查身体，看望生病的朋友，等等）
- 能够一下子引起回忆的感官刺激（用鞋踢松散碎石的声音，潮湿路面的气味，等等）
- 关于抢劫和袭击的新闻报道
- 亲人受到了轻微袭击（如，在学校被人猛推或是绊倒）
- 夜里被奇怪的声音吵醒
- 身处一个和遇袭地点相似的地方

面对或克服这一创伤的机会：
- 一段恋情里，有了虐待的成分
- 认为自己要被袭击并做出过激反应，但后来发现是虚惊一场，让自己很尴尬
- 向袭击者复仇后发现，复仇并不能消除情感上的痛苦
- 那不卷入他人问题的选择令他人成了受害者后，自己不得不面对自己的懦弱

67

遭遇入室抢劫
A Home Invasion

人物受到创伤的具体情境：
人物独自或和家人待在家中时有人闯入，接着被迫经历被抢、被害、被攻击（身体、精神或性上的）的折磨，甚至还可能被绑架

因受此创伤而常常受到损害的基本需求：
生理、安全感、爱与归属、尊重与认可、自我实现

人物可能接受的错误观念：
- 应该对陌生人感到恐惧
- 任何我不了解的人都是潜在威胁
- 我在自己家都不安全，那么没有能让我安全的地方了
- 同情（共情，善良，等等）是懦弱的标志
- 我没法保证亲人的安全
- 发生了这样的事全怪我（家庭安全保护措施不到位，没锁门，不够强壮，等等）
- 警察很无能，无法保护我
- 世界充满了恶人
- 想掌控局面就是痴人说梦

人物可能会害怕：
- 信错人
- 独自一人，易受伤害
- 自己的掌控权被夺走
- 另一起入室抢劫
- 罪犯和瘾君子，或是和作恶者在某些方面（种族，外貌，等等）相似的人
- 亲密关系和性（如果人物受到了性侵）
- 和这一痛苦经历有关的因素（如，封闭空间，假设作恶者当时藏在衣柜里）

可能的反应和结果：
- 对住宅安全有种偏执（反复检查锁头，安装照明灯，设置安全系统，等等）
- 高度警惕（会注意到原来不放在心上的声音，全天候记录行踪，标记出口，等等）
- 变得沉默寡言或是城府极深
- 一人独处时会感到痛苦，甚至出现恐慌症和妄想症
- 失眠或入睡困难；会做十分真实的噩梦
- 醒来时心跳很快
- 对于遇袭时用到的物件（厨房工具，皮革手套，强力胶布，等等），感到不适
- 将家中一个房间设置为安全房，加固门锁和住宅保护装置
- 难以集中精力
- 聊天时反应不积极
- 碰到大的响声会情绪激动
- 当必须开门时，焦虑就会袭来，即使是在有人陪伴的情况下
- 感到被跟踪或被监视
- 感到在家里不安全，但是太害怕了，不敢离开家
- 一次次回想发生过的事
- 难以享受生活中的小事（拜访朋友，微

笑，大笑，等等）
- 需要时刻掌握孩子的动向
- 需要全权掌控所有事情（可能会在此过程中破坏人际关系）
- 为了住宅安全购买武器，或参加自卫课程
- 对幸存的人和物感到感激
- 变得没那么注重物质
- 寻求治疗

可能会形成的个性特征：
积极特质
- 警觉的、善于分析的、谨慎的、独立的、内向的、成熟的、一丝不苟的、善于观察的、洞察力强的、在乎隐私的、细心保护的、负责任的、多愁善感的、睿智的

消极特质
- 难以自控的、戒备的、无趣的、不知变通的、缺乏安全感的、不理性的、贪图享乐的、紧张的、疑心的、持有执念的、多疑的、悲观的、持偏见的、胆怯的、沉默寡言的、孤僻的

可能会加重这一创伤的诱因：
- 和这一事件有关的感官刺激，如血的气味或地毯燃烧时被灼伤的痛苦
- 听说小区发生了入室抢劫
- 独自在家
- 在没有人预约来访的情况下，门铃却响了
- 有个陌生人寻求帮助（如果行凶者之前就是通过这种诡计入侵房子的话）
- 发生了让人物感到自己被暴露在危险中的事（停电，手机丢了没法报警，等等）
- 孩子独自在家，给其打电话但无人接听

面对或克服这一创伤的机会：
- 成功保住了一件重要的传家宝，但之后又出于别的原因弄丢了它
- 执着于保护住宅安全，但有位家庭成员在别处遇袭
- 因为无法放下过去，婚姻上出现了摩擦
- 对孩子的保护欲过强，导致孩子逆反并处于危险境地
- 经历灾难（洪水，房子起火，等等）后，受邀到陌生人家中，感受到了善意

身心缺陷与容貌问题

Disabilities And Disfiguirements

不孕不育
Infertility

人物受到创伤的具体情境：
无法怀孕或生子，因为：
- 疾病（子宫内膜异位，子宫发育畸形，排卵障碍，等等）
- 早期子宫切除术
- 失败的流产手术
- 癌症和癌症治疗
- 性传播疾病并发症（STDs）
- 过早绝经
- 精子数量少
- 未知因素

因受此创伤而常常受到损害的基本需求：
爱与归属、尊重与认可、自我实现

人物可能接受的错误观念：
- 因为这个原因，我是个不完整的男人或女人
- 和我这样有缺陷的人交往对于对方来说不公平
- 这是对我所做的某件事的惩罚
- 我没孩子肯定有具体原因
- 老天知道我当不好父/母，所以我才会没有孩子
- 人们如果发现我的秘密，就会怜悯我，所以最好还是装作我不想要孩子吧
- 如果没有孩子，我永远无法感到完整或满足
- 如果无论如何这样的事都要发生在自己身上，那么还费力照顾自己干吗呢
- 我会变老，独自死去，身边没人照顾我

人物可能会害怕：
- 配偶去世，留自己一人
- 他人的眼光
- 自己没有做父/母或照顾他人的能力
- 体内其他潜在疾病或重大疾病
- 永远不会感到快乐或满足
- 因为无法怀孕而无法使自己的伴侣感到满足
- 伴侣一旦发现自己不能生育就会离开

可能的反应和结果：
- 无比执着地想要怀上孩子，不论要面临多少困难、付出多大花销
- 不知疲倦地搜索并尝试新的或不寻常的怀孕方法、疗法和药品
- 攒钱用于受孕治疗（或是借钱进行治疗）
- 把性从一种让人欢愉的体验变成达到怀孕目的的手段
- 过分担心自己的健康状况
- 和别人解释为什么至今仍没有孩子时会撒谎
- 受到抑郁的折磨
- 在母亲节或父亲节时藏起来
- 自我治疗
- 疏远有孩子的夫妻
- 和自己的配偶或父母黏在一起，因为害怕失去他们，留自己一人
- 避免见到小孩

- 只和没有孩子的夫妇相处
- 沉迷于物质世界,填补空虚
- 经常旅行或过着半游牧的生活,以免自己安家落户
- 对有孩子的人感到愤恨,尤其是那些抱怨孩子的事的人
- 全身心地投入到工作中,希望自己能一直忙碌并分散自己的注意力
- 寻求替代方法(如,领养或收养孩子)
- 加入互助小组
- 意识到自己永远不会怀上孩子后会感到悲痛

可能会形成的个性特征:
积极特质
- 适应力强的、充满爱意的、耐心的、充满感激的、考虑周到的、共情力强的、乐观的、坚持不懈的、在乎隐私的、足智多谋的

消极特质
- 冷酷的、玩世不恭的、回避的、不理性的、嫉妒的、向人诉苦乞怜的、黏人的、持有执念的、悲观的、愤恨的、喜怒无常的、忘恩负义的、孤僻的

可能会加重这一创伤的诱因:
- 亲密朋友或亲戚很容易就怀孕了
- 受邀参加迎婴派对,不得不去给小孩选礼物
- 看到怀孕或喂奶的母亲
- 突出描绘年轻家庭或即将为人父母的人的电视广告和节目
- 重大事件(父亲节或母亲节,标志自己变老却没有子女的生日,等等)
- 亲人出于好意提出了一些伤人的意见或问题:"别等太久才要孩子"或"你为什么不想要孩子呢"

面对或克服这一创伤的机会:
- 获知自己不符合领养孩子的条件
- 在紧急情况下替朋友照顾孩子,重新唤醒了自己的母性(或父性)本能
- 经过许多牺牲和努力终于怀孕,但最后流产了
- 孩子夭折(过继或领养的孩子,在不孕不育之前怀上的孩子,等等)

身心缺陷与容貌问题

创伤性脑损伤
A Traumatic Brain Injury

人物受到创伤的具体情境：
经历了创伤性脑损伤，原因是：
- 跌倒并撞到了头
- 打架
- 开车、骑自行车、骑水上摩托车或划船时发生事故
- 运动损伤，如在进行橄榄球或跆拳道运动时造成脑震荡
- 被马踢到
- 被枪击
- 重物砸到了脑袋上
- 出岔子的冒险活动或恶作剧

因受此创伤而常常受到损害的基本需求：
生理、安全感、尊重与认可、自我实现

人物可能接受的错误观念：
- 我无法对世界做出有意义的贡献
- 我永远无法过上正常生活了
- 我的梦想现在遥不可及了
- 生活再也不值得一过
- 我太蠢了
- 没人想和我在一起
- 我是个功能失常的人，相比从前的我，现在的我已经不完整了

人物可能会害怕：
- 因为自己的状况而受到排斥
- 能照顾自己的家人去世或生病（遭到抛弃）
- 造成创伤的情形
- 病情意外恶化
- 对他人没有尽到责任
- 即使是最基本的需求，也要完全依赖他人完成

可能的反应和结果：
- 喜怒无常，焦虑不安
- 睡眠规律发生变化（失眠、睡眠过多或睡眠浅）
- 容易分神
- 容易忘事
- 患上失忆症
- 对光或其他扰乱感官的刺激很敏感
- 容易头痛或偏头痛
- 难以运用运动技能进行其他跟灵活性有关的活动
- 刚学会的技能很快退化
- 难以做成过去可以做的事（说话、阅读、跑步、等等）
- 太过逼迫自己
- 情绪低落时朝亲人大发雷霆
- 抑郁或有自杀想法
- 用毒品或酒精来自我"治疗"
- 尽力隐藏自己的困难，而非在人前承认困难或寻求帮助
- 回避可能受到过度刺激的情形
- 待在家里不出门
- 回避朋友和社交活动
- 不跟别人对话，害怕让别人看出来自己

的困难
- 不愿尝试新事物，因为自己可能做不好
- 拒绝所有帮助
- 变得过度依赖他人
- 事后批评自己的决定
- 对那些生活在无法自我改变的局限中的人倍加共情
- 致力于收复失地（通过学习、物理疗法等）
- 通过磨炼其他技能和天赋来补偿短板
- 设置现实可行的目标并尽力去达到目标

可能会形成的个性特征：
积极特质
- 雄心壮志的、谨慎的、勇敢的、随和的、高效的、共情力强的、慷慨的、勤奋的、忠诚的、沉思的、坚持不懈的、在乎隐私的、古怪的、关心社会的、率性而为的、无拘无束的

消极特质
- 粗暴的、幼稚的、无章法的、健忘的、不可靠的、充满敌意的、不耐烦的、缺乏安全感的、心不在焉的、不理性的、黏人的、悲观的、自毁的、不合作的、喜怒无常的、反复无常的

可能会加重这一创伤的诱因：
- 医院和医生
- 试着做某事，这让人物想起了自己的局限之处
- 看到比自己年轻的或经验更少的人在某一领域的能力超过了自己
- 和朋友一起回忆，但是自己无法记起某些事
- 看到自己从前在擅长领域取得的成绩，但现在很难做到
- 即使有补偿措施，也失败了（如，尽管把事情写下还是会忘记做）

面对或克服这一创伤的机会：
- 面对梦想的终结，必须决定是向绝望投降还是重新定义成功
- 看护人去世或丧失劳动能力，人物只能自己照顾自己
- 得到一个做自己喜欢的事的机会，即使这意味着可能会失败
- 难以做成某件事，不得不决定是继续尝试还是放弃
- 意识到自己在某一领域可以成功，虽然这意味着重新开始或是以不同的方式做事

身心缺陷与容貌问题

达不到社会公认的外貌标准
Falling Short of Society's Physical Standards

人物受到创伤的具体情境：
- 比社会公认的标准身高高很多或矮很多
- 皮肤受到痤疮、皮疹、牛皮癣、色素差异或类似问题的损伤
- 被认为太瘦或太胖
- 比大多数人毛发旺盛
- 被认为有一些不协调的地方（脖子太短，胳膊太长，等等）
- 五官长得不好看，如鼻子形状奇怪、龅牙或菜花耳
- 身体畸形（一条腿比另一条短，畸形足，脊柱侧弯，等等）
- 失去一条腿或手臂
- 因为某些原因而留下伤疤或毁容

因受此创伤而常常受到损害的基本需求：
爱与归属、尊重与认可

人物可能接受的错误观念：
- 人们看我的时候，只能看见我和正常人之间的差异
- 我不会得到他人的接纳或他人拥有的东西
- 我不配和好看的人在一起玩
- 没有人想和我这样的人玩
- 有人表现得对我感兴趣，只是因为想骗我罢了
- 人们因为同情我才跟我交朋友

人物可能会害怕：
- 错信他人，误解他人的意图
- 被人指出外表的缺陷
- 被同辈排斥
- 他人嘲笑自己、盯着自己或可怜自己
- 恋爱关系和亲密关系
- 因为外表而在生活中受限

可能的反应和结果：
- 低自尊
- 尽力隐藏他人认为反常或畸形的地方
- 自我贬低，让他人接受自己或避免嘲讽
- 回避会让自己成为焦点的活动
- 被无意冒犯到会生气；过度敏感
- 回避社交场合
- 在人群中会待在边缘位置
- 不和他人交流，除非他们先跟自己交流
- 想向让自己生活变得艰难的人复仇
- 疏远他人
- 总是关注自己的缺点；过度自我批评
- 因为自我价值感低，所以会和有毒的人交往
- 把人们从自己身边推开，以免自己之后会受到伤害
- 如果长处会让自己显得突出或得到并不需要的关注，那么会适当地掩饰长处
- 从事让自己更加不显眼的工作
- 乐于参加匿名活动，如访问在线聊天室或藏在社交媒体的人格面具后面
- 不去触碰他人或不想被他人触碰

- 和他人保持情感距离
- 寻求医疗帮助来矫正或最小化差异
- 希望能够"解决问题",因此接受了许多手术和治疗,导致自己破产
- 在艺术活动中(写作、画画或音乐)寻找慰藉,表达情绪
- 非常乐于接纳他人,并看到他人可能被忽略的品质
- 和其他"被社会抛弃的人"做朋友
- 磨炼某项技能或才能,建立自信

可能会形成的个性特征:
积极特质
- 警觉的、善于分析的、谨慎的、充满魅力的、彬彬有礼的、讲究策略的、共情力强的、有趣的、温柔的、谦逊的、富有想象力的、善良的、仁慈的、沉思的、洞察力强的、在乎隐私的、干劲十足的、才华横溢的

消极特质
- 对抗型的、轻浮的、充满敌意的、缺乏安全感的、嫉妒的、过于情绪化的、黏人的、紧张的、过于敏感的、多疑的、愤恨的、喜怒无常的、胆怯的、沉默寡言的、报复心强的、反复无常的

可能会加重这一创伤的诱因:
- 无意听到有人对自己外貌上的差异说些不友善的话
- 重回从前受到嘲讽的地方(学校,酒吧,等等)
- 把自己和"完美"的人比,发现自己有所缺失
- 参加会让大家看到自己的容貌的活动(如,颁奖仪式或婚礼)

- 强调外表完美才是获得快乐的关键的宣传、商业广告以及产品

面对或克服这一创伤的机会:
- 目睹有人因为外表缺陷受到欺凌,并不得不在继续当透明人和站出来为其发声之间做决定
- 受到那些选择拥抱自己的差异而不是隐藏它们的人的鼓舞
- 发现自己能够帮助或鼓舞他人的长处或天赋,意识到对一个人来说重要的远不止外表
- 在一段有毒的关系中,对方贬低自己的容貌,但自己意识到自己有价值,不应该受到这样的对待

对抗精神障碍
Battling a Mental Disorder

人物受到创伤的具体情境：

- 焦虑症
- 双向情感障碍
- 精神分裂
- 人格障碍，如反社会、自恋和解离性障碍（以前叫作多重人格障碍）
- 慢性抑郁
- 饮食失调
- 冲动控制障碍（偷窃癖，放火癖，强迫性赌博，等等）
- 强迫症（OCD）
- 创伤后应激障碍
- 让人感到无力的恐惧症（广场恐惧症，社交焦虑障碍，等等）

因受此创伤而常常受到损害的基本需求：
生理、安全感、爱与归属、尊重与认可、自我实现

人物可能接受的错误观念：

- 我无法照顾别人或自己
- 我搞得一团糟，没人会爱我的
- 人人都会来伤害我
- 我不需要药物或治疗
- 我的梦想现在实现不了了
- 我崩溃了，没法恢复
- 只有我一个人这样艰难
- 我对他人来说只是个累赘。如果我不存在就更好了

人物可能会害怕：

- 失去独立能力
- 和精神障碍相关的具体的恐惧感（人群，细菌，被碰触，等等）
- 因为吃药或治疗而改变了性格或产生了副作用
- 针，医生或医院
- 把疾病遗传给孩子
- 在其他方面变得和父/母一样（如果疾病是遗传性的）
- 发病时意外伤害到自己或亲人
- 无法抚养或赡养自己要照顾的人
- 永远失去了理解现实的能力

可能的反应和结果：

- 隐瞒自己的疾病
- 在别人清楚自己症状的情况下，还找借口掩盖
- 不承认自己的疾病，并对其不以为意
- 吸毒或酗酒；用自残行为来应对疾病
- 回避那些让自己承担责任的人（家人、朋友或治疗专家）
- 变得抑郁
- 难以消除悲观和消极的想法
- 疏远他人
- 经常打电话请病假，不去上班或上学
- 因为吃了治疗疾病的药而无法继续工作
- 生活只顾眼前，不把目光放长远
- 一旦药物起作用就停药，认为吃药已经没必要

- 情绪无常
- 有自杀想法或尝试行为
- 有时感到困惑和迷茫
- 产生无法控制的想法和冲动
- 怀疑他人；质疑他人的动机
- 出现强迫行为，这些行为塑造了自己的行为模式和日常习惯
- 难以应对日常问题
- 感到浑身无力、筋疲力尽和被掏空
- 进行治疗；加入互助小组
- 因为疾病而调整目标
- 极力增强此疾病的公众意识
- 在取得进步并意识到自己其实多么强大后重获自信

可能会形成的个性特征：
积极特质
- 充满爱意的、讲究策略的、考虑周到的、共情力强的、热情的、友好的、慷慨的、理想主义的、独立的、天真无邪的、善良的

消极特质
- 幼稚的、难以自控的、狡诈的、充满敌意的、无章法的、健忘的、无知的、冲动的、漫不经心的、不理性的、持有执念的、黏人的

可能会加重这一创伤的诱因：
- 看到其他有精神疾病的人被利用
- 造成情感冲击的失望或失落（如，朋友搬走或宠物失踪）
- 因为疾病而难以做出重要决定
- 打破自己日常惯例的突然变化（表兄弟姐妹搬来一起住，医生停诊，等等）
- 因为自己的状况受到排斥或被抛弃

- 保险变更，不再能够报销自己的医药费用或治疗方案

面对或克服这一创伤的机会：
- 停药的举动危及家人，这使人物不得不思考要想有所好转应该去做什么
- 遇到一个特别的人，要决定是一起生活还是独自生活
- 有需要专注和投入的酷爱的事，需要决定是否接受这一挑战
- 某人的支持给了自己去为幸福奋斗、接受疾病也是自身一部分的勇气

身心缺陷与容貌问题

仅美貌被他人关注
Being So Beautiful It's All People See

因受此创伤而常常受到损害的基本需求：
安全感、爱与归属、尊重与认可、自我实现

人物可能接受的错误观念：
- 我唯一的价值就是我的外貌
- 我绝不会因为自己的勤恳、聪颖或技能而受到尊重
- 人们想和我亲近，只是因为我的外表，以及我的美貌可以给他们带来的东西
- 我思考或信仰什么并不重要
- 我只能成为别人想让我成为的样子；我不能为自己而活
- 我必须选择美容行业，因为那是人们期待我做的
- 友谊总是包含着嫉妒，因此只有"表面"关系才是安全的
- 想跟我约会的人只不过把我当成了花瓶
- 如果我公开表明我的恐惧和挣扎，我就会受到蔑视

人物可能会害怕：
- 被跟踪，被施以暴力和被性侵犯（尤其对女性而言）
- 被人利用
- 受到美貌的限制（表现在生活选择、职业、机会等方面）
- 变老或失去美貌
- 疾病和重病
- 因为自己的外貌受到不公正的评价

- 信错人
- 嫉妒自己的同辈的报复或破坏
- 从没经历过真正有深度的人际关系

可能的反应和结果：
- 谨小慎微地照料自己的健康和美貌
- 持续控制饮食并锻炼
- 和衰老对抗（整形手术，买昂贵的产品，承受痛苦的治疗，等等）
- 强烈需要他人认同，因此会质疑并事后批判自己的选择
- 讨好他人
- 避免亲密关系（因为会怀疑这段关系是否是真的）
- 不抱怨，因为人们的反应会缺乏共情
- 按照人们期待的那样表现（行为得体，八面玲珑，自以为是，等等）
- 为了证明人们是错的，故意表现得和他们的预期相反
- 面带笑容，强装自信，以此来对抗或隐藏自卑
- 保守秘密；很少透露自己最深层的情感和渴望
- 觉得身体不适但不知道怎么形容
- 和抑郁斗争并采取行动应对抑郁（自我治疗，选择独处，划伤身体上别人看不见的地方，等等）
- 贬低自己的美貌（以及其他的品质和技能）来尝试着融入集体
- 总觉得自己和伙伴出去时像个装饰品或

物件
- 很努力地做到讨人喜欢，并否认同性朋友对自己的愤恨情绪
- 对环境安全很敏感；不去危险的地方
- 对他人友善、包容
- 提升个人品格，这样别人就会更关注自己的品格而不是外貌
- 参加自己擅长的、与外貌无关的活动，如做运动、学外语或取得某个学位

可能会形成的个性特征：
积极特质
- 谨慎的、充满魅力的、协作的、彬彬有礼的、遵守纪律的、调情的、友好的、慷慨的、善良的、忠诚的、成熟的、顺从的、在乎隐私的、细心保护的、感官享乐主义的、老练世故的、无拘无束的

消极特质
- 成瘾的、尖酸刻薄的、自大的、悲观多疑的、铺张浪费的、伪善的、冲动的、拘谨的、缺乏安全感的、嫉妒的、大男子主义的、贪图享乐的、滥交的、反叛的、自我放纵的、被惯坏的、虚荣的、工作狂的

可能会加重这一创伤的诱因：
- 受到不加掩饰的、明显含有性意味的搭讪
- 被嫉妒自己容貌的人叫成淫妇或妓女
- 看到别人正用审视的或居高临下的表情盯着自己
- 和人聊天时，聊天话题突然从智识转变成了外貌
- 被朋友背后捅刀子，并得知其这么做的根源只是对自己的容貌感到不满

- 有人因为偏见或刻板印象而全权控制了某个项目（自己被认为不能解决事情、不能进行体力劳动等）
- 看到有人用他们的美貌得到想要的东西，这又加固了已经给自己造成类似麻烦的刻板印象
- 年纪大了开始衰老，意识到朋友正在因为自己在外貌上和他们逐渐平等而幸灾乐祸

面对或克服这一创伤的机会：
- 经历了毁坏自己美貌的事故或疾病
- 想要组建家庭，需要接受自己的身体将会发生的变化
- 有了展示自己智力、才华或热爱的机会，但是害怕受到从前经历过的排斥和嘲笑
- 看到自己的孩子用美貌去操控他人
- 饮食失调，知道自己必须找人帮助，不然局面就会无可挽回
- 一位也曾因无法找到自我价值和缺乏满足感而饱受折磨的朋友自杀离世

社交困难
Social Difficulties

人物受到创伤的具体情境：
- 极其内向
- 因为有孤独症、多动症（注意力缺陷/多动障碍）、强迫症、社交焦虑症或社交恐慌症
- 因为患有行为障碍，其行为模式可能与同龄人不同
- 因为病症十分严重而被社会排斥

因受此创伤而常常受到损害的基本需求：
爱与归属、尊重与认可、自我实现

人物可能接受的错误观念：
- 我是个怪胎
- 我不需要朋友，无论如何，我一个人会更开心
- 人们永远不会接纳我的，所以为何要尝试融入群体呢
- 如果我是个正常人就足以令我开心了
- 如果我假装像大家一样，他们就会接纳我了
- 和他人不同是祸根

人物可能会害怕：
- 某些和自身病症有关联的恐惧症或诱因（人群，受到触碰，细菌，等等）
- 在他人面前失去控制并让自己丢脸
- 被人排斥或嘲讽
- 跟人讲话时局促不安
- 永远不会找到真爱或真正的友谊
- 误解某个情形并做出不当反应

可能的反应和结果：
- 低自尊
- 回避社交场合
- 回避与他人的眼神接触
- 待人粗鲁或者防卫心很强，将他人拒之门外
- 在会谈中不插话，只是旁听
- 非言语回应（微笑、点头、耸肩）
- 选择独自做的工作
- 参与到有更多时间构思回应的活动中（如，打游戏或在网上小组中聊天）
- 待在家中，很少出门
- 如果决定去参加活动或和朋友出去玩，就会感到有压力或是担忧
- 不尝试结交新朋友或建立新的关系
- 猜忌他人的动机；觉得他们要嘲笑或霸凌自己
- 隐藏使自己显眼的行为（强迫行为，面部抽搐，不适当的回应，等等）
- 深埋自己痛苦的或生气的情绪，把它们堆积在心底
- 离群索居并变得基本上不和他人交谈
- 相信了他人对自己的错误认知（自己很无礼，以自我为中心，不负责任，不近人情，等等）
- 总是和让自己觉得舒服的家人和朋友待在一起
- 模仿他人以融入集体

- 总是自我贬低，因为自己难以处理好社交问题
- 幻想自己回应得体并被他人接受的社交场景
- 把吸毒或酗酒作为一种应对方式
- 向同伴压力屈服，以求能被群体接受
- 蔑视其他边缘人物
- 只参加有朋友在场的社交活动
- 到社交媒体上交友，那里的压力小一些
- 全身心地投入到工作或爱好中
- 帮助其他边缘人物
- （通过治疗、互助小组、医药等）寻求帮助来克服社交困难
- 专注于自己擅长的兴趣爱好

可能会形成的个性特征：
积极特质
- 谨慎的、彬彬有礼的、有创造力的、讲究策略的、共情力强的、专注的、友好的、富有想象力的、独立的、勤奋的、公正的、仁慈的、顺从的、沉思的、在乎隐私的、古怪的、足智多谋的、好学的、才华横溢的

消极特质
- 反社会的、冷酷的、尖酸刻薄的、幼稚的、回避的、轻浮的、充满敌意的、拘谨的、不理性的、嫉妒的、自以为无所不知的、懒惰的、向人诉苦乞怜的、黏人的、紧张的、愤恨的、自毁的、讨好型的、沉默寡言的

可能会加重这一创伤的诱因：
- 朋友告诉自己她只想待在家里，但后来却发现她和别人出去玩了
- 成年后仍像儿时一样在社交方面遭到排斥
- 没有收到某个活动的邀请（即使这只是疏忽）
- 被嘲弄或取笑
- 在社交场合中紧张到大脑宕机
- 当朋友突然取消了计划好的事情时，感到被冷落

面对或克服这一创伤的机会：
- 失去了"僚机（帮助自己的人）"，因此不得不独立面对困难的社交情形
- 在与世隔绝了大半生后，某个创伤性事件使自己意识到需要和他人建立联系
- 发现在某个情形下，自己的不同是件好事，而不是坏事
- 和潜在恋爱对象的交往过程并不舒心，因此面临选择：继续孤身一人进行着自我挣扎，或面对自己的困难并积极应对它们

身体缺陷
A Physical Disfigurement

人物受到创伤的具体情境：
- 被火或者化学物质烧毁身体
- 有清晰可见的伤疤（刀割，枪击，动物袭击，车祸，手术留下的伤，等等）
- 失去了身体的某部分，如眼睛、耳朵、鼻子或手指
- 四肢畸形
- 有可见且丑陋的胎记
- 兔唇
- 甲状腺肿大或长了肿瘤
- 有严重的皮肤病，如牛皮癣、痤疮、皮肤变色、色素脱落、瘢痕瘤或瘊子
- 身体某些部分不匀称（象皮肿，双腿长度不一，等等）
- 因为中风，身体某些部分变得松弛或瘫痪
- 因为整形手术失败而毁容

因受此创伤而常常受到损害的基本需求：
爱与归属、尊重与认可、自我实现

人物可能接受的错误观念：
- 没有人会爱我这样的人
- 他们看我，是因为我身体上的缺陷
- 这是一种惩罚
- 我不值得被爱
- 大多数人都不会给我机会，所以我不会放走给我机会的人
- 有在乎我的人，即使他们对我态度恶劣，也比没人在乎我强
- 任何想要和我接触的人肯定别有用心
- 人们太残忍了，所以最好还是远离他们
- 没人能理解我正在经历什么
- 我永远无法实现自己的梦想
- "正常"人比我强

人物可能会害怕：
- 亲密关系
- 任何可能造成毁容的因素（火，医院，精神失常的前男友，等等）
- 被人当面或在社交媒体上凝视或嘲讽
- 失去了曾经对自己表达爱和接纳的人（如，因为死亡或搬家）
- 不容忍和偏见
- 被人排斥或抛弃

可能的反应和结果：
- 自尊心变低或自我仇视
- 从不出家门一步；过隐居的生活
- 用穿衣服、戴首饰或化妆来最大程度隐藏毁容部位
- 喜欢参加线上活动，在那儿，人物可以创建自己的理想型人格
- 避免能遇到陌生人的情形
- 不对他人敞开心扉
- 不信任表达爱意的或善意的人
- 只跟他人保持表面的人际关系
- 取笑自己的身体缺陷来显得云淡风轻
- 潜心于只需独自参与的爱好或兴趣领域
- 十分嫉妒符合社会标准的美人

- 愿意黏着自己生命中出现的善良的、关爱自己的人
- 追求不健康的恋爱关系
- 因为沮丧或受伤对他人大发雷霆
- 自怜自艾
- 患上抑郁症或焦虑症
- 做出有自毁倾向的行为，如酗酒或吸毒
- 不愿照相和录影
- 觉得别人在盯着自己，即使实际上并没有
- 找到新颖的方式来发泄伤痛，如，创作音乐、画画、3D 打印或设计衣服
- 在不完美中发现美丽，欣赏他人忽略的小事
- 给其他有身体缺陷的人提供帮助（如，参加论坛或聊天群）

可能会形成的个性特征：

积极特质
- 谨慎的、彬彬有礼的、有创造力的、考虑周到的、共情力强的、专注的、温柔的、富有想象力的、内向的、忠诚的、仁慈的、沉思的、洞察力强的、坚持不懈的、在乎隐私的、积极主动的、有精神信仰的、宽容的

消极特质
- 粗暴的、玩世不恭的、回避的、无趣的、拘谨的、缺乏安全感的、嫉妒的、向人诉苦乞怜的、黏人的、悲观的、愤恨的、自毁的、疑心的、喜怒无常的、胆怯的、反复无常的、孤僻的

可能会加重这一创伤的诱因：
- 被好奇的小孩或其他旁观者指出自己身体的缺陷
- 在视频中看到自己，重新意识到自己在他人眼中是什么样子
- 因为身体缺陷而感到痛苦
- 看到网上嘲笑有身体缺陷的人的表情包
- 看到把美貌和个人价值联系在一起的美容广告、电视广告和电视节目

面对或克服这一创伤的机会：
- 别人拿自己身体的缺陷开玩笑，目的就是让自己痛苦
- 意识到如果有勇气摆脱身体缺陷这一阻碍，梦想是可以实现的
- 欺凌或讽刺别人，后来意识到自己已经变成了自己最讨厌的人的样子
- 得知还要做个痛苦的手术，结果还不一定能改善容貌

身心缺陷与容貌问题

失去视听嗅味触五感之一
Losing One of the Five Senses

因受此创伤而常常受到损害的基本需求：
爱与归属、尊重与认可、自我实现

人物可能接受的错误观念：
- 我永远不会完整了
- 我的快乐将总是因此受限
- 人们看我只会看到我的缺陷
- 我以后总得靠别人照顾了
- 我的梦想现在难以实现了

人物可能会害怕：
- 失去五感中的另一个
- 必须依赖他人
- 失去照顾自己的人
- 无法找到真爱
- 因为自己的情况而被人盯着，被人怜悯或被孤立
- 与世隔绝
- 如果缺失的官能很难让人注意到，那么自己就会被寄予某种不切实际的期待

可能的反应和结果：
- 不让别人看到自己
- 感到被孤立和误解
- 选择能自己一个人做的工作和爱好
- 降低对可能发生的事的期待
- 因为害怕失败和失望，所以为自己不能做某些事找借口
- 放弃自己的梦想或目标，认为现在这些都实现不了

- 向他人发火；变得情绪无常
- 小心翼翼，生怕受到注意
- 为自己感到遗憾
- 变得抑郁
- 有自杀想法或尝试过自杀
- 受到恐惧、焦虑和担心的控制
- 陷入自怨自艾中，并变得过度依赖他人
- 容易因为自己适应能力差而感到沮丧
- 过度沉迷于某个领域来弥补缺失
- 嫉妒那些仍能运用五感的人
- 利用自己的缺陷来操纵他人；让他们做自己本能做到的事
- 变得不想冒险
- 试着通过控制他人来弥补自己生活中缺失的掌控权
- 通过冒不必要的风险、无视规则、不尊重权威人士来进行反抗
- 缩小自己的世界（不外出，不与人交往，不享受自然）
- 寻求能够让自己接受新境况的治疗方法
- 发现失去同样官能的成功人士，并把他们看作是自己的榜样
- 指导与自己同病相怜的人
- 熟练掌握法律，为自己和其他人的权利发声

可能会形成的个性特征：
积极特质
- 适应力强的、雄心壮志的、勇敢的、充满感激的、充满魅力的、高效的、共情

86

力强的、友好的、独立的、勤奋的、鼓舞人心的、耐心的、坚持不懈的、足智多谋的、负责任的、关心社会的

消极特质
- 粗暴的、成瘾的、幼稚的、爱挑剔的、控制欲强的、悲观多疑的、无趣的、不耐烦的、冲动的、犹豫不决的、不负责任的、善于操控的、黏人的、过于敏感的、反叛的、愤恨的、自我放纵的、被惯坏的

可能会加重这一创伤的诱因：
- 目睹有人因为他们的缺陷而受到欺凌或贬低
- 一位朋友的措辞无意间戳到了自己的痛处："听鸟叫！"或"你没看见那个，一定是眼睛瞎掉了吧！"
- 面对和导致自己失去官能的相似场景
- 必须向陌生人求助："可以帮我找到电梯吗？"
- 听说别人在做自己以前能够亲手做的事
- 在公共场所努力应对自己的缺陷带来的困难，感受到了与当初失去官能时相同的尴尬和恐惧
- 使自己想起如何失去官能的具体事物（医院，飞机，水，等等）
- 因为失去官能而处于危险中（听不见火警报警器的响声，看不见有车闯红灯，等等）

面对或克服这一创伤的机会：
- 看到有人有困难，但是除非自己先学会克服自己的困难，否则无法帮助他人
- 面对对任何人来说都会危险的场景，意识到依赖他人是很正常的，不是软弱的表现
- 当朋友有难时，自己可以选择屈服于自我怀疑（不帮忙）或是发掘自己并不知道的能力（尽管有困难，还是会帮忙）
- 一份进一步威胁自己自由和独立的诊断书
- 发现通过家人的官能而经历的生活能给自己带来新的惊喜

注意：
我们的五感使我们能够恰当地理解周边的环境和人并与之互动。除非失去其中一个，否则，我们不会意识到自己有多么依赖五感。尽管许多人在失去一种官能后仍能开心满足地生活，但中间总会有一个调整时期，这一时期的长度和困难程度因人而异。在当事人能够接受新的现实并继续前进之前，这一创伤仍会继续对其产生负面影响。

失去手臂或腿
Losing a Limb

人物受到创伤的具体情境：
失去手臂或腿，因为：
- 天生缺陷
- 车祸
- 工厂或车间的机器故障
- 疾病或重病，如癌症、血管疾病、动脉疾病或糖尿病
- 农业事故
- 动物袭击
- 对抗生素免疫的细菌感染
- 坏疽
- 冻伤
- 参军时受的伤

因受此创伤而常常受到损害的基本需求：
爱与归属、尊重与认可、自我实现

人物可能接受的错误观念：
- 我永远不会完整了
- 没人会觉得我好看
- 人们看着我的时候，只是在看我的缺陷
- 我想要的生活没有了
- 我遭受这些都是活该（如果人物认为失去手臂或腿是自己犯错造成的）
- 我无法照顾自己或是家人
- 我对家人来说是个负担
- 他们没我会过得更好

人物可能会害怕：
- 他人的评判或怜悯
- 成为人们关注的焦点
- 无法完成梦想
- 失去独立能力
- 单独生活；永远找不到爱自己的伴侣
- 无法供养家庭
- 被他人视作弱者或无能之辈

可能的反应和结果：
- 难以抑制的幻肢痛
- 想办法掩饰自己失去的那条手臂或腿
- 不冒险；总是做稳妥的选择
- 为了证明自己的能力而变得鲁莽
- 疏远他人；变得孤僻
- 回避公共地点和社交活动
- 在自己被拒绝之前先把别人推开
- 和看护者、家人黏在一起
- 变得完全依赖他人
- 拒绝帮助，不论自己有多么需要帮助
- 变得充满敌意或防卫心强
- 难以应对情绪低落和痛苦
- 患上创伤后应激障碍
- 变得越来越没有耐心；容易愤怒或沮丧
- 用毒品和酒精来自我麻醉
- 坚持以往的常规和活动，即使现在这对于自己来说很困难或不可能实现
- 怨恨造成事故或自己处境的人（如果现在的处境和那个人有关）
- 陷入哀伤的状态无法自拔
- 变成完美主义者
- 凸显其他身体部位，让别人不再注意自

己缺失的那条手臂或腿
- 变得极其独立（搬出去住，拒绝治疗，不遵医嘱，等等）
- 和有相同经历的人聚在一起
- 拒绝让这件事限制自己的生活质量
- 选择自己的确可以胜任的事业、可以做成的爱好和休闲活动
- 增强体魄，弥补肢体缺失的缺憾
- 为失去肢体的人发声（在残奥会上当志愿者，争取平等机会，呼吁为残疾人立法，等等）

可能会形成的个性特征：
积极特质
- 雄心壮志的、充满感激的、独立的、遵守纪律的、勤奋的、鼓舞人心的、善良的、成熟的、抚育他人的、简单的、坚持不懈的、在乎隐私的、足智多谋的

消极特质
- 控制欲强的、戒备的、充满敌意的、无趣的、不耐烦的、拘谨的、黏人的、缺乏安全感的、过于敏感的、悲观的、鲁莽的、愤恨的、讨好型的、胆怯的、孤僻的

可能会加重这一创伤的诱因：
- 经历了本可能导致失去另一个身体部位的事故
- 因为自己的残疾而受到他人的偏见、迫害或怜悯
- 因为自己的残疾而经历的尴尬时刻（有小孩盯着自己看，轮椅被路缘石绊翻，一只胳膊抱不住东西并导致东西散落在地，等等）
- 不得不再到医院去，即使是为了与自己的残疾毫不相关的事而去的
- 重访事故地点
- 在某个情形下想要帮忙，但因为自己残疾而无法帮忙

面对或克服这一创伤的机会：
- 如果能顺应自己的能力去调整梦想，那么梦想就有望实现
- 因为太过自怨自艾而错过帮助家人的机会，事后又很后悔
- 如果有勇气，就能站上鼓舞他人的舞台（当残奥会运动员，当歌手，施展特殊才能，等等）

性功能障碍
Sexual Dysfunction

人物受到创伤的具体情境：
性功能障碍影响男性，也影响女性，这可能由许多因素引起：
- 疾病，如肥胖、糖尿病、心脏和血管疾病
- 压力
- 心理因素（焦虑，抑郁，对性交的恐惧症，等等）
- 过去的性行为创伤或身体创伤，如强奸或割礼
- 处方药的副作用
- 吸毒酗酒
- 荷尔蒙失衡
- 身体意象焦虑

因受此创伤而常常受到损害的基本需求：
爱与归属、尊重与认可、自我实现

人物可能接受的错误观念：
- 我没法使自己的伴侣开心
- 我必须隐藏我对性功能障碍的想法，不然我就会失去他
- 一旦人们知道了真相，就没人想和我在一起了
- 最好还是一个人过
- 如果我不能让女人开心，就必须从其他方面证明自己的男子气概
- 性，只不过是必须完成的规定动作
- 如果没有性，我就无法拥有一段有意义的恋情

- 我永远不会完整了

人物可能会害怕：
- 和他人进行性亲密行为
- 和他人的亲密情感（因为这通常会导致性亲密行为）
- 受到冷落
- 让自己的伴侣感到失望
- 自己永远只会把性看作是消极的事
- 容易引发性交的惯常行为（摩挲后背，浪漫晚餐，来自伴侣的确切暗示，等等）

可能的反应和结果：
- 为了避免痛苦或尴尬而禁欲
- 转而用淫秽作品或其他刺激物来激起性欲
- 负面的自我对话
- 自我怀疑渗透到其他方面
- 拒绝他人的恋爱邀请
- 与世隔绝
- 穿着低调，这样不会引起他人注意
- 避免在自己的伴侣面前裸体
- 在恋爱关系还没发展到可以进行性行为前就开始破坏这段关系
- 预计快要发生性行为时会自行服药
- 自己是发起性行为的一方，但当自己的性功能无法发挥作用时就会"踩刹车"
- 性交时假装很开心
- 为自己为何对性交不感兴趣找借口（疲

劳，生病，很多事情还没做，等等）
- 说一些关于性的负面言论，因此当自己对此不感兴趣时，伴侣也不会吃惊
- 试图用其他方式来证明自己的价值
- 寻找其他同样对性不感兴趣的或无法进行性行为的恋爱对象
- 自慰
- 在朋友谈论性时会感到不舒服或闪烁其词
- 疏远伴侣，以此来避免性行为（不赞美对方，以免关系更加亲近；避免身体接触；变得缄默不语）
- 专注于满足伴侣的其他需求来弥补缺失的性需求
- 为自己的病症寻求医疗或心理帮助
- 和伴侣坦白自己的困难，希望对方能够理解自己，并愿意配合自己
- 使自己对恐惧的事情不那么敏感，从而克服恐惧感

可能会形成的个性特征：
积极特质
- 警觉的、谨慎的、讲究策略的、考虑周到的、共情力强的、独立的、善良的、忠诚的、抚育他人的、耐心的、洞察力强的、坚持不懈的、在乎隐私的、积极主动的、细心保护的、古怪的、热心助人的、宽容的、无私的

消极特质
- 冷漠的、冷酷的、玩世不恭的、大男子主义的、不诚实的、回避的、伪善的、拘谨的、缺乏安全感的、过于敏感的、悲观的、愤恨的、自毁的、胆怯的、喜怒无常的、沉默寡言的、孤僻的

可能会加重这一创伤的诱因：
- 在禁欲很长一段时间后，伴侣又发起性行为的邀请
- 在重要时刻无法进行性行为
- 伴侣表现出对性关系的不满
- 听到他人十分蔑视地拿有性功能障碍的人开玩笑
- 和过去的性创伤有关的情境诱因（特定气味，一首歌，某个地点，等等）
- 在电视或网上看到治疗性功能障碍的产品广告

面对或克服这一创伤的机会：
- 伴侣愿意帮着解决这一问题，但是自己知道如果自己同意了，就会有尴尬或失败的风险
- 找到对自己怀有无条件的爱、能够放弃性生活的伴侣（伴侣主动提出人物可以选择带着这种缺失感继续生活，或是伴侣承认人物有除了性能力以外的价值）
- 意识到对性的恐惧令自己失去了亲密的情感关系，希望能够有所改变
- 感到生命正在一点点流逝，希望能够生个小孩

学习障碍
A Learning Disability

人物受到创伤的具体情境：
患有学习障碍，如阅读困难、书写困难、算术困难、反应速度慢、执行功能差、视觉和听觉加工障碍

因受此创伤而常常受到损害的基本需求：
爱与归属、尊重与认可、自我实现

人物可能接受的错误观念：
- 我有缺陷
- 我太蠢了，无法学习
- 我绝对找不到一个真正爱我的伴侣
- 如果我参与其中，大家就会知道我有多蠢了
- 当我自嘲的时候，别人就接纳我
- 如果我之前多努力或多练习一点，我就能成功
- 人们如果发现我的缺陷，就会排斥我
- 既然只会失败，为什么还要尝试呢
- 得先攻击别人，不然别人就要攻击我

人物可能会害怕：
- 失败和错误（尤其是显而易见的那些）
- 无法达成梦想或目标
- 受到霸凌或遭到侵害
- 上学时被老师叫起来回答问题；成年时被选出来做一项艰难的任务
- 让他人失望
- 自己的秘密被泄露
- 被自己所爱的人冷落或抛弃

- 被人贴标签并受到限制
- 把缺陷遗传给孩子

可能的反应和结果：
- 逃避责任，认为自己只会让别人失望
- 目标小一点；限制自己的梦想或目标，以便能够轻松达到
- 消极地看待自己和自己的缺陷
- 不和他人亲近，避免受到嘲笑和讽刺
- 欺凌他人
- 过度补偿
- 变得愤怒或喜怒无常
- 憎恨天生聪明或有天赋的人
- 进行破坏性的或冒险的行为
- 转移他人对自己缺陷的注意力（如，在拼写比赛开始之前故意捣蛋，然后被逐出课堂）
- 出于否认或不想让他人知道自己的缺陷，拒绝帮助自己的人（辅导员、老师或导师）
- 取笑有相似缺陷的人，从而疏远他们
- 避免和人对话、交流，因为这可能会暴露自己的缺陷
- 回避社交场合，待在家里
- 如果阅读会提醒自己自身的局限性的话，那么就拒绝阅读
- 仔细研究令人钦佩的人，这样自己在社交时会更加自信、老练（如果社交对自己来说十分困难的话）
- 为有学习障碍的人发声

- 关注自己的长处而不是短处
- 选择不需要用到自己弱项的工作、爱好和活动
- 极度努力地工作以获取成功
- 学着弥补缺陷（锻炼自己的记忆力，使用软件，雇用家教，等等）
- 拒绝让缺陷定义自己

可能会形成的个性特征：
积极特质
- 适应力强的、谨慎的、充满魅力的、遵守纪律的、共情力强的、调情的、富有想象力的、有趣的、勤奋的、沉思的、一丝不苟的、坚持不懈的、宽容的、在乎隐私的

消极特质
- 粗暴的、戒备的、不诚实的、回避的、拘谨的、缺乏安全感的、过于敏感的、反叛的、愤恨的、自毁的、胆怯的、沉默寡言的、不合作的、暴力的、反复无常的、孤僻的

可能会加重这一创伤的诱因：
- 看到有缺陷的人被人欺凌或虐待
- 不得不寻求帮助
- 无法修好坏掉的东西
- 无法理解指令或概念，感到一阵沮丧
- 听到别人给自己贴上非常冒犯且伤人的标签（傻子、智障等）
- 在电视或电影中看到嘲笑或错误表现有学习障碍的人的内容
- 参加了一个讨论孩子先天性学习障碍的学校会议
- 意识到自己的学习障碍给家人的自尊带来的负面影响

- 难以胜任新任务
- 因为自己的缺陷而犯错，自己的能力受到质疑
- 因为自己的缺陷而受到嘲笑

面对或克服这一创伤的机会：
- 不得不做决定，是要因为自己的缺陷而放弃一个能让自己前途大好的机会，还是积极面对且付出成功所必需的额外努力
- 尽管已经尽力隐藏自己的缺陷，还是被大家发现了
- 因缺陷受到不公平的惩罚（在一次考试中因为无法阅读而取得低分，刚一申请什么就立刻遭到了拒绝，等等），希望得到公正结果
- 成年后总是走捷径（而非投入必要的努力去解决缺陷问题），并因此吃到苦果

言语障碍
A Speech Impediment

人物受到创伤的具体情境：
- 结巴
- 哑巴（无法讲话）
- 发音障碍，大舌头
- 因为嗓子受损或者口腔喉部受伤，如腭裂，而产生的言语问题

因受此创伤而常常受到损害的基本需求：
爱与归属、尊重与认可、自我实现

人物可能接受的错误观念：
- 人们讨厌听我讲话，讨厌到恨不得赶紧远离我
- 反正，也没什么值得我说的
- 因为言语障碍，我永远无法有所作为
- 我最好还是保持沉默
- 我不是个浪漫的人
- 即使我有重要的事要说，我这样子说话也没人当真
- 最好避免交往，因为交往会导致嘲笑
- 我会使跟我在一起的人尴尬
- 没人会理解这是种什么感觉
- 我永远当不了领导，只能当下属

人物可能会害怕：
- 公众的嘲笑
- 被选出来或受到大家的注视
- 公共演讲
- 亲密关系或表现出脆弱
- 社交活动

可能的反应和结果：
- 选择一份只需独自完成的或只用跟人有很少接触的工作
- 变得非常愿意读书或看电影
- 必须讲话时会很结巴
- 难以有浪漫恋情，因为说话困难
- 因为自卑，认为自己尽全力也就这样，所以对伴侣不那么挑剔
- 去做一些一人能做的事，如露营、爬山、观星、画画或玩电子游戏
- 选择和人在网上交往，通过网络聊天而不是现场交谈
- 回避或者提早从社交场合和家庭聚会中离开
- 当自己是焦点时会脸红或出汗
- 避免和人有眼神接触，防止他们开始和自己交谈
- 经常幻想或做白日梦
- 不参与团队运动、俱乐部或活动
- 坐在靠近出口或房间边缘的位置
- 更愿意写长邮件和短信
- 不接电话；让电话转到留言信箱，以便稍后发短信回复
- 随身携带一本书或一部手机，这样别人会认为自己很忙，就不会上来搭话
- 不愿主动争取机会
- 愿意和爱社交的人在一起，因为大部分时间都是对方在说话
- 有人（如，歌手、演讲者或拍卖师）也患有言语障碍，但他们取得了成功，这

使自己深受感动
- 寻找与自己面临同样挑战的人
- 发现并关注自己的积极品质，如善良、聪明或幽默感
- 和他人以非语言的方式联系（送礼物，认真聆听他人的想法，收拾好自己的家以便聚会，等等）
- 在社交媒体上很活跃，因为在媒体上可以用文字、图片和视频来表达和交往
- 追求自己热爱的事物或爱好，在其中发挥所长并获得自信

可能会形成的个性特征：
积极特质
- 善于分析的、充满感激的、好奇的、遵守纪律的、共情力强的、专注的、抚育他人的、慷慨的、温柔的、可敬的、独立的、善良的、忠诚的、仁慈的、充满哲思的、在乎隐私的、细心保护的

消极特质
- 反社会的、悲观多疑的、戒备的、不耐烦的、无趣的、冲动的、拘谨的、缺乏安全感的、嫉妒的、紧张的、胆怯的、过于敏感的、愤恨的、讨好型的、沉默寡言的、孤僻的

可能会加重这一创伤的诱因：
- 看到有言语障碍的人被人嘲笑或霸凌
- 听到有影响力的人肆无忌惮地说话（传播仇恨或错误信息）
- 处于使自己的言语障碍更加明显的压力情境中
- 被问到很直接的问题
- 受邀参加需要讲话的会议

面对或克服这一创伤的机会：
- 发现自己的孩子也有患言语障碍的迹象
- 在工作上需要自己做展示或领导会议，但是害怕，不敢做
- 在第一印象非常重要的场合中说话出现困难（面试，第一次约会，等等）
- 希望大声疾呼反对不公，但首先需要努力克服恐惧感
- 希望能够增强公众对某一事业的意识，但想达成目标就要首先让自己成为焦点

与慢性疼痛或慢性病共存
Living With Chronic Pain or Illness

人物受到创伤的具体情境：
- 纤维肌痛
- 慢性疲劳综合征
- 渐冻症（葛雷克氏症）
- 阿尔茨海默病
- 哮喘
- 癌症
- 慢性阻塞性肺疾病（COPD）
- 囊性纤维化
- 癫痫
- 心脏病
- 自体免疫疾病（多发性硬化、类风湿性关节炎、狼疮、糖尿病、炎症性肠病）
- 慢性性传播疾病［疱疹、人体免疫缺损病毒/获得性免疫缺损综合征（艾滋病）、乙型肝炎和丙型肝炎］
- 由关节炎、受伤、过去的手术、神经损伤或偏头痛引起的持续疼痛

因受此创伤而常常受到损害的基本需求：
生理、安全感、尊重与认可、自我实现

人物可能接受的错误观念：
- 我的生活以后会越来越差
- 我很没用。我还是死了的好
- 医生说得对；只不过是我胡思乱想罢了
- 我对家人来说是个负担
- 我正在为我做过的事遭受惩罚
- 这种生活不值得一过

人物可能会害怕：
- 把疾病遗传给孩子
- 被看护人（配偶或者父母）抛弃
- 自己对亲人来说是负担
- 永远找不到病因或治愈方法
- 病情恶化，最终死去
- 罹患新的疾病
- 最后完全陷入无助或成植物人
- 负担不起治疗费用

可能的反应和结果：
- 把自己关在家里
- 变得抑郁
- 喜怒无常，容易生气、沮丧和痛苦
- 不得已或因为抑郁而减少身体活动
- 对药物产生依赖
- 必须别人来劝才能走出家门
- 不关心/照顾自己
- 无法料理家务，家里变得一团糟
- 不去上班或上学
- 工作、学习、参加俱乐部活动和在家做事的效率降低
- 因为疲惫或身体局限，放弃了爱好和最爱的休闲活动
- 做能转移注意力的事（看电视，阅读，睡觉，等等），让自己不再想着疾病
- 隐瞒疾病，不让人知道
- 不讨论自己的感受，这样，别人就不会说这都是你自己想出来的了
- 睡眠不规律

- 按照惯常的模式安排自己的生活
- 经历悲痛的各个不同阶段
- 最大化利用好"正常"的日子
- 研究自己的疾病,尝试各种可能的治疗方法
- 加入面见的或线上的互助小组
- 寻找专治自己疾病的医生
- 给致力于寻找治愈方法的机构捐款
- 摆脱生活中的压力和消极情绪

可能会形成的个性特征:

积极特质
- 适应力强的、充满感激的、谨慎的、自洽的、协作的、遵守纪律的、随和的、高效的、慷慨的、鼓舞人心的、忠诚的、抚育他人的

消极特质
- 成瘾的、冷漠的、冷酷的、无趣的、难以自控的、控制欲强的、坏脾气的、悲观多疑的、健忘的、漫不经心的、犹豫不决的、不负责任的、病态的

可能会加重这一创伤的诱因:
- 发现自己的兄弟姐妹或其他近亲有相似的症状
- 确诊发现了其他重病或缺陷
- 利用小的病痛来逃避责任的、大惊小怪的、爱抱怨的人
- 因为自己的病痛而错过重要活动
- 无意中听到别人说自己的疾病或疼痛都是自己臆想的

面对或克服这一创伤的机会:
- 有机会追求梦想,但是慢些,需要花费更长时间实现

- 被看护人抛弃,不得不自己为自己负责
- 碰到需要照顾的对象(儿童、邻居、狗)并必须在接受挑战和逃避它之间做出抉择
- 未来发生的重大事件(婚礼,生子或孙辈的梦想得以实现,等等)能给自己带来动力,坚定自己和疾病做斗争并最终胜利地活到那个重大日子的信心
- 得知痛苦是由自己做的某件事引起的(吸烟,未做安全措施的性交,等等)

失败与错误

Failures And Mistakes

当众犯错
Making a Very Public Mistake

人物受到创伤的具体情境：

当众犯错的例子屡见不鲜，但是在如今这一科技十分发达的世界中，这些错常常会被记录下来，传于后世——在油管、脸书和各种网站上，这些内容永远不被遗忘。有这样的内容提醒当事人，会使他们以后更难继续生活。令人尴尬的过错包括：

- 支持的某些人、事业或组织最后被发现是骗人的
- 被人抓到出轨
- 被人逮捕
- 被无意中听到，说了一些不想让别人知道的话
- 当众说谎，被人发现
- 情绪失控，说了后来自己后悔说的话
- 喝醉了酒导致行为不当
- 在表演时台词没说好
- 在体育比赛的关键时刻丢球
- 衣服走光
- 当众承诺自己做不到的事
- 负责一个引人瞩目但失败的项目或产品
- 说了某些让自己看起来很蠢的或无知的话
- 指控别人，最后发现自己的指控毫无根据
- 不小心群发了本该发给某个人的私人邮件
- 在公共场所裸体或衣衫不整地晕倒了

因受此创伤而常常受到损害的基本需求：
爱与归属、尊重与认可、自我实现

人物可能接受的错误观念：

- 我就是个小丑。没人会让我忘掉我做的事
- 没人会相信我不会搞砸事情
- 我在压力之下会表现得很糟
- 我的判断有误
- 我总是会失败
- 如果我站在观众面前，我会搞砸一切
- 我的事业终结了（如果人物的事业已经做得风生水起或是家喻户晓）
- 人们内心都很丑陋，总想着要把犯错的人撕碎

人物可能会害怕：

- 失败和砸锅
- 当众讲话或表演
- 让他人失望
- 进一步玷污自己的名誉
- 说错话
- 表达自己的真实观点和意见
- 为人两肋插刀，却发现自己信错人

可能的反应和结果：

- 不再接受费力的或有挑战性的机会
- 变得非常内向、沉默寡言
- 为了避免再犯同样的错误而变得过分小心，甚至发展为强迫症（反复检查自己的工作有无错误，过度地计划，等等）
- 怀疑自己的能力
- 试着通过酗酒或吸毒忘却过去

- 患上焦虑症
- 因为压抑自己的情感，所以易怒
- 对自己的弱点讳莫如深，害怕被人利用
- 自己不得不处在聚光灯下时，会感到阵阵恐慌
- 没有伙伴就什么也不做；太过依赖他人，很少独立自主
- 回避可能会出糗的场景（公众演讲，在线面试，辩论，等等）
- 放弃自己的事业，从事不那么光鲜的工作；未发挥自己的水平
- 隐藏自己（隐居，搬到新地方，改名，等等）
- 因当众犯错而被贴上的错误标签（滥交，古怪，等等），自己也欣然接受
- 感觉自己在生活中受到旁人的评判
- 上谷歌搜索自己的名字，来查看大家是否还对过去发生的事情念念不忘
- 回避可能让自己想起过往错误的网络社交平台
- 做出承诺前更加留心；行动之前先获取信息
- 变得雄心勃勃或动力十足，以此来弥补自己的错误

可能会形成的个性特征：

积极特质
- 雄心壮志的、谨慎的、考虑周到的、谦逊的、仁慈的、在乎隐私的、积极主动的、负责任的、宽容的

消极特质
- 戒备的、回避的、拘谨的、缺乏安全感的、悲观的、反叛的、愤恨的、自毁的、胆怯的、孤僻的、自寻烦恼的

可能会加重这一创伤的诱因：
- 观看另一个人出糗的视频
- 碰到熟悉的或者目睹自己那件糗事的前同事或队友
- 看到电视新闻车开过
- 随机被一名记者拦下，并被请求就一项公共问题表明立场
- 人们拿起手机来录像或照相

面对或克服这一创伤的机会：
- 成为网络霸凌的对象
- 一份有关自己错误的公开记录变得非常流行，因此有人鼓励自己借此机会获取利润
- 被想要再次将自己的事曝光在公众视野的人恐吓或要挟
- 面对相似的情形时，差一点犯了相同的错误
- 对一项被思想狭隘的人鄙视的事业充满激情，需要决定是要支持这一事业，还是向害怕因为自己的信念而遭到嘲笑的恐惧感屈服

失败与错误

没能挽救某人的生命
Failing to Save Someone's Life

人物受到创伤的具体情境:
- 没能救起落水者
- 没能及时阻止他人自杀
- 前往他处寻求帮助,但是回来得太晚了
- 没能成功阻止他人因窒息而死
- 营救遭到车祸的人(如,尽力帮对方止血),最终还是没能将其救活
- 在他人遭遇抢劫或人身攻击时没能成功干预
- 在解救人质时没能和犯罪分子讲通道理
- 干预家庭纠纷失败
- 在校园枪击事件中没能保护好小孩
- 家人服用过量药物,自己没能把他们救活
- 无法向权力机关证明孩子遭到了虐待,最后为时已晚
- 没能救回从高处跌落的人,因为自己不够强壮
- 在急诊室中或在事故现场抢救病人失败
- 没能把遇难者从大火中救出
- 无法劝说残障朋友别去开车
- 无法阻止朋友的冒险行为
- 意识到暴力情况的迹象时,为时已晚
- 无法保护朋友免受他人霸凌、种族主义的侵害或其他由仇恨激起的攻击

因受此创伤而常常受到损害的基本需求:
安全感、爱与归属、尊重与认可、自我实现

人物可能接受的错误观念:
- 我无法保护我爱的人
- 我很软弱无能
- 该死的人是我
- 逃避爱总比爱了却失去爱要好
- 我应对这次死亡事件负责
- 我对不起受害者,所以他们在世时的责任和负担一定要由我来承担
- 人类本质上就是邪恶的
- 你没法靠社会制度来获得正义

人物可能会害怕:
- 对他人负责
- 做出错误的决定或在压力之下崩溃
- 辜负需要帮助的亲人
- 猝死
- 需要关键信息时却得不到
- 爱和人际关系

可能的反应和结果:
- 难以入睡
- 记忆闪回
- 翻来覆去地想过去发生的事,尽力找出自己的错误
- 经常哭泣或想哭但是哭不出来
- 因为愧疚感和羞耻感而患上胃病,没了食欲
- 逃避责任
- 认为人人都在谈论自己的失败
- 为自己无法承诺的事情找借口

- 事后批评自己的决定
- 拒绝冲动行事，或极端冲动行事
- 回避受害者家属
- 经常重返事故地点
- 回避事故地点
- 疏远家人和朋友
- 无法再从爱好和活动中找到快乐
- 坚持按照惯例行事，避免心血来潮
- 变得愿意规避风险
- 质疑自己的直觉
- 在他人面前贬低自己的能力
- 对任何活动都要进行危险和风险评估
- 对死亡统计数据着迷
- 深入挖掘死者的生活经历，来更好地理解他/她
- 全方位地保护家人免于危险，但这会让家人感到窒息
- 对危险时刻保持警惕
- 安全意识很强

可能会形成的个性特征：
积极特质
- 警觉的、独立的、勤奋的、内向的、一丝不苟的、细心保护的、负责任的、多愁善感的、关心社会的

消极特质
- 反社会的、控制欲强的、狂热的、犹豫不决的、无趣的、不耐烦的、持有执念的、完美主义的、孤僻的、自寻烦恼的

可能会加重这一创伤的诱因：
- 和事件有关的具体地点（如，溺水发生时所在的水域或船只）
- 看到事件中被用过的武器或物品（如，摇晃的楼梯扶手）
- 见到血迹
- 和事件有关的声音，玻璃破碎声或轮胎摩擦声
- 看到电影或书中有和自己的经历相似的情景
- 必须去医院看望家人
- 需要进警察局或和警察说话
- 看到自己没能救回的人的照片
- 必须参加葬礼或纪念仪式

面对或克服这一创伤的机会：
- 意外遇到生死攸关的情形
- 被安排到为他人负责的岗位上
- 处于某个能够对他人的生命造成巨大影响的特殊情形中
- 经历了九死一生，不得不用本能反应
- 成功劝阻别人做有风险的事，从而阻止了悲剧发生，使自己原谅了自己过去的所作所为

失败与错误

没有去做正确的事
Failing to Do the Right Thing

人物受到创伤的具体情境：
人物没有做正确的事带来的后果通常是微不足道的，如转瞬即逝的愧疚感或和朋友一时的不和。但有时其后果可能影响重大，会导致人物永久的失落感、愧疚感、不安全感和自我憎恶。这样的事件会成为创伤事件，长期下来会对人物产生巨大影响。如：

- 见到有人受到霸凌、鄙视或侵害，但没有站出来帮助对方
- 见到有人在实施犯罪，却故意视而不见
- 在本能够（对流浪汉、儿童等）给予帮助时却不挺身而出
- 屈服于同辈压力
- 知道一段人际关系正在破裂，但不采取修补措施
- 做出让别人败坏道德甚至违法的选择，如让孩子或兄弟姐妹接触毒品
- 收受贿赂
- 给出对自己有利而非对接受者有利的建议
- 知道某个有影响力的组织或人有不道德行为，却不揭发
- 肯定别人说的"谎言"（人们总在生活的艰难时刻抛弃别人，没人值得信赖，友谊是有条件的，等等）
- 不去拯救正处在自毁困境（进食障碍，吸毒酗酒，不安全性行为，自杀倾向，酒驾，等等）中的朋友
- 因为自私而忽视应该照看的人
- 把自己承诺保守的秘密或个人信息告诉别人
- 企图隐瞒或歪曲事实
- 怀疑他人但并不依靠自己的直觉行动
- 利用弱势群体或需要帮助的人
- 屈从于毁灭性的诱惑，婚外情或不给赡养费

因受此创伤而常常受到损害的基本需求：
爱与归属、尊重与认可、自我实现

人物可能接受的错误观念：
- 我是个坏人
- 我无法相信我的直觉
- 做正确的事不能靠我
- 我不值得信任
- 我太过胆怯和软弱，无法与他人抗衡
- 这不是我的错；就算当时我做出不同的行为，也总会有坏事发生
- 无论如何，一个人的行动起不了什么作用

人物可能会害怕：
- 对朋友直言不讳，失去朋友
- 自己让别人再次受到伤害
- 被他人操纵或容易被他人牵着鼻子走
- 再次做出错误的决定或再次失败
- 把自己的欲望置于他人需求之上
- 因为自己的失败而受到惩罚
- 人们发现自己做过什么

- 如果不遵守所谓的规则，就会失去声望、权力或受到惩罚

可能的反应和结果：
- 因为相信自己的直觉是有缺陷的，所以做重要决定时要依靠他人
- 为了躲避责任，拒绝见证或承认不正义的存在
- 变得内向；疏远家人和朋友
- 怀疑自己，觉得自己不配得到尊重
- 负面的自我对话；斥责自己是个懦夫
- 变得冷漠或无动于衷，以避免被置于领导地位
- 过分展示自己的实力，来证明自己对他人是有价值的
- 对他人的需求漠不关心，因而可以避免做出艰难的道德抉择
- 忽视问题，这样就不用尝试解决问题，结果却失败了
- 在思想观念方面变得非黑即白，这样做决定时就会很容易
- 模糊自己的是非观念，这样在做事时就不会有愧疚感
- 与别人相互指责，推卸责任
- 变得更加谨慎；做决定时认真考虑，才能得出正确的结论
- 在采取行动之前听取他人意见
- 努力地确保自己不在同一方面再次犯错
- 增强自己对他人的同理心
- 为他人发声

可能会形成的个性特征：
积极特质
- 警觉的、雄心壮志的、谨慎的、考虑周到的、随和的、诚实的、可敬的、公正的、仁慈的、善于观察的、细心保护的消极特质
- 成瘾的、冷漠的、冷酷的、懦弱的、控制欲强的、残忍的、戒备的、狡诈的、回避的、轻信的、伪善的、无知的、缺乏安全感的

可能会加重这一创伤的诱因：
- 碰到当初因为自己的错误而受伤害的人
- 因为被当作"反面教材"而总是能够想起自己的过失
- （通过媒体、社交圈、朋友等）无意看到他人勇敢的行为
- 看到电影中的男主角或女主角牺牲自己，反转局势

面对或克服这一创伤的机会：
- 看到需要帮助的人受到忽视
- 被要求对人、事、物（工作，家人，朋友的孩子，等等）负责
- 被要求对一个重要事项发表意见，所以必须找到表达意见的勇气
- 被受害者家人原谅，但很难原谅自己
- 看到有人走上导致自己当初失败的老路
- 自己成了需要帮助的人，不得不让他人做出牺牲来帮助自己

判断失误导致意外后果
Poor Judgment Leading to Unintended Consequences

人物受到创伤的具体情境：
- 高桥跳水导致严重受伤
- 施加同辈压力导致严重事故的发生
- 恶作剧或激将法导致情况失控
- 因为愚蠢的举动或选择而被捕
- 酒驾事故导致汽车彻底报废
- 过量饮酒导致跌入火堆
- 在船上肆无忌惮地饮酒，从而引起事故或溺水事件
- 故意不告诉他人自己的行踪，最后陷入困境时，无法获得他人及时的帮助
- 在街上飙车，导致受伤或死亡
- 在不了解药物的情况下吃药，最后进了医院
- 抛弃朋友，随后朋友就受到了攻击或受了伤
- 尝试特技动作（从屋顶上跳下来，车顶冲浪，等等），最后导致头部创伤
- 玩火引发了毁灭性的火灾
- 摆弄链锯或斧子导致受伤
- 未成年开车，意外撞到他人
- 摆弄手枪，意外射到自己或他人
- 与他人推搡或扭打，导致对方跌下楼梯或跌出窗户
- 做一些有羞辱性的或不当的事，录下来上传到社交媒体上
- 往不了解的商业项目中投钱，结果全赔掉了
- 赌博，又输不起

因受此创伤而常常受到损害的基本需求：
安全感、爱与归属、自我实现

人物可能接受的错误观念：
- 我永远弥补不了这个错误
- 一个愚蠢的错误几乎毁了我一生——我再也不能把事情搞砸了
- 冒风险只会让我更快完蛋
- 该让别人而不是我来做决定
- 为每件可能的偶发事件做好准备，是让我所爱的人安全的唯一方式
- 行动前预先知道后果才是唯一正确的选择
- 只有严格控制，玩乐才安全
- 自由会导致混乱

人物可能会害怕：
- 做决定
- 失控
- 处于领导地位，因此要负责任
- 改变、冒险和危险
- 让家人失望
- 自己不可靠，对他人来说是个危险
- 有人发现自己在事件中所扮演的角色

可能的反应和结果：
- 深深的愧疚感；疏远朋友和与此事相关的人
- 难以做出决定
- 用酒精或其他依赖性的事物来应对此事

- 避免做决定（如，自己不做回应，他人就自然会做决定）
- 寻求他人意见，因为不相信自己的直觉
- 痴迷于研究并掌握所有事实
- 事无巨细地照看孩子和配偶来保护他们
- 为在自己的监护之下的人做选择和决定，这样他们就不会犯错了
- 难以依赖他人；希望事事都掌握主动权
- 让别人掌控并决定自己应该做什么
- 避免有风险的行为，并批判冒险的人
- 不能随心所欲
- 凡事想太多
- 悲观厌世的心态，凡事总往坏处想
- 避免走出舒适区
- 选择安全熟悉的事物，其余都不考虑
- 成为群体里扫兴的人，因为自己无法放松下来好好玩
- 控制自己孩子的爱好和兴趣，让他们远离可能出现的风险
- 抗拒改变
- 做事有条不紊，准备充分
- 坚持按照惯例行事

可能会形成的个性特征：
积极特质
- 善于分析的、谨慎的、遵守纪律的、内向的、成熟的、仁慈的、一丝不苟的、抚育他人的、顺从的、善于观察的、有条理的

消极特质
- 控制欲强的、犹豫不决的、拘谨的、不知变通的、缺乏安全感的、品头论足的、不理性的、自以为无所不知的、絮絮叨叨的、紧张的、持有执念的、悲观的

可能会加重这一创伤的诱因：
- 看到血迹、石膏、伤疤等
- 不得不去医院看望别人
- 事故或健康危机发生时必须叫救护车
- 自己的孩子险些出危险，比如在操场上摔倒，需要缝针
- 新闻报道或电影中出现了和自己过去类似的鲁莽行为
- 忘记提醒别人，导致有人受伤
- 因为犯错或没有及时发现问题，导致别人冲自己大吼大叫

面对或克服这一创伤的机会：
- 因为自己控制欲过强并总是规避风险，儿女出现叛逆行为
- 所爱的人想要进行受伤风险高的体育运动或活动
- 自己总是做好周密的计划，一点冒险精神也没有，因此婚姻出现了问题
- 自己犹豫不决而无法及时行动，因此让别人失望了
- 因为自己不愿改变或冒险，错失了改变命运的机会
- 一个精神自由、自发性强且懂得享受快乐的人很欣赏自己
- 自己过分保护孩子，导致他们不能应对人生中的挑战

屈服于同辈压力
Caving to Peer Pressure

人物受到创伤的具体情境：
- 为了融入集体尝试吸毒或喝酒
- 跟他人一起欺凌同学
- 盲目从众，一起排挤某些与众不同的人
- 破坏公物或偷窃，因为朋友也做了这些事
- 明知道是错的，还要保守秘密
- 朋友陷入麻烦时为朋友掩盖事实（提供不在场证明，歪曲事实，等等）
- 同意性交，即使自己并不想
- 为了向同辈展示自己的能力而逼迫别人与自己性交
- 允许朋友到自己家玩，尽管父母（如果知道了）不会同意
- 默默承受捉弄新人的仪式，因为历来如此
- 因为别人觉得愚蠢就退出某项活动
- 因为社会压力而加入某个帮派、异教团体、边缘团体、俱乐部、姐妹会、团队，或信仰某个宗教
- 按照社交圈的要求打扮或表现
- 结束一段友谊，因为自己的同伴不认可那个人
- 不敢挑战自我，因为朋友会认为自己很傲慢或太过于出风头
- 在自己的宗教信仰上妥协，以此来融入集体
- 隐藏自己的性取向来避免烦扰
- 参加迫使自己对配偶撒谎的活动

因受此创伤而常常受到损害的基本需求：
安全感、爱与归属、尊重与认可、自我实现

人物可能接受的错误观念：
- 我很弱小可怜
- 我是个懦夫，不能站出来伸张正义
- 我不知道自己到底是谁
- 如果人们发现真实的我或我的信仰，他们就不会接受我了
- 如果我不做这件事，也总会有人来做
- 如果我说真话，没人会相信我
- 一个人改变不了什么
- 融入集体比鹤立鸡群要强
- 融入集体是取得进步的唯一方式
- 伪装总会更加安全

人物可能会害怕：
- 陷入困境的情形（如，在一次聚会上被人要求性交并妥协，之后就对聚会产生恐惧）
- 当局和有权力或影响力的人
- 秘密被人发现
- 受到敲诈
- 必须面对自己在胁迫下所做的事的后果
- 犯下无法挽回的错误
- 成为受害者
- 被同伴抛弃

可能的反应和结果：
- 隐藏自己的感受

- 说话做事都在迎合他人期望，而非遵从自己内心
- 自我封闭，不和家人、密友交往
- 自尊降到谷底
- 感到被自己的环境和选择所困
- 幻想能够逃离困境，或时光倒流消除自己做过的事情
- 出于愧疚而破坏自己的快乐
- 自我伤害或患上饮食紊乱症
- 惩罚自己（把自己心爱的东西送出去，把朋友赶走，故意失败，等等）
- 鼓励他人放弃原则，这样就会觉得自己的选择也没那么糟
- 用酒精或毒品来自我麻醉
- 巧妙回避同辈群体（如，装病避免和他人一起工作）
- 对他人大加斥责
- 想要伤害那些正在胁迫他人的人
- 对造成这一情形的人进行报复
- 不考虑未来
- 想和别人（朋友或同事）讨论这件事，但是害怕被人评判
- 尽力补偿自己对不起他人的地方，会在同伴们不在身边时对他展示善意
- 写下自己的感受，或记录下发生的事情
- 主动提出去别的项目工作，这样可以回避那些向自己施加压力的人
- 伸张正义（如，匿名或公开揭露欺凌者）

可能会形成的个性特征：

积极特质
- 协作的、遵守纪律的、友好的、有趣的、顺从的、有说服力的、规规矩矩的、睿智的

消极特质
- 粗暴的、冷漠的、懦弱的、不诚实的、不忠诚的、无礼的、回避的、轻信的、伪善的、缺乏安全感的、不负责任的、大男子主义的

可能会加重这一创伤的诱因：
- 目睹欺凌行为
- 成年后还能看到排挤或恐吓他人的现象（发生在父母、同事等人之间）
- 成为朋友圈或同事中恶作剧或玩笑的对象
- 因为提出不同意见或表示担忧而被人取笑或讥讽
- 被家人操纵（被要求回家看看，被要求帮助完成项目，等等）

面对或克服这一创伤的机会：
- 自己的孩子和一群坏人混在一起，他们把某人当作攻击对象或做违法的事
- 被人要求掩盖罪行（公司欺诈，亲戚殴打他人，等等）
- 见到工作地点、学校、俱乐部等处的不平等现象，并意识到这有多么不公平
- 看到同事被逼迫或虐待，但所有人都假装看不见
- 出现了相似的情形，但这次有机会做出比上次更好的决定

失败与错误

为许多人的死亡负责
Bearing the Responsibility for Many Deaths

人物受到创伤的具体情境：
- 士兵和军队长官
- 负责国家安全的人（如，美国联邦调查局和中央情报局）
- 往人口稠密地区扔炸弹的飞行员
- 为生物恐怖主义或大型杀伤制造武器的科学家
- 出于自己的信仰经常杀人的暴力的宗教狂热分子
- 实施绑架、暴力和种族屠杀的极端分子和极端军队团体
- 连环杀手和杀人狂
- 开工厂的人明知故犯，污染环境，导致人畜死亡
- 暗杀者和暴力罪犯
- 死刑执行者
- 参与决定拒绝向某些人或团体提供健康保险的保险公司高管或职员
- 卷入导致多人死亡的撞击事故的飞行员、火车驾驶员、公车司机等
- 导致大规模事故的酒驾司机
- 维修工偷工减料导致死亡（如，在公寓楼中安装有故障的一氧化碳检测器）
- 对动物大规模死亡负责任的人（酷爱打猎的人，用动物做试验的科学家，屠宰场的员工，给被人遗弃的动物实施安乐死的兽医，等等）
- 在皮草养殖厂或其他动物制品行业工作的人

因受此创伤而常常受到损害的基本需求：
爱与归属、尊重与认可、自我实现

人物可能接受的错误观念：
- 我永远无法补偿我所做的事
- 我是个恶魔
- 人们要是发现我做了什么就会讨厌我
- 我不配得到原谅，只配得到惩罚
- 我本应该知道会发生什么的，也本应该尽力去阻止这种后果的发生
- 如果我当时做了更好的决定，人们就会活下来了
- 我不能够信任自己的判断
- 没有善能抵消这样的恶

人物可能会害怕：
- 死后的判决
- 他人的评判
- 自己的秘密被泄露
- 承担决定他人生死的责任
- 使他人有生命危险的失败和错误
- 自己的观点、成果、发明被人滥用，导致了更多死亡

可能的反应和结果：
- 创伤后应激障碍（失眠，抑郁，焦虑，记忆闪回，等等）
- 和家人朋友疏远
- 离群索居；隔绝社会并回避他人
- 通过拒绝给自己带来快乐的事物来惩罚

自己
- 考虑或试图自杀
- 通过吸毒或酗酒来自我麻醉
- 拒绝照顾自己
- 为了弥补自己的过失，倾家荡产给慈善机构捐钱
- 调查受害者来进一步折磨自己，增加愧疚感
- 回避会给他人带来影响的责任或选择
- 搬到一座新城市或城镇，逃离过去
- 辞职，尤其是当这份工作也是事件中的一个因素时
- 避免交友，不许他人亲近
- 提到自己的过去会撒谎
- 避免做出会影响他人的决定
- 去看医生
- 花费时间和精力来增强公众意识，或改变作为事件发生因素之一的法律
- 尝试为受到波及的家庭寻求正义
- 倡导人性化地对待动物和人类群体
- 成为素食者

可能会形成的个性特征：
积极特质
- 谨慎的、独立的、勤奋的、仁慈的、关注自然的、沉思的、坚持不懈的、在乎隐私的、积极主动的、节俭的、睿智的

消极特质
- 成瘾的、反社会的、懦弱的、持有执念的、玩世不恭的、戒备的、多疑的、心不在焉的、自毁的、喜怒无常的、胆怯的

可能会加重这一创伤的诱因：
- 看到尸体
- 目睹伤害或杀害他人的事故
- 和过去事件相似的新闻报道
- 参加葬礼
- 收到恐吓邮件

面对或克服这一创伤的机会：
- 发现当权者在阻止这种情形再次发生上，没有作为
- 处于生死攸关的困境中，自己如果不做出行动，其他人就会死
- 看到有人被骗来或被训练去实施暴行
- 重新经历事件发生时自己所处的情形（如，一名亲历过大型事故的公交车司机必须在一次紧急事件中把人送到安全地带）

> **注意：**
> 并非所有对许多人的死亡负有责任的人都有这一创伤，只有那些感到悔过的人才有。

失败与错误

宣告破产
Declaring Bankruptcy

因受此创伤而常常受到损害的基本需求：
生理、安全感、尊重与认可、自我实现

人物可能接受的错误观念：
- 我是个失败者
- 我没办法给家人像样的生活
- 我不该掌控他人的幸福
- 人人都觉得我是个彻底的失败者
- 不论代价是什么，我都要保全面子
- 我需要知道每分钱的去向，以防这种情况再次发生
- 保障措施比幸福更重要
- 现在享乐意味着以后要付出代价
- 没有钱和成功，我就没有价值

人物可能会害怕：
- 再次破产
- 信错人
- 生病或无法工作
- 秘密被人知道
- 风险，尤其是跟钱有关的风险
- 失去自己的家
- 让别人发现自己过去的经济困难
- 被人利用
- 因为信任危机或生活环境的变化失去了家人
- 被解雇

可能的反应和结果：
- 为自己的经济状况没有起色找借口
- 在经济方面撒谎，让自己在别人面前显得更成功
- 极度节俭；尽量以最低成本度日
- 需要知道每周每一分钱的去向
- 沉迷于和他人做比较
- 通过酗酒来抵御失望感或愧疚感
- 不停地工作；牺牲健康和家庭时光
- 只让孩子参加不费钱的活动、保留不费钱的兴趣
- 账单到期时变得生气和沮丧
- 回避家人和朋友，尤其是那些成功的或富裕的
- 自己尽管不专业，也要亲手做（如，修房子）
- 为了省钱，不按时看医生，也不吃药
- 对于比自己过得好的人表露出不快或怨恨的情绪
- 认为人们就想要占便宜
- 在朋友想出去时找借口不去
- 谈论过去的好日子，而非活在当下
- 为了赢回失去的东西，不守道德底线
- 抱着过好日子时的老物件不放，尽管这么做很蠢（如，尽管付不起保险，也不把跑车卖掉）
- 回避风险，尤其是投资时
- 尽可能地一物多用，转送礼物和二次使用物品
- 只买打折的，不买自己最喜欢的
- 剪掉信用卡（如果有的话）
- 买二手货，到处寻找便宜货

- 参加财务管理课程或寻找高明的财务管理顾问
- 制订理智的开支计划,并坚持实行
- 教导孩子要有财务责任感

可能会形成的个性特征:
积极特质
- 善于分析的、充满感激的、谨慎的、有创造力的、遵守纪律的、考虑周到的、有条理的、高效的、谦逊的、勤奋的、一丝不苟的、坚持不懈的、在乎隐私的、积极主动的、细心保护的

消极特质
- 粗暴的、成瘾的、幼稚的、对抗型的、控制欲强的、悲观多疑的、回避的、狂热的、愚蠢的、伪善的、不知变通的、不理性的、嫉妒的、品头论足的、贪图享乐的

可能会加重这一创伤的诱因:
- 意外收到一份账单,但是没有攒够钱来支付它
- 工作上有裁员的流言
- 用于贷款的房子丧失抵押赎回权而要被法院拍卖,或看到店铺门口的停业标志
- 开车经过原来的家或房产
- 看到从前过好日子时开的那种豪车
- 到了应该送礼物的生日和节日,自己却买不起礼物
- 朋友或同事在讨论即将到来的假期
- 应要求为某个典礼或活动凑钱

面对或克服这一创伤的机会:
- 有机会开始做十分适合自己的生意
- 看到有朋友在经历了经济困难后仍然走出了困境
- 健康危机迫使自己去审视到底什么是重要的:物质还是人
- 如果自己不做出必要的改变,那么分居就会变成离婚
- 孩子在某方面很有天赋,需要有专门的设备和专业的训练才会成功
- 因为意外怀孕,家里又要添丁

> **注意:**
> 破产可以是企业层面的或个人层面的。通常有三个主要原因导致破产:资金管理不善、健康危机、离婚或分手。经济上的变化可能也是一个原因,尤其是当人物没有学过如何有效管理风险时。

失败与错误

选择缺席孩子的生活
Choosing to Not Be Involved in a Child's Life

人物受到创伤的具体情境：
- 作为亲生父母中的一方放弃监护权
- 弃养孩子，让他人领养
- 因为孩子有严重的身体或精神疾病，就把孩子送到福利院生活
- 离婚后出国
- 因为工作和出差从来不在孩子身边
- 为了更好的机遇移民到其他国家，但必须把家人留在原地
- 因为吸毒或酗酒问题失去了监护和探视权
- 做出导致自己受到监禁的选择，没法接触到孩子
- 为了个人利益或爱好忽视了孩子
- 把孩子送到寄宿学校或军校

因受此创伤而常常受到损害的基本需求：
爱与归属、自我实现

人物可能接受的错误观念：
- 我永远无法弥补过去
- 我能做得最好的事就是离得远点
- 我应该为儿女的错误决定承担责任，因为我从来不在他们身边
- 我已经错失能做个好家长的机会了
- 人们不应该依赖我，因为我只会让他们失望
- 孩子没有我会过得更好
- 既然我的孩子已经长大了，再尝试改变已经没意义了

- 我不配拥有第二次机会
- 我做什么都弊大于利

人物可能会害怕：
- 余生孤身一人
- 犯下无法弥补的过错
- 再次让家人失望
- 责任，尤其是对他人的责任
- 有了其他小孩，不论是亲生的还是领养的
- 成为孩子发怒和失望的对象
- 和亲子关系类似的关系（成为叔叔/舅舅、教师、导师等）

可能的反应和结果：
- 长时间工作，留给思考的时间变少
- 回避能看到小孩的地点和活动
- 开车经过孩子的家或学校
- 通过社交媒体查看孩子情况
- 给前妻/前夫打电话又挂断
- 写邮件或短信但并不发送
- 去孩子爱去的场所，感受与孩子的关联（看孩子可能看的电影，去孩子游玩的地方，等等）
- 拾起孩子这个年龄会有的爱好（寻宝、涂色、收集棒球卡，等等）
- 对和自己孩子相似的小孩过度关注
- 翻出老照片或纪念品（如果有的话）
- 给孩子买礼物但并不送出去
- 远远地关注孩子取得的成就
- 在大脑中排练对话，解释自己为什么会

缺席
- 想知道孩子在做什么，想象他们的日常
- 幻想如果自己被原谅了，自己和孩子的关系是怎样的
- 计划可能与孩子一起的旅行和远足
- 自愿奉献自己的时间，特别是为了支持青少年事业
- 为了弥补过错，在自己有影响力的领域指导年轻人

可能会形成的个性特征：
积极特质
- 充满爱意的、共情力强的、慷慨的、理想主义的、沉思的、坚持不懈的、细心保护的、多愁善感的、宽容的

消极特质
- 成瘾的、冲动的、犹豫不决的、絮絮叨叨的、嫉妒的、黏人的、爱管闲事的、持有执念的、完美主义的、孤僻的、沉默寡言的、自寻烦恼的

可能会加重这一创伤的诱因：
- 密友或家人宣布怀孕
- 看到父母与孩子亲近的场面（母亲和儿子一起钓鱼，父亲和女儿在公园吃冰激凌，等等）
- 看到有的父母教养方式不当
- 有个朋友从不留时间陪孩子
- 受邀参加小孩的生日聚会
- 同事提到做父母的难处，并询问怎样解决这些难处
- 去专为孩子设计的地方（游乐中心，主题公园，木偶表演剧场，等等）
- 注意到朋友家冰箱上的水彩画或同事桌子上的黏土礼物

- 去别人家时看到他们的家庭照片
- 针对儿童群体的电视广告和电影预告片
- 讲自己小孩的事的同事或朋友
- 被人询问有没有孩子

面对或克服这一创伤的机会：
- 发现自己又要当母亲或父亲了
- 发现孩子病了或受伤了
- 发现孩子不走正路（进监狱，有毒瘾，等等）
- 自己处于成瘾康复计划中，为了治疗必须对孩子做出补偿
- 想给其他人充当父母或导师的角色，因为他们非常需要有人指引
- 爱上一个有孩子的人
- 照顾父亲或母亲缺席的小孩，并发现父母缺席所带来的持续伤害
- 发现孩子正在遭受身边的人的虐待或忽视

失败与错误

学业表现不佳
Failing at School

人物受到创伤的具体情境：
求学过程艰难，因为：
- 学习障碍（阅读困难，书写困难，信息加工障碍，等等）
- 行为或精神障碍（焦虑，多动症，恐慌症，抑郁，双向情感障碍，等等）
- 因为疾病，缺了很多课
- 因为感官加工障碍，应付不了上学
- 吃了会影响专注力或学习能力的药
- 智商低下
- 家中无人帮助
- 家庭问题（被虐待，家人酗酒或吸毒，被迫照顾兄弟姐妹，等等）
- 在外部压力（打好几份工来养活家庭，营养不良，无家可归，等等）面前，上学没多重要

因受此创伤而常常受到损害的基本需求：
爱与归属、尊重与认可、自我实现

人物可能接受的错误观念：
- 我好蠢
- 我不会学习
- 不论多么努力地尝试，我都会失败
- 我不擅长学习（数学、阅读等）
- 我毫无价值
- 如果在学校表现不好，父母就不爱我
- 人们要是发现我很傻就不会喜欢我了
- 放弃比失败好

人物可能会害怕：
- 别人发现自己的困难
- 必须和他人一起合作
- 在课堂上被叫起来回答问题
- 因为压力当众情绪崩溃
- 做事不自量力
- 让父母或看护人失望
- 批评自己的人说得对，自己就是毫无价值

可能的反应和结果：
- 低自尊
- 愈加憎恶和愤恨有天赋的人
- 对家人感到愤恨（如果家中的压力算一个因素）
- 未充分发挥潜能；把目标定低，以免追寻的更大目标会失败
- 放弃
- 上学时总是去厕所或医务室
- 逃学或在考试当天"生病"
- 不努力学习，失败了就归咎于没有好好准备
- 成为班级上的活宝
- 在考试和写家庭作业时抄袭
- 疏远老师和同学
- 有自毁行为，如酗酒、吸毒或滥交
- 觉得自己肯定会失败，并按照这个想法做事（强化了自证预言）
- 和家人撒谎来掩盖失败
- 负面的自我对话
- 将欺凌他人作为进攻的一种方式

- 辍学
- 迷倒老师，以此来摆脱麻烦
- 要挟老师，以求获得及格分数
- 付钱让他人给自己写论文和作业
- 把重心转移到更容易的学术领域，尽管这带来的回报更少
- 付出双倍的努力以此来扭转局势
- 寻找私教或学习小组
- 要求能有更多时间做作业或主动做额外作业来赚取学分
- 如果自己无力应对家里的状况，会寻求信任的大人的帮助
- 追求学业之外自己擅长的领域（体育、艺术、爱好等）

可能会形成的个性特征：
积极特质
- 充满魅力的、有创造力的、耐心的、遵守纪律的、勤奋的、坚持不懈的、在乎隐私的、积极主动的、足智多谋的

消极特质
- 冷漠的、冷酷的、幼稚的、紧张的、完美主义的、悲观的、反叛的、愤恨的、惹是生非的、自毁的、喜怒无常的、胆怯的

可能会加重这一创伤的诱因：
- 有同学因为学习好而受到表扬
- 被要求大声朗读，展示口头汇报，或在课堂上回答问题
- 看到自己的成绩被公示
- 成就的象征，像是父母屋墙上裱好的学位证书
- 严厉的监护人要求自己多学一些或努力一点

- 家人或朋友因为他们的工作而得到表扬
- 社交媒体上分享个人专长、奖项、重要事件和成就的推文
- 收到一封赞扬寄件人自己及其家人成就的圣诞信

面对或克服这一创伤的机会：
- 因为自己的学业弱项受到老师、同学或家长的羞辱
- 对自己影响深远的标准化考试或其他衡量标准
- 被梦寐以求的学校拒绝
- 因为表现不佳而被某个项目淘汰
- 作弊被抓
- 家长知道了自己的真实成绩（如果之前对自己在学校中的表现撒了谎的话）
- 成年后被安排做一个会放大自己学习困难的工作项目

失败与错误

意外杀人
Accidentally Killing Someone

人物受到创伤的具体情境：

- 自驾一辆汽车，导致乘客、行人或骑车的人死亡
- 在不知情的情况下给对方食用其高度过敏的食物
- 在自己监护下的孩子食用了致命剂量的药物
- 有小孩淹死在自家的游泳池或浴缸中
- 当身体或精神出现障碍时杀死某人
- 激将他人或恶作剧过了头，意外致人死亡
- 篝火晚会上不小心，致使出了人命
- 乘船或水上摩托车事故
- 施加同辈压力，因过失导致其他人死亡（如，强迫朋友喝酒，朋友后因酒精中毒而死）
- 武器或枪支操作不当或走火
- 住宅安全事故，如瞄准入侵者但是却射杀了家人
- 房屋维修与保养不善（楼梯坍塌，有人从腐烂的地板上掉下去，等等）
- 打架时出手过重
- 卖给或赠给朋友一批劣质药品
- 运动引起的事故
- 器械损坏，如在自己开的人工美黑房里，有顾客意外被电击致死
- 孩子相互打闹但是玩过了头
- 警官在执勤中意外杀死一名旁观者
- 与从高阳台或窗台跌落的朋友发生碰撞

因受此创伤而常常受到损害的基本需求：

安全感、爱与归属、尊重与认可、自我实现

人物可能接受的错误观念：

- 该死的人应该是我
- 我是个糟糕且无价值的人
- 我不配得到幸福、安全或被爱
- 我不配拥有自己的孩子，因为我杀死了别人的孩子
- 我只会伤人
- 我无法被托付任何的责任
- 如果人们知道我做过什么就会讨厌我
- 我给人带来了痛苦，我就应该遭罪
- 不论多么努力，我都永远无法弥补我做过的事
- 如果我也死了，那对大家都好

人物可能会害怕：

- 犯了另一个错，带走了他人生命
- 责任；要做会对他人产生影响的决定
- 失控（如果不负责任的行为导致死亡）
- 不够安全的事物（年久失修或缺少安全协议）

可能的反应和结果：

- 对于导致死亡的环境产生被害妄想或无法释怀（到处安装安全护栏以防有人跌落，不许孩子靠近水，等等）
- 过度准备（如，搜索某个地点可能存在

的危险，并据此为旅途准备行李）
- 回避权力地位和责任，这样自己才不会再次把事情搞砸
- 创伤后应激障碍（记忆闪回，焦虑，抑郁，等等）
- 回避朋友、家人或广大公众
- 不追逐梦想，因为觉得自己不配
- 通过放弃自己喜欢的事物来惩罚自己
- 因为相信自己没有价值而去冒险
- 铤而走险，希望用死亡来弥补过失
- 用酗酒或吸毒来应对现实
- 不承认自己在事件中的责任而是责怪他人
- 回避和事件有关的情形和人
- 对潜在危险和安全问题极为注意
- 大多数时候选择离家近一些
- 变成时刻监控孩子的"直升机父母"或过度保护家人
- 雇用专业人员，而不是尝试自己修理
- 把自己的车子、住宅等保养得完好
- 医疗用品储备齐全，并配备能正常使用的灭火器
- 参加安全训练、心脏复苏训练或其他生存技能课程，以防事故发生

可能会形成的个性特征：

积极特质
- 警觉的、充满感激的、协作的、遵守纪律的、共情力强的、专注的、慷慨的、温柔的、诚实的、可敬的、谦逊的

消极特质
- 成瘾的、冷漠的、懦弱的、戒备的、犹豫不决的、拘谨的、不负责任的、向人诉苦乞怜的、病态的、持有执念的、过于敏感的、鲁莽的

可能会加重这一创伤的诱因：
- 在新闻或街坊传闻中听到类似的意外死亡事件
- 受害者的人生重要时刻（死者的忌日、生日，或是他们本应从高中毕业的日子，等等）
- 撞见受害者的家人
- 经历和事故相似的九死一生（如，暴风雨时差点撞车）
- 家人被卷入可能导致死亡的事故中
- 有人在人物自家的地盘受伤

面对或克服这一创伤的机会：
- 想要帮助意外伤害或意外杀害他人的密友或家人
- 有密友或家人被意外杀害
- 受害者家属提起意外致死诉讼
- 处于不得不杀人来保护自己的情形中
- 碰到必须对另一个人负责、采取行动让这个人存活下来的情形

失败与错误

因为犯罪而被判监禁
Being Legitimately Incarcerated for a Crime

因受此创伤而常常受到损害的基本需求：
安全感、爱与归属、尊重与认可、自我实现

人物可能接受的错误观念：
- 我感到不安全；我总得回头查看情况
- 人们只会把我看成罪犯
- 我总是会搞砸事情
- 没人会信任我
- 我不配拥有快乐，我永远无法弥补我的过错
- 我无法实现我的梦想
- 我已经毁掉了所有和家人和解的机会

人物可能会害怕：
- 重返监狱
- 失去为数不多的支持自己的家人或朋友
- 无法通过合法手段养活自己
- 导致自己受到监禁的不良习惯卷土重来
- 被自己的罪行定义
- 比自己小的家人（弟弟/妹妹，子女，侄女/侄子，等等）步自己的后尘
- 永远不会得到爱或接纳

可能的反应和结果：
- 被（对自己或他人的）怒气和怨恨折磨
- 囤积财物；对物质有过度的占有欲
- 对安全问题特别重视（天黑后走路十分警惕，加强住宅安全，等等）
- 害怕警察和其他安全机构的官员
- 盲目服从，希望能够远离麻烦
- 反抗权威和法律
- 习惯性（并潜意识地）遵循自己在监狱时的生活作息
- 沿用惯用的监狱俚语
- 行事低调；从不吸引他人目光
- 不考虑自己
- 疏远他人
- 为了应对现实，染上毒瘾
- 没有清晰的目标，漫无目的地漂泊
- 尝试靠自己取得成功，拒绝所有帮助
- 重新进行犯罪活动，或是因为无法用合法手段养活自己，或是因为这样的活动已成为习惯或很安全
- 从来不提起自己的监狱生涯
- （因为在监狱的经历）总是尝试用暴力解决问题
- 由于压力（找工作受阻，家人躲避自己，等等）而爆发愤怒情绪
- 夸大自己的经历，使自己在他人面前形象良好
- 回避家人，因为害怕让他们失望或是觉得他们不想和自己接触
- 回归家庭角色后，和家人产生摩擦（孩子不听自己说话，配偶已经习惯了完全一人生活，等等），感到难以适从
- 和在出狱之后伸出援手帮助自己的家人或朋友十分亲近
- 回避蹲监狱之前曾是自己生活中一部分的地点、人和休闲活动

- 积极社交以图带来改变
- 对他人习以为常的事情感到感激
- 知足常乐
- 为了证明自己而努力工作
- 从事不在乎自己犯罪记录的职业

可能会形成的个性特征：

积极特质

- 警觉的、雄心壮志的、充满感激的、大胆的、谨慎的、考虑周到的、随和的、谦逊的、独立的、忠诚的、顺从的、耐心的、沉思的、细心保护的、坚持不懈的、在乎隐私的、足智多谋的、简单的、节俭的

消极特质

- 成瘾的、反社会的、冷酷的、自大的、对抗型的、玩世不恭的、戒备的、充满敌意的、狡诈的、无礼的、回避的、向人诉苦乞怜的、黏人的、紧张的、多疑的、悲观的、占有欲强的、持偏见的、反叛的、愤恨的、自毁的、讨好型的、胆怯的、沉默寡言的、反复无常的、意志薄弱的、孤僻的

可能会加重这一创伤的诱因：

- 在路上看到警官和警车
- 碰到从前的狱友
- 附近有犯罪行为发生时，警察前来调查自己
- 必须和假释官员随时报备信息
- 警报声和闪光灯
- 看到许久未见的孩子或配偶，后悔错过的时光
- 狭小房间
- 被锁在或被困在房间中

面对或克服这一创伤的机会：

- 想要与疏远的爱人联系，却不敢这样做
- 曾从别人的生活中消失，知道自己必须弥补伤害才能和解
- 因有前科而受到警察威胁，希望过上不受骚扰的生活
- 看到自己的孩子因为自己的缺席或承受他人的羞辱而行为不端

> **注意：**
> 蹲监狱是一段很难受的经历，对人一定会有影响。但是一旦犯人出狱，其他的困难也会随之而来，对于长期服刑后出狱的人来说更是如此。因此，本条目探讨的是，曾经受到监禁但已经重返社会的人所面临的创伤。

在压力下崩溃
Cracking Under Pressure

人物受到创伤的具体情境：
有人会在如下情境中因压力而崩溃：
- 在参加高风险团队体育项目时
- 在考场上
- 在面试时
- 在做重要的展示时
- 在现场表演时，如唱歌、演戏或讲喜剧段子
- 被警察讯问时
- 在做一项让人压力非常大的工作项目时
- 在应对爱打听的亲戚或恼人的家人时
- 经过安检点时
- 不得不信誓旦旦地撒谎时
- 发生紧急事故或灾难时
- 组织大型活动时，如婚礼、会议或家庭聚会
- 恐惧感被激发时（如，虽然害怕坐飞机，但还是要上飞机）
- 在对别人负责时（如，照顾年迈的父母）
- 被星探审视时
- 比赛时（辩论，体育运动，游戏节目，等等）

因受此创伤而常常受到损害的基本需求：
安全感、爱与归属、尊重与认可、自我实现

人物可能接受的错误观念：
- 不去尝试要比失败好
- 我经常失败；我最擅长的就是这个
- 不论我做什么，都会让人失望
- 梦想是留给有天赋的人的
- 只有打破规则才能赢
- 到了最关键的时刻，人们指望不上我
- 我会让身边的所有人尴尬
- 安于现状是最明智的选择
- 我不够聪明或强壮。我不完美
- 希望会毁了人

人物可能会害怕：
- 赢来的东西最终还是会输掉
- 被人赋予权力或责任
- 无法成功
- 失败和犯错
- 当众丢脸
- 被他人怜悯

可能的反应和结果：
- 疏远那些目睹自己失败的人
- 回避能让自己想起发生的事的地点、人和活动
- 选择"安全"而不是追随内心想法
- 假装对自己的现状很满意
- 过于严厉地敦促自己，几乎就像是为了惩罚自己，其实根本没必要
- 踌躇不前，不积极参与事务
- 用成瘾（喝酒，吸烟，等等）来逃避现实
- 有压力时就会想到最坏的场景
- 做出事与愿违的行为，妨碍自己成功

（如，整晚都在聚会，没时间为重要任务做准备）
- 为了逃避付出和责任而撒谎
- 选择扮演支持型角色而非领导型角色
- 如果有人要自己帮忙，就找借口
- 推卸责任
- 退出团队或某项活动
- 假装自己受伤来逃避竞赛
- 暗中关注在自己的专业领域崛起的其他人，同时假装不感兴趣
- 在事后批评自己的选择和决定
- 在马上要成功时退出
- 选择对员工期望低的工作
- 做决定前需要翻来覆去地琢磨或询问他人的意见
- 偷偷饮酒来释放压力
- 帮助经历过同样压力的人
- 如果无论如何都要站在聚光灯下，那么就通过自我暗示来缓解压力
- 摆脱坏习惯，培养好习惯
- 回避会造成高压环境的人

可能会形成的个性特征：
积极特质
- 谨慎的、协作的、讲究策略的、遵守纪律的、考虑周到的、谦逊的、内向的、忠诚的、成熟的、顺从的、善于观察的、沉思的、在乎隐私的

消极特质
- 幼稚的、懦弱的、悲观多疑的、充满敌意的、戒备的、无趣的、黏人的、持有执念的、愤恨的、自毁的、自我放纵的、讨好型的

可能会加重这一创伤的诱因：
- 参加一个活动，和过去令自己失控的某个活动类似
- 处于利益攸关的情形中，人人都被迫要做到最好
- 虽然天赋或技能受人钦佩，但是结果不尽如人意
- 成为焦点或公开展示自己
- 自己的作用对成功至关重要时
- 受邀在人群前讲话
- 和过去的事件有关的地点或标志（体育竞赛的奖杯，话筒，舞台，等等）

面对或克服这一创伤的机会：
- 遇到紧急情况，自己如果不采取行动，其他人就会受到负面影响，甚至会受伤或死亡
- 孩子要追寻某一目标，自己想要支持他们取得成功
- 希望能够指导别人，让他们获得想要的东西
- 不得已处于某个谎言或欺骗对生死存亡至关重要的情形中
- 特别缺钱，所以考虑重返（或指导别人从事）自己曾选择的职业

不公与困境

Injustice And Hardship

不公与困境

被解雇或被裁员
Being Fired or Laid Off

人物受到创伤的具体情境：
- 因为业绩不佳而被解雇
- 因为部门缩减或职位被外包出去而被裁员
- 因为表现不佳、有某种嗜好、做事不可靠等因素而被解雇
- 在关键时刻丢掉工作，包括正处于孕期或刚刚买了套房子
- 因为自己对公司造成了经济损失（如，因为自己的疾病原因，常常需要请假），所以公司抓住机会走正当法律程序让自己离开
- 企业兼并导致自己所在公司的大部分员工失业
- 因为和老板的摩擦而被（通过合法或非法手段）解雇

因受此创伤而常常受到损害的基本需求：
生理、安全感、爱与归属、尊重与认可、自我实现

人物可能接受的错误观念：
- 为了保住工作，我一定要比任何人都努力工作
- 和团队里的人合群，要比和他们作对更加安全
- 想在这一领域追求事业的想法真是太蠢了；我还不够好
- 如果我不能供养家庭，那么我毫无价值
- 在内心深处，我知道自己不完美，这一点公司也知道
- 如果我不能保住工作，人们就不会再尊重我
- 我必须不惜一切代价保住工作

人物可能会害怕：
- 必须告诉家人自己被解雇了
- 冒险，尤其是跟钱有关的冒险
- 在新的工作中说错话或做错事
- 在工作中没有发挥出应有水平
- 让新老板失望
- 被人抛弃（如果经济问题影响了婚姻，配偶就会离开）
- 可能会威胁自己新工作的变化，如领导班子的变化，公司被拍卖或造成自己的职位被淘汰的科技发展
- 失业的时候欠债
- 失去家人（配偶，孩子，父母，邻居和朋友，等等）的尊敬
- 找不到工作

可能的反应和结果：
- 假装自己还在工作，以免别人知道自己被炒的事
- 因被雇主背叛或对雇主感到愤怒，而做出不忠诚的行为
- 声称被解雇不是自己的错，即使的确是自己的错
- 在自己的人际网中打听工作机会
- 润色简历，突出自己的天赋和能力

126

- 焦虑、抑郁，并产生自我价值问题
- 只要和自己的专业技能沾边的工作，都去申请（如果经济状况实在不堪的话）
- 在新工作中，如果事情看起来不妙，就歪曲事实欺骗他人
- 为了避免被审视，向老板隐瞒困难（疾病，不切实际的交工日期，等等）
- 担心钱的问题；留心自己的财务状况
- 把工作稳定和老板满意与自己的价值联系起来
- 工作到很晚，以此来彰显自己的价值和忠心
- 因为想要看起来好看，于是一丝不苟地打扮自己
- 在工作中无视不道德行为
- 变成"好好先生"并总是附和当权者
- 需要人不断肯定自己工作干得好
- 为了在工作上争先，承担额外轮班或在节假日工作
- 另找一份工作来存钱，以防发生意外
- 把工作带回家；工作和生活的安排极不平衡
- 因为对工作太过投入而错过陪伴家人的时光
- 即使对一份工作不喜欢也仍然做下去，因为它稳定，能保证开支
- 如果自己在工作中闲下来或在法定假日休息，就会有愧疚感
- 确保老板和同事知道自己做了多少工作
- 讨好老板和管理者
- 为了证明自己而承接一些高调的项目，但自己可能并不适合做
- 自己当老板，而非听命于人
- 对工作有更健康的观念（工作和个人价值或尊严并不相关）

可能会形成的个性特征：

积极特质
- 警觉的、协作的、可敬的、勤奋的、彬彬有礼的、高效的、专注的、足智多谋的、忠诚的、仁慈的、专业的、明智的

消极特质
- 成瘾的、缺乏安全感的、持有执念的、完美主义的、愤恨的、自毁的、意志薄弱的、吝啬的、不道德的、工作狂的、自寻烦恼的

可能会加重这一创伤的诱因：
- 听到传言说公司可能精简和裁员
- 老板在工作中有其他喜爱的人
- 收到不佳的业绩报告
- 公司兼并产生不确定性
- 处于试用期
- 看到父母在埋头工作多年后被裁掉

面对或克服这一创伤的机会：
- 始料未及的经济困难（买房子，医疗账单堆积如山，配偶被裁员，等等）使自己保住工作变得尤为重要
- 另找一份工作又被辞掉，因为自从上次被辞就形成了消极态度，意识到自己正在制造一个自我应验的预言
- 经济紧张导致婚姻危机，这使自己质疑自身承受这么多家庭经济的重担是否有失公平

被迫保守不可告人的秘密
Being Forced to Keep a Dark Secret

人物受到创伤的具体情境：
- 自己的孩子是反社会人格
- 配偶肇事逃逸
- 被家人虐待
- 掩盖家族谋杀案
- 某位家人在临终忏悔中透露的会对其他家人产生影响的可怕秘密
- 自己的孩子参与了大规模屠杀
- 自己的配偶是恐怖组织的一员
- 非法领养
- 自己的家人参与贩毒
- 自己和臭名昭著的人有关联，如希特勒、本·拉登
- 父母一方挪用公款或占用弱势群体钱财

因受此创伤而常常受到损害的基本需求：
安全感、爱与归属、尊重与认可

人物可能接受的错误观念：
- 我自己的血脉亲人怎么能做这种事？最后我可能也会变成他 / 她那样
- 如果人们发现秘密，我会成为被社会排斥的人
- 我的沉默让我成了同谋，所以我不能说
- 保守这一秘密对大家都好
- 家人的幸福比真相更重要
- 说出来会让我显得不忠诚
- 秘密无论如何最终都会被揭发；我不必成为揭露秘密的人
- 只有被抓到才算有罪

人物可能会害怕：
- 人们若知道了真相，就不会爱我了
- 人们还是照常生活着，揭发真相只会引发更多伤害

人物可能会害怕：
- 别人发现秘密
- 法律判定的后果（被逮捕，孩子离开自己的监护，等等）
- 被家人和朋友冷落
- 变得和有罪的人相似（身上带有他们的弱点）
- 真相大白后失去别人的爱、有威望的地位或同辈的尊重
- 被想让自己保守秘密的人惩罚或迫害

可能的反应和结果：
- 撒谎和欺骗成了习惯
- 否认；在头脑中改写真相
- 说话自相矛盾（无法圆回自己的谎言）
- 拉拢其他必要的人一起保守秘密
- 对可能通过蛛丝马迹了解真相的人格外小心
- 做噩梦
- 抑郁
- 难以专注完成任务
- 和与秘密有关的人保持距离（离家搬到学校住，搬家，等等）
- 回避要求自己保守秘密的人
- 小心翼翼地对待作恶者；如履薄冰
- 总是向作恶者妥协，来平息对方的怒气

- 长时间处于高压状态导致了躯体化症状，如高血压、消化问题和头痛
- 吸毒或酗酒
- 保守了秘密，但用其他方式反抗来表达自己的情绪
- 变得脾气暴躁、喜怒无常
- 仇视造成了这一秘密的罪魁祸首
- 对权威感到紧张
- 把和作恶者相同的部分从生活中去除（爱好，活动，兴趣，等等）
- 难以对人敞开心扉，担心自己把秘密泄露出去
- 偷偷帮助被这一秘密伤害的人
- 计划以匿名身份揭露秘密
- 投入到其他活动中来分散自己的注意力
- 偷偷收集能用来对抗作恶者的信息

可能会形成的个性特征：

积极特质

- 警觉的、谨慎的、协作的、好奇的、彬彬有礼的、讲究策略的、随和的、考虑周到的、专注的、独立的、一丝不苟的、忠诚的、成熟的、顺从的、善于观察的、耐心的、在乎隐私的、细心保护的、信任他人的

消极特质

- 成瘾的、懦弱的、不诚实的、回避的、健忘的、充满敌意的、冲动的、缺乏安全感的、拘谨的、不理性的、不负责任的、紧张的、反叛的、愤恨的、反复无常的、自毁的、讨好型的

可能会加重这一创伤的诱因：

- 被人分享另一个秘密（尽管很小），并被要求保密
- 发现一些迹象，并怀疑是否有别人知道了这一秘密
- 碰到这件秘密的事的受害者
- 有人直接问到这件秘密的事，不得不再次撒谎来掩盖事实

面对或克服这一创伤的机会：

- 真相大白，自己被当成从犯接受调查
- 和新朋友交情变深，因此有了吐露秘密的出口，从而减轻负担、缓解压力
- 婚姻或其他关系因为自己要保守秘密而出现摩擦
- 怀疑作恶者还在继续他的卑鄙行为，需要在苟安和正义之间做出抉择

不公与困境

被迫离开祖国
Being Forced to Leave One's Homeland

人物受到创伤的具体情境：
不情愿地离开祖国，因为：
- 战争
- 内乱
- 极度贫穷
- 被人贩卖或当成奴隶转送到其他地方
- 重大的自然灾害
- 以牺牲环境为代价的发展
- 走上危险道路的专制政府
- 因为自己的种族或民族、信仰、政治立场等因素而受到迫害
- 被人诬告

因受此创伤而常常受到损害的基本需求：
生理、安全感、尊重与认可、爱与归属、自我实现

人物可能接受的错误观念：
- 在其他地方，我永远不会有家的感觉
- 对我来说没有安全的地方
- 我无法融入集体
- 离开祖国就等于牺牲了我的身份
- 懦夫才会逃跑呢，所以我猜我就是那种人

人物可能会害怕：
- 再也看不到家人（如果有家人留在祖国）
- 在新地方也面临迫害（从一个无法忍受的处境到了另一个相似的处境）
- 文化差异太大，自己无法融入当地集体

- 失去或忘却自己的传统
- 作为一名外人和移民，无法取得成功
- 被遣返回环境不利的祖国
- 再也无法返回祖国
- 过境的时候被迫和家人分开
- 在新的文化环境下被孤立

可能的反应和结果：
- 难以适应新文化
- 难以排解的深深的孤独感
- 基本生理需求难以被满足，如住所、食物和干净的水源
- 仍按照旧方式生活，拒绝适应新环境
- 因为愤恨而不去学习新的语言，或因为太难而放弃学习
- 因为是非法来到这个国家的，所以行事十分低调
- 害怕所有的当权者
- 感到在新国家被利用了，尤其是非法居留者
- 患上创伤后应激障碍综合征（如果是从遭受暴力的处境中逃出的）
- 对自己的物品占有欲极强
- 囤积物资，以应对在新国家可能出现的最坏情形
- 情绪不稳
- 因为沮丧、压力和个人创伤而变得暴力
- 难以在学业或工作上取得成功
- 抑郁
- 对于可能发生的事越来越焦虑

- 把自己和家人与不属于自己文化的人隔绝开来
- 因为在被迫迁徙的过程中缺乏卫生环境和医疗资源而引发了健康问题
- 在两种文化中进退两难；失去了自己的身份认同感
- 对自己的孩子有高期望，鞭策他们取得成功
- 找到同胞并和他们建立人际关系
- 务必要让孩子和他们自己的文化之间保有联结
- 沉浸在当地文化中，学习当地的语言和风俗习惯等
- 做好有朝一日返回祖国的计划
- 排除万难，追求成功
- 对新的机遇和生活上的改善心存感激
- 感激小事，不把任何事看作理所当然

可能会形成的个性特征：

积极特质
- 适应力强的、雄心壮志的、充满感激的、勇敢的、彬彬有礼的、共情力强的、友好的、好客的、谦逊的、理想主义的、独立的、勤奋的、成熟的、爱国的、坚持不懈的、足智多谋的、负责任的

消极特质
- 对抗型的、狡诈的、充满敌意的、无知的、缺乏安全感的、嫉妒的、品头论足的、黏人的、持有执念的、占有欲强的、持偏见的、反叛的、愤恨的、讨好型的、胆怯的、沉默寡言的、暴力的

可能会加重这一创伤的诱因：
- 不得不再次离开家园（因为被驱逐、要逃避当局等）

- 在新地方遭受与在祖国时同样的迫害
- 语言和文化差异导致的沟通困难
- 成为偏见或歧视的目标
- 发现自己在新地方的境遇还不如在祖国的境遇

面对或克服这一创伤的机会：
- 在被迫迁徙的过程中失去家人（因为分离或是死亡），不想让家人白白离去
- 得知国内的亲人处于危险中，必须决定是回去还是留下
- 融入新文化后，受到了遣返回国的威胁
- 看到自己的孩子背离传统
- 在新国家生活很长时间后，有迹象表明这个国家正在走上和自己的祖国同样糟糕的道路

不公与困境

被人诬告犯罪
Being Falsely Accused of a Crime

人物受到创伤的具体情境：
一个清白的人受到指控，对其而言是一件很痛苦的事。如果指控涉及的罪行可能导致羞辱性的调查、个人声誉被拖入泥潭、家庭受到影响，甚至有牢狱之灾的话，那就更具破坏性了。这种情况可能发生在对大多数罪行的虚假指控上，包括：

- 蓄意杀人罪
- 对员工进行性骚扰
- 职场歧视
- 虐待儿童或配偶
- 性虐待（对学生、邻居、自己的孩子等）
- 盗窃
- 腐败（挪用资金，贿赂，滥用权力，违反法律，等等）
- 敲诈勒索
- 绑架
- 破坏学校或街区的公共财产
- 贩卖毒品
- 卖淫嫖娼

因受此创伤而常常受到损害的基本需求：
安全感、爱与归属、尊重与认可、自我实现

人物可能接受的错误观念：
- 我永远无法为自己正名了
- 即使最后证明我是清白的，人们还是会对我产生怀疑
- 为了避免任何不当行为的嫌疑，我必须做到完美无缺

- 没人会信任我
- 这件事现在牵绊住了我
- 因为名声上的这个污点，我必须放弃梦想（或公职、事业等）

人物可能会害怕：
- 不断有人得知这个指控
- 家人因为自己的事受到不公正的对待
- 没人相信自己
- 再次因为别的事受到诬告
- 因为这一指控而遭到排斥
- 有权力和控制权的人
- 被自己信赖的人背叛

可能的反应和结果：
- 隐藏这件事
- 让家人替自己保密
- 改变自己，重新开始，如换工作、搬家或去不同的犹太教堂
- 对提出控告的那类人抱有偏见
- 通过疏远朋友和社交团体或回避见到新人来限制交往
- 面对最轻微的挑衅也要自我防卫，感到必须为自己辩解
- 即使有很小的误解，也要立即澄清
- 回避可能让别人嫉妒自己的情形
- 如果朋友拿自己做事的动机开玩笑或歪曲事实，自己就会感到不高兴
- 变得愿意讨好人
- 对在自己受到指控时支持自己的人十分

忠诚
- 保留所有记录，以防再次被人诬告
- 出于恐惧而遵循法律条文
- 有殉道情结
- 采取失败主义者的心态
- 为自己发声，因为认定了没人会为自己说话
- 避免可能导致他人错误地推测自己有罪的情景（单独和学生在一起，与同事一起出差，等等）
- 对不公平不正义的现象特别感同身受
- 总是相信，甚至过分相信他人，因为不想让他人有自己被诬告时那样的感受
- 为受到诬告的人发声
- 在控告他人罪行之前需要确凿的证据
- 对帮自己正名的人表示感激

可能会形成的个性特征：
积极特质
- 充满感激的、大胆的、谨慎的、彬彬有礼的、自治的、协作的、诚实的、讲究策略的、考虑周到的、随和的、可敬的、独立的、公正的、善良的、顺从的、在乎隐私的、规规矩矩的、宽容的、睿智的

消极特质
- 尖酸刻薄的、对抗型的、玩世不恭的、戒备的、不诚实的、充满敌意的、无趣的、缺乏安全感的、向人诉苦乞怜的、紧张的、过于敏感的、完美主义的、悲观的、喜怒无常的、不合作的、孤僻的

可能会加重这一创伤的诱因：
- 看到诬告自己的人并没有因为他们的行为而受到惩罚，反而过得很好
- 因为被人诬告而失去了一段友谊
- 因为别的事受到诬告，即使是很小的或无足轻重的事
- 在自己的社交圈里或教会活动时遇到对他人说三道四或妄下结论的人

面对或克服这一创伤的机会：
- 自己即便已经被证明无罪，还是因为别人的控告而遭到了惩罚（没得到升职，被转学，等等），需要决定是息事宁人还是反抗不公
- 在试图逃离过去的许多年后，那个诬告又浮出水面，因此决定不再逃避，寻求正义和真相
- 朋友或家人因为和自己的关系而遭到不公正对待，因此必须决定是无视不公还是为公平正义而战

成为恶意谣言的受害者
Being the Victim of a Vicious Rumor

人物受到创伤的具体情境：
不论谣言的发起者是朋友、家人、同事、老板、敌人、完全不认识的人、强大的商业竞争对手，还是可以通过玷污他人名誉来获益的组织，谣言的毁灭性和伤害力都是不可估量的。在如今这一互联互通的世界中，谣言更是会产生极其深远持久的影响

因受此创伤而常常受到损害的基本需求：
爱与归属、尊重与认可、自我实现

人物可能接受的错误观念：
- 人们无论如何都会相信谣言是真的，那么我不如就接受了吧
- 在这个谣言的笼罩下，我永远无法达成希望，实现梦想
- 为什么被针对？我一定有不对的地方
- 如果你试图脱颖而出，总有人会把你贬得一文不值
- 报复回去，这样才能扯平
- 我的名声被毁了。我能做的只有放弃（我的职业、爱好、生意等）
- 我发自内心地认为人都是残忍可恶的。大众就喜欢看别人遭殃

人物可能会害怕：
- 被（朋友，恋人，同事，家人，等等）背叛
- 关键时刻不被人信任
- 透露自己的事情（这一信息可能被人用来针对自己）
- 被谣言评判和钳制；因此无法追求自己的热爱
- 被相信谣言的重要人物拒绝
- 谣言对家人产生负面影响

可能的反应和结果：
- 疏远他人
- 回避人们听说谣言的地方（工作地点，社交媒体，自己的学校，等等）
- 自尊心和自我价值感降低
- 分析自己可能有哪些弱点，弄明白为什么会被针对
- 待在家里不出去
- 回避社交场合，背弃承诺
- 总跟信任的家人或朋友待在一起
- 在愤怒、尴尬和丢脸的情绪中反复摇摆
- 对传播谣言的人大发雷霆
- 主动调查，找出谣言来源；尽力确定到底是谁在损人利己
- 报复捏造和散播谣言的人
- 不愿意和他人分享自己的秘密
- 相信谎言
- 接受谎言并真的按照它生活（如果谣言持续存在）
- 切断新形成的人际关系
- 寻求与和传播谣言的人毫无关联的人建立新的人际关系
- 高估了谣言的力量（认为每个新认识的

人都听说过这个谣言，认为谣言传播得比实际的范围要广，等等）
- 患上疑心病
- 因为长时间处于压力之中而产生躯体化症状（体重和睡眠习惯的变化，血压升高，病症加重，等等）
- 一定要证明谣言是错的
- 压抑自己；只说人们想听的，以免产生进一步的评判或摩擦
- 转学、换工作或者搬家，以求重新开始
- 沉浸在其他爱好、兴趣或技术领域中，来证明自己
- 通过写作、跳舞或画画来表达真我
- 小心自己的言语，避免意外引发不实谣言
- 蔑视流言蜚语；拒绝成为恶意传播谣言的一分子

可能会形成的个性特征：
积极特质
- 谨慎的、讲究策略的、考虑周到的、共情力强的、好客的、谦逊的、独立的、公正的、善良的、仁慈的、耐心的、一丝不苟的、善于观察的、明智的、有说服力的、在乎隐私的、规规矩矩的

消极特质
- 对抗型的、玩世不恭的、戒备的、缺乏安全感的、回避的、八卦的、无趣的、充满敌意的、拘谨的、持有执念的、向人诉苦乞怜的、多疑的、愤恨的、胆怯的、沉默寡言的、报复心强的、反复无常的、孤僻的

可能会加重这一创伤的诱因：
- 无意听到有人在嚼别人的舌根
- 以为谣言已经销声匿迹了，没想到又有人把它提起来了
- 受到尖锐质问（关于工作、自己的行踪等），不得不为自己辩护
- 有人对自己说过的话表示怀疑
- 遭到拒绝（如，公寓被信用更好的人租去了），理由看似合情合理，但是担心谣言才是拒绝的真正原因
- 看到制造谣言的人对他人做同样的事

面对或克服这一创伤的机会：
- 处于谣言可能成真的处境（如，在被指控收受贿赂后就有人来行贿）
- 因为谣言而受到惩罚（生意濒临破产，婚姻失败，等等），想要对抗不公
- 在被这次经历搞得筋疲力尽后，意识到世界上还是有好人的，人们并非千篇一律
- 因为谣言决定退出某件事，但发现如果自己留下来，就能给另一个人提供他极其需要的东西

不公与困境

单相思
Unrequited Love

人物受到创伤的具体情境：
在意一个人，这个人却：
- 不会以同样的方式在意自己
- 对自己的感受浑然不知
- 已经结婚了或已经有了忠贞的恋情
- 曾和自己的好友或兄弟姐妹在一起
- 因为禁忌（种族，年龄差异，宗教限制，家庭期望，社会偏见，等等）而无法跟自己在一起

因受此创伤而常常受到损害的基本需求：
爱与归属、尊重与认可、自我实现

人物可能接受的错误观念：
- 没有这个人的爱，生活就不值得一过
- 我们不能够在一起是因为我不够优秀
- 我只能跟这个人在一起
- 如果我证明自己的价值，她/他就会来到我身边
- 如果我改变得足够多，他/她就会发现我们是多么般配了

人物可能会害怕：
- 表露出自己的爱
- 被对方拒绝，并失去与其接触的机会
- 也被其他中意的人拒绝（因为已经被单恋对象拒绝了的自己，一定存在问题，无法得到别人的爱）
- 被单恋对象或其他人讽刺或嘲笑
- 永远找不到能比得上这个人的人
- 永远找不到真爱

可能的反应和结果：
- 抓住一切机会靠近这个人
- 跟踪对方（线上和真实生活中）
- 对对方的爱好、热爱和活动产生兴趣
- 仔细琢磨和单恋对象的所有交流，从而寻找他/她爱自己的迹象
- 错过和他人发展恋情的机会，因为自己只关注单恋对象
- 破坏单恋对象的恋爱关系
- 将追求者们和单恋对象做比较，发现追求者们差远了
- 对单恋对象唯命是从，以此来赢得对方的爱
- 把单恋对象的渴望和目标看得比自己的更重要
- 以比任何人都了解单恋对象为荣
- 幻想和单恋对象在一起
- 变得抑郁，经常哭
- 经历绝望的时刻，感到自己的梦想无法成真
- 把其他关系都放在次要地位（如，本来要和朋友晚上出去玩，但如果单恋对象让自己做什么事，就会推掉和朋友的计划）
- 随叫随到（待在家里不出屋，等着对方给自己打电话，等等）
- 发誓如果单恋对象不回应自己的感情，那就永远不会再爱任何一个人

- 在对单恋对象的爱、恨和怒之间摇摆
- 用尽各种手段来获得单恋对象的注意
- 认为自己被拒绝是因为存在个人缺陷
- 自我怀疑，自信心降低；不相信直觉
- 即使自己周围有朋友和家人，还是深深地感到孤独
- 通过吸毒、酗酒或暴食来自我"治疗"
- 寻找其他的伴侣来忘却单恋对象
- 因自己放不下这段单相思而对自己生气
- 为了向前看，尽力地忘掉这个人
- 专注于工作、学业、体育和其他爱好，让自己不想这个人
- 把自己全心全意爱别人的能力看作是能应用于其他关系中的天赋
- 意识到自己和单恋对象一样重要，自己也配得到幸福

可能会形成的个性特征：

积极特质

- 充满爱意的、善于分析的、谨慎的、讲究策略的、考虑周到的、共情力强的、调情的、友好的、理想主义的、忠诚的、善于观察的、乐观的、激情的、耐心的、坚持不懈的、热心助人的、信任他人的、无私的

消极特质

- 尖酸刻薄的、悲观多疑的、狂热的、愚蠢的、坏脾气的、轻信的、拘谨的、缺乏安全感的、嫉妒的、善于操控的、絮絮叨叨的、黏人的、爱管闲事的、持有执念的、占有欲强的、咄咄逼人的、愤恨的、固执的、讨好型的、胆怯的

可能会加重这一创伤的诱因：

- 释怀之后，没想到又误解了另一段恋情

以及另一方的感觉

- 遇见和单恋对象同名的人
- 自己和某个同事有一个共同好友，同事尝试并成功突破了"朋友区"
- 单恋对象和自己熟悉的人谈起了恋爱，如自己的朋友或兄弟姐妹
- 看到别人相爱，渴望拥有同样的幸福

面对或克服这一创伤的机会：

- 意识到自己总是会爱上无法企及的人，希望能够打破这一循环
- 注意到为了得到单恋对象的爱，自己已经有了巨大改变（变得占有欲极强、失去了自主性而变成了对方想要的样子，等等），自己并不喜欢这样
- 看到朋友都找到了自己的灵魂伴侣，但自己仍在这段单相思中煎熬
- 看到单恋对象的阴暗面，爱上对方之后又怀疑对方是否值得自己的爱

> **注意：**
> 在这种情形下，人物爱上了无法回应自己感情的人。通常，被爱的人知道人物的感情，但并不会对人物产生同样的感情。其他时候，被爱的人对于人物的感情一无所知，后者只能默默地郁郁寡欢。

经历干旱或饥荒
Living Through Drought or Famine

人物受到创伤的具体情境：
引起干旱和饥荒的原因有很多，包括：
- 一个群体唯一的水源受到了污染
- 在远处的河流或湖泊上筑坝，同一地区人群的可用水源减少
- 毁林开荒
- 气象变化
- 大量人口迁移到某个地区，当地先前的水和食物供给无法满足需求
- 摧毁了某一地区的牲畜或农作物的疾病或植物病害
- 一场战争耗竭了国家的食物供给，导致粮食限制和他国制裁
- 政府或统治政权腐败，故意克扣粮食的发放

因受此创伤而常常受到损害的基本需求：
生理、安全感、自我实现

人物可能接受的错误观念：
- 没有资源的人永远被有资源的人支配
- 我除了自己，谁也依靠不了
- 这个世界上唯一重要的事就是活着
- 我没能给家人提供足够的供给，很对不起他们

人物可能会害怕：
- 死亡
- 看到亲人受苦
- 别人死了，自己幸存下来
- 被他人利用（如果干旱或饥荒是由当权者引起的）
- 口渴或饥饿
- 生活质量低下；没等能够做什么重要的事就死了
- 自己微不足道或成了牺牲品

可能的反应和结果：
- 将自己少得可怜的资源藏起来，以防资源被人盯上和夺走
- 如果生存成了问题，那么可以不那么顾及道德
- 依赖能够为自己提供安全庇护的人
- 安全比真爱更重要（为了稳定而结婚）
- 鞭策自己的孩子变得有钱
- 不信任有钱或有权的人
- 即使自己有钱也很吝啬，以防将来出现艰难的日子
- 直面某些困难，避免自己在发生紧急情况时太过软弱而无法应对
- 食物充足时吃得过多
- 大家什么也没有的时候，自己却有一点物资，因而感到愧疚
- 大量储存水或食物，以防将来出现干旱或饥荒
- 尽力预见事态并做好规划，以应对可能减少水和食物供给的事件
- 迁移到干旱和饥荒不常发生的地方
- 变得足智多谋；能够充分利用手头有的东西

- 对水源或食物浪费很敏感
- 为了将来找份能保证自己基本生活的工作而努力学习
- 自己分析这一事件的原因,以便采取措施,避免将来再次发生同样的事
- 自给自足;维持好个人的水源和食物来源,无需他人供应
- 因为知道没有物资是什么感觉,因此自己有的东西都会十分大方地分给别人
- 花费金钱和时间去帮助那些没有水源或食物的人
- 努力提高公众对相同处境的人们的关注
- 感激自己拥有的
- 珍爱地球的资源
- 更加保护环境

可能会形成的个性特征:

积极特质

- 适应力强的、警觉的、雄心壮志的、充满感激的、勇敢的、遵守纪律的、共情力强的、专注的、慷慨的、独立的、耐心的、足智多谋的、简单的、关心社会的、好学的、节俭的、无私的

消极特质

- 冷酷的、控制欲强的、悲观多疑的、狡诈的、贪婪的、充满敌意的、无趣的、不耐烦的、不理性的、贪图享乐的、病态的、持有执念的、愤恨的、心不在焉的、自私的、吝啬的、疑心的、忘恩负义的、意志薄弱的

可能会加重这一创伤的诱因:

- 自己所居住的住宅楼停水了(因为出了问题或在维修保养等)
- 自己所在的地区出现短暂干旱
- 停电导致冰箱或冰柜中的食物开始腐烂
- 饿得肚子痛或口渴
- 面临和过去导致干旱或饥荒事件相似的情形
- 看到所在社区中的人没有足够食物吃
- 尝到或闻到灾情发生时仅有的、每天都吃的食物

面对或克服这一创伤的机会:

- 拥有足够的资源(水、食物等),但因为害怕分给别人自己就没有了,因此不肯帮助别人
- 在牺牲掉自己的道德准则活过危机后,发现随之而来的是另一种缺失:自尊心和身份认同感
- 尽管死里逃生,在极其严重的旱灾中存活了下来,却得知自己的情况(某种疾病,无法用手术切除的肿瘤,等等)将会恶化,这会导致自己早逝

> **注意:**
> 干旱(长时间缺水)和饥荒(持续的食物短缺)是常常同时出现却截然不同的两种现象。二者的持续时间长短不一,从数周到数年不等。虽然持续时间较长的干旱和饥荒带来的灾害更严重,但短时间内没有足够的水源或食物也足以给人带来创伤。

经历内乱
Living Through Civil Unrest

人物受到创伤的具体情境：
内乱可以被描述为由一群受政治或社会因素驱动的人引起的混乱。它可以是短时间的暴力反抗，也可以是较大规模的暴乱、破坏和私刑。这种氛围如果长时间存在，会导致社会性崩溃，从而影响到该地区的人。它的后果包括：
- 缺乏必需物资，如食物、燃料和水
- 公共安全威胁
- 暴乱和犯罪增加
- 自由受到侵犯（强制宵禁，非法搜查住宅，没收个人财物，等等）
- 财产破坏
- 必需的社会服务中断，如学校、医疗服务、邮政服务、垃圾回收、移动通信服务和公共交通服务
- 常用的公共基础设施中断，如电力供应和天然气服务

因受此创伤而常常受到损害的基本需求：
生理、安全感

人物可能接受的错误观念：
- 我本应该预见这种情况的
- 法律对我来说并不适用
- 即使生活不公，与其兴风作浪，不如听天由命
- 我只能信任和依赖自己
- 我们永远不会从内乱中恢复了
- 安全只不过是幻想
- 人都是暴力的，只是表面看不出来

人物可能会害怕：
- 被人杀害
- 家人被杀害
- 无法供养家人
- 有家人受伤或生病，但是无法获得医疗服务
- 必需资源已经耗尽或被强行拿走
- 被警察、政府或在内乱中提供安防的任何一方抛弃
- 在错误的时间出现在错误的地点
- 卷入别人的麻烦之中，还因此受到惩罚

可能的反应和结果：
- 被迫害妄想和怀疑情绪越来越严重
- 反应冲动，不经思考
- 过分警惕（周边环境、声音、情绪、活动等的变化）
- 通过伪装外表、隐藏自己与麻烦制造者不同的真实面目来融入对方
- 不停地看新闻来了解混乱局面的发展或要避免去的地方
- 加强家庭安全（设置安防设施，时刻留心家人的情况，武装自己，等等）
- 失眠、焦虑增加
- 制订计划（逃生的计划，紧急时刻的去处，家人失散时的应对措施，等等）
- 只在绝对必要时才出门
- 小心说话，因为不知道对方是否可信

- 警惕寻找自己不忠心证据的被监视迹象
- 即使会给自己带来许多不便，也要回避最危险的地区
- 大量贮存或定量使用紧急物资
- 反感浪费食物、燃料、水源、衣服等
- 担心小事；会突然想到最坏的情况
- 标记可能的逃生出口和逃生路线
- 准备紧急撤离装备，以备必须立即离开时使用
- 遇到和过去相同的情形时，不会像过去那样帮别人
- 研究和习得技能（家庭疗法和基本急救常识，诱捕与狩猎，等等），自己会变得更加独立
- 帮助社区近邻，分享资源和人力
- 制订回击内乱制造者的计划

可能会形成的个性特征：
积极特质
- 适应力强的、警觉的、善于分析的、大胆的、谨慎的、协作的、果断的、善于观察的、高效的、独立的、善良的、忠诚的、成熟的、有条理的、积极主动的、细心保护的、足智多谋的、负责任的、节俭的

消极特质
- 反社会的、冷漠的、冷酷的、对抗型的、控制欲强的、回避的、狂热的、贪婪的、充满敌意的、无趣的、冲动的、拘谨的、多疑的、悲观的、吝啬的、不合作的、不道德的、暴力的

可能会加重这一创伤的诱因：
- 枪击声、烟火味或其他内乱时会出现的感官刺激
- 自己的邻居突然在半夜搬家
- 在去上班的路上碰到一群抗议者
- 公司里愈演愈烈的工会罢工
- 新闻中报道的内乱

面对或克服这一创伤的机会：
- 遭遇自然灾害，造成大面积破坏，限制了个人获取资源的机会
- 发生在工作场所的骚动（教师罢工，工会纠纷，等等）迫使自己表明立场
- 在通过做出匪夷所思的事情逃离内乱的动荡后，自己每天又面临着挑战自己道德准则的情形

不公与困境

偏见或歧视
Prejudice or Discrimination

因受此创伤而常常受到损害的基本需求：
生理、安全感、爱与归属、尊重与认可、自我实现

人物可能接受的错误观念：
- 每个人都抱有偏见
- 我永远不会成功，因为我的种族（或信仰、宗教等）会一直让我处于不利地位
- 人们永远不会看到真实的我，只会看到我的种族（或性别、缺陷等）
- 我要占有一切，因为这个世界欠我的
- 在我的宗教（或种族、年龄等）范围之外建立友谊和人际关系都行不通
- 上帝讨厌我。我肯定是因为做过什么事情，才会被这样对待
- 别人不接纳我，我为什么要接纳别人呢
- 唯一能使人们注意到我的方法就是使用暴力

人物可能会害怕：
- 受到攻击或针对
- 自己所爱的人受到攻击和针对
- 自己的权利受到侵犯或剥夺
- 积累或实现了某些事，但成果被人剥夺
- 因为被歧视，生活受到限制
- 在自己的群体中受到排挤，失去了在那里本有的安全感
- 变成自己讨厌的人（对他人产生偏见和歧视）

可能的反应和结果：
- 隐瞒或者谎报自己的种族、性取向、信仰等
- 缺乏信心和自我怀疑
- 听到政治宣传，为自己的身份感到丢脸
- 否认真实的自我
- 怀疑他人的动机
- 放弃彰显自己的民族、性别等特征的活动或爱好
- 对刻板印象高度敏感，对它们要么完全接受，要么努力避免
- 因为需要被他人接纳而失去自己的身份认同感
- 只和能跟自己共情的人在一起玩
- 想给对立方施加刻板印象，但也想摆脱这样的思维模式
- 相信别人说的话
- 成为别人控诉自己的样子（实现预言）
- 情绪无常
- 用暴力来回应偏见
- 感到别人轻视自己，但其实别人并没有
- 对别的群体也抱有偏见
- 默默承受不公；不告诉任何人自己发生了什么
- 降低自己的期望
- 无助，抑郁
- 怀疑自己的能力
- 用吸毒或酗酒来自我麻醉
- 对世界持悲观态度
- 回避过去歧视自己的人和地方

- 想要积极地参与政治，但害怕被抵制和针对
- 独来独往，自我封闭
- 拒绝向和自己种族、性取向等方面不同的人倾吐心事或向他们寻求帮助，因为认为他们不会理解或在意
- 尽力达到完美，让谁都挑不出错来
- 与当局（或一个强大的团体）合作，努力制止偏见
- 通过反抗、抵制或游说规则制定者来带来改变，从而对抗社会不公
- 找到能抒发个人情绪的健康途径（如，加入某个和自己的信仰相同的团体或俱乐部）
- 努力克服那些会伤害人的刻板印象（变得思想开放，勤奋努力并且关爱集体，在生活中反对刻板印象，等等）
- 通过接受真实的自我和不理会他人的看法的健康方式来反抗

可能会形成的个性特征：
积极特质
- 雄心壮志的、大胆的、自洽的、协作的、勇敢的、乐观的、激情的、坚持不懈的、关心社会的、干劲十足的、宽容的

消极特质
- 反社会的、对抗型的、不忠诚的、充满敌意的、伪善的、无知的、拘谨的、缺乏安全感的、品头论足的、愤恨的、讨好型的

可能会加重这一创伤的诱因：
- 在自己原本认为很安全的地方（教堂，家庭聚会，等等）遭到歧视
- 自己的孩子成了偏见或歧视的受害者

- 看到自己爱的人在受到歧视后降低了标准和梦想
- 有种族主义倾向的人当权，威胁到了自己的基本权利
- 在自己的国家目睹一群人公开反对自己的种族、信仰等

面对或克服这一创伤的机会：
- 种族、宗教、年龄、信仰或其他方面与自己不同的人想和自己成为朋友
- 许多年来都在改变自己来迎合他人的期望，最后发现已经丧失了真实的自我
- 在保护自己的权利时，别人的权利受到了侵犯，这使自己意识到偏见会影响所有人，不仅仅是自己群体里的人
- 自己没有得到晋升，以为是偏见惹的祸，但后来发现升职者确实更配得到晋升
- 教给年轻人人生的经验教训，同时意识到社会在减少、消除歧视或偏见方面已经有所改善，这给了自己希望

> **注意：**
> 偏见是在没有足够的知识或事实的情况下形成的观点或看法。人们对他人产生的偏见可能基于种族或民族、宗教、社会阶层、性别、性取向、年龄、教育程度、信仰或其他标准。当人们做出毫无根据的判断时，歧视——由于偏见而做出的排挤他人的行为或行动——就会产生。

生活贫困
Experiencing Poverty

人物受到创伤的具体情境：
- 父母有一方吸毒或残疾，无法有一份稳定工作
- 由（外）祖父母抚养，开支有限
- 住在难民营
- 被逐出家门，不得不流落街头
- 在危险的社区长大
- 被迫逃离家园，在别处重新开始生活
- 由于不可控因素而变得无家可归

因受此创伤而常常受到损害的基本需求：
生理、安全感、尊重与认可、自我实现

人物可能接受的错误观念：
- 不坚强起来，就永远无法渡过难关
- 你得不择手段地活下去
- 钱就是一切
- 必须竭力捍卫自己的东西不被别人拿走
- 生活就意味着要确保你总有足够的物资
- 你要是穷，世界就不在乎你
- 是非对错是我承受不起的奢侈品
- 某个错误，我犯过一次，将来还会再犯

人物可能会害怕：
- 被迫缺乏食物、住所、药品等
- 因为自己拥有的东西而被针对和伤害
- 被（仇恨团体、政府、警察、罪犯等）迫害
- 生活中再也不会有好事发生
- 自己的孩子也会陷入贫困的循环中
- 一次意外或紧急事件，全家就会从贫困变成无家可归

可能的反应和结果：
- 认为社会体系受到了操纵；因而并不渴望能够逃离贫困
- 不择手段地（不论好坏）摆脱贫穷；付出相当于他人双倍的努力，做出牺牲，接受教育，逾越道德规范，等等
- 制订不切实际的脱离贫困计划，但是知道自己永远不会尝试的
- 变得冷酷无情
- 只想着眼前要发的薪水或要交的房租，不想长远的事
- 大手大脚地花钱，因为没人教过自己要存钱或精打细算
- 对有钱人有先入之见
- 相信别人一直以来告诉自己的话："你很蠢，你永远也走不出这片街区，你永远什么事都做不好。"
- 生活中高度警惕，总是防范危险发生
- 不得已，一家几代人住在一起
- 省着点用钱，以免陷入无力的状况
- 积累钱财、食物、药品或其他让人有安全感的东西
- 找好几份工作来应付开支，或存钱以备不时之需
- 鄙视过去歧视自己的人，如警官、富裕阶层、自己的姻亲家人
- 长大之后继续贫困的循环（年纪轻轻就

怀孕了，没上完学，技能不足，等等）
- 如果现在富有了，就会用各种象征财富的东西武装自己
- 鞭策自己的孩子努力取得成功
- 用心照管有自己情感寄托的或有价值的物品
- 对在艰难时刻不离不弃的人十分忠诚
- 形成社区思维，这样如果日子再次变得艰难，也会有人帮助自己
- 做出负责任的生活选择（选择一个稳定的生活环境和一份稳定的工作，存钱备用，节俭生活，等等），避免重蹈覆辙
- 鼓励孩子接受教育并教会他们承担个人责任，这样他们将来才能从容面对生活

可能会形成的个性特征：
积极特质
- 适应力强的、爱冒险的、雄心壮志的、充满感激的、大胆的、谨慎的、共情力强的、自洽的、专注的、谦逊的、理想主义的、勤奋的、客观的、好学的、坚持不懈的、细心保护的、足智多谋的、才华横溢的

消极特质
- 粗暴的、成瘾的、冷漠的、冷酷的、对抗型的、残忍的、悲观多疑的、大男子主义的、狡诈的、无礼的、愚蠢的、轻浮的、充满敌意的、无趣的、无知的、拘谨的、嫉妒的、捣蛋的

可能会加重这一创伤的诱因：
- 陷入饥饿或生活物资缺乏的困境，即使是短时间内的
- 一下子来了许多账单要付，感到窒息
- 害怕出现差错（被送进急诊室，车没油

了，丢了工作，等等）导致自己又重回贫穷
- 碰到仍然处于贫困处境的童年好友

面对或克服这一创伤的机会：
- 虽然逃离了贫困，但仍然面临儿童时代遭受的歧视（因为种族、宗教等）
- 尽力地改善自己的处境，但最终被不可控的环境所打败
- 看到一个孩子陷入了可能导致贫困的陷阱（辍学，吸食烈性毒品，等等）
- 想要追求热爱或梦想，但被过去的负面声音所束缚

受到霸凌
Being Bullied

人物受到创伤的具体情境：
霸凌可以定义为持续地用权力或影响力恐吓他人。霸凌有许多种方式，包括：
- 严苛的父母或亲属总是打着"为你好"的旗号做事
- 兄弟姐妹因为年龄、体型或受人喜爱的程度拥有了不同寻常的权力
- 善妒的朋友或充满愤恨的同学
- 合起伙来（学生或同事小团体）排挤他人的一群人
- 老师或另一个权威人士
- 受到自己地位或技艺威胁的同事
- 社交媒体上的"朋友"通过人身攻击和嘲讽他人来获得权力
- 利欲熏心的老板或人脉丰富的人为了得到想要的一切而不择手段

因受此创伤而常常受到损害的基本需求：
生理、安全感、爱与归属、尊重与认可、自我实现

人物可能接受的错误观念：
- 人们针对我，因为我软弱
- 我的生活永远不会变好了；"从此以后过上了幸福的生活"说的都是别人
- 我是个失败者，永远干不成任何事
- 如果我按照他人的愿望做事，生活就会好过一些
- 人们接近你是为了更好地操控你
- 社会体系（或学校、政府、公司制度、父母的一视同仁，等等）荒唐可笑
- 为了展现我并不弱，我必须打架
- 如果人们怕我就不会来找我的茬了

人物可能会害怕：
- 人际关系（因为信任问题）
- 孤独
- 被排斥和被抛弃
- 暴力和痛苦
- 犯下重大错误，被别人抓住把柄或把这一错误分享到网上，从而遭到众人嘲笑
- 性格特征和过去霸凌自己的人相似的人（控制欲强，聒噪，爱操纵人，大男子主义，等等）
- 对错误的人敞开心扉，导致自己的感情被人玩弄
- 公众演讲、展示自我，以及将自己置于他人审视目光中的情景
- 社交活动或家庭聚会（如果霸凌者是自己的家人）

可能的反应和结果：
- 变得喜欢自我批判，认为自己有缺陷
- 迟到，因为很难起床来面对新的一天
- 避免参加可能出现霸凌的社交活动或场所（办公室聚会，学校食堂，等等）
- 闲暇时间（吃午饭时，会议间歇，在家中时，等等）找个安全的地方独自待着
- 不敢和他人有眼神交流或加入他人的聊天中

- 为了防止情况恶化，和霸凌自己的人达成一致
- 对家人撒谎，假装一切都好，让大家不要担心
- 从以前的关系中抽离，不再对人敞开心扉（也防止被人伤害）
- 反应过激和性格敏感；即使受到最轻微的冒犯，也会感到受到了深深的伤害
- 容易哭
- 对于轻视或更轻微的羞辱一笑了之，希望能够缓解糟糕的情况
- 做白日梦，或通过书籍、电视、电影、电子游戏以及写作来逃避现实
- 通过用毒品、酒精或食物自我"治疗"来应对现实
- 精心地打扮自己，想尽力融入集体中
- 观察别人的行为举止；模仿他们，以防被针对
- 割伤自己以及其他自毁行为
- 自杀想法或尝试
- 难以进食和入睡
- 因为抑郁而无法照顾自己
- 霸凌比自己弱小的人来宣泄情绪，或把这样做当成取得控制权的一种方式
- 对公正（或不公正）高度敏感
- 回避社交媒体，关闭个人账号
- 淡化会让自己成为目标的特长和爱好（如，学业成就、爱玩《龙与地下城》，或酷爱火车并知道很多火车知识）
- 和动物交朋友或在大自然中寻求慰藉
- 和"安全的人"交朋友（如，比自己小很多的人，或本身就是社会弃儿的人）
- 收到同龄人一些小小的善意或表示就会非常感动（因为这不常有）
- 给自己积极暗示，以此来找到面对日常的力量
- 意识到有问题的是霸凌者而不是自己
- 找到并加入一个十分注重友谊和归属感而非评判的团体

可能会形成的个性特征：
积极特质
- 谨慎的、协作的、独立的、成熟的、关注自然的、抚育他人的、顺从的、在乎隐私的、积极主动的、细心保护的、足智多谋的

消极特质
- 成瘾的、反社会的、轻信的、充满敌意的、伪善的、缺乏安全感的、黏人的、紧张的、自毁的、讨好型的、疑心的、沉默寡言的

可能会加重这一创伤的诱因：
- 碰到过去霸凌自己的人，或看到另一个人被欺负
- 听说有霸凌受害者自杀了
- 重回受到霸凌的地点或环境，从而想起了那段被霸凌的经历
- 在小事上受到不公正待遇（如，有朋友强迫自己做不想做的事）

面对或克服这一创伤的机会：
- 儿时经历霸凌后，成年后又在职场上或团体中受到霸凌
- 处于虐待关系中，意识到是自己允许这种虐待式的相处方式继续存在的
- 察觉出自己的孩子正被霸凌，想要出手干预

不公与困境

因不可控因素而无家可归
Becoming Homeless for Reasons Beyond One's Control

人物受到创伤的具体情境：
- 导致破产的医疗紧急状况（如，由于无法获得保险赔付）
- 父母一方患有精神疾病，导致全家流落街头
- 因为身体疾病无法工作
- 气候灾害毁坏了房子
- 火灾烧毁了自己未上保险的房子或公寓
- 逃离存在虐待的关系，无处可去
- 因一场悲剧而陷入抑郁，很难养活自己
- 生活琐事（汽车故障，小事故，去医院看病，等等）使得在贫困线上挣扎的家庭更加岌岌可危了

因受此创伤而常常受到损害的基本需求：
生理、安全感、爱与归属、尊重与认可

人物可能接受的错误观念：
- 我毫无价值
- 我本应该预见这种事情的发生并提前做好准备
- 生存是当务之急；梦想都是过去时了
- 我永远回不到从前了
- 社会制度就是用来对付像我这样的人的
- 我本来就是人们认为的那样（懒惰，无用，浪费社会资源，自我放纵，等等）
- 孩子的安全和幸福因为我受到了威胁
- 我是个糟糕的父亲/母亲（如果自己的家人同样流落街头）

人物可能会害怕：
- 和家人分开或孩子被带走
- 孩子在身体或情感上受到伤害
- 被抢劫、袭击或利用
- 被捕
- 他人的想法（如，家人或从前的邻居）
- 再也无法振作起来
- 陷入抑郁，染上酒瘾或毒瘾
- 让家人们生活在贫困和无家可归的循环中，这一循环会代代持续

可能的反应和结果：
- 和家人或朋友试着找到暂住的房子
- 住在车里
- 抑郁更加严重
- 通过酗酒或吸毒来缓解痛苦
- 生活一片混乱
- 无法集中精力（因为缺乏睡眠、营养不良、某种缺陷或其他原因）
- 如果他人（如，跟着自己流浪的孩子或是依靠自己养活的人）受到影响，自己会极其愧疚，尤其是感到自己应对当前的情况负责时
- 找到省钱的窍门（在货车服务站洗澡，在公共汽车站的便宜储物柜里存东西，知道去哪能接水，等等）
- 保护仅有的个人财物
- 用不道德的方式挣钱，如贩毒或卖淫
- 回避可能会带走自己孩子或限制自己自由的当权者

- 避免对他人负责（因为害怕再次砸锅）
- 做好计划并坚持实行
- 不计代价地获得稳定收入
- （在重整旗鼓后）回避所有风险，花钱非常谨慎
- 把教育孩子当成首要任务
- 做好几份能够轻松应付的工作来支付日常开销
- 先买必需品，再买想要的东西
- 愿意接受朋友的帮助

可能会形成的个性特征：

积极特质
- 警觉的、雄心壮志的、协作的、有创造力的、考虑周到的、共情力强的、专注的、友好的、好客的、谦逊的、有条理的、成熟的、耐心的、坚持不懈的、在乎隐私的、细心保护的、古怪的、足智多谋的

消极特质
- 成瘾的、冷漠的、冷酷的、幼稚的、悲观多疑的、狡诈的、回避的、健忘的、无知的、缺乏安全感的、嫉妒的、心不在焉的、紧张的、自毁的、吝啬的、得罪人的、沉默寡言的

可能会加重这一创伤的诱因：
- 重新振作起来后，又意外收到了支付不起的账单
- 走路碰见乞丐或翻垃圾桶找瓶子卖破烂的人
- 汽车出故障，导致自己滞留原地
- 收到驱逐通知，但一切并不是本人的过错（如，房子要被拆除）
- 危机过后，在参加家庭聚会时听到别人炫耀他们过得多么好

面对或克服这一创伤的机会：
- 不用睡大街后，见到无家可归的人就想帮他们安定下来
- 无意中听到有些人对无家可归的人发表不好的言论，因此面对两种选择：说出自己的过去来为那些人发声，或是保持沉默
- 他人主动帮助自己，使自己有机会克服倦怠的世界观，并学会重新信任他人
- 受邀加入造福流浪者的组织

> 不公与困境

因他人的死亡而受到不公正的指责
Being Unfairly Blamed for Someone's Death

人物受到创伤的具体情境：

有人可能因死亡事件受到不公正的指责，当他/她：

- 无法阻止朋友酒后驾驶
- 和某人吵架之后，那个人自杀了
- 回家的路上碰到被车撞倒的行人，但没有把他扶起来
- 无法阻止别人的冒险行为
- 因自身缺陷无法识别朋友的痛苦（如，酒精中毒）
- 没法让兄弟姐妹免受他们自己错误决定的伤害
- 自己是长子/女，悲剧发生（如，在外边玩时，妹妹被绑架）
- 正和朋友打闹时，朋友突然跌倒或发生了离奇事故
- 无法及时施救（救生员没救起溺水的游泳者，消防员没救出住宅火灾的受害者，警察无法将跳楼者劝下来，等等）
- 需要救两个人，但时间或资源只够救一个人
- 四轮摩托车发生事故时自己戴了头盔，而朋友（身亡）没有戴
- 开车时发生了无责任事故，但有人因此丧命
- 请了病假，替班的同事在抢劫中被杀害
- 没注意到爱人的抑郁迹象以及对方的自杀计划
- 出生时，母亲因难产离世

因受此创伤而常常受到损害的基本需求：

- 安全感、爱与归属、尊重与认可、自我实现

人物可能接受的错误观念：

- 我本应该替我的妹妹（或堂妹、母亲、朋友等）去死的
- 为了弥补过错，我必须按照逝者生前的方式生活
- 我永远无法补偿逝者和责备我的人
- 我不配得到快乐，也不配遇到好事
- 我是个糟糕的母亲（或父亲、姐姐、哥哥、妻子、丈夫等），因为我没有预见到要发生的事
- 我没有管理他人或做重要决定的能力
- 为了证明我有能力和价值，我必须对所有事负责，并且每件事都要做得好

人物可能会害怕：

- 人际关系和对别人负责
- 情感脆弱
- 犯错，尤其是如果自己判断不佳就会导致他人死亡的情况
- 做决定和选择，尤其是关乎他人的决定和选择
- 冒可能导致更多人失去生命的风险

可能的反应和结果：

- 极度愧疚和懊悔，即使自己并没有错
- 在指责自己的人身边时如履薄冰

- 难以信任他人、与他人交往
- 在被迫害的困惑和愤怒之间摇摆不定
- 总想要为自我辩解或自我防卫
- 难以用健康的方式向前迈进（在人际交往、追求热爱或梦想等方面）
- 总想着过去，还有自己当时本可以做点什么不一样的事情
- 疏远朋友和家人
- 容易压力大和焦虑；需要吃药
- 通过酗酒或吸毒来逃避现实
- 事后批评自己的决定
- 为自己对事故的责任辩解
- 情绪不稳
- 难以入眠；做噩梦梦到这一事故或事件
- 自我价值感低，不断地鞭策自己做到完美以进行弥补
- 为了他人牺牲自己，甚至到了被人利用的地步
- 自己做更多工作，承担更多责任，试图对所有人都好
- 回避责任、做决定和所有要对他人负责的事情
- 总是选取最容易的道路
- 因为害怕做出错误的选择而踌躇不前
- 对亲人过分保护
- 意识到自己并不应受到谴责，不能变得和那些无法从悲痛中走出来的人一样
- 努力帮助死者家人（随叫随到，给死者的孩子准备读大学的基金，等等）
- 只有确凿掌握他人罪行后才会谴责他人

可能会形成的个性特征：
积极特质
- 警觉的、充满感激的、可敬的、内向的、公正的、仁慈的、抚育他人的、善于观察的、在乎隐私的、细心保护的、负责任的、多愁善感的、关心社会的、有精神信仰的、热心助人的

消极特质
- 成瘾的、难以自控的、控制欲强的、戒备的、回避的、犹豫不决的、不知变通的、拘谨的、缺乏安全感的、病态的、多疑的、悲观的、愤恨的、自毁的、沉默寡言的、反复无常的、孤僻的

可能会加重这一创伤的诱因：
- 和导致死亡的事件相似的情景
- 在外出时意外碰到死者亲属
- 事件的周年纪念日
- 碰到和受害者有关的事物（一只毛绒玩具狗，特定香味的护手霜，当事人可能喜欢的帽子，等等）

面对或克服这一创伤的机会：
- 在自己应该负责时，出现了差错（孩子受伤，自己驾驶的拼车在路边抛锚），必须迅速行动，营救他人
- 因这一事件被生命中某个重要的人拒绝
- 在工作或人际关系中无法感到满足，因为无法承担风险或肩负责任

冤狱
Wrongful Imprisonment

人物受到创伤的具体情境：
- 因为身形相似而被错认为嫌疑犯
- 被人设计陷害，当了别人的替罪羊
- 因为带有偏见的陪审团或法官而被安上罪名
- 因为证人弄错情况或证人受到胁迫提供的证词而被安上罪名

因受此创伤而常常受到损害的基本需求：
生理、安全感、爱与归属、尊重与认可、自我实现

人物可能接受的错误观念：
- 上帝一定是因为我做错了什么事而在惩罚我
- 我信任的制度背叛了我；我再也无法信任任何人或任何事了
- 如果我无论如何都要受到惩罚，那么遵守规则就没有意义
- 我失去了某些重要的东西，回不去了
- 就算我出狱了，这样的记录也会一直跟着我
- 如果我让别人掌控局面，别人就会占我便宜
- 唯一可靠的正义只能自己亲手获得

人物可能会害怕：
- 自己永远不能出狱
- 在监禁期间遭到人身侵犯，进一步受到迫害
- 遭到冷落；失去家人，因为他们相信自己有罪
- 信任他人
- 由希望带来的心碎
- 能够决定自己命运的人或制度
- 当权者会抑止新证据的出现来掩盖不公
- 永远没有真相大白的一天
- 这场磨难的考验使自己丧失了自我

可能的反应和结果：
- 不信任权威人士
- 无视法律，因为遵守法律也不会给自己带来好处
- 厌恶并采取行动反击自己认为本应受惩罚的人
- 抛弃从前的信仰
- 开始怀疑自己从前信任的机构和人
- 疏远家人（退回信件或在探视日不出来见人），这样就可以在他们离开自己之前先离开他们
- 和家人黏在一起
- 因为自己和家人的接触被阻断而感到沮丧（家里寄来的信被管理人员扣留，探视被取消，等等）；把这些看作是更大的不公
- 不信任任何人说的话
- 怀疑自己
- 讨好能帮助或保护自己的人
- 自己的想法或话语变得消极或愤世嫉俗
- 降低对要做或能做的事情的期望值

- 内心尽可能地反抗控制
- 变得爱控制别人
- 变得反社会；感到幻灭，并和所有人和事作对
- 幻想报复那些导致自己入狱的人
- 自毁（吸毒，酗酒，寻衅滋事，等等）
- 时间久了后，被监狱的制度同化；遵守惯例，随波逐流，并不反抗
- 为了回击，决心证明自己的清白
- 学习如何为自己发声，尽力找出到底发生了什么
- 寻求改变不完善的制度
- 更坚定自己的信仰
- 最大限度利用好自己所处的境况，而不只是关注自己无法改变的事

可能会形成的个性特征：
积极特质
- 适应力强的、雄心壮志的、镇静的、谨慎的、专注的、勤奋的、公正的、善于观察的、有条理的、沉思的、节俭的、坚持不懈的、充满哲思的、宽容的、在乎隐私的、积极主动的、足智多谋的、关心社会的

消极特质
- 粗暴的、成瘾的、反社会的、冷漠的、冷酷的、对抗型的、控制欲强的、玩世不恭的、戒备的、充满敌意的、悲观的、愤恨的、喜怒无常的、胆怯的、不合作的、反复无常的、孤僻的

可能会加重这一创伤的诱因：
- 看到或读到描述监狱外世界的电视节目或文章
- 说出关于其他事的真相，但人们也不相信自己
- 因为一点小事受到诬告
- 被人称作凶手、变态、精神病人等（这取决于自己是因为什么罪名入狱的）
- 和狱友谈论入狱之前的生活
- 纪念品（信件、照片等），让自己想起家
- 有重大意义的日期，如自己的审判日期或孩子的生日

面对或克服这一创伤的机会：
- 自己的上诉被驳回
- 服刑期满后出狱，但在外面仍然要面对迫害
- 因为自己的犯罪记录，实现梦想变得遥不可及，因而面临一个抉择：调整目标还是放弃目标
- 被一个本应该对自己很忠诚的人抛弃
- 不希望重审此案的人压制的证据被曝光

不公与困境

遭遇权力碾压
An Abuse of Power

人物受到创伤的具体情境：
- 成为警察暴力的受害者
- 被人安上莫须有的罪名
- 遭受权威人士（老师、神职人员、警官等）性虐待
- 被雇主故意误导或威胁，导致自己做出不道德的行为
- 因为政府心血来潮的行为，自己的土地或家园被毁掉、占用或重新分配
- 雇用的护工冷落了老人
- 被当权者当众羞辱
- 被自己的父母或监护人辱骂或虐待
- 成为金融顾问或金融机构的受害者
- 给某个组织捐款，发现钱都被人中饱私囊了
- 被人非法解雇或裁员
- 自己的想法或作品遭到所委托机构或人的剽窃
- 媒体为了自身目的而歪曲事实
- 有权势的人或组织利用钱财、恐吓或影响力来规避法律

因受此创伤而常常受到损害的基本需求：
安全感、爱与归属、尊重与认可

人物可能接受的错误观念：
- 我太蠢了，什么事我都能上当
- 没有值得信赖的权威人士或组织
- 没人会为我留意危险，所以我必须自己保持警惕
- 我总得受制于人
- 我成为别人的目标就是因为我很懦弱
- 如果受人支配，我就有被害的风险
- 我不能信任自己的判断
- 权力总会腐败。对任何领导者抱有信任的想法，是很愚蠢的
- 正义在金钱和权势面前就没有用了

人物可能会害怕：
- 再次被人利用
- 自己对人的直觉不可靠
- 错误地信任他人或组织
- 遭到无法弥补的损失，如在一家缺乏诚信的资金管理公司那里丢掉存款

可能的反应和结果：
- 不信任社会体系（不完善的司法程序，失灵的卫生系统，当地政府，等等）
- 只和自己认识的人一起工作
- 避免做重大决定，这样如果事情进展不顺，就可以把责任推卸到他人身上
- 变得十分因循守旧；不信任做事情的新方法
- 疯狂调查事实，这样自己就会全面掌握信息，不会再次受骗
- 怀疑社会各个层面都有腐败现象
- 成为阴谋论者
- 变得冷漠；认为人人都腐败堕落，自己怎么也改变不了这一事实
- 离群索居

- 和滥用权力的那类机构或团队断绝关系（蔑视组织及其信仰，自己存钱而不把钱存进银行，等等）
- 再次和当权者合作之前要透彻了解所有事宜，才会感到安全
- 试图保护自己的亲人，防止他们受到同样的虐待
- 在做决定时过度依赖可信赖的来源
- 牢牢掌控自己生活的方方面面
- 如果某些团体或组织没法被证明值得信赖，那么就从中退出
- 规避不健全的社会体系（自己伸张正义而不去找警察；在家教育孩子，不让孩子去公立学校就读；等等）
- 公开从事致力于打倒罪犯或腐败组织的工作
- 在调查组织和企业时非常有条理
- 对别人总是恭恭敬敬的，尤其是对有权力的人

可能会形成的个性特征：
积极特质
- 善于分析的、专注的、勤奋的、一丝不苟的、公正的、忠诚的、有条理的、激情的、耐心的、积极主动的、细心保护的、足智多谋的、负责任的、好学的、传统的

消极特质
- 反社会的、冷漠的、冷酷的、愚蠢的、对抗型的、控制欲强的、玩世不恭的、无礼的、狂热的、傲慢的、不理性的、不知变通的、爱管闲事的、不合作的、持有执念的、多疑的、孤僻的

可能会加重这一创伤的诱因：
- 从新闻中听到一个所谓正直的人或团体利用他人的消息
- 再次被某个不同的掌权者虐待
- 面临这样一种处境：必须把孩子或年迈父母送到当初侵犯自己权益的机构中
- 当初遭受的虐待给自己造成了额外的困难（因为被骗光了存款无法退休，因为被警察打伤而无法工作，等等）

面对或克服这一创伤的机会：
- 自己惹上了大麻烦，必须决定是否要信任当权者
- 发现自己的经历影响了孩子（变得愤世嫉俗、害怕所有的警察、不信任自己的判断等），想让他们过上更有满足感、更开心的生活
- 发现有的当权者其实也很值得尊敬和信任，这动摇了自己的先入之见
- 在某个方面滥用权力（可能变成控制欲极强的父母），之后改过自新，弥补伤害，因而意识到他人也能够改变，也会重新变得值得信任

错付信任

与

遭遇背叛

Misplaced Trust And Betrayals

错付信任与遭遇背叛

被他人断绝关系或受到他人冷落
Being Disowned or Shunned

人物受到创伤的具体情境：
- 被踢出某个自己一贯效忠的群体或组织
- 被逐出教会
- 孩子离家出走，再没回来
- 身为孩子被父母遗弃
- 因为家人间的宿怨，自己不能见自己的外孙、外孙女（孙子、孙女）
- 自己的孩子寻求自立
- 身为成年人被父母冷落（在宣布性取向后，因为转信其他宗教，因为和不同于自己种族的人结婚，等等）
- 因为未婚先孕，父母和自己断绝关系
- 家人认为自己对他们不忠（指控某个兄弟姐妹吸毒或酗酒，做出对犯罪的叔叔或舅舅不利的证明，等等）而冷落自己

因受此创伤而常常受到损害的基本需求：
生理、安全感、爱与归属、尊重与认可

人物可能接受的错误观念：
- 没有他们，我就活不下去
- 我需要和他人保持距离，这样我就不会再以这种方式受到伤害了
- 如果我想让别人接受我，忠诚必定比做正确的事更重要
- 我在别人身边时简直是太糟糕了；他们根本不想和我有任何关系
- 如果他们能这么轻易地把我扔到一边，那么他们当初就没爱过我
- 爱和接纳总是有条件的

- 索取者总是索取，但付出者在没什么可以给予时就会被抛弃

人物可能会害怕：
- 永远不会被人接纳
- 孤身一人，活得失败
- 再次因为失败或错误被抛弃
- 永远找不到能够无条件爱他们或接受他们的人
- 自己就像别人说的那样懦弱（或不忠、不合适、有缺陷等）

可能的反应和结果：
- 压抑自己的感情
- 经历各种情绪（悲伤，生气，抑郁，狂怒，等等）
- 感到内心空虚
- 想要伤害应对此负责的人
- 拒绝听取（全盘否定）任何冒犯自己的人讲的道理
- 无法释怀自己做出的导致关系断绝的一切选择
- 严格地自省，导致自尊心降低甚至自我厌恶
- 在所有可能找到爱的地方寻找爱
- 开始新的人际交往，但新关系还是和从前的一样有害
- 在节假日和特殊活动前后会情绪低落
- 自我疗愈
- 在社交媒体上偷偷关注与自己断绝关系

的人，将此作为保持联系的一种方式
- 回避可能碰到从前的家人或团队成员的地方
- 感到愤愤不平，充满怨恨
- 在社交媒体上恶意中伤冒犯自己的人
- 记仇
- 难以信任他人或向他人敞开心扉
- 难以保持长期的人际关系
- 离开亲人，以防他们先抛弃自己
- 采取隐蔽的手段来联系大家庭中的小辈（侄女或侄子 / 外甥女或外甥，外孙或外孙女 / 孙子或孙女，等等）
- 切断所有联系（改电话号码，搬家，转学，变换工作地点，等等）
- 变得爱讨好人，以此来和他人接触，防止被人冷落
- 遇到冲突时变得非常焦虑，寻求快些解决冲突
- 继续尝试修复关系（给对方送礼物和卡片，即使东西原封不动被退回；打电话或语音留言；邀请对方参加重要活动；等等）
- 被他人接纳时会非常感激
- 会因他人对自己的体贴而非常感动，如别人放在自己工位上的生日贺卡
- 经历悲痛的心境
- 搬走以求重新开始
- （在教堂或在社区）找到一个以开放接纳为宗旨的互助小组
- 审视自己的行为，看自己是否或如何导致了被断绝关系这一情形的发生

可能会形成的个性特征：

积极特质
- 充满感激的、大胆的、谨慎的、讲究策略的、随和的、可敬的、好客的、独立的、勤奋的、热心助人的、宽容的

消极特质
- 粗暴的、回避的、不可靠的、八卦的、充满敌意的、缺乏安全感的、黏人的、紧张的、过于敏感的、完美主义的、反叛的、愤恨的、自毁的、固执的

可能会加重这一创伤的诱因：
- 被拒绝，即使是很轻微的被拒，如邀请人下班后去喝酒遭到了拒绝
- 迎来人生转折点，却无人在身边
- 发现那些曾经排斥自己的人已经欢迎新成员加入他们的圈子（领养、接纳姐姐/妹妹的新男友、欢迎新的小组成员等）
- 面临某个困难情况，自己的确需要支持但身边没人能帮自己

面对或克服这一创伤的机会：
- 一段健康的关系进入需要被认真对待的阶段，自己面临一个抉择：主动结束这段关系以防对方先抛弃自己，还是坚持下去，冒着可能受伤以及被拒的风险
- 伤害自己的人想要与自己和好，自己要选择是否再给他们一次机会
- （因吸毒、偷窃、暴力等行为）尝试与孩子疏远或断开往来的情形

错付信任与遭遇背叛

不忠
Infidelity

人物受到创伤的具体情境：
- 配偶和别人搞一夜情，或因为吸毒或酗酒而无法控制性欲
- 自己的丈夫或妻子在工作中和人搞暧昧
- 发现自己的配偶在网上聊天室或色情视频网站上和他人发展性关系
- 将伴侣和卖淫者捉奸在床
- 伴侣去拜访前任，旧情复燃，因此又和对方发生性关系
- 发现配偶有多段恋情甚至另有家庭
- 配偶去找朋友陪伴并寻求建议
- 配偶难以明确其性身份，因此选择和别人来探索
- 伴侣因为强烈需要他人认可而接受了他人的求欢
- 伴侣因为在家缺少亲密关系，所以到别处寻求满足感
- 伴侣在感情上出轨（和婚姻之外的人分享亲密情感），让自己感到受到背叛
- 因为配偶频繁且长时间缺席（如，军事部署或公事出差）而产生的孤独感导致婚外情
- 发现伴侣出轨自己的家人（兄弟姐妹，堂兄弟姐妹，父母，等等）
- 在发现不忠行为后试着重建婚姻，却得知配偶又在背叛自己

因受此创伤而常常受到损害的基本需求：
生理、安全感、爱与归属、尊重与认可

人物可能接受的错误观念：
- 我不值得被爱
- 我是个无法令人满意的恋人
- 永远不会有人喜欢我
- 这是我的错，因为我不够好
- 世上没有忠贞的恋情这种东西
- 所有的男人（女人）都会背叛，我一个人过会更好
- 如果我让别人靠近，他们只会伤害我
- 我如果想让恋情持久，就得容忍伴侣一时的心血来潮

人物可能会害怕：
- 亲密关系和性
- 爱（因为这会导致情感脆弱）
- 被所信任的人背叛
- 信错了人
- 孤独终老
- 被看作是懦弱的或容易欺骗的
- 自己的直觉不可靠，因此会持续犯下影响一生的错误

可能的反应和结果：
- 离开自己的伴侣
- 避免约会和亲密关系
- 事后批评自己的行动和选择，尤其是那些与信任和恋爱关系有关的行为
- 变得躲躲闪闪；深深藏起自己的情感
- 在潜在的恋人身上寻找欺骗的迹象
- 对对方步步紧逼，或通过不断质疑来查

160

明对方是否在说实话
- 多疑；期望伴侣能够解释其出门在外时都做了什么
- 控制欲的问题；难以给伴侣私人空间
- 穿能遮住身材的衣服
- 疯狂节食或担心自己的体重和外表
- 在一段时期内变得内向，不想和任何人有关联
- 刚分手，就迅速和另一个人发生性关系
- 进行有风险的性行为来报复自己的伴侣
- 报复配偶的情人
- 破坏伴侣和异性的关系
- 不原谅伴侣，即使对方真的很懊悔，想要和好
- 性欲降低
- 为了防止尴尬或让孩子觉得丢脸，用说谎来掩盖配偶的不忠
- 无视不忠行为；活在否认中
- 学着独立
- 发现自己比想象中强大
- 依靠支持自己、值得信赖的人
- 给自己的伴侣一次机会，但同时提出合理的要求和期望

可能会形成的个性特征：
积极特质
- 适应力强的、警觉的、可敬的、独立的、忠诚的、仁慈的、抚育他人的、洞察力强的、在乎隐私的、积极主动的、细心保护的、明智的、热心助人的

消极特质
- 尖酸刻薄的、缺乏安全感的、嫉妒的、不理性的、黏人的、持有执念的、占有欲强的、愤恨的、自我放纵的、报复心强的、疑心的、孤僻的

可能会加重这一创伤的诱因：
- 婚外情后首次发生性关系
- 看到伴侣的出轨对象
- 收到离婚协议
- 在对方出轨后，不得不去检查自己是否感染了性传播疾病或其他疾病
- 看到自己的前任（在交换监护权时，在杂货店，在社区附近，等等）

面对或克服这一创伤的机会：
- 一段新恋情进展到了可能会彼此倾诉感情、敞开心扉的阶段
- 发展新恋情的过程中爱上了对方，然后发现对方在和前任搞暧昧
- 想要和伴侣和解，但失去了再次袒露情感的勇气
- 得知有朋友原谅了出轨的伴侣，想知道自己是否也有勇气或意愿这样做

错付信任与遭遇背叛

错付的忠诚
Misplaced Loyalty

人物受到创伤的具体情境：
- 得知自己只是别人的一枚棋子
- 恋人利用自己来接近自己最好的朋友
- 发现朋友利用和自己的关系获得加入某个受欢迎的团队、俱乐部或组织的机会
- 为朋友辩护后，发现对方确实有罪
- 自己的信任被家人利用
- 信任导师，将秘密告诉他，他却告诉了别人
- 无意听到密友在背后嚼自己的舌根
- 基于不公平的标准，如种族、性取向、不成熟、个人价值观等，被群体排斥
- 家人选择别人而不选自己
- 在某人需要的时候伸出援手，但自己到了危急关头时，对方却不还人情
- 和某人发生了性关系，却得知对方根本对恋爱不感兴趣
- 帮了朋友一个忙，然后发现那是个非法活动（送了个包裹但发现里面有毒品，不小心在法庭上作伪证，成为洗钱流程的一环，等等）
- 对自己信任的组织或社会体系感到失望
- 告诉警察实情，但对方不相信自己
- 自己的想法或作品被亲戚剽窃

因受此创伤而常常受到损害的基本需求：
爱与归属、尊重与认可

人物可能接受的错误观念：
- 我无法信任自己的直觉
- 我太容易被骗了；别人告诉我什么事我都相信
- 没人值得信赖
- 人们只为自己的利益着想
- 人们不值得别人对他们忠心。如果你信了忠诚那一套，你就是傻子
- 我需要为自己寻求利益

人物可能会害怕：
- 和他人的亲密关系
- 在别人面前暴露自己的脆弱
- 和任何人分享个人信息
- 从事别人会信赖自己的职业，因为这样一来，自己必须对他们负责
- 被所爱的人背叛
- 想和自己交朋友的新认识的人
- 误解他人的意图并被欺骗

可能的反应和结果：
- 责怪自己太容易上当
- 消极的自我对话
- 疏远他人
- 不对他人敞开心扉
- 只和自己知道的值得信赖的朋友和家人待在一起
- 在脑中不停回想背叛事件，尝试找出自己到底做错了什么
- 拿这件事开玩笑；像自己压根不当回事一样
- 声称自己一直都知道发生了什么

- 不愿依赖任何人
- 难以向别人寻求帮助
- 变得愤世嫉俗；绝不在没有确凿证据的情况下就轻信别人说的是实话
- 说服自己并不需要更多的朋友
- 把现有的朋友拒之门外，这样他们就不会对自己造成同样的伤害了
- 让自己忙起来，这样就不会感到孤独了
- 回避可能碰到背叛自己的人的地点
- 认为人人都图谋不轨
- 变得不忠诚
- 小心谨慎地做出承诺，这样自己就永远不会被指责背叛他人了
- 真诚感激自己生活中值得信赖的人
- 永远不会辜负他人对自己的信任
- 意识到表明他人对自己不忠的迹象，并提前告诉对方自己已经看出来了
- 学着看人识人，以便更好地揣摩他人心思，避免将来被人误导

可能会形成的个性特征：
积极特质
- 善于分析的、充满感激的、大胆的、谨慎的、自洽的、果断的、讲究策略的、考虑周到的、可敬的、沉思的、在乎隐私的、积极主动的、规规矩矩的、负责任的

消极特质
- 冷漠的、反社会的、冷酷的、自以为无所不知的、尖酸刻薄的、黏人的、持有执念的、过于敏感的、讨好型的、疑心的、胆怯的

可能会加重这一创伤的诱因：
- 怀疑自己正再次被他人利用
- 不知道某个朋友是否值得信任
- 看到家人以相似的方式被人利用
- 抓到朋友撒谎
- 为朋友留出了时间，但再次被打发走或被放鸽子

面对或克服这一创伤的机会：
- 自己犯了背叛他人信任的罪过
- 得到加入某个群体的机会，这样就不用在群体边缘游离，但是要决定是否加入其中
- 指责朋友不忠，后来意识到朋友还是十分忠心的
- 看到有朋友需要帮助，这让自己面临一个抉择：是继续明哲保身，还是帮助对方，但会承担情感再次受伤的风险

得知父母一方另有一个家庭
Learning That One's Parent Had a Second Family

因受此创伤而常常受到损害的基本需求：
爱与归属、尊重与认可

人物可能接受的错误观念：

- 如果有两个选择，人们一定会选择别人而不是我
- 如果我当初表现好一些（或更聪明、更漂亮等），他就会满意我们这个家
- 我在某个方面有缺陷
- 我很蠢；聪明人早就能预见会发生什么事了
- 人人都会撒谎
- 如果我不能让自己的妈妈（或爸爸）满意，那么我更无法让任何其他人满意

人物可能会害怕：

- 父母会选择另一个家庭，而不是自己的家庭
- 被他人抛弃
- 永远找不到能无条件爱自己、接受自己的人
- 如果父母一方离开了，家庭会陷入贫困
- 别人和自己撒谎
- 被自己认为值得信赖的人背叛
- 变得像背叛家人的父母一样

可能的反应和结果：

- 否认和难以置信
- 通过自行用药（或在比自己小的受害者身上发泄情绪）来麻痹痛苦
- 对逾越道德的父母感到生气和狂怒
- 怀疑自我
- 想知道出轨父母的情感到底是真的还是只是在演戏
- 反省自身缺点，想知道为什么父母会做出这样的事
- 改正自己认为的缺点，来获得出轨父母的喜爱（在学校表现好，让自己变得更好看，变得擅长某项运动，等等）
- 对另一个家庭耿耿于怀
- 远离有罪过的父母
- 下定决心再也不轻信别人或无知
- 过分思虑家庭过去的琐事，寻找可能忽视的线索
- 努力揭穿别人说过的其他谎言，认为肯定还有更多有待发现
- 难以信任他人
- 成年后变得控制欲极强
- 因自己对父母五味杂陈的情感（爱、愤怒、丢脸、恐惧，等等）感到迷惘
- 对其他亲近的家庭成员也不信任，怀疑他们是否诚实
- 变得十分内向；不愿和他人分享想法
- 对同样被骗的父亲或母亲保护欲极强
- 对撒谎行为立场坚定；离开那些逾越底线的人
- 成年后，担心伴侣在撒谎并有自己的秘密生活
- 监视伴侣，确认对方是否在说实话
- 对婚姻不屑一顾

- 变得独立，这样自己就不用依赖他人了
- 接受伴侣的不诚实和不忠，因为自己已经习惯了这样的事
- 爱上和出轨的父母相似的男性或女性
- 压抑自己的情感；不把它们表达出来
- 盯着任何一个对自己表现出爱意的人
- 选择依恋和依赖他人的伴侣
- 告诉值得信赖的人所发生的事
- 决定要永远对孩子诚实，信守承诺
- 努力让自己永远不要犯父母那样的错

可能会形成的个性特征：
积极特质
- 警觉的、大胆的、谨慎的、协作的、好奇的、讲究策略的、诚实的、可敬的、理想主义的、公正的、忠诚的、善于观察的、成熟的、仁慈的、顺从的、规规矩矩的、负责任的、才华横溢的

消极特质
- 粗暴的、控制欲强的、不诚实的、不忠诚的、无趣的、缺乏安全感的、善于操控的、不理性的、嫉妒的、黏人的、紧张的、爱管闲事的、持有执念的、占有欲强的、多疑的、完美主义的、反叛的

可能会加重这一创伤的诱因：
- 想要谈谈发生的事，但被其他家人阻止
- 得了第二名（在比赛、游戏或团队选人时，最后没得选了自己才被选上）
- 因为有人在某方面比自己更好，所以自己被拒绝了（升职被拒，潜在恋人选择和别人在一起，等等）
- 发现约会对象同时在和别人约会

面对或克服这一创伤的机会：
- 在回想伴侣的背叛后，决心以后约会时要更谨慎，因为自己值得更好的
- 得到了伴侣无条件的爱，意识到出轨的父/母在婚内另组家庭的做法，暴露的是他们自身的缺点，而不是自己的
- 尽管实现了某个十分艰巨的人生理想，自己还是没有满足感，从而意识到只有接受自己（身上的弱点和一切），才能获得真正的幸福

> **注意：**
> 对许多人来说，这种情形是荒谬的，是小说中才会有的情节：父母一方另有一个家庭，连孩子都有了。这怎么能持续这么长时间呢？家人怎么能不知道呢？然而，这种情况确实屡见不鲜，人们对此已经十分熟悉了。鉴于这种情况陆续要应对的事情的复杂程度之高，所以毫无例外，出轨的父母最后都会被发现，留下的是背叛的痕迹、谎言、受到摧毁的家庭和受到创伤的家人。不论是孩子、青少年还是成年人，发现这种糟糕的事情最终都会给他们带来持久影响。

错付信任与遭遇背叛

对榜样感到失望
Being Disappointed by a Role Model

人物受到创伤的具体情境：
- 听说牧师的风流韵事
- 老师被捕或教练贩毒的事被揭发
- 父母一方被指控购买性服务
- 哥哥或姐姐因为贩毒被捕
- 德高望重的老板因为挪用企业或公益组织的公款被捕
- 有家人诈骗老年人的养老金
- 最喜欢的叔叔或阿姨被指控虐待儿童
- 父母或兄弟姐妹撒谎隐瞒自己严重上瘾（毒瘾、酒瘾、赌瘾，等等）的事情
- 宣扬基督教价值观的密友参与了不道德的活动
- 父母一方或密友的不忠
- 家人或朋友（作为警官或法官等）收受贿赂
- 堂兄弟姐妹是运动员，宣扬自己作风正派，但被抓到在竞赛中使用兴奋剂
- 有个自己喜爱的亲戚做了错误的选择，结果不仅在公众面前丢脸，还让家族名誉扫地

因受此创伤而常常受到损害的基本需求：
生理、安全感、爱与归属、尊重与认可

人物可能接受的错误观念：
- 人们都是伪君子
- 我没有崇拜的人
- 我无法给他人做榜样；我只会像所有人一样失败
- 为什么别人都不当好人，我却要当呢
- 既然这个世界会回报奸诈的人，那么我何苦努力呢
- 我得和人保持距离，这样他们才不会滥用我的信任
- 傻子才遵守规定呢
- 说到底，人人都只为自己活
- 人们的真诚其实都是装出来的
- 如果我想在这个世界上成功，我就必须变成索取者

人物可能会害怕：
- 信错了人
- 易受攻击或某个方面暴露在他人审视的目光下
- 被人利用
- 道德失败（屈服于诱惑或太过懦弱）
- 有权力或地位的人（如果这是导致自己的崇拜幻灭的因素之一）
- 分享了自己的观点、信仰或信念，没想到它们被人剽窃或被用来对付自己
- 承担责任；被他人视作榜样，却让他人失望
- 不得不把自己的信任或命运交付于人

可能的反应和结果：
- 拒绝分享信息，尤其是任何个人信息
- 不信任他人；总是琢磨别人是否别有用心
- 回避亲密的友情或人际关系，变得孤僻
- 变得多疑，在人群中很难放松下来

- 做出反社会行为，鼓动他人抵制社会制度来揭发腐败（如果这是当初导致自己信仰幻灭的原因）
- 言辞谨慎，以免透露自己的真实想法
- 对能让自己想起名誉扫地的榜样的人怀有敌意和偏见
- 回避与导致信仰破灭的人有关的运动或活动
- 拒绝做长期的计划或定长期的目标，尤其是任何需要依赖他人获得成功的计划或目标
- 变得不听他人教导；不愿接受任何人的指导
- 把有罪的人、组织或团体从自己的生活中剔除
- 即便只是小小的过失，也无法原谅他人
- 逃避会使自己对不起他人的责任或决定
- 树立很高的道德标准，谴责不遵循自己信仰的人
- 直接对抗让自己失望的榜样
- 决心不让那些把自己当作榜样的人感到失望
- 积极寻找自己可以指导的年轻人，成为他们生命中可靠的人
- 精进自己的辨别能力，以判断人们是否值得信赖
- 为自己的孩子找到值得信赖的模范，巧妙地让孩子向这些人靠拢

可能会形成的个性特征：

积极特质
- 警觉的、善于分析的、大胆的、考虑周到的、谨慎的、共情力强的、可敬的、好客的、独立的、公正的、善良的、善于观察的、沉思的、洞察力强的、在乎隐私的、积极主动的、负责任的、明智的、睿智的

消极特质
- 粗暴的、反社会的、冷漠的、对抗型的、悲观多疑的、戒备的、不诚实的、回避的、充满敌意的、无趣的、沉默寡言的、报复心强的、反复无常的、孤僻的

可能会加重这一创伤的诱因：
- 新闻报道自己的偶像（运动员、歌手或公众人物）因为违法被捕
- 得知让自己失望的那个人又让别人失望
- 看到孩子对其所信任的榜样极其失望
- 朋友表现得特别虚伪（如，告诉自己的子女不要酒驾，自己却这样做）

面对或克服这一创伤的机会：
- 想要相信某些比自己更有影响力的人，但害怕其只会再次让自己失望
- 自己让人失望了，失望的方式和令自己失望的榜样一样
- 原谅榜样的不当行为后，自己再次失望
- 需要一个导师来帮助自己做出人生重大决定，但意识到因为自己无法信任他人而无从求助

对所信任的组织或社会系统感到失望
Being Let Down by a Trusted Organization or Social System

错付信任与遭遇背叛

人物受到创伤的具体情境：
- 身为员工看到公司里的贪污腐败现象
- 发现自己支持的慈善机构正在骗人钱财
- 战俘被自己的政府抛弃
- 退伍军人得不到医疗或心理治疗
- 发现自己信任的新闻网站做出有倾向性的报道，或因为政治或收视率的原因而不去报道某些事
- 被诬陷犯了自己根本没有犯的罪
- 有小孩在寄养系统中受到虐待或忽视
- 有学生向老师以及行政部门反映霸凌现象，却遭到驳回、忽视或谴责
- 为公司鞠躬尽瘁，没想到被人用不公平手段炒鱿鱼
- 家人正在战争肆虐的地区受苦，但政府什么也没做
- 未成年人受到警察的虐待
- 选民发现选举有营私舞弊的现象
- 发现政府援助恐怖分子和国家的敌人
- 得知掌管这个国家的人其实是个听人吩咐做事的傀儡
- 父母得知孩子的教育受到学校课程和考试测验的摧残
- 有公民发现当局支持不健康食物或药物来维持和某些说客或公司的合作关系
- 教区居民得知神职人员的虚伪行径或虐待行为
- 公民生病后得知，自己的病症是由当地公司违反环保的行为引起的

因受此创伤而常常受到损害的基本需求：
安全感、爱与归属、尊重与认可

人物可能接受的错误观念：
- 我太蠢和太容易上当，因此看不穿真相
- 大公司和组织总是唯利是图，毫无道德可言
- 人人都有自己的小九九
- 自我教育是没有意义的，因为我们总是被误导
- 与其加入一个团体然后被背叛，不如不参与更好
- 人人都撒谎

人物可能会害怕：
- 既有的组织和制度，如政府、宗教、公共教育
- 被人利用
- 被有权势的人误导
- 支持某个人或组织，最后发现不值得
- 因为直言自己的想法而受到惩罚

可能的反应和结果：
- 疏远犯了错的组织或企业
- 不信任任何大型组织或体系
- 寻求规避不可靠制度的方法（在家存钱而不把钱存到银行；在家教育孩子，因此孩子不用上学；离开祖国；等等）
- 变得愤世嫉俗和消极悲观
- 变成阴谋论者；认为人人都不可信

- 怀疑自己的直觉
- 不信任渗透到生活中的方方面面
- 总是相信消极的东西，导致自己容易听信消极的政治宣传
- 消极的自我暗示，比如，"我太蠢了""就算是傻子也能预见要发生什么事"
- 冷漠；以绝望的态度接受令人不舒服的事实
- 总是反复地讲侵犯自己权益的公司及其所做的事
- 把不信任和偏见的情绪传给孩子
- 难以原谅他人的越轨行为
- 拒不承认人是可以改变的
- 试图通过揭露腐败现象来实现变革
- 提醒他人自己见到的不公
- 私下彻底调查某些组织之后才决定要不要支持它们
- 创建监察网站，帮助他人找到值得信任的慈善机构和企业
- 自己全力以赴寻找事实，而不是听信别人的话

可能会形成的个性特征：
积极特质
- 大胆的、自洽的、协作的、勇敢的、好奇的、遵守纪律的、考虑周到的、共情力强的、专注的、勤奋的、鼓舞人心的、公正的、有条理的、激情的、关心社会的

消极特质
- 冷漠的、冷酷的、对抗型的、控制欲强的、无礼的、狂热的、八卦的、无知的、拘谨的、缺乏安全感的、不理性的、过于情绪化的、爱管闲事的、持有执念的、多疑的、反叛的、惹是生非的

可能会加重这一创伤的诱因：
- 利用社交媒体来曝光某些表里不一的行径，遭到反对者的猛烈抨击
- 公开反对公司，并遭到解雇或恶意中伤
- 因为提出批评而受到惩罚（如，批评有关税务部门，突然自己就遭到了审查）
- 听说又有一家腐败的组织利用无辜的人

面对或克服这一创伤的机会：
- 害怕公开反对某一组织，之后得知还有其他人也受到了它的误导
- 受邀加入反对某一组织的群体诉讼
- 得知有位近友正陷入某一组织的陷阱中
- 不想支持某个组织或某项制度，但没别的选择（如，不得不送孩子去公立学校）
- 有记者表示能给自己一个机会揭发秘密

发现伴侣性取向的秘密
Discovering a Partner's Sexual Orientation Secret

错付信任与遭遇背叛

因受此创伤而常常受到损害的基本需求：
爱与归属、尊重与认可、自我实现

人物可能接受的错误观念：
- 我不能信任任何人
- 我命中注定孤身一人
- 我的直觉很不准
- 发生这种事是因为我有问题
- 我太好骗了，什么都相信
- 现在没人会想要和我在一起了
- 人们对于重要的事情从来不肯坦白

人物可能会害怕：
- 自己的判断力和直觉有缺陷
- 再次忽略明显的警告迹象
- 自己是最后一个知道真相的人
- 被某个亲近的人背叛
- 信错了人，再次受到欺骗
- 被人怜悯，成为别人的谈资

可能的反应和结果：
- 对前任很生气或狂怒
- 担心可能感染疾病（如果伴侣还对自己不忠的话）
- 不知道如何跟孩子解释
- 不知道该做什么（爱着自己的伴侣，但知道对方回馈的任何爱都是有限度的）
- 试着通过治疗或者其他手段来挽救这段关系
- 立即结束这段关系
- 想要和朋友倾诉这件事，但是担心被人认为恐同、不宽容或不关爱他人
- 变得恐同
- 不信任和自己的伴侣性别或性取向一样的人
- 不相信任何人话语的表面含义
- 连最亲近的朋友也不信任
- 寻找欺骗行为；认为人人都别有用心
- 认为他人有罪，除非他人能自证清白
- 因为觉得尴尬，所以不见老朋友
- 回避可能被问尴尬问题的家庭聚会
- 退出过去总和伴侣一起参与的社交圈
- 在社交媒体上大肆批判对方
- 揭露对方的性取向，来为自己报仇
- 拿这件事打趣或者开玩笑来掩盖自己的伤痛
- 追问朋友是否知道或怀疑自己伴侣的性取向
- 回避新的恋情
- 不告诉别人这段感情结束的真实原因
- 选择有着明确性指向的伴侣（十分有男子气概的，女性气质明显的，等等）
- 选择带有偏见的伴侣（恐同者，在性身份上有极端立场的人，等等）
- 在抑郁中挣扎
- 将来开启新恋情时保持适当的谨慎，擦亮眼睛
- 变得更加感激生命中值得信赖的人
- 将诚实看作一个人的核心品格
- 寻求以诚实为核心品格的伴侣

- 训练自己，变得更善于观察、感知和分析，避免再次被骗

可能会形成的个性特征：
积极特质
- 善于分析的、大胆的、谨慎的、考虑周到的、共情力强的、诚实的、可敬的、忠诚的、仁慈的、一丝不苟的、善于观察的、洞察力强的、充满哲思的、在乎隐私的、关心社会的、传统的

消极特质
- 粗暴的、反社会的、冷酷的、残忍的、狂热的、傲慢的、不知变通的、品头论足的、大男子主义的、爱管闲事的、多疑的、持偏见的、滥交的、愤恨的、自毁的、报复心强的、孤僻的

可能会加重这一创伤的诱因：
- 回忆当时自己没意识到的那些指向真相的线索
- 朋友或家人说他们一开始就有所怀疑
- 无意中听到伤害自己的闲言碎语
- 发现另一个亲人撒了弥天大谎
- 成为最后一个知道某件事的人，即使这只是个疏忽或完全对自己没害处

面对或克服这一创伤的机会：
- 怀疑朋友的伴侣也在编织着谎言，不得不决定是否要说出真相
- 恋人真诚地坦白自己的过去，但也透露了一些让人心烦的事，如对前任不忠
- 看到前任已经放下过去，继续生活，而自己仍是孤身一人，痛苦不堪，陷在不安全和不信任的泥淖中
- 开启新恋情，发现伴侣在某件重要的事

情上（如名字、婚姻状态或犯罪记录）撒了谎

> **注意：**
> 没有人会一直诚实，偶尔说出的善意的谎言并无害处。但是关系越亲密，一方欺骗另一方的事态就越严重。当谎言本身被用来遮盖一个人最本真的面貌时，它就会从谎言恶化成背叛。另一个人会好奇伴侣还隐瞒了什么，会感叹差点就忽视了生命中最重要的人身上这么明显的东西，还会思考这段关系因为这一秘密的揭示而必然会发生的变化。毫无疑问，这种程度的谎言会造成持久的创伤。

发现某个兄弟姐妹受到虐待
Discovering a Sibling's Abuse

人物受到创伤的具体情境：
- 目睹（或亲耳听到）虐待过程
- 在兄弟姐妹跟自己讲过之后才发现他们受到虐待
- 意识到自己的兄弟姐妹被人迫害是因为要保护自己不受伤害
- 在兄弟姐妹的自杀遗书中得知他们遭受虐待的事
- 从已经被兄弟姐妹告知内情的朋友或家人口中得知这件事

因受此创伤而常常受到损害的基本需求：
安全感、爱与归属、尊重与认可、自我实现

人物可能接受的错误观念：
- 我很失败，没能保护他们免遭虐待
- 我怎么能不知道呢？我太蠢了，发生在眼前的事都看不见
- 遭受虐待的人本该是我
- 我不配得到爱、尊重和信任
- 我无法帮助他人；我只会失败或让他们失望
- 在我的姐姐（妹妹）最需要我的时候我没帮到她，我只配活在痛苦和不快中
- 这个失败是永久的污点；我活该负罪
- 我无法保护我爱的人
- 我不配拥有安全感——因为我的兄弟姐妹被夺走了安全感

人物可能会害怕：
- 信任别人，尤其是和虐待者相似的人
- 要对他人负责，但把事情搞砸了
- 误解他人，没有察觉到威胁
- 无法保护家人
- 再次没有保护好别人
- 因为没当好姐姐或哥哥而受到冷落
- 在自己最脆弱的时候被人利用

可能的反应和结果：
- 否认（一开始的时候）；不愿相信自己在这么重要的事上犯了错
- 对自己的兄弟姐妹百依百顺，以此减轻负罪感，弥补过失
- 试着"修复"兄弟姐妹受伤的情感
- 愤怒爆发，甚至有暴力行为
- 责怪当时在场的大人们没有阻止虐待行为，即使他们并不知道发生了这种事
- 渴望复仇
- 不轻易信任任何人；认为信任是靠争取获得的
- 误以为看到了虐待的迹象
- 事后质疑自己的决定，尤其是当自己要为别人负责时
- 变得对亲人过分保护
- 把所有秘密都看作是有害的；变得迫切地要说真话
- 切断和施虐者的所有联系
- 深入挖掘可疑秘密，揭开真相
- 希望随时知道亲人在哪里

- 仔细搜寻自己的记忆来寻找自己可能忽视的线索
- 对矛盾的情绪感到困惑（因为自己没被虐待而松了口气，对自己的释然感到愧疚，对没有发现虐待行为的家人感到仇恨，等等）
- 因为深深的愧疚感并相信自己应该承受痛苦，所以把自己置于很可能受到伤害的高风险境地
- 不敢承担责任，害怕再次把事情搞砸
- 深深的羞愧感让自己不敢靠近受到虐待的兄弟姐妹
- 自残、酗酒、吸毒，或其他自毁行为
- 变得非常警惕、善于观察，因为怕再次忽略某些迹象
- 给予兄弟姐妹无条件的爱和支持
- 鼓励兄弟姐妹寻求法律帮助，并主动提出和他们一起去，以示支持

可能会形成的个性特征：
积极特质
- 充满爱意的、警觉的、充满感激的、勇敢的、共情力强的、慷慨的、诚实的、可敬的、谦逊的、内向的、善良的、忠诚的、仁慈的、抚育他人的、顺从的、善于观察的、耐心的、洞察力强的、坚持不懈的、在乎隐私的、细心保护的、足智多谋的、负责任的、有精神信仰的、热心助人的、无私的

消极特质
- 对抗型的、懦弱的、无趣的、拘谨的、缺乏安全感的、紧张的、多疑的、讨好型的、滥交的、鲁莽的、自毁的、沉默寡言的、疑心的、胆怯的、暴力的、反复无常的、孤僻的、工作狂的

可能会加重这一创伤的诱因：
- 有迹象（即使是虚假的迹象）表明自己的亲人正被虐待，如对方性格转变或乱发脾气
- 看到施虐者和自己的兄弟姐妹一起出现在教堂、生日聚会或其他场合中
- 头脑中浮现出一段能为虐待事件提供线索的记忆，但当时自己没意识到
- 意外被人触碰（没有预见会发生这样的交集）
- 兄弟姐妹被人批评或被人评判的情形

面对或克服这一创伤的机会：
- 因为没意识到或没阻止虐待行为而被兄弟姐妹责怪
- 家人不相信兄弟姐妹，并和被指控的施虐者站在一边
- 因为父母没有干预虐待行为（即使他们不知道发生了这回事），所以怨恨他们，这导致自己和父母之间有了隔阂，想要释怀，修复自己和父母的关系
- 在发现这件事后，想再次亲近自己的兄弟姐妹，但首先需要宽恕自己
- 自己的孩子们总是打架，想要让他们明白应该珍惜兄弟姐妹之间的爱

错付信任与遭遇背叛

发现自己的父母是恶魔
Learning That One's Parent Was a Monster

人物受到创伤的具体情境：

发现自己的母亲/父亲：

- 是恋童癖
- 犯了蓄意杀人罪
- 是连环杀手
- 虐待儿童（身体、感情，或二者兼有）
- 喜欢残害动物并以此来取乐
- 给人下毒，使人生病
- 绑架他人，把他人囚禁在隐秘的地下室中或另一处房子中
- 是人贩子
- 利用弱势群体谋取私利
- 进行活人献祭和被视为禁忌的血祭
- 是个食人者
- 喜欢折磨别人

因受此创伤而常常受到损害的基本需求：
安全感、爱与归属、尊重与认可、自我实现

人物可能接受的错误观念：

- 我怎么能看不到这些迹象呢？我的判断力不可靠
- 我知道的一切都是谎言
- 我的妈妈（或爸爸）不是人，所以可能我也不是
- 因为这个原因，无论我做什么都会有人评判我，所以我何苦非要融入群体呢
- 我的父母从来没爱过我——他们怎么能这样，他们怎么能做出这种事
- 我得离别人远点，这样才能保证他们的安全
- 我永远无法在这种阴影下完成任何有价值的或重大的事
- 人们只会把我看成是恋童癖（或连环杀手、疯子等）的孩子，所以我必须保守这个秘密，谁也不告诉
- 人们知道了这件事后就会针对我，所以我永远不能放下防备

人物可能会害怕：

- 自己以及自己可能会做出的事，因为自己和父母有着相同的基因
- 人们发现自己的父母是谁
- 被所有人仇恨
- 记者、媒体和其他信息收集渠道
- 被迫暴露在公共视野中
- 把真相告诉给了本不该信任的人
- 成了母亲或父亲，将有缺陷的基因遗传给下一代

可能的反应和结果：

- 改变自己的身份（用新名字，制造假的经历，等等）
- 难以接受自己的身份，自我价值感低
- 对父母的感情很复杂
- 感到受到（即使只是自己想出来的）威胁时就会搬家
- 保守秘密
- 回避人际关系（友谊和恋情）
- 独处；避开自己的邻居或不融入社区

- 回避从前的家人和朋友
- 不用社交媒体
- 频繁在社交媒体上搜索自己的名字来查看是否有什么报道出现
- 回避能够让自己想起父母所做的事的地点和场景
- 因为正常的冲动和想法而批评自己，认为那些都是罪恶的象征
- 拒绝阅读或观看让自己感同身受的书籍或电影
- 沉迷于阅读或观看内容上和自己的处境相似的书籍或电影，来获取洞见和答案
- 决定不生养孩子
- 努力实现独立，这样自己就永远不必依赖任何人了
- 选择几乎没机会和人类交流的工作
- 离群索居，以守住自己出身的秘密
- 不断重新检查从前的线索，看看自己是否早就应该知道发生了什么
- 因为受害者的痛苦而责备自己，因为自己没察觉到发生了什么
- 偷偷追踪受害者或他们家人的动向来查看他们的情况
- 致力于增强公众对父母所犯罪过的意识
- 匿名为受害者的家人做事情（支付医疗账单，让治疗师朋友伸出援手，安排带薪休假，等等）作为补偿
- 不让父母的罪行妨碍自己在生活中取得成功

可能会形成的个性特征：
积极特质
- 充满感激的、镇静的、自治的、勇敢的、遵守纪律的、专注的、慷慨的、温柔的、可敬的、沉思的、细心保护的、关心社会的、睿智的

消极特质
- 成瘾的、反社会的、自毁的、喜怒无常的、胆怯的、沉默寡言的、不合作的、孤僻的、自寻烦恼的

可能会加重这一创伤的诱因：
- 有警察来找自己（如果自己正是通过这种方式得知了有关父母的真相）
- 媒体报道了相似的罪行，如在地牢里发现被困者
- 一些令自己想起父母的感官刺激（听到和父母一样的口音，自己的头发被人揉乱，等等）
- 看到和受害者同一类型的人（红头发，初为人母的人，妓女，等等）
- 因为自己和有罪父母的关联而在相关案件中被讯问

面对或克服这一创伤的机会：
- 受邀作证，但知道这样做就会让大家知道自己的身世
- 和受害者面对面
- 自己的新身份被调查记者或者私家侦探戳破
- 受害者主动原谅自己，即使自己无法原谅自己

错付信任与遭遇背叛

发现自己的孩子受到虐待
Finding Out One's Child Was Abused

人物受到创伤的具体情境：
事后得知：
- 自己的伴侣或近亲虐待了自己的小孩
- 虐待地点是自己信任的世交的家中
- 孩子被老师或有权势的人殴打或触碰
- 孩子在被邻居或保姆看护时遭受虐待
- 自己睡觉时或在家中其他地方时，孩子遭到了虐待
- 孩子在有监护者的外出中（去学校、教堂，做运动，或参加俱乐部时）受到虐待
- 虐待发生在前夫/前妻或与他们有关的人行使对孩子的探视权的期间

因受此创伤而常常受到损害的基本需求：
安全感、爱与归属、尊重与认可、自我实现

人物可能接受的错误观念：
- 我是个糟糕的父亲/母亲。我甚至连我的孩子都保护不了
- 我本应预见会发生什么并且阻止它的发生，所以这是我的错
- 是我把孩子置于危险中。孩子要是跟别人在一起就会更加安全
- 如果我不更好地保护他们，这种事就会再次发生
- 我的孩子只有和我在一起才安全

人物可能会害怕：
- 孩子离开自己的视线，即使只有一小段时间
- 再次忽略明显的迹象
- 信任他人
- 自己对人和安全程度的判断
- 做父母会继续失败
- 虐待带来的毁灭性后果（孩子会用酒精或毒品来寻求慰藉，孩子责备并排斥自己，孩子患上令人日渐虚弱的精神障碍，等等）

可能的反应和结果：
- 对施虐者产生深深的愤怒和仇恨
- 想要报仇
- 时刻需要知道孩子在哪里
- 频繁地查看孩子情况（在孩子知情或不知情的情况下）
- 怀疑所有对孩子感兴趣的人，甚至是信赖的朋友或家人
- 尽力保护孩子，保护到了破坏日常生活并引起极大恐慌的程度
- 经常在脑海中想到最坏的情况
- 无法让别人照顾孩子（选择对孩子进行家庭教育；换工作，这样就能保证孩子放学后自己总是在家了；等等）
- 难以入睡
- 高度焦虑
- 因为愧疚，对孩子过分慷慨和满足，甚至是宠溺

- 需要知道并熟悉孩子的朋友
- 寻求让施虐者受到审判
- 因为害怕寻求正义的过程会给孩子造成更大创伤，于是不这样做了
- 只允许孩子在自己家开过夜的聚会
- 哪怕孩子年龄已大，也难以把孩子单独留下，即使是很短一段时间
- 事后批评自己的决定；对自己的能力和看人的眼光失去信心
- 更多干涉孩子的生活
- 寻求帮助孩子的最佳方式
- 为了孩子而做有益的牺牲（主动让孩子接受治疗；减少工作时间，这样就有更多时间陪伴孩子；等等）

可能会形成的个性特征：
积极特质
- 警觉的、善于分析的、大胆的、考虑周到的、谨慎的、果断的、抚育他人的、共情力强的、温柔的、忠诚的、善于观察的、沉思的、洞察力强的

消极特质
- 成瘾的、对抗型的、控制欲强的、玩世不恭的、戒备的、狂热的、爱挑剔的、充满敌意的、无趣的、不耐烦的、不知变通的、不理性的、持有执念的、沉默寡言的、多疑的、悲观的、固执的、报复心强的、自寻烦恼的

可能会加重这一创伤的诱因：
- 孩子离开自己的保护范围的情形，如在奶奶或姥姥家参加过夜聚会
- 孩子表现出行为问题
- 看到孩子在哭或是听到孩子的啜泣
- 和对孩子疏于看管的家长交流

- 身处或路过虐待发生的地点
- 观察到有的大人和孩子交流时，孩子表现得很抗拒或沮丧

面对或克服这一创伤的机会：
- 施虐者钻了法律的空子，获得自由
- 失去了孩子的监护权
- 孩子被人虐待这件事挖出了自己儿时遭受虐待的回忆
- 看到其他孩子有和自己的孩子在没被发现遭受虐待前相同的行为
- 得知这并非施虐者头一次虐待未成年人后，意识到如果自己不采取措施，这种情况会再次发生

> **注意：**
> 父母扮演着许多角色，但最本能的角色之一就是保护者。保护孩子的安全不仅仅是一种道德责任，一旦孩子处于某人的监护之下，这个人就会立马本能地开始保护孩子的安全。因此当有人发现自己的孩子已经遭到虐待之后，他们的内心会受到极大的震动，这挑战了他们对自己做父母的能力和价值的看法。如果孩子因为觉得自己的父母不是可靠的倾诉对象而什么都没说，或是她试着揭露发生的事——如，她会做些出格的行为，但当时却只被当成是寻求关注——或是她试着说了什么事但当时没有人相信，那么和这一创伤有关的谎言以及由谎言带来的负罪感和自责，会在人物的心中变得更加根深蒂固。

错付信任与遭遇背叛

发现自己是被领养的
Finding Out One Was Adopted

人物受到创伤的具体情境：
- 父母告诉自己领养的事
- 意外得知被领养的事（无意听到别人的对话，找到出生证明，等等）
- 某个嫉妒的或居心不良的亲戚暗示这件事，引起了自己的好奇心
- 在得了重病，需要得知自己的病史时发现的
- 因为怀疑，所以和父母当面对质（因为自己长得不像他们，因为远房亲戚说的隐晦的话语，等等）
- 在父母死后发现真相
- 有陌生人找到自己，声称是自己的亲生父母或兄弟姐妹

因受此创伤而常常受到损害的基本需求：
爱与归属、尊重与认可、自我实现

人物可能接受的错误观念：
- 如果我的亲生父母把我送走，肯定是我哪里有问题
- 我不属于任何地方；没人想要我
- 也许，我本不该出生
- 我不知道自己是谁
- 如果我的父母都欺骗我，那么我无法信任任何人
- 如果连父母都抛弃我，那么任何人都可以，而且很可能会这么做
- 如果我竖起高墙，别人就无法操纵我的感情

- 爱总会让一切更加伤人

人物可能会害怕：
- 被人抛弃和冷落
- 信错了人
- 脆弱和亲密
- 与亲生父母相见，却再次被拒之门外
- 没有兄弟姐妹受到的宠爱多（尤其是兄弟姐妹不是领养的孩子时）
- 被亲生父母从养父母身边带走
- 在其他事上也被谎言蒙蔽
- 自己未知的基因因素，如可能被遗传的疾病、体质和精神病倾向

可能的反应和结果：
- 情绪波动（愤怒、背叛、感激、愧疚、不信任、困惑）
- 仔细观察家人之间的交流，寻找表明自己被区别对待或不太被宠爱的迹象
- 活在否认中；拒绝寻根或寻找过去
- 变得执着于自己的过去（总是问问题，需要知道自己的根，等等）
- 难以信任他人
- 纠结自己的身份
- 过分关注自己和收养家庭的不同
- 不忍说再见或跟人离别
- 总想努力向朋友证明自己的价值
- 毫无缘由就质疑别人说的话；寻求或期待能够揭露别人的诡计
- 疏远收养家庭的人

- 用酒精或毒品来自我麻醉
- 用高风险行为来发泄痛苦情绪
- 想要讨好收养家庭（害怕被抛弃），因此变得十分顺从
- 经历焦虑症或情境性抑郁症
- 反复确认事实，而不是随意相信别人话语的字面含义
- 对自己的工作或学业表现不自信
- 感到解脱，因为过往自己总能感到被特殊对待，而且对此很内疚
- 拒绝接受收养家庭的纪念物或传家宝；感到自己不配拥有它们
- 愤世嫉俗；看待事物悲观消极
- 幻想与自己的亲生父母和解
- 企图找到自己的原生家庭
- 拒绝原生家庭，接受收养家庭
- 对诚实和坦率有了新一层的尊重
- 把自己看作是被收养家庭选走的，而不是被原生家庭遗弃的

可能会形成的个性特征：
积极特质
- 适应力强的、善于分析的、自洽的、充满感激的、好奇的、讲究策略的、随和的、共情力强的、幸福的、睿智的、在乎隐私的、多愁善感的、热心助人的

消极特质
- 粗暴的、成瘾的、对抗型的、无礼的、悲观多疑的、轻信的、充满敌意的、黏人的、沉默寡言的、忘恩负义的、工作狂的、孤僻的

可能会加重这一创伤的诱因：
- 在某些情形中，某个兄弟姐妹总能占尽优势，即使这并非因为父母的偏袒

- 在某个情境中，自己必须决定是否要对孩子撒谎，如孩子问婴儿是怎样出生的或圣诞老人是否真正存在
- 孩子很有好奇心，在学校了解到领养的概念后就问自己他/她是不是被领养的，这让自己回忆起了揭开自己领养身份的痛苦对话
- 填写询问家族病史的保险表格
- 自己的生日和被领养的日期

面对或克服这一创伤的机会：
- 意外怀孕，自己也不得不面对是否让别人领养孩子的抉择
- 得了严重的病，因此必须知道自己的家族病史以判断是否是基因因素所致
- 发现自己其实是强奸或乱伦的产物
- 找到了自己的原生家庭，却发现亲人已经去世或不想和自己有联系
- 决定不找自己的亲生父母，但后来才知道他们留下了遗产
- 领养了一个孩子，不得不决定什么时候（或是否要）告诉孩子领养这件事

179

家庭暴力
Domestic Abuse

人物受到创伤的具体情境：

- 总是指责受害者根本没有的罪过，如欺骗、撒谎或不尊重人
- 在言语上羞辱受害者（在家里、在公共场合，或在家人身边时）
- 让受害者远离或不让受害者见到亲友
- 控制受害者的钱财和资金，替他们做重大决定
- 强行规定受害者的外表（发型，衣服，妆容，等等）
- 施加肢体暴力，并通过言语、面部表情和姿势来威胁受害者
- 强迫受害者进行性交或进行让对方感到不舒服的性行为
- 跟踪（网上或现实生活中）
- 破坏受害者的财产或威胁要伤害对方的亲人和宠物
- 施虐者把虐待行为的责任推给受害者
- 发挥煤气灯效应（通过否认、误导和反驳的操纵行为来让受害者感到迷惑，使对方质疑自己的神志、能力、行为和信仰）

因受此创伤而常常受到损害的基本需求：
生理、安全感、爱与归属、尊重与认可、自我实现

人物可能接受的错误观念：

- 如果我更聪明（或做个更好的妻子、丈夫等），对方就不会这么对我了
- 你足够深爱一个人，对方就会改变
- 这就是爱情本来的面貌
- 我有缺陷，不配得到更好的
- 如果我让别人靠近的话，别人就会对我施加影响力
- 我很懦弱，并且总会如此

人物可能会害怕：

- 不确定性和未知事物（因为长期生活在对可能发生的事的恐惧之中）
- 自己一离开，就会遭到施虐者的报复
- 孩子的安全受到威胁
- 在经济上无法独立或无法独自抚养孩子
- 政府机构如果发现自己家的情况，会把孩子从自己身边带走
- 警察（如果施虐者洗脑了警察形象）
- 如果人们知道了家暴的事，自己就会被看成懦弱的人
- 施虐者是对的；相信了对方说的自己很蠢、不值得被爱或毫无价值的谎言

可能的反应和结果：

- 遵从施虐者的意志，完全失去自我感觉
- 满足施虐者的需求，按照命令按部就班地行事
- 内化施虐者说的话（认同自己很懒、很淫荡、很蠢、很丑等）
- 自己承受虐待来保护家里的其他人，如自己的孩子
- 抑郁，解离，记忆断片
- 随着虐待加重，担心自己或孩子的生命

- 偷偷磨炼技能（自我防御，职业技能，等等）来帮助自己逃离
- 和能够帮自己逃脱的人合作，如警察、社工或能租给自己房子的人
- 净身出户（不想因为拿东西而激起施虐者更大的狂怒）
- 寻求庇护所（和朋友住一起，住收容所，住在为危机家庭提供庇护的房子里）
- 即使是逃离后也保持高度警惕
- 记忆闪回，做噩梦
- 自认为受到威胁时，焦虑或恐慌会袭来
- 做出被恐惧感驱使的行为和举动；觉得会有最坏的事发生
- 外出会感到紧张；每到一个地方，会仔细查看出口或逃生通道，并总是回头看
- 防卫心很重；难以信任刚认识的人
- 感到被人跟踪监视；难以过上正常安稳的生活
- 担心自己太懦弱无法应对，太破碎无法成功（相信了谎言）
- 孩子不在身边时就会（通过哭泣、抑郁、乱吃药的方式）展现崩溃
- 回避新的人际关系
- 难以与人建立亲密关系和信任他人
- 寻求免费的或政府资助的法律咨询
- 和有同样经历的人讲述自己的经历来消除恐惧
- 剪发或染发，并改变穿衣风格，既是为了获得安全感，也是为了迎接新的开始

可能会形成的个性特征：
积极特质
- 适应力强的、充满爱意的、协作的、充满感激的、彬彬有礼的、考虑周到的、温柔的、谦逊的、仁慈的、顺从的、抚育他人的、传统的

消极特质
- 悲观多疑的、戒备的、不诚实的、不可靠的、健忘的、爱挑剔的、向人诉苦乞怜的、黏人的、紧张的、讨好型的、胆怯的、沉默寡言的、意志薄弱的

可能会加重这一创伤的诱因：
- 看到自己的孩子表现出暴力行为，这明显是孩子目睹虐待行为后的反应
- 脑中闪现某次受虐经历
- 在离开后施虐者又来联系自己
- 能联想到施虐者的感官刺激（汗味，呼出的气带有啤酒味，看到通常被施虐者当作武器的东西，等等）
- 孩子有可疑的擦伤或朋友总是带着伤口

面对或克服这一创伤的机会：
- 因为太害怕而不敢和一个看起来很好的人发展恋情，之后又质疑自己的选择
- 意识到自己正和孩子或新伴侣重复这一虐待的循环
- 因滥用药物掩盖痛苦而失去工作、朋友或爱人
- 遇见一位十分有力量的幸存者，因此也想要找到自己的力量

> **注意：**
> 家暴是一种持续的行为模式，本条目涉及的是亲密伴侣暴力，为家暴的一种类型，这种行为由亲密的伴侣做出，以对另一方施行身体、精神上的侵害以达到威慑和控制的目的。男性或女性都可能成为家暴对象，受到的虐待可能是身体、性、心理和言语上的。

乱伦
Incest

因受此创伤而常常受到损害的基本需求：
安全感、爱与归属、尊重与认可、自我实现

人物可能接受的错误观念：
- 他/她说这是因为我们彼此相爱，所以没有关系
- 我们之间有一种特殊的联结
- 我令人作呕。如果被人发现这件事就没人想靠近我了
- 倾诉只会让情况更糟
- 我活该，因为我是个糟糕的人
- 这是我的错；无论如何，这都是我的行为导致的
- 如果有人能对你行使权力，那么这个人就会伤害你
- 人们会利用爱来得到他们想要的东西

人物可能会害怕：
- 施虐者
- 和施虐者相似的人（男人，女人，掌权者，成年人，等等）
- 性和亲密关系
- 乱伦被人发现，从而让自己感到羞愧和丢脸
- 施虐者让自己怀孕
- 亲人发现这种关系后抛弃了自己
- 其他人要求自己保守一个重要的秘密

可能的反应和结果：
- 酗酒和吸毒
- 自残
- 出现进食和睡眠障碍
- 有自杀想法和企图
- 反抗掌权者
- 情绪无常；用暴力手段来发泄情绪
- 患上创伤后应激障碍、焦虑症和恐惧症
- 非常想要保护可能受害的弟弟或妹妹
- 无法信任他人
- 难以和他人建立亲密关系
- 自我价值感低
- 对所发生的事有矛盾的情感（尤其是在双方自愿的情况下）
- 无法相信自己的直觉；事后批评自己的决定
- 怨恨自己的父母（不论他们知道与否），因为作为父母，他们没有保护好自己
- 无法回忆起童年的点点滴滴
- 处于高压状态时会很容易解离
- 浑身弥漫着无力感
- 混淆性和爱
- 成年后又处在虐待关系中
- 滥交
- 对性几乎没有或只有很小的兴趣；回避性接触
- 在性交时封锁自己的情感
- 生活在对真实发生事件的否认中
- 疏远父母，尤其是如果他们在发现这件事后劝告自己不要告诉任何人的话
- 自己的情感永远停留在乱伦发生的人生阶段

- 担心自己的孩子会在别人手中遭受同样的命运
- 决定不生养孩子
- 寻求治疗来治愈自己
- 把自己看成幸存者,而不是受害者
- 发誓要以健康的方式掌控自己的生活;不能让自己再次受害了
- 共情那些长期处于不公处境的人(遭受精神障碍的人,被迫断绝关系的人,说出真相但是没人相信的人,等等)

可能会形成的个性特征:
积极特质
- 充满爱意的、协作的、彬彬有礼的、考虑周到的、随和的、共情力强的、富有想象力的、抚育他人的、沉思的、细心保护的、感官享乐主义的、关心社会的、好学的、热心助人的

消极特质
- 成瘾的、幼稚的、难以自控的、控制欲强的、不诚实的、回避的、充满敌意的、无知的、冲动的、拘谨的、缺乏安全感的、紧张的、完美主义的、悲观的、滥交的、反叛的、自毁的

可能会加重这一创伤的诱因:
- 没来例假
- 在长时间没见到家人后再次见到他们
- 看到成年人触碰小孩的方式(频繁地捏胳膊、摩挲后背、长时间触碰一个地方,等等),就像自己遭到乱伦之前对方触碰自己那样

面对或克服这一创伤的机会:
- 发现自己处于另一段有毒的关系中,意识到乱伦是自己的问题的根源
- 面临这种情况:如果自己不公开反抗施虐者,对方就会逍遥法外,其他人也可能受到虐待
- 自己无法享受甚至根本不想性交,这使自己意识到面对过去才是治愈自己的唯一方法
- 遇到紧急情况,自己必须迅速取得一名受害者的信任,而透露自己过去的受害经历是取得信任最有效的途径

> **注意:**
> 乱伦被定义为近亲之间的性关系,如兄弟姐妹之间或父母与孩子之间。乱伦最常发生在年长亲属对年幼亲属的性侵中,但也会出现在将与外族或其他文化中的人结婚视作禁忌的群体中。

配偶不负责任，造成经济损失
Financial Ruin Due to a Spouse's Irresponsibility

人物受到创伤的具体情境：

遭受经济损失，因为配偶：

- 偷偷超额使用信用卡，最后再也藏不住这个谎言了
- 给十分不可靠的公司和方案投钱，最后赔了
- 花光共同账户里的钱来满足自己的爱好（喝酒、吸毒、嫖娼、赌博，等等）
- 被解雇或裁员，花光存款，假装自己还在上班
- 被人诈骗，没有及时反应过来
- 借钱给朋友或亲戚，但对方不还钱
- 喜欢囤积、收藏东西，或是购物狂
- 用光信用卡贷款或个人贷款额度来支撑走下坡路的生意
- 从可疑的人那里借钱，随后这个人又催配偶还钱

因受此创伤而常常受到损害的基本需求：

生理、安全感、爱与归属、尊重与认可、自我实现

人物可能接受的错误观念：

- 我只能自己掌管钱财，谁也不能信
- 我的直觉和判断有缺陷，尤其是在人际关系方面
- 信任别人很蠢
- 我需要动脑子，而不是动感情
- 保证我的未来安全的唯一方式就是我得自己说了算

人物可能会害怕：

- 信错了人
- 生活贫困或无家可归
- 负债累累
- 做了不好的决定，导致更大的不稳定
- 疾病或重病让经济情况更加紧张
- 冒险
- 未来还会有什么事发生

可能的反应和结果：

- 离开自己的配偶
- 难以信任他人；总想知道他人是否诚实或隐瞒了事情
- 沉迷于关注自己的银行账户
- 坚持在未来的恋爱关系中保持各自经济独立
- 要求了解家庭内资金的使用情况（如，想要查看收据）
- 限制访问账户和进行投资的次数
- 拒绝使用信用卡
- 积攒优惠券
- 只参加免费的或便宜的活动
- 变得吝啬（如，对于不得不摊钱给同事买生日蛋糕耿耿于怀）
- 给自己花钱时会有负罪感
- 买二手产品，不买新产品
- 不再看重节日，以避免买礼物
- 不和朋友出去玩，以免花钱
- 重新利用和改造物品
- 将就着过日子

- 变得反感冒险
- 抓住任何能赚钱的机会
- 牺牲休息时间额外做好几份工作
- 对自己剩下的东西保护欲很强
- 十分现实且按部就班地管理自己的钱财，不把钱交给家里的其他人
- 咨询金融顾问或家中擅长理财的人应该做什么
- 制订偿还债务的计划，并坚持执行
- 更少关注物质需求

可能会形成的个性特征：
积极特质
- 善于分析的、谨慎的、自洽的、果断的、遵守纪律的、高效的、专注的、勤奋的、公正的、成熟的、一丝不苟的、有条理的、坚持不懈的、积极主动的、细心保护的、足智多谋的、明智的、简单的、节俭的、睿智的

消极特质
- 冷漠的、尖酸刻薄的、难以自控的、控制欲强的、不忠诚的、爱挑剔的、不耐烦的、贪婪的、无趣的、不知变通的、缺乏安全感的、不理性的、工作狂的、品头论足的、絮絮叨叨的、愤恨的、爱管闲事的、持有执念的、占有欲强的、吝啬的、自寻烦恼的

可能会加重这一创伤的诱因：
- 银行账户记录中显示有巨额损失（虽然是由银行系统故障暂时引发的）
- 所爱的人向自己要钱
- 得知有家人无视预算，大肆地花费家庭存款
- 在自己的信用卡记录上看到自己没什么印象的花销
- 见证别人的好事，如朋友的假期或同事的新车

面对或克服这一创伤的机会：
- 被人诈骗
- 某件威胁着自己经济稳定的大事（家庭保险中的漏洞导致火灾不能获赔；患上某种疾病，导致自己无法长时间工作；等等）
- 出现了迫使自己在工作和家庭中选择其一的情形（配偶得病，孩子需要更多关注或支持，等等），这使自己的经济安全受到威胁
- 自己的吝啬和控制欲伤害了一段新恋情

失恋，被抛弃
Getting Dumped

因受此创伤而常常受到损害的基本需求：
爱与归属、尊重与认可

人物可能接受的错误观念：
- 我的判断有误，没有预见到这一点
- 最好还是孤身一人，不要再去冒险承担这种痛苦
- 对方是我唯一的真爱。我永远不会有那样的恋情了
- 我会孤独终老
- 我太蠢了（或毫无天赋、丑陋、毫无价值等），不配爱别人

人物可能会害怕：
- 被人抛弃
- 尴尬或丢脸
- 找到爱情却再次失去
- 信任错的伴侣；向对方敞开心扉，但再次被伤害
- 永远找不到真爱
- 独身
- 因为自身有缺陷，才导致自己被人抛弃

可能的反应和结果：
- 一阵阵的抑郁、消极的自我对话，并且放纵自己
- 把自己和他人比较，发现自己有所缺失
- 在头脑中仔细分析这段恋情，尝试找出到底哪里出了问题
- 一阵阵无助感袭来
- 像膏药一样黏着朋友
- 难以适应单身生活
- 多次尝试要修复恋情
- 进入反弹关系（rebound relationship，失恋后迅速开启的一段新的浪漫关系）中
- 如果前任比自己先从分手中走出来，自己就会感到嫉妒和生气
- 酗酒
- 一并杜绝所有约会
- 工作更长时间，这样独处的时间就少了
- 恶意中伤前任或与其相似的人
- 整体上对生活变得消极悲观
- 极度厌恶自己再次变得脆弱不堪
- 寻求交易型关系（如，纯粹的性关系）
- 躲避潜在的交往对象，因为害怕受伤
- 破坏新恋情，以防对方得到机会，以伴侣的身份抛弃自己
- 过度补偿自我认为的弱点（展现得很有男子气概，突出自己的美貌，等等）
- 自己如果很长时间没有约会或接连遇到很多让自己失望的人，就会感到疲倦
- 对正正经经的恋爱关系持批判性的或狭隘的态度
- 嫉妒处在美满恋情中的人
- 总想通过积极行动（如，出去玩、制订计划）来分散注意力，这样就不会感到孤单
- 用不健康行为来麻痹自己的痛苦，如滥交或卖淫
- 选择怯懦的或依恋他人的伴侣，鼓励他

们依赖自己
- （通过马拉松比赛、锻炼、泡酒吧等）与单身的同龄人交往，来填补空虚
- 经历悲痛的阶段
- 通过自省来认识过去恋情中的问题或自己在这段失败关系中所扮演的角色
- 发现自己可能成为更强大的合作伙伴的领域
- 发现能给自己带来个人成就感的自我提升的领域
- 做一些新的事情来告别过去，重新开始（上舞蹈课、养小狗、去医院当志愿者、学意大利语，等等）

可能会形成的个性特征：
积极特质
- 适应力强的、善于分析的、大胆的、谨慎的、讲究策略的、考虑周到的、共情力强的、调情的、理想主义的、独立的、成熟的、乐观的、耐心的、沉思的、充满哲思的、在乎隐私的、多愁善感的

消极特质
- 冷酷的、幼稚的、不忠诚的、无趣的、缺乏安全感的、大男子主义的、过于情绪化的、絮絮叨叨的、黏人的、持有执念的、滥交的、愤恨的、自毁的、喜怒无常的、报复心强的、爱发牢骚的、孤僻的

可能会加重这一创伤的诱因：
- 看到前任有了新恋人
- 朋友圈中其他人都出双入对
- 和朋友约好晚上吃饭，结果被放了鸽子
- 路过从前和伴侣一起去过的地点
- 上一段恋情的周年纪念日
- 和新的伴侣吵架
- 开始一段新恋情，并看到表明情况进展不顺的令人警惕的迹象（真实的或自认为的）
- 受邀参加重要活动（家庭聚会、婚礼或颁奖典礼），不得不独自前往

面对或克服这一创伤的机会：
- 分手，且现任提出的分手原因同前任提出的一样
- 意识到如果拒绝承认发生的事，创伤就会持续下去
- 处在一段可有可无的长期恋爱关系中，意识到需要结束这段恋情
- 被另一个人爱着，意识到有人想要和自己相处，自己值得被爱

> **注意：**
> 在谈到常见的创伤时，失恋位居榜首——它极其普遍，以至于几乎是一种成年礼，成了成长的一部分。被心爱的人抛弃已经够让人痛苦了，但有时被抛弃的方式才是最伤人的，比如，对方发来短信告诉自己要分手，对方因为爱上别人而和自己分手，对方说好要结婚结果又反悔，或者对方在社交媒体上发文时自己才知道恋情结束了。失恋尽管十分常见，但它始终是一种痛苦的经历，会给人带来深深的伤害。

错付信任与遭遇背叛

说出真相但没人相信
Telling the Truth But Not Being Believed

人物受到创伤的具体情境：
- 告诉别人自己正在被（父母、教练、叔叔或舅舅等人）虐待但没人相信
- 报案时警察以怀疑的态度来回应
- 被指控偷窃或说谎，所有宣告自己无罪的声明都无人理睬
- 因莫须有的罪名被判刑和惩罚
- 父母相信别人，却不相信自己对事情的解释
- 多次被父母、看护人或掌权者称为骗子
- 和老师或者校长诉说了某个不合理的情况，但被看作没事找事
- 以亲历者的身份讲述某件事，但被蔑视为不可信
- 讲了一些挑战社会信仰体系的事情（看到鬼魂，与上帝进行对话，看到不明飞行物，经历了超自然的事，等等），并因此遭到鄙视

因受此创伤而常常受到损害的基本需求：
生理、安全感、爱与归属、尊重与认可

人物可能接受的错误观念：
- 说出真相，只会让我陷入麻烦
- 人们都说诚实最为可贵，但其实不是
- 人们只相信他们愿意听到的
- 到了紧要关头，我不能指望任何人能跟我站在一边
- 最好还是告诉人们他们想听的东西
- 本该保护你的人最后会背叛你

- 唯一关心我的人就是我自己

人物可能会害怕：
- 到了紧要关头却没人相信自己
- 被迫害
- 自己错误地相信某些事是真实的
- 因为总说真话而遭人排斥
- 受到利用、中伤或迫害，但没人能求助
- 信错了人，受到背叛
- 有权有势的人歪曲事实来满足其需求

可能的反应和结果：
- 不珍视诚实和正直，因为没人珍视
- 操纵别人（而非依靠诚实），这样别人才会相信自己想让他们相信的东西
- 告诉人们他们想听的东西来躲避麻烦
- 无法敞开心扉或分享自己过去的经历，因为自己觉得一定没人会相信
- 强迫性地说谎来掩盖真实想法，避免被他人伤害
- 无法对说谎一笑了之；难以应对别人的嘲笑
- 即使在最有利的情形下，也需要得到被信任的保证
- 在没有必要的情况下解释自己和自己的动机
- 自己的话受到质疑就会感到愤慨
- 如果有人质疑自己说的真相，自己就会完全崩溃
- 一有机会就要证明自己的忠诚

- 守口如瓶，言出必行，不容置疑
- 如果需要对他人撒谎，就无法保守秘密
- 如果有人被他人误导，自己就迫切感到需要揭露真相
- 回答得事无巨细，以此来证明自己的真诚可靠
- 依靠幽默、慷慨或魅力来赢得人心
- 仇视那些正在撒谎的人，但别人相信了撒谎者说的话
- 采取措施证明自己的诚实（记笔记，给谈话录音，等等）
- 自己的话被人扭曲或断章取义的话，就会感到恼火
- 不由自主地保持诚实；绝不撒哪怕是最小的谎
- 完全接受真相；对公平高度敏感
- 从不想当然地推测；总是搜寻事实
- 在没有依据时姑且相信他人，这样他人就不会像自己一样感到不公
- 学着看人识人，这样就会知道对方是否在说实话，而不必再猜测对方的想法
- 变得极其善于表达，以此来最小化被误解的可能

可能会形成的个性特征：

积极特质

- 谨慎的、勇敢的、遵守纪律的、考虑周到的、共情力强的、有趣的、诚实的、可敬的、独立的、公正的、忠诚的、一丝不苟的、抚育他人的、坚持不懈的、有说服力的、细心保护的、负责任的、关心社会的、睿智的

消极特质

- 反社会的、难以自控的、玩世不恭的、戒备的、不诚实的、不忠诚的、充满敌意的、回避的、狂热的、拘谨的、缺乏安全感的、品头论足的、自以为无所不知的、黏人的、紧张的、持有执念的、过于敏感的、多疑的、完美主义的、悲观的、持偏见的、反叛的、愤恨的、胆怯的、沉默寡言的、意志薄弱的、孤僻的

可能会加重这一创伤的诱因：

- 被迫戳破正在撒谎的人的谎言
- 自己的孩子或配偶对自己撒谎
- 自己的话受到怀疑，而别人自相矛盾的话却有人相信
- 在某个情形中受到恶劣的对待，以至于怀疑是对方的偏见导致了这种情况

面对或克服这一创伤的机会：

- 当两个人所说的话完全相反时，必须分辨出真相
- 面临一种撒谎是善意而诚实会带来不必要伤害的情形
- 被指控做了坏事，不得不选择是接受责难，不了了之，还是证明自己的清白
- 发现有朋友受到了伤害，鼓励对方说出真相，这样作恶者才能对此负责

错付信任与遭遇背叛

童年遭到熟人性虐待
Childhood Sexual Abuse by a Known Person

因受此创伤而常常受到损害的基本需求：
生理、安全感、爱与归属、尊重与认可、自我实现

人物可能接受的错误观念：
- 这是我的错；因为我说了或做了什么才会引狼入室
- 我活该，因为我毫无价值（或是个坏女儿、坏学生、糟糕的运动员、坏朋友等）
- 没人是安全的；就算是和我最亲近的人都想来伤害我
- 人们能占我便宜，因为是我让他们这么做的
- 如果我友好或乐于助人，人们就会来伤害我
- 我当初肯定也想这样，因为我都没回击（或拒绝、拼命挣扎、反抗等）
- 我没有能力使我的生活变得更好
- 我现在破碎了，再也无法修复
- 糟糕的人就只配遇到糟糕的事
- 你的信任只会换来别人的伤害
- 没人会爱上像我这么糟糕的人
- 显得突出（鹤立鸡群，天赋异禀，衣着光鲜，等等）就是主动让别人来伤害自己
- 孤身一人比被人背叛强
- 爱是用来伤害人的武器

人物可能会害怕：
- 亲密关系和性欲
- 爱，以及以某种方式被剥夺的或被扭曲的爱
- 被人触碰或将自己暴露在他人面前
- 告诉别人自己的经历却没人相信
- 独自和施虐者（或和他们相似的人）在一起
- 做出或说出什么事，被人误认为是求欢
- 信错了人，遭到了背叛
- 自己爱的人会遇到同样的事
- 真相大白时，被亲友抛弃和责备

可能的反应和结果：
- 离群索居；回避家人或朋友
- 情绪波动大，很容易生气
- 某些诱因催生了疑惑的或者无法解释的感觉
- 改变自己的穿衣风格，把自己包裹得更严实或变得不那么惹眼
- 放弃和施虐者有关的爱好、兴趣或活动
- 如果家人强迫自己不要讨论此事，那么自己和家人的亲密关系将变得紧张
- 怨恨想要装作什么事也没发生的家人
- 担心会发生最坏的情况，思想变得消极
- 出现进食障碍或者自残行为（用刀割自己，划破皮肤，等等）
- 变得对某物上瘾，以此来应对现实
- 在工作中、人际关系中或作为父母，以做出成就为目的，来弥补自己的"无价值"感
- 无法接受赞美（最小化个人的作用或用

自我贬低来回应赞美）
- 难以向别人寻求帮助
- 难以接受礼物和赞美，别人给予自己善意时会感到不安
- 信任危机；难以相信别人说的话
- 难以理解各种人和情形
- 头脑中留存着这件（些）事或和它们有关的某些细节的零散记忆
- 创伤后应激障碍的症状（恐慌，抑郁，认为自己会早死，等等）
- 性障碍，如，性欲亢进、进行高风险的性行为、过早对性产生兴趣、无法享受性行为，或拥有不被视为主流的性偏好
- 和人相处时放不开；会对展现自己的情感感到焦虑
- 为自己的身体或别人看到自己的身体感到尴尬
- 被人触碰（尤其是出乎意料的触碰）时会突然躲开，回避可能被触碰的情形
- 对孩子或亲人的安全过分保护或有不合理的担忧
- 压抑自己的痛苦，以免让他人不舒服
- 决心要多在孩子身边待着，要更加警惕，加强对孩子的保护，保证孩子需要时自己在他们身边
- 成为受过性虐待的儿童或青少年的导师
- 积极呼吁保护儿童的权利

可能会形成的个性特征：
积极特质
- 警觉的、善于分析的、大胆的、勇敢的、果断的、共情力强的、可敬的、独立的、内向的、忠诚的、善于观察的、有条理的、洞察力强的、坚持不懈的、积极主动的、足智多谋的、明智的、关

心社会的、才华横溢的、睿智的
消极特质
- 粗暴的、成瘾的、控制欲强的、悲观多疑的、残忍的、回避的、愚蠢的、充满敌意的、不知变通的、拘谨的、缺乏安全感的、不理性的、不负责任的、黏人的、紧张的、反叛的、自毁的、疑心的、沉默寡言的、反复无常的

可能会加重这一创伤的诱因：
- 看到作恶者和一个小孩在一起
- 看到公开审理的案件中揭发虐待行为的受害者遭到诽谤或不被信任
- 能让自己想起虐待遭遇的感官诱因（气味，声音，地点，等等）
- 性行为或性触摸行为

面对或克服这一创伤的机会：
- 即使作恶者想要弥补过错，也难以原谅对方
- 受邀公开讲出自己的受虐经历
- 注意到可能意味着自己的孩子受到了性虐待的迹象
- 意识到自己的消极应对行为正在限制自己的幸福，想要做出改变

> **注意：**
> 这种虐待包括的与性相关的行为有性触摸或插入式性行为。虽然这种虐待也会由陌生人实施，但本条目侧重描写当虐待者是能够接近小孩的被信任的人（如，某个亲戚、家人的朋友、老师、同学、密友的父母或保姆）时会发生的情况。

兄弟姐妹的背叛
A Sibling's Betrayal

人物受到创伤的具体情境：
- 有兄弟姐妹开始传播不实谣言，或让已经存在的谣言持续发展下去
- 姐妹揭露令自己感到丢脸的或尴尬的秘密，如滥用药物或偏差行为
- 兄弟将自己的罪行报告给权力机关
- 姐妹因为怨恨或想要占便宜而站在自己对手的一边
- 兄弟姐妹干涉自己吸毒、喝酒或囤积物品的行为
- 姐妹在父母面前歪曲事实来讨好他们
- 自己的双胞胎姐妹或兄弟在自己的丈夫或妻子面前有不恰当行为，但过后又予以否认
- 兄弟和自己的伴侣搞暧昧
- 兄弟姐妹让别人（家人，朋友，恋人，等等）和自己作对
- 长兄或长姐利用看护人的身份从年迈父母那窃取养老金

因受此创伤而常常受到损害的基本需求：
安全感、爱与归属、尊重与认可、自我实现

人物可能接受的错误观念：
- 无论我有什么，总会被某些人夺走
- 我的兄弟姐妹只想压制我或者毁了我的生活
- 我的兄弟姐妹喜欢以各种他们能利用的方式伤害我
- 血浓于水是假的
- 既然我只能在他面前甘拜下风，那么努力超越他又有什么意义呢
- 就算是我的家人也不尊重我
- 我很好骗，很懦弱
- 若家里就我一个孩子，我会过得更好
- 如果你让人亲近你，他们就会在你背后捅刀子

人物可能会害怕：
- 玻璃心
- 失败和随之而来的嘲笑
- 成果遭到破坏
- 自己的秘密和丑事被人发现
- 信错了人
- 因为兄弟姐妹的谎言而失去家人（没法见到侄女或侄子，父母成了自己的仇人，等等）
- 被所爱的人冷落，因为他们相信了兄弟姐妹的谎言或对事实的歪曲描述

可能的反应和结果：
- 回避家人，尤其是自己的兄弟姐妹
- 拒绝和兄弟姐妹交谈或谈论他们的事
- 在别人面前说自己兄弟或姐妹的坏话
- 在有社交活动的时候，如果兄弟姐妹参加，自己就找借口不参加
- 和侄女、侄子（外甥女、外甥）的关系疏远
- 切断和兄弟姐妹的联系（网上和现实

世界）
- 不在网上分享任何个人信息
- 被迫待在兄弟姐妹身边时，会变得很安静或暴躁
- 当真相对兄弟姐妹来说很重要时，却对他们撒谎
- 难以和其他人分享自己的渴望、目标或感受
- 封闭自己的内心；变得抑郁或焦虑
- 强迫家人和朋友摆出立场
- 难以释怀；经常和别人讨论这件事
- 为了缓解痛苦而自我伤害
- 喝酒更加频繁
- 把任何一个有兄弟姐妹参与的情形都变成竞争
- 互相推卸责任
- 拒绝为不和或者造成不和的原因承担责任，即使自己确实有责任
- 妄下结论；如果事情和兄弟姐妹有关，那么会想到最坏的情形
- 寻求机会向兄弟姐妹报仇或给对方制造麻烦
- 为了证明自己的价值，想要在所有事上都做到最好
- 即使某个举动合情合理，如兄弟姐妹来干预自己是为了救自己的命，也仍然对此感到愤怒
- 对他人不忠的迹象十分敏感
- 仔细调查他人的过去，之后才能让他们走进自己，跟他们敞开心扉
- 和生活中遇到的有毒的人划清界限
- 以健康的方式撇清关系；拒不参与和权力及掌控有关的事情
- 成为同样经历过亲人背叛和冷落的人的避风港

可能会形成的个性特征：
积极特质
- 谨慎的、遵守纪律的、考虑周到的、共情力强的、专注的、独立的、勤奋的、内向的、简单的、足智多谋的、宽容的

消极特质
- 控制欲强的、残忍的、戒备的、缺乏安全感的、冲动的、品头论足的、向人诉苦乞怜的、自毁的、疑心的、沉默寡言的、报复心强的、孤僻的

可能会加重这一创伤的诱因：
- 认为别人对自己不忠
- 听到不怀好意的流言蜚语或别人的秘密
- 听到家人谈及宿怨，好像自己的兄弟姐妹是无辜的一样
- 被诬陷对朋友、家人、孩子或同事不忠
- 自己的兄弟姐妹可能在场的家庭聚会

面对或克服这一创伤的机会：
- 发现兄弟姐妹某个不可告人的秘密后，面临着是否保守秘密的道德抉择
- 得知有个朋友犯罪了，应该告发他，但这样做就背叛了他的信任
- 看到自己的孩子因为家人之间流传的不实信息疏远自己
- 努力修复和兄弟姐妹的关系，没想到再次遭到了他们的背叛

錯付信任與遭遇背叛

因为意外怀孕而被抛弃
Abandonment Over an Unexpected Pregnancy

因受此创伤而常常受到损害的基本需求：
生理、安全感、爱与归属、尊重与认可、自我实现

人物可能接受的错误观念：
- 现在我永远无法实现梦想了
- 他们说我的话是真的（我是妓女，我很蠢、我不负责任，等等）
- 这个孩子是我所有麻烦的根源
- 爱是暂时的
- 人们总是会在艰难时刻离开
- 我谁也不需要

人物可能会害怕：
- 再次被人抛弃
- 别人的评判
- 受到良心上的谴责
- 总是孤身一人
- 无法照顾自己和孩子
- 永远无法实现梦想，因为自己的时间和资源全部花费在照顾孩子上

可能的反应和结果：
- 活在否认中；像没怀孕一样生活
- 对别人隐瞒自己怀孕的事实，因为害怕他们也会抛弃自己
- 选择堕胎或弃养婴儿，让别人领养
- 难以满足自己的生理需求
- 向朋友求助
- 向可能帮助自己的人求助
- 尽力和冒犯自己的人和解
- 不择手段地报复冒犯自己的人（操控，说谎，勒索，等等）
- 变成只会索取的人；接受别人的帮助但不回报他人
- 不能给予他人情感支持
- 淹没在日常琐事中，无法实现其他目标（提升自己，交新朋友，追求更高的学历，等等）
- 沉浸在自怨自艾或自责中
- 寻找可替代的伴侣
- 责怪孩子导致自己被人抛弃
- 抓住一切机会抨击冒犯自己的人
- 改变自己，以求让离开的人回心转意
- 因为害怕再次被抛弃，所以和对方维持表面关系
- 担心自己一人无法应对生活
- 怀疑自己做母亲的能力
- 如果只是找能帮自己的人（也就是慌不择路），那就可以降低自己的择偶标准
- 坚信自己（或自己的孩子）会成为比抛弃自己的人更好的人
- 找到互助小组
- 志愿帮助其他有相同处境的女人
- 为自己的行为负责，并且为了成功而迅速成长

可能会形成的个性特征：
积极特质
- 充满感激的、雄心壮志的、大胆的、自

洽的、协作的、勇敢的、遵守纪律的、高效的、共情力强的、专注的、有说服力的、独立的、成熟的、足智多谋的、负责任的、简单的、热心助人的

消极特质

- 冷漠的、冷酷的、幼稚的、无知的、悲观多疑的、不知变通的、黏人的、缺乏安全感的、不负责任的、紧张的、品头论足的、善于操控的、愤恨的、自我放纵的、讨好型的、忘恩负义的、反复无常的

可能会加重这一创伤的诱因：

- 看到夫妻一起照顾新生儿
- 碰到孩子的父亲，但对方很明显不希望碰到自己
- 加入产前护理小组，那里的夫妻对于成为准爸妈都很高兴
- 经历晨吐，或感到孩子在踢自己、在肚子里动弹
- 照镜子时能明显看出来自己怀孕了
- 看医生，称体重

面对或克服这一创伤的机会：

- 没能寻到帮助，意识到不能指望别人，只能自己负责自己的健康和孩子的未来
- 孕期情况恶化，这样一来，更难以独自度过孕期了
- 遇见愿意提供帮助的人，随后发现对方言行不一
- 有机会帮助另一个同样在需要帮助时被抛弃的人

> **注意：**
> 许多创伤都由有条件的爱引起："你不够努力。你让我尴尬。你破坏了我的规则。"怀上孩子，尽管通常会带来快乐，却也可能是一个人经历的最有压力的人生大事之一，并且，如果是意外怀孕，压力就更大了。如果一个人正要开始接受这一惊人的变化，却被自己的后盾（父母、恋人或配偶）抛弃，那么这对她来说是一个毁灭性的打击。在这种情况下，男女双方都可能遭到排斥，但因为怀孕的人通常是被抛弃的对象，这一条目侧重描述她的视角下的创伤事件。

错付信任与遭遇背叛

因为专业人士的过失而失去所爱的人
Losing a Loved One Due to a Professional's Negligence

人物受到创伤的具体情境：
自己所爱的人死于：
- 一名缺乏经验或技术有缺陷的医疗从业人员手中
- 医生开错的药方
- 公交事故（公交车，出租车，飞机，火车，等等），因为驾驶员处于醉酒状态
- 家里装修时所用的非法化学物质或毒素
- 在饭店就餐时菜品处理不当而导致的食物中毒
- 厨师疏忽大意，端上了导致其过敏而死的食物
- 公共泳池中，救生员没注意到
- 疏忽大意的保姆的监护失误
- 误诊
- 粗制滥造的脚手架在熙熙攘攘的人行道上倒塌
- 在与绑匪的对峙中，协商者无能为力，无法将其救出
- 过多的或不必要的警力
- 指导者技能缺陷或设备残次而出现的跳伞或蹦极事故
- 制造商或修理工失职导致机动车出毛病从而引发的车祸
- 保养不善的游乐园的乘骑设施
- 心理治疗师没注意到其自杀迹象或看到了却没有及时采取行动

因受此创伤而常常受到损害的基本需求：
安全感、爱与归属

人物可能接受的错误观念：
- 我的直觉不灵；我真是个傻子，还信任这个医生（这一体系，警察，等等）
- 信任了不该信任的人（公司，机构，等等）是我的错
- 我无法保护我爱的人的安全
- 我调查得不彻底
- 我很无能。像这样的事还会发生，但我什么也做不了

人物可能会害怕：
- 和所爱之人的死有关的地方，如医院、滑雪场或监狱牢房
- 感官刺激（柴油的味道，直升机螺旋桨的声音，酱油的味道，等等）
- 意外失去另一个自己爱的人
- 从业人员没有受到惩罚，再次导致他人死亡

可能的反应和结果：
- 无法原谅有罪的一方
- 报复应承担责任的人
- 变得冷漠、绝望
- 对剩下的自己所珍视的人过分保护
- 对安全问题十分警惕，已经到了影响人际关系、削弱幸福感的程度
- 寻找每件事中的危险、失误和缺陷
- 难以享受生活和活在当下
- 对世界运转的方式感到无助和绝望
- 责怪上帝随机而肆意的做法

- 失去信仰或更加坚定信仰
- 每发生一件小事都想找个人来怪罪
- 无法得到宽慰；总想知道为什么会发生这件事，当初怎样做才能避免它
- 回避和死亡发生地点相似的地点
- 疏远自己爱的人，害怕走得太近之后也会失去他们
- 离群索居
- 自我治疗
- 难以选择新的专业人士（和做出其他日常性的选择），因为再次选择可能会带来不良后果
- 太过关注自己失去的所爱之人，以至于忽视了其他人
- 起诉应负责任的人或公司
- 通过在社交媒体上抨击、写差评和用广告告知的方式来打击有罪的一方
- 追寻能够让自己得到宽慰的答案
- 努力确保这种事不会再次发生在其他人身上
- 调查新公司；如果没有证据，就不会认为其值得信赖
- 自我谅解或释怀自认为所犯的罪过
- 创建慈善机构来纪念所爱的人
- 珍惜和还活着的自己所珍视的人在一起的每一刻；不把任何事情看作是理所当然的

可能会形成的个性特征：

积极特质

- 充满爱意的、充满感激的、大胆的、遵守纪律的、共情力强的、专注的、理想主义的、公正的、激情的、沉思的、坚持不懈的、有说服力的、细心保护的、多愁善感的、有精神信仰的

消极特质

- 粗暴的、成瘾的、冷漠的、冷酷的、对抗型的、控制欲强的、无趣的、漫不经心的、病态的、絮絮叨叨的、愤恨的、持有执念的、悲观的、占有欲强的、自毁的、疑心的、忘恩负义的

可能会加重这一创伤的诱因：

- 不得不到访同一类的机构，信任那里的员工
- 需要找个新医生或专业人士，但因为恐惧或犹豫而无法开始行动
- 听说有个专业人士因为疏忽而致人死亡
- 看到电视上有关无责任伤害和医疗事故的诉讼广告
- 发现那个犯错的专业人士复工了

面对或克服这一创伤的机会：

- 紧急情况下自己必须做出关乎所爱的人福祉的决定
- 得知那个专业人士又在另一个城镇开业后，必须坚决反对，让他停业，这期间又想起了那一创伤事件
- 某个情景让自己意识到，自己无法对所有事情负责，其中也包括所爱之人的离世

有毒的关系
A Toxic Relationship

人物受到创伤的具体情境：
在一对一关系中，一方：
- 控制另一方
- 嫉妒心强或控制欲强
- 总是说谎
- 通过操纵和强迫来得到想要的东西
- 身体或言语上虐待另一方，折损另一方的自尊
- 让另一方感到自己渺小、微不足道或毫无价值
- 扮演受害者，总是责怪另一方，犯了错也拒绝承担责任
- 总是很消极（总是抱怨）
- 经常欺骗对方
- 过分地完美主义，对另一方有不切实际的期望
- 竞争意识过强，想要事事都赢

因受此创伤而常常受到损害的基本需求：
安全感、爱与归属、尊重与认可、自我实现

人物可能接受的错误观念：
- 有人崩溃了，但我可以让他恢复正常
- 如果有人冲我大发脾气或伤害我，我不应该认为这是针对我的
- 离开需要你的人是自私且不忠的
- 别人对我不好，因为我活该
- 等我们结婚了（或有了孩子、离开父母等），情况就会好转
- 其他人不会给我机会；这是我能做到的最好了

人物可能会害怕：
- 伤害某些明显需要爱和接纳的人
- 没有能力或勇气来脱离这段糟糕的关系
- 因为不够优秀，所以永远找不到其他更好的人
- 容易吸收负能量，吸引会给自己带来伤害的人
- 被困在某个情形中很长时间，导致自己也变得不好（消极悲观，令人厌恶，等等）

可能的反应和结果：
- 总是向别人让步
- 否定自己的情绪，认为这代表着自己很自私、反应过激或毫不理性
- 感到自己永远不能做自己；总是带着伪装或人格面具来讨好他人
- 疏远所有人，除了带来伤害的那个人
- 相信人们说的谎言；变得很容易被骗
- 想要"修复"他人
- 产生殉道情结
- 怀疑自己的直觉
- 内化带来伤害的人所说的消极事件，或为那个人找借口
- 抑郁
- 喜欢其他在某些方面会带来伤害的人
- 怨恨只索取不付出的人，之后又因为自

己的愤恨感到愧疚
- 染上带来伤害的人的坏习惯，如八卦、抱怨、说谎或操纵他人
- 即使在和人交往时也会感到孤独，因为习惯了压抑自己的情绪
- 给予的比获得的多
- 难以解决某个问题，但找不到倾诉的机会，因为自己已经习惯了对方主导的友谊
- 不想和别人分享自己的好消息，因为已经习惯了别人消极的反应
- 出于恐惧、愧疚或义务感去做一些自己不想做的事
- 对生活愈加悲观
- 回避只会索取的人
- 意识到其他关系中有害的迹象
- 变得极有同理心
- 成为秉持公平和尊重原则的调解人
- 学会如何支持自己、为自己发声

可能会形成的个性特征：

积极特质
- 适应力强的、充满爱意的、警觉的、谨慎的、协作的、随和的、共情力强的、温柔的、谦逊的、忠诚的、负责任的、抚育他人的、顺从的、多愁善感的、热心助人的、宽容的、信任他人的

消极特质
- 成瘾的、不诚实的、不忠诚的、犹豫不决的、回避的、八卦的、轻信的、讨好型的、无趣的、伪善的、无知的、喜怒无常的、拘谨的、缺乏安全感的、意志薄弱的、嫉妒的、向人诉苦乞怜的、黏人的、胆怯的

可能会加重这一创伤的诱因：
- 身边有人喜欢抱怨和发泄情绪
- 有毒的朋友给自己打电话、发短信或拜访自己，让自己在情感上筋疲力尽
- 抓到某人撒谎（即使很小）、不检点的言行或操纵他人的行为
- 有人要求自己给予太多帮助或付出极大牺牲
- 有人威胁自己，如果不按照他说的做，他就会做出什么事
- 在交流时不得不绕开危险话题，因为某人情绪不稳定

面对或克服这一创伤的机会：
- 意识到自己不再开心了，原因可追溯到自己生命中那个有毒的人身上
- 因有毒的人而放弃了追求梦想的机会，之后意识到了自己的错误
- 意识到自己独处时比和那个有毒的人在一起时更开心
- 碰到特别积极乐观的人，他的举动让自己想起了在有毒的人到来之前的自己

> **注意：**
> 有毒的关系是指一方的行为和态度给另一方持续带来情感（可能还有身体上的）伤害。尽管大多数情况下有毒的关系发生在情侣之间，它也可能发生在朋友、同事、员工和雇主、父母和孩子，以及兄弟姐妹之间，即任何需要投入情感的人际关系中。

错付信任与遭遇背叛

遭到同辈的排斥
Being Rejected by One's Peers

人物受到创伤的具体情境：

遭到排斥，因为：

- 生活在不适合自己的社区或去了不同的学校
- 贫穷或无家可归
- 自己的种族、信仰或性取向
- 自己的父母或看护人（进监狱、玩弄女人或酗酒，等等）遭人唾弃
- 有个臭名远扬的兄弟姐妹或父母，自己也跟着受牵连
- 接受违反主流的信仰或想法
- 外表不好看（患有白化病，有严重痤疮或明显胎记，病态肥胖，等等）
- 表现得不安分守己（别人认为自己很怪异、很危险或难以捉摸）
- 过去自己在公共场合发生的丢脸的事，如尿裤子或一丝不挂地晕倒
- 自己不擅长社交
- 智力障碍、发育缺陷或特殊需求
- 在某些方面没有达到社会标准（未达到美丽、优雅、卫生等方面的标准）
- 喜欢那些被视为奇怪、禁忌或幼稚的事物
- 被社会贴上不讨喜的标签（得了某种疾病，未婚先孕，等等）

因受此创伤而常常受到损害的基本需求：
安全感、爱与归属、尊重与认可、自我实现

人物可能接受的错误观念：

- 我永远无法得到爱和接纳
- 没人会抛开我的残疾、我的处境等因素来看见真实的我
- 我这样的人不适合和人相处
- 我有缺陷
- 像我这样的人在生命中只能拥有这么多了。我不应该贪图更多
- 如果我能在某些方面证明自身的价值，他们最后就会接纳我
- 我很丑（或很蠢、没有天赋等），所以我不如别人有价值
- 我不需要其他任何人来帮我渡过难关
- 报复回去就打平了

人物可能会害怕：

- 受到排斥
- 因为自己的不同而遭到偏见和歧视
- 对他人敞开心扉或袒露自己的情感，最后在困难的时候又被人抛弃
- 有个秘密被人揭露，这会导致自己更受人排斥
- 排斥自己的那种人（男人，运动员，受欢迎的女生，等等）
- 自己不讨喜或不值得被爱
- 梦想或希望在社会标准下无法实现

可能的反应和结果：

- 低自尊、自我价值感低
- 在精神上贬低自己（相信了谎言）

- 疏远他人
- 接受他人的不公正的对待，从而融入他人所在的群体
- 放弃使自己遭到他人排斥的习惯、爱好或信仰
- 隐藏会使自己受到排斥的事物
- 无法信任他人
- 怀疑所有帮助自己的人
- 为了他人高兴而贬低自己，以此来获得他人的短暂接纳
- 为了变成他人接受的样子，失去了自我
- 向同辈压力让步
- 因为抑郁而导致滥用药物或自残
- 在他人面前变得过分焦虑，特别是在社交或表演场合
- 去做会让自己的同辈接纳自己的事
- 选择能一个人完成的活动
- 沉溺于他人得到报应的暴力幻想中
- 变得十分好斗，总想和人打架
- 变得情绪反复无常
- 寻求报复
- 疏远可能会导致自己被排斥的朋友
- 沉浸在工作、学习或其他能让自己感到安全的活动中
- 寻找其他被排斥的人和群体
- 寻求姑姑/阿姨、顾问或其他人的建议
- 接受自己的不同，决定不再因为他人的偏见而受到伤害

可能会形成的个性特征：

积极特质
- 协作的、彬彬有礼的、有创造力的、遵守纪律的、考虑周到的、专注的、热心助人的、有趣的、慷慨的、独立的、简单的、好学的

消极特质
- 反社会的、冷酷的、不诚实的、过于敏感的、轻浮的、完美主义的、反叛的、愤恨的、自毁的、讨好型的、孤僻的、反复无常的

可能会加重这一创伤的诱因：
- 负面的媒体报道、电影和书籍强化了一种伤人的刻板印象
- 毫无缘由地被人忽视或不被尊重
- （在升职、授奖等方面）被人略过，怀疑其中是否涉及歧视
- 面临着需要朋友或支持者但举目无人的处境

面对或克服这一创伤的机会：
- 发现自己因为很小的原因就排斥别人，意识到自己可能也存在偏见
- 试着融入另一个群体，但是同样遭到了拒绝
- 有机会可以面对让自己受到羞辱、欺凌或创伤的那位同辈
- 儿子的行为让自己想到自身受排斥的过往，担心儿子会遭受同样的痛苦

错付信任与遭遇背叛

自己的创意或作品被盗用
Having One's Ideas or Work Stolen

人物受到创伤的具体情境:
- 在工作中对别人讲了自己的想法,对方就把它当成他自己的想法呈现给上司
- 和伙伴合作了一首歌曲,非常成功,但功劳全被对方占了
- 将自己写的小说分享给对方提改进意见,但对方剽窃了其中的精华并将其出版
- 向投资者推销新发明,但对方却以他自己的名字申请了专利
- 在某个项目中承担了大部分工作,但同事夺得了全部功劳,并因此升了职
- 努力推销自己的新产品,但发现有家大型且成功的组织制造了同样的东西并大规模推向市场
- 有了重大的发现(科学的,医疗的,等等),但自己的老板声称是他的发现
- 揽下一个大客户,但功劳全被老板占了
- 发现自己开发的软件或应用被盗并广为传播,自己应得的收入被骗走
- 看到自己作品的赝品被人贩卖

因受此创伤而常常受到损害的基本需求:
尊重与认可、自我实现

人物可能接受的错误观念:
- 没人可以信任
- 我永远也想不出那么好的点子了
- 我独自工作会做得更好
- 你一旦领先,就总会有人要把你击垮
- 既然没人在意,为什么要遵守良好的行为准则
- 为了在这个世界上活下去,你必须只为自己着想
- 只有被抓到,你才有罪

人物可能会害怕:
- 再次被人利用
- 从未得到过任何认可
- 努力在竞争十分激烈的某领域获得认可
- 不得不和他人一起工作
- 和别人分享自己的想法或工作成果

可能的反应和结果:
- 不愿把事情完全和他人分享
- 难以和别人合作
- 信任危机渗透到生活的方方面面
- 因不善于合作而失去同事的好感
- 放弃在作品被盗的领域谋求成功
- 试图把剽窃者的名声搞臭
- 起诉侵权者
- 给剽窃者捣乱
- 拒绝再次和盗用者一起工作
- 向人诉苦,以求同情
- 变得愤恨和痛苦
- 由压力引起的健康问题(经常生病,各种疼痛,胃病,等等)
- 认为所有人都不道德,只想着自己牟利
- 为了成功而一再堕落;采取"打不过,就加入"的态度
- 永远不跟人完全交心,即使是家人

- 寻找他人对自己不忠的迹象
- 和那些被证实完全值得信赖并且忠诚的人在一起
- 不想结交新的人；在工作和社交上都和别人保持距离
- 和别人聊天时故意激怒对方，希望对方能够显露出真实动机
- 采取行动，把剽窃者绳之以法
- 决定深入发展那个想法且做好它，让剽窃者永远也赶不上
- 把剽窃看成表明自己走对了方向的标志
- 认为正是因为自己的想法很好，别人才会追随自己
- 享受过程，而非只关注结果
- 今后在和别人分享作品之前，先采取措施保护作品
- 意识到形成这一创意（作品）所花费的时间是有价值且有意义的，并不是一种浪费

可能会形成的个性特征：

积极特质

- 谨慎的、自信的、讲究策略的、考虑周到的、热情的、专注的、独立的、在乎隐私的、公正的、乐观的、足智多谋的、激情的、耐心的、坚持不懈的、有说服力的、古怪的、睿智的

消极特质

- 尖酸刻薄的、对抗型的、控制欲强的、玩世不恭的、狡诈的、爱挑剔的、不知变通的、不理性的、持有执念的、完美主义的、多疑的、占有欲强的、愤恨的、吝啬的、固执的、疑心的、不合作的

可能会加重这一创伤的诱因：

- 被迫和他人一起工作
- 对自己所做的事或正在研究的事表现得很激动或很有热情的人
- 看到剽窃者因为自己的想法而获得极大的成功和赞美
- 有人想要看自己写的文件、文章或画的示意图

面对或克服这一创伤的机会：

- 一场健康危机让自己意识到对往事耿耿于怀只会伤害自己
- 意识到自己对过去持续且消极的关注正在扼杀创造力，让自己无法出类拔萃
- 自己有了新想法且面临一个抉择：是继续过没有满足感的生活，还是追求梦想，但面临再次被人利用的风险
- 发明了一件可以惠及许多人的东西，但是因为害怕被人利用而不敢把它投入使用
- 想要挖掘新想法，但要想成功，就需要伙伴的合作和专业技能

特定的童年创伤

Specific Childhood Wounds

特定的童年创伤

被保护欲过强的父母抚养
Being Raised by Overprotective Parents

人物受到创伤的具体情境：

抚养自己的父母或看护人：

- 总是担心自己的安全
- 强制实行意在保护自己安全的约束性规矩（提早门禁时间、不许约会，等等）
- 阻止自己做试验和冒险
- 为自己决定一切
- 总是在自己身边忙前忙后
- 在自己可能犯错之前就进行干预，从而清除了自己学习和解决问题的机会
- 为自己选择朋友，不信任自己的选择
- 过度怀疑组织、政府、宗教信仰，等等
- 传播恐惧（如，受到伤害的恐惧）来确保自己能够听从他们的建议

因受此创伤而常常受到损害的基本需求：
爱与归属、尊重与认可、自我实现

人物可能接受的错误观念：

- 我无法自己做决定
- 我一不小心就会被人利用
- 这个世界很危险，总有可能发生坏事
- 安全是最重要的
- 应该不惜一切代价避免错误和失败
- 我需要有人来照顾我
- 其他人比我更适合做领导者
- 掌权者只想控制其余的人

人物可能会害怕：

- 失败或犯了危险的错误

- 冒险
- 做错决定
- 改变；踏出舒适区
- 自己很无能或不称职
- 父母担忧的外部世界和其中的某些部分
- 承担责任后让他人失望

可能的反应和结果：

- 难以做决定
- 事后批评自己的决定；事情发生后感到焦灼难安
- 做重大决定时依赖他人
- 盲目信任他人
- 回避风险；总是选择最安全的道路
- 不想陷入困境
- 不做领导者，只做跟随者
- 容易被人操纵
- 在被迫做出当机立断的决定时，会反应过激
- 疯狂研究自己所有的选择并征求他人意见，然后才能进行下一步
- 质疑他人的动机
- 做计划时会考虑哪里会出错
- 思虑过多，担心可能会发生什么
- 怀疑或低估自己的技能和能力
- 逃避责任
- 野心不大；不愿意把自己暴露在容易受到伤害的地方
- 变得焦虑、恐惧或紧张，尤其是碰到自己父母担心的事情时

- 过度保护自己的孩子（重蹈覆辙）
- 对规矩感到窒息，反抗权威
- 愚蠢地冒险，因为自己儿时不能这样做
- 表现得像自己战无不胜一样
- 为了逃避规矩，变得卑鄙或狡诈
- 长大后无法从错误中学习，因为儿时就无法犯错，也无法从中学习
- 利用恐惧策略和操纵手段来左右他人的想法
- 过度补偿，太过纵容自己的孩子
- 意识到犯错也是学习过程的一部分，不应该害怕犯错
- 掌控自己的人生，为自己做决定
- 看到自己成长环境积极的一面，如被父母保护，不用接触不必要的危险事物
- 和有智慧的、可信赖的人结盟，他们能够帮助自己做决定

可能会形成的个性特征：
积极特质
- 适应力强的、谨慎的、随和的、天真无邪的、内向的、忠诚的、顺从的、细心保护的、沉思的、传统的

消极特质
- 幼稚的、控制欲强的、狡诈的、犹豫不决的、回避的、轻信的、无知的、拘谨的、缺乏安全感的、不负责任的、懒惰的、忘恩负义的、意志薄弱的

可能会加重这一创伤的诱因：
- 要负责的某个项目或工作会影响到许多人，因此害怕承担这一责任
- 面临一个具有深远影响的重要决策
- 老板百般挑剔，不停在自己身边转悠
- 受到配偶事无巨细地看管

- 犯错使自己处于危险或风险中
- 父母担忧的某个机构或实体会带来的威胁，不管这种威胁是真实的，还是潜在的

面对或克服这一创伤的机会：
- 面临令人激动的变化，但需要自己离开舒适区
- 意识到自己的孩子开始因为自己的焦虑而对某些事情感到焦虑
- 意识到父母的恐惧是非理性的，想要用更加平和的眼光来看待世界
- 做了个重大决定，结果很成功，从而意识到自己比想象中更有能力
- 因为一个错误学到了某些重要的事，以后能够用它来帮助他人

特定的童年创伤

被一个自恋狂抚养
Being Raised by a Narcissist

人物受到创伤的具体情境：

抚养自己的父/母：
- 对自己冷暴力，不关心和呵护自己
- 要求自己优秀，之后又揽下全部的功劳
- 强行要求自己完全满足其所有的期望和突发奇想
- 很少在行为上表现出对自己的喜爱
- 批评自己的每个错误和过失
- 抱怨自己是个累赘
- 当自己的伤病或人生大事给他/她造成不便时，表现出愤怒而不是同情
- 让自己和兄弟姐妹相互对立，挑唆竞争
- 展现出残忍的品性，可能会在情感和身体上虐待自己
- 拒绝在自己需要的时候提供帮助
- 总是妨碍自己的进步，然后又责备自己太愚蠢
- 让自己为他/她的幸福和健康负责
- 因为他/她过高的期望和反复无常的情绪，家里所有人都如履薄冰
- 按他/她的意愿威胁和操纵自己
- 期望别人迎合他/她，因为他/她在某些方面很特殊或很重要
- 故意断章取义，并用这些话来对付他人
- 提出了相互冲突的建议，造成一地鸡毛的局面
- 通过自己来实现他/她的梦想

因受此创伤而常常受到损害的基本需求：
安全感、爱与归属、尊重与认可、自我实现

人物可能接受的错误观念：
- 别人操纵你，就是爱你
- 爱是有条件的
- 我是个失败者，是身边人的累赘
- 想给自己点东西是自私的。我必须把他人放在第一位
- 我的缺点太多了，不配得到爱
- 我没什么天赋也不够聪明，所以不出众
- 为了别人能看重你，你应该做到最好
- 为了避免受到伤害，要先出击

人物可能会害怕：
- 遭冷落和被抛弃
- 经历某些情绪，且他人利用这些情绪作为武器来对付自己
- 要求自己表露情感才能达成的深层人际关系
- 自己的失败会证明父母说自己的种种缺点都是对的
- 因为自己的错误和失败而受到惩罚
- 信错了人，被人利用
- 在自己孩子身上重蹈覆辙

可能的反应和结果：
- 难以识别自己的感受，因为已经习惯了把父母的感受放在第一位
- 难以选择生活方向，因为自己不知道自己想要什么
- 习惯于把自己的需求放到最后
- 情况不好的时候也说还好

- 当自己面临压力时，听从他人意见
- 不确定健康的人际边界是什么样的
- 感情脆弱，难以和他人建立亲密关系、信任他人以及分享自己的感受
- 成为讨好者，收获别人的表扬才会感到自己被重视
- 尽力在每件事上都做到完美
- 变得黏人或依恋他人；出现依赖问题
- 有获得荣誉的动力，但接受荣誉时感觉不自在
- 自我价值感低；尽管自己取得了种种成就，还觉得自己很蠢或缺点很多
- 选择某个职业，仅仅因为那是父母所期望的
- 由于无法进行自我辩解而被人利用
- 改变自己的角色来迎合他人需求
- 喜欢关爱他人的人（善良的老师，善解人意的老板，等等）
- 因为渴望得到父母的爱，于是为父母的行为找借口，或原谅父母的行为
- 事情出现问题时总认定自己应负责任，尽管这种想法是不合理的
- 迎合父母的需求，让他们开心
- 因为个人失败而自责
- 总是把自己的需求放在第一位（重复自恋循环）
- 霸凌别人来应对现实；先下手为强，以避免被击垮
- 成年后，切断与妨害自己的父母的联系
- 决定学习如何自爱，希望能治愈自己，并获得更高的自我价值感
- 和某个能够充当良性父母或导师角色的人建立关系
- 被种种善举和爱的表现深深感动
- 对他人的需求和感受高度敏感
- 通过写日记来处理情感、表达想法

可能会形成的个性特征：
积极特质
- 适应力强的、警觉的、善于分析的、充满感激的、成熟的、一丝不苟的、善于观察的、顺从的、有条理的、洞察力强的、坚持不懈的

消极特质
- 成瘾的、戒备的、不诚实的、轻信的、犹豫不决的、拘谨的、缺乏安全感的、嫉妒的、品头论足的、善于操控的、贪图享乐的、完美主义的

可能会加重这一创伤的诱因：
- 批评，不论这一批评多么有建设性或措辞多么礼貌得体
- 没有达到目标、失败或犯错
- 和朋友的家人一起玩，参与了一个正常的亲子活动
- 自己父母的来电和拜访
- 拿了第二名（第三名，最后一名，等等）

面对或克服这一创伤的机会：
- 尝试重新联系某个兄弟姐妹，他（她）和自己有类似的遭遇
- 意识到如果无法学会解决自尊问题，自己的婚姻就会失败
- 需要帮助且不得不请人帮忙，无论这让自己感觉多么脆弱
- 对他人给予自己的鼓励和无条件支持感到高兴，并意识到这种情感在自己有毒的成长环境中是缺失的

特定的童年创伤

被瘾君子抚养
Being Raised by an Addict

因受此创伤而常常受到损害的基本需求：
安全感、爱与归属、尊重与认可、自我实现

人物可能接受的错误观念：
- 他们喝酒是因为无法忍受在我身边
- 如果我不存在了，没人会注意到
- 我无法保护自己的家人（如果自己没保护好兄弟姐妹，让他们遭受了虐待）
- 如果我对人敞开心扉，他们也只会感到失望
- 如果真到了我需要帮助的时候，没人会帮我
- 我很懦弱；我会变得跟我父母一样
- 对我来说，没有安全的地方

人物可能会害怕：
- 暴力、性虐，或二者兼有
- 冲突
- 被人抛弃
- 生活失去控制
- 变得像父母一样
- 必须依靠他人
- 正常运转的关系（因为自己已经习惯运转失调的关系了）
- 不稳定
- 有人真诚、肯定地爱着或接纳自己（因为之前这些感情经证实都是不真诚的）

可能的反应和结果：
- 难以放松；总是处于防卫状态
- 仔细理解状况后才做出回应
- 焦虑和抑郁
- 难以辨别别人是否在开玩笑；对幽默、嘲笑或恶作剧感到不自在
- 把自己最深的想法和渴望藏在心底
- 不找麻烦
- 通过酗酒或吸毒来找到与父母的联系
- 难以表达自己想要什么和需要什么
- 躲避冲突，甚至躲避有益的辩论
- 叛逆，或想要反抗，因为情感上受到了抑制
- 感到孤独；难以和他人约会、见面、出门等
- 保守秘密
- 选择安全保险的，而不是自己喜欢的
- 反复检查，确保所有都做到位了
- 对信守诺言的人感到亲近和感激
- 继续这一循环（成为吸毒者，酗酒，参加非法活动，等等）
- 变得消极悲观
- 否认，尤其是否认情况有多糟糕以及自己是如何应对的
- 变得愿意讨好他人
- 把他人的需求放在第一位
- 对自己很严苛
- 逃离让自己变得脆弱的处境
- 希望有明确的规则和界限；渴望循规蹈矩的日常生活

- 习惯性地去照顾他人
- 承担了过多的责任，这样对自己并不好
- 发现即使被允许讲出想法或抱怨，对自己来说也很困难
- 积聚情绪，直到爆发
- 需要别人给出明确的方向，需要明白他人对自己的确切期望
- 对于儿时就常常面对的危险感到不那么恐惧
- 当冲突加剧时会封闭自己
- 为了保护他人而撒谎或扭曲事实
- 能感觉到强烈的羞愧和尴尬
- 总是提心吊胆
- 调解能力非常强；能够劝导他人、自我平复怒气，等等
- 找到能安全表达的出口（演奏乐器，写诗，种花种草，等等）
- 只在自己确保能够履行诺言时才会做出承诺

可能会形成的个性特征：
积极特质
- 适应力强的、警觉的、善于分析的、洞察力强的、谨慎的、协作的、忠诚的、成熟的、抚育他人的、有条理的、有说服力的、积极主动的、负责任的、宽容的

消极特质
- 成瘾的、反社会的、控制欲强的、悲观多疑的、不诚实的、回避的、充满敌意的、无趣的、沉默寡言的、孤僻的、反复无常的、自寻烦恼的

可能会加重这一创伤的诱因：
- 酒精或大麻的气味
- 看到或者闻到呕吐物
- 无法立刻将人唤醒
- 提高的嗓音和激烈的争辩
- 酒精或香烟的味道
- 看到别人的公寓中散落着吸毒用品
- 开车载着醉酒的人
- 不得不照顾醉酒的或不省人事的朋友
- 让人们纵情狂欢的喧闹音乐、聚会和庆祝活动
- 玻璃瓶的叮当声或啤酒罐被捏皱的声音

面对或克服这一创伤的机会：
- 配偶有酗酒或吸毒的毛病
- 看到父母的健康水平下滑，想要趁尚有机会的时候亡羊补牢，修复关系
- 想当个好父母，意识到自己必须放下扭曲的过往
- 长大后也变成了瘾君子，意识到这一恶习正在影响自己的孩子

> **注意：**
> 决定这一创伤深度的因素有许多，如瘾君子是否是自己的单亲父/母、自己是否遭受虐待，以及自己在这种环境下的生活质量等。

特定的童年创伤

被总是忽略自己的父母抚养
Being Raised by Neglectful Parents

人物受到创伤的具体情境：
对忽略最恰当的描述是照顾者长期无法满足孩子的基本需求。忽略有很多种，可以是身体上的、情感上的、精神上的或医疗上的。受到忽略的儿童或青少年可能被这种父母抚养：

- 拒绝带孩子进行常规的体检
- 不能或者不愿给孩子买合适的衣服
- 患有精神障碍或有其他缺陷，使他们无法充分照顾孩子
- 总是忘记喂孩子
- 不让孩子上学
- 不给孩子关心和爱护
- 知道孩子有危险行为（吸毒或酗酒），但不制止
- 因为吸毒或酗酒而忽略孩子
- 太过沉浸在他们自己的世界中，疏于对孩子的基本照看
- 因为必须做好几份工作或总是出差而无意间忽略了孩子

因受此创伤而常常受到损害的基本需求：
生理、安全感、尊重与认可、自我实现

人物可能接受的错误观念：

- 我不讨人喜欢
- 我不配被人照顾。我对别人来说是一种负担
- 我的需求不重要
- 我一定是做了什么事才会被这样对待
- 我是透明人。我的生活将永远是这样
- 不能依赖别人生存；我必须照顾自己
- 不能信任成年人
- 必须通过争取，才能得到父母的爱
- 这就是爱的模样

人物可能会害怕：

- 永远不会被任何人爱和接纳
- 饿肚子或东西不够吃
- 尴尬（因为自己的衣着、居住环境、外貌等）
- 别人发现自己是如何长大的
- 被他人虐待
- 不得不依赖别人
- 永远无法脱离自身的环境
- 在自己孩子身上重演父母的错误

可能的反应和结果：

- 大量贮藏东西，如食物、衣物或玩具
- 黏着关心和爱护自己的人
- 极其保护自己的兄弟姐妹
- 疏远同龄人，这样就没人发现自己家的情况了
- 变得躲躲闪闪，隐藏秘密
- 疑惑为什么自己的家庭及生活和别人的不同
- 尽力做到顺从、能干、完美等，来获得关心和爱护
- 发育迟缓，特别是社会化迟缓，因为某些人生道理没有人教

- 患上精神障碍，如抑郁或饮食障碍
- 别人已经掌握或知道的东西，自己必须在反复试错中学习
- 认为自己在某些方面不足或不够好
- 在学校难以专注或取得成功
- 牺牲次要需求来满足急迫需求（如，放弃自我实现的需求来获得爱）
- 为了保证基本需求而走上犯罪道路
- 有自毁行为（如，自我伤害，进行高风险的性行为，等等）
- 长大后拒绝对别人负责
- 即使是自己的配偶或者孩子，也难以和他们建立情感联结
- 尽力满足他人需求，这样他们就不会经历自己所经历的了
- 难以做个称职的父母
- 下定决心摆脱自己的环境
- 比别人更容易被小小的善举感动
- 投身于某项活动、爱好或兴趣中，以此来逃避现实
- 迫不得已，只能自力更生
- 培养同情心和展现善意，以此来应对自己的自卑感

可能会形成的个性特征：
积极特质
- 适应力强的、雄心壮志的、专注的、独立的、勤奋的、成熟的、抚育他人的、在乎隐私的、足智多谋的、负责任的、简单的、节俭的

消极特质
- 成瘾的、反社会的、冷漠的、冷酷的、难以自控的、控制欲强的、残忍的、悲观多疑的、狡诈的、不诚实的、充满敌意的、无礼的、回避的、无趣的

可能会加重这一创伤的诱因：
- 信任的人忽略自己（被人放鸽子，别人不回消息，等等）
- 对社会体系失望（如，得不到救助或医疗保险）
- 听到朋友谈论他们开心的童年回忆和亲人的近况
- 因为营养不良或缺乏正规的医疗而导致的治疗困难
- 别人忘记了自己重要的日子，如生日或毕业日

面对或克服这一创伤的机会：
- 怀疑自己圈子里有小孩正在遭受某方面的忽视
- 意料之外的变化，如被迫做好几份工作来维持生计，使孩子也可能像自己曾经那样遭到忽略
- 自己得了病，担心自己无法为依赖自己的人提供足够的支持和照顾
- 努力支持孩子，但过犹不及，造成孩子不健康地依赖自己

特定的童年创伤

从小就担当家庭的照顾者
Becoming a Caregiver at an Early Age

人物受到创伤的具体情境：
- 因为父母是瘾君子、不关心孩子、总不在家或有精神疾病，自己必须照顾兄弟姐妹
- 刚成年时，父母就去世了，自己必须完全担起照顾兄弟姐妹的重任
- 必须照顾生病或没有自理能力的父母或亲戚
- 因为单亲父/母总是在工作养家，所以自己要承担额外的责任

因受此创伤而常常受到损害的基本需求：
生理、安全感、爱与归属、尊重与认可、自我实现

人物可能接受的错误观念：
- 大家的生计全指望我一个人
- 不能信任或依靠成年人
- 我和成年人一样能干（如果自己仍然是未成年）
- 家庭关乎义务，与爱无关
- 自私自利，只会适得其反
- 因为别人需要我，所以我有价值
- 让别人帮忙是懦弱的表现
- 对自己的环境失望是不知感恩的表现
- 他人的需求比我自己的更重要
- 我永远都无法实现梦想，因此拥有梦想没有意义
- 情感没有意义，只会成为绊脚石

人物可能会害怕：
- 被政府有关机构发现（如果身为照顾者的自己是未成年人）
- 失去自己照顾的人
- 没有注意到重要细节
- 有人发现了让自己丢脸的秘密，如父母是酒鬼或囤积症者
- 步了父母的后尘（选错了伴侣，得不到满足，等等）
- 贫穷，无家可归
- 变得和自己正在照顾的或自己代替了职能的父母很像（瘾君子，糟糕的父母，等等）
- 得了同样的病或处于同样不能自理的状态中，不得不依赖他人
- 感受到或表达某些情感（如果这样做不安全的话）
- 身份感丧失；永远无法逃脱需要照顾他人的束缚

可能的反应和结果：
- 把自己放在最后（做额外的工作，不睡觉或不吃饭，等等）
- 提前预测他人的需求，并为这一需求做好准备
- 对于影响自己照顾他人的因素（安全、卫生，等等）格外谨慎
- 对自己照顾的人过分保护
- 太过强烈地鞭策自己的兄弟姐妹，以求严厉的爱能让他们变得坚韧

- 嫉恨不怎么需要承担责任的同龄人
- 不信任权威人士
- 完美主义
- 变得躲躲闪闪、缄默不语或者欺骗他人（如果自己有个秘密要保守）
- 抑制自己的情感
- 即使条件不那么充足也能将就着过日子
- 对无聊的或者"犯傻"的事情没有耐心（但同时还会偷偷渴望这样的事情）
- 和自己的同龄人群体失去联系
- 愿意和更加成熟的同龄人聚集在一起
- 因为没时间而放弃了爱好、兴趣活动和交朋友
- 因为渴望自由而感到愧疚
- 在家庭压力下耗尽力气，尤其是存在忽视或虐待孩子的现象时
- 变得叛逆，乱发脾气
- 不择手段地逃离这一处境
- 为自己因抛下兄弟姐妹所产生的愧疚感寻找借口："我一旦安顿下来，他们就可以搬过来一起住。"
- 小心处理人际关系，尤其自己遭受过父母抛弃的话
- 承担并胜任了本来不知道自己能做的工作
- 变得极其务实
- 能注意到别人忽略的东西
- 享受小事
- 勤俭节约，勇于创新

可能会形成的个性特征：
积极特质
- 大胆的、成熟的、一丝不苟的、坚持不懈的、细心保护的、足智多谋的、负责任的、明智的、节俭的、无私的

消极特质
- 控制欲强的、悲观多疑的、回避的、爱挑剔的、无趣的、不耐烦的、不知变通的、持有执念的、愤恨的、不合作的、孤僻的、自寻烦恼的

可能会加重这一创伤的诱因：
- 朋友在圣诞节收到许多的礼物，但自己的家人却什么也没有
- 壁橱空空或成堆的未付账单
- 兄弟姐妹生病，无论如何都要弄到药
- 朋友邀请自己出去玩，但自己不能或者不愿意去
- 不得不买二手货或依靠救济品度日
- 短暂成为一个完整且理想的家庭中的一员，之后又必须返回到原来的处境中

面对或克服这一创伤的机会：
- 有机会做自己想做的事，但会耽误自己履行家庭责任
- 某件事让自己难以继续照顾家人（如，被人驱逐）
- 被人威胁要收走监护权
- 学业表现不佳，而心里清楚学习不好就不会有更好的未来
- 家中情况变得危险（如，住进陌生人，有人公开吸毒，出现身体虐待，等等）
- 难以承担照顾者的责任，但又由于愧疚、羞耻或不信任而无法寻求帮助

特定的童年创伤

儿时被寄送到别处生活
Being Sent Away as a Child

人物受到创伤的具体情境：
- 被送到寄宿学校（为了求学，因为父母太忙没时间照顾自己，为了不让自己接触到毒品或受到不好的影响，等等）
- 被送去和亲戚一起住，因为单亲父/母没有能力正常照顾自己
- 被送去和父母之间的一方住，因为自己的行为问题，另一方无法处理
- 被送到特殊教育学校或福利机构
- 被强制送入少年管教所
- 因为发生了尴尬的事情（家庭中、个人行为上），被送到某间学校上学
- 在自己不同意的情况下，被送到国外的寄宿家庭生活
- 被送到改造机构去根除被认为和家庭观念不符的越轨行为（如，性取向）
- 被送去寄养或被放到孤儿院

因受此创伤而常常受到损害的基本需求：
安全感、爱与归属、尊重与认可

人物可能接受的错误观念：
- 人们会在你最需要他们的时候抛弃你
- 我的价值在于我能给别人带来什么，而不是我是谁
- 父母只喜欢容易被摆弄的孩子
- 反正人们会因为我有缺点而排斥我，所以自己何苦还要成为别的样子呢
- 如果我离别人远点的话，他们就不会排斥我了
- 我不需要任何人。我一个人更强大
- 我不配得到爱和陪伴
- 如果你显露脆弱，人们就会利用你
- 爱是有条件的
- 如果你让别人进入你的生活，他们会削弱你的力量
- 最好的解决问题的方式就是抛弃引起问题的人

人物可能会害怕：
- 成年后又遭到抛弃（如，孩子选择和自己的前妻/前夫住在一起）
- 因为自己有严重的缺陷，所以没人会爱自己
- 被他人抛弃（被当成最后的备选、被排斥，或被遗忘）
- 和他人交往会给他人伤害自己的机会
- 因为做错事，所以别人都离开自己
- 一生没有归属感或不被人接纳

可能的反应和结果：
- 寻求有条件的关系（交易型的，一夜情型的，各自角色界定分明型的，等等）
- 只维持表面的人际关系
- 把性方面的兴趣看作是爱
- 不和他人建立情感联结
- 需要自己有掌控权
- 劝说自己有些事情（亲密关系，难以实现的梦想和爱情，等等）并不重要
- 拒绝养育宠物，因为总有一天宠物会

死，留下自己一个人
- 尽力在所有事情上都做到最好来证明自己的价值
- 为了得到肯定而做事情
- 产生破坏自我价值感的负面想法
- 安于现状而不去争取更好的（如，做着自己不喜欢的工作）
- 变得喜欢讨好别人
- 需要别人的赞美、迎合和肯定
- 和兄弟姐妹关系不好，尤其是在成长过程中被区别对待过的话
- 选择能够独自承担、不需要别人为自己做任何事的生活
- 出现信任危机；难以寻求帮助
- 在他人离开自己之前先抛弃他们
- 鼓励他人依赖自己，这样他们就不会离开了
- 用讥诮的话、不友好的态度或不讨人喜欢的行为来和他人保持距离
- 选择父母认可但是自己做起来没有满足感的工作
- 选择和人只有很少接触的事业
- 离群索居
- 对他人保护欲或占有欲极强
- 不和家人联系，尤其是父母
- 不能容忍对手；要么干掉对手，要么退出竞争，以免不得不竞争
- 选择轻松的目标来避免失望
- 对权威人士充满敌意
- 难以找到自我身份认同，尤其是在过去被洗过脑的情况下
- 难以对人敞开心扉，难以建立亲密关系
- 成为他人的拥护者

可能会形成的个性特征：

积极特质
- 谨慎的、遵守纪律的、考虑周到的、内向的、关注自然的、顺从的、坚持不懈的、在乎隐私的、细心保护的、足智多谋的

消极特质
- 粗暴的、反社会的、控制欲强的、不忠诚的、坏脾气的、伪善的、拘谨的、缺乏安全感的、嫉妒的、品头论足的、黏人的、持有执念的

可能会加重这一创伤的诱因：
- 家庭团聚或聚会
- 接触到充满爱和接纳的家庭
- 真实的或自认为的失败，如约会被拒或者求职遭到拒绝
- 和儿时被送去的地方相似的地方，如少年管教所或教堂
- 一种不以为然的语气

面对或克服这一创伤的机会：
- 工作原因不得不经常出差，因此要把亲人留在家里
- 经历离婚
- 遇见开放、包容，并且不论如何都会给予自己无条件的爱的人
- 受到如父如母的人（如，带自己去钓鱼的邻居）的重视和爱护
- 在坚持自己的信念并被当作"麻烦制造者"赶出家门之后，意识到问题在于他人而非自己

特定的童年创伤

抚养自己的父母只给予有条件的爱
Being Raised by Parents Who Loved Conditionally

人物受到创伤的具体情境：
父母只在这些情况下表达爱：
- 自己取得了好成绩
- 自己的行为取得了他们的认同
- 自己按照他们期望的那样做
- 自己因为表现好而得到荣誉和奖项
- 自己保持一切井井有条，干净整洁
- 自己符合父母规定好的样子
- 自己按照父母要求的那样做
- 自己的选择和决定符合父母的期望
- 自己的外表和举止满足父母的高标准
- 自己把家庭放在第一位
- 自己没有让他们尴尬
- 自己能够控制好情绪
- 自己向父母表达适当的尊敬和感激

因受此创伤而常常受到损害的基本需求：
爱与归属、尊重与认可、自我实现

人物可能接受的错误观念：
- 只有取得重大成就时我才是有价值的
- 我变得顺从就能得到爱
- 让父母失望就意味着我很失败
- 我必须完全控制自己的情感和冲动
- 尝试不重要；赢了才重要
- 父母期待我成为什么样子，我就会成为什么样子
- 别人知道对我来说什么是最好的
- 人们表达爱的方式就是鞭策所爱的人成为最好的
- 伪装总比用真相让人失望好
- 只有先付出，才能得到爱
- 爱就是用来获得你想要的东西的工具

人物可能会害怕：
- 自己的失败让别人失望，尤其是让自己所爱的人失望
- 自己不出类拔萃
- 被冷落
- 竞争（尤其是为了爱）
- 孤独
- 始料未及的变化

可能的反应和结果：
- 焦虑；充满自我怀疑
- 需要认可和表扬
- 觉得自己必须是付出者，不能是索取者
- 毫不犹豫地按照要求去做
- 预测别人的需求，并为此做准备
- 需要告诉别人自己的成就来证明自己的价值
- 在别人面前伪装情绪，不表达真实感受
- 频繁地询问别人来得到反馈："这样做还好吗？我这样做是你想要的吗？"
- 分享喜悦，但不分享失望或恐惧
- 尊重积极主动的、成功的和有权势的人
- 和兄弟姐妹不亲近（如果成长过程中彼此竞争的话）
- 自己没能完成某个任务时会道歉，即使事情不受自己控制

- 需要掌控全局，这样自己才能影响结果
- 在严格的指导方针和指令下能够发挥出最佳水平
- 碰到需要创造力或信念的情况就会难以应对
- 总是准备周全
- 是批评自己最猛烈的人
- 控制不住地要在所有事情上都做到最好
- 事无巨细地管理他人，确保得到最好的结果
- 物质至上；迷恋名牌
- 把竞争看得尤为重要
- 甚至把娱乐的事情也变成竞争
- 回避自己不擅长的或很可能失败的活动
- 选择的伴侣有时会在情感上疏远自己
- 需要具体可感的爱的证明（如，需要别人频繁地跟自己说我爱你）
- 对孩子很严苛，鞭策他们做到最好
- 对抱怨的或发牢骚的人没耐心
- 对自己的伴侣非常深情
- 思考缜密
- 把自己的价值和功成名就联系起来

可能会形成的个性特征：

积极特质
- 适应力强的、充满爱意的、大胆的、果断的、遵守纪律的、高效的、外向的、可敬的、勤奋的、善良的、忠诚的、一丝不苟的

消极特质
- 自大的、品头论足的、自以为无所不知的、贪图享乐的、絮絮叨叨的、黏人的、持有执念的、完美主义的、占有欲强的、咄咄逼人的、讨好型的、吝啬的

可能会加重这一创伤的诱因：
- 家庭内部的竞争（父母关注某个孩子的成就，而忽视其他孩子的成就）
- 聚会时，过去的失败被人拿来开玩笑
- 自己的父母公开表扬别人，想要让自己更努力地取得成功
- 失去或者失败（工作上，游戏中，竞争中，等等）
- 动力十足且成功的同事（因此他们对自己来说是威胁）

面对或克服这一创伤的机会：
- 遇见无条件爱自己且不需要自己去证明爱的人
- 想要和身体每况愈下的父母修复关系
- 对某件事情有热情，但这件事情依赖于运气或机会，而不是技能
- 受伤、疾病或事故削弱了自己在某一领域的非凡能力

特定的童年创伤

父母控制欲强或过分严厉
Having a Controlling or Overly Strict Parent

人物受到创伤的具体情境：
抚养孩子长大的父母：
- 批评孩子的体重和饮食习惯
- 设立规矩（即使是不现实的规矩），并要求孩子不加质疑地遵守
- 干涉孩子的社交，包括交朋友和参加活动
- 对衣着要求严格，不允许孩子展现自我
- 使用手段控制事态，从而让孩子遵循或同意他们的选择
- 为了鞭策孩子变得坚韧而忽视孩子情感上的痛苦
- 如果孩子和父母意见不合或行为表现不符合父母期望，父母就会收回他们的关心和爱护
- 如果孩子学业表现不佳或违反了规定，就会非常严厉地惩罚孩子
- 批评孩子的行为和表现，以防将来再犯同样的错误
- 对于要求技巧的领域，父母坚持对孩子进行严格的指导，以提高熟练度
- 为激励孩子，大加赞美孩子的对手
- 永远不会承认他们错了或他们不知道什么是最好的
- 虚伪，做他们不让孩子做的事
- 认为孩子到了应该继续前进或需要放手的时候，就会把孩子珍视的东西扔掉

因受此创伤而常常受到损害的基本需求：
爱与归属、尊重与认可、自我实现

人物可能接受的错误观念：
- 我永远都不够优秀
- 我让人失望透顶
- 我的想法有缺陷，不应被信任
- 我需要展现持续稳定的行为模式，不然我的弱点就会占上风
- 如果我做任何事都失败，就会证明我的父母是对的
- 为了实现价值，我必须做到最好
- 获得第二名和失败没什么两样
- 应该让别人替我做决定，因为我只会把事情搞砸
- 我不能有孩子，因为我会像我父母毁了我一样毁了他们

人物可能会害怕：
- 失败
- 不完美
- 不被给予爱
- 让别人失望；达不到期望
- 把某件重要的事搞砸
- 被迫站到聚光灯下，管理或领导他人
- 被羞辱，被审视
- 做了糟糕的选择，证实了父母是对的
- 表达自己的情感和脆弱
- 自由和选择
- 为人父母，重蹈覆辙

可能的反应和结果：
- 对自己太严格（通过消极的自我对话、

强迫自己更加努力来取得成就等）
- 努力在所有事情上做到完美
- 变成工作狂
- 认为取得成功才能被爱
- 工作生活不平衡
- 反复思考自己的决定（关于穿什么、做什么等）
- 需要做决定时会询问他人意见；需要能消除疑虑的肯定
- 受到身份认同问题的困扰
- 变成好好先生
- 向他人展示自己的成就来获得认可
- 变得习惯性紧张、饮食障碍、结巴
- 选择与父母相似的伴侣（控制欲强的，自我陶醉的，不知变通的，等等）
- 自卑；认为自己有缺陷或缺乏"好的、正确的"特质
- 过度自我批评；因犯错或结果不理想而责备自己
- 对自己的饮食、活动、消费等进行严格限制，从而控制自己
- 认为自己有错，因此通过回避有趣的活动、渴望的东西或快乐的事来惩罚自己
- 通过吸毒或酗酒来自我麻醉
- 很难为自己发声
- 当被问及自己想要什么时会感到不舒服
- 一旦事情不顺，便觉得自己要承担责任
- 深埋自己的情绪，并为自己的情绪感到丢脸
- 用说谎避免他人的评判或避免陷入麻烦
- 公然藐视权威
- 后悔遵从父母的愿望而错失了追求自己梦想的机会
- 因为自己的错误而责怪父母
- 仇视父母

- 对自己的孩子太过严厉（重蹈覆辙）或太过放松（过度补偿）
- 成年后，只会有限度地和父母分享生活内容，以此来避免争论和评判

可能会形成的个性特征：

积极特质

- 适应力强的、警觉的、高效的、一丝不苟的、专注的、勤奋的、忠诚的、顺从的、有条理的、坚持不懈的、在乎隐私的、积极主动的

消极特质

- 成瘾的、玩世不恭的、不诚实的、不知变通的、回避的、拘谨的、持有执念的、多疑的、完美主义的、反叛的、愤恨的、固执的

可能会加重这一创伤的诱因：

- 在父母期待自己成功的领域失败
- 遇到了过于挑剔的老板、同事或导师
- 和父母聊天，聊着聊着，父母开始批评自己
- 孩子受到祖父母或外祖父母的"评判"
- 父母给自己的礼物具有很明显的暗示性（健身房的会员卡，励志书籍，等等）

面对或克服这一创伤的机会：

- 期望过高、不切实际，难以留住员工
- 承担了过多工作和责任，需要他人帮助来避免灾难性的失败
- 需要照顾年迈的父母，但不想让父母那有毒的思想"荼毒"自己的小家庭
- 某种瘾症发展到不得不认清成因的地步
- 意识到自己正在配偶或孩子身上重蹈覆辙

特定的童年创伤

父母抛弃或冷落自己
A Parent's Abandonment or Rejection

人物受到创伤的具体情境：
- 在襁褓中时就被抛弃（在台阶上，在垃圾堆里，在路边，等等）
- 父母放弃监护权，把孩子交给国家
- 长时间被留在亲戚身边，和父母几乎没有交流
- 儿时就被扔下，自己照顾自己
- 父母频繁长时间离家，没有提前告知或表示歉意
- 被迫接受在父母离开或被监禁时，自己被送养的生活
- 因为污名、迷信或偏见而受到冷落（白化病，畸形，自己是强奸的产物，等等）
- 父母用冷落和抛弃来情感虐待自己

因受此创伤而常常受到损害的基本需求：
生理、安全感、爱与归属、尊重与认可

人物可能接受的错误观念：
- 没人想和有缺陷的人在一起
- 我如果足够成功，就值得被爱
- 我需要先疏远别人，以防他们先有机会离开我
- 选择孤独总比冒险被拒绝要好
- 你跟他人敞开心扉，他们只会伤害你
- 总会有更好的人来代替我
- 情况变得艰难时，人们总会离开

人物可能会害怕：
- 被那些本应该值得信赖的人抛弃
- "正常"的人际关系（因为被人抛弃才是常态）
- 因为自己的某些缺陷或缺点，不经意间导致别人疏远自己
- 自己在某些方面有缺陷，所以没人会爱自己
- 永远不会得到真正的爱和接纳
- 跟人敞开心扉，却再次遭到伤害

可能的反应和结果：
- 自我反省做过什么可能导致自己被人抛弃的事
- 不信任权威人士或如父如母的人
- 维持表面的人际关系
- 在别人有机会离开自己前，先抛弃对方
- 因如膝跳反射般的恐惧感而破坏了正在萌芽的关系
- 在他人走得太近之前，先在情感上封闭自己
- 因为需要爱而处于有毒的关系中
- 难以设立适当的界限
- 变得黏人、依恋他人
- 对他人占有欲极强
- 对人际关系漠不关心
- 担心冲突会使另一个人离开
- 在情况变得艰难时不去努力解决问题，而是封闭自己，和他人保持距离
- 变得偏执或多疑；需要别人经常证明他们对自己的爱
- 担心人际关系中的不忠行为

- 经常想要从正在形成人际关系的情境中（工作中，学校里，教堂中，邻里间，等等）脱离
- 不在任何一个地方安家
- 变得独来独往
- 不对任何事投入精力或时间
- 对于有爱的家庭关系总有种执念（想要得到自己没有的东西）
- 尽管接二连三地遭受冷落，还是努力加强和父母的关系
- 不把责任落实到底
- 变得异常独立
- 因为需要得到接纳和爱，变成了讨好型人格
- 追求可能不会回报自己感情的人
- 为了避免任何可能出现的冷落而不再愿意冒险
- 把他人的需求放在第一位，让他们始终感到自己是有价值的
- 对始终如一地爱着自己的人极为忠诚
- 从来不去承担自己无法履行的责任
- 感激自己生命中那些可以依赖的、关爱自己的人

可能会形成的个性特征：
积极特质
- 适应力强的、充满感激的、谨慎的、协作的、彬彬有礼的、共情力强的、细心保护的、善良的、忠诚的

消极特质
- 冷漠的、冷酷的、拘谨的、讨好型的、缺乏安全感的、善于操控的、黏人的、过于敏感的、反叛的、愤恨的、孤僻的

可能会加重这一创伤的诱因：
- 真实的或自认为的表明别人在疏远自己的迹象，如别人不回电话或计划被取消
- 被人从公寓中驱逐或租约没有更新
- 自己没犯什么错，就被炒鱿鱼了
- 因为某个错误、选择或决定而受到批评
- 密友结婚后搬走了
- 在很小的方面受到冷落（被邻居冷落，自己的想法被人蔑视，等等）

面对或克服这一创伤的机会：
- 再次被未婚夫（妻）、配偶、父母或者老朋友抛弃
- 被人要求要长期忠于某个人、某份工作或某个组织等
- 决定永远不再亲近任何人，之后又感到对某人的感情加深
- 如父如母的人去世
- 有另一个人爱自己之后，意识到过去自己被抛弃是父母的罪责，而不是自己的责任

特定的童年创伤

父母偏爱某个孩子
Having Parents Who Favored One Child Over Another

人物受到创伤的具体情境：
抚养自己长大的父母：
- 因为某个孩子拥有特殊技能、天赋或特质而溺爱他/她
- 把大多数或所有的时间都投入给了某个孩子的兴趣爱好
- 相较于继子女，更加偏爱亲生子女（给他们安排特别的旅行，给他们买礼物，等等）
- 因为性别、年龄等的不同，对某个孩子实行不同的规矩并给予其特权
- 对某个孩子更加爱护
- 总是责备某个孩子，即使错在他/她的兄弟姐妹
- 孩子们犯了同样的错，对一个孩子的管束却比对另一个要严厉
- 因为某个孩子讨喜的性格而和这个孩子的感情更深
- 因为某个孩子的疾病或身体状况而迎合他/她的需求
- 更严厉地鞭策某个孩子，因为他/她更可能有出息（激励其成功）或有行为问题（严厉的爱）
- 给一个孩子的自由比给另一个的更多

因受此创伤而常常受到损害的基本需求：
爱与归属、尊重与认可、自我实现

人物可能接受的错误观念：
- 我永远都比不上我的兄弟姐妹，所以何苦尝试呢
- 如果我更加努力去变得优秀，他们可能就会同样爱我了
- 我肯定是有什么问题
- 我无法让他们高兴；我做什么事都做得不够好
- 孤身一人比和不喜欢我的人在一起强
- 我永远比不上身边的人
- 爱是有条件的
- 你如果不是第一，就等同于倒数第一
- 生活中处处都是竞争

人物可能会害怕：
- 受到冷落
- 和他人竞争
- 被别人胜过或超越
- 让他人失望
- 令自己处于弱势
- 爱上别人（因为对方可能不爱自己）
- 失败
- 永远无法出类拔萃

可能的反应和结果：
- 讨好他人；为了受到表扬而做事
- 努力找到变得出色的方法，想让父母为自己骄傲
- 努力变得完美，来获得父母的关注和无条件的爱
- 当获得的正面评价得不到父母的关注时，转而寻求负面评价

- 嫉恨兄弟姐妹
- 寻找破坏兄弟姐妹地位的方法
- 喜欢关注或表扬自己的成年人（老师，朋友的妈妈，等等）
- 和兄弟姐妹的关系紧张
- 把所有事都看成竞争
- 对生活中方方面面自认为的偏袒现象十分敏感
- 在恋爱关系和工作关系中，需要不断地获得能消除疑虑的肯定
- 难以与他人合作和参加团队建设；更喜欢独自工作
- 在人际关系中做出超出本分的事（过分关注他人、关照他人等）
- 总是拿自己和兄弟姐妹相比较
- 听到兄弟姐妹的名字就会生气或不满
- 所达成的成就远超预期
- 成年后，很难在兄弟姐妹成功时为他们感到开心
- 对年迈的父母十分恭顺，希望他们能够以新的眼光看待自己
- 不小心在自己孩子身上重复父母的错误
- 成年后对自己的家人避而不见
- 从他人身上，而不是父母那儿寻求认可和爱
- 自己养育孩子时，要确保每件事都很公平
- 毫无保留地关心、爱护别人

可能会形成的个性特征：
积极特质
- 雄心壮志的、充满感激的、协作的、讲究策略的、共情力强的、慷慨的、可敬的、谦逊的、独立的、内向的、公正的

消极特质
- 对抗型的、戒备的、不忠诚的、占有欲强的、无礼的、反叛的、鲁莽的、惹是生非的、自毁的、固执的、讨好型的

可能会加重这一创伤的诱因：
- 不管事实如何，成年后，认为父母有轻视自己的行为
- 在工作上或社交圈中再次成了不受偏袒的一方
- 恋爱遭拒，但别人成功了
- 家人们相聚的假日使不平等更加明显了
- 和父母在一起时，父母谈论的都是自己的兄弟姐妹

面对或克服这一创伤的机会：
- 即使父母停止了偏袒行为，自己还是会感到愤恨
- 因为太过争强好胜（在工作中，在人际关系上，等等）而失去朋友或爱人
- 不断需要得到肯定，导致婚姻出现问题
- 意识到自己正无意地偏袒某个孩子
- 嫉妒孩子的成就，同时因为自己的注意力都在孩子身上而感到不安

特定的童年创伤

和虐待自己的照顾者一起生活
Living With an Abusive Caregiver

因受此创伤而常常受到损害的基本需求：
生理、安全感、爱与归属、尊重与认可、自我实现

人物可能接受的错误观念：
- 没有人想要破碎的东西
- 死亡是摆脱痛苦的唯一方法
- 一个人更安全
- 我就像父母说的那样毫无用处
- 人们总会以爱之名伤害你
- 生活永远不会变好
- 人们能感觉到我是个受害者，他们总会伤害我
- 为了夺回我的生活，我必须复仇
- 为了避免自己成为受害者，我必须成为攻击者
- 一个不能保护儿童的社会体系，是不值得信任的

人物可能会害怕：
- 被冷落和被抛弃
- 不得不依赖他人
- 爱（因为人们可能会利用爱来伤害你）
- 对自己有着一定控制权的权威人士或把关者
- 自己的照顾者
- 快乐或成功，因为它们会被轻易夺走
- 变得脆弱、易受攻击
- 再次受到伤害
- 人们发现自己过去的经历
- 照顾者说得对，自己就是毫无价值

可能的反应和结果：
- 抑郁、焦虑
- 患上精神疾病
- 高风险行为，如吸烟、吸毒和进行没有保护措施的性行为
- 生病或因为压力而遭受长期痛苦
- 经常感到疲惫、筋疲力尽
- 焦躁不安、精神亢奋；对周边环境的变化很敏感
- 做噩梦或夜里惊醒
- 出现创伤后应激障碍
- 与低自尊心和低自我价值感做斗争
- 患上饮食障碍或变得肥胖
- 当别人大喊或尖叫时会逃走或解离
- 无法回忆起童年的某些经历
- 面临信任危机，影响了自己建立友谊和其他亲密关系的能力
- 在人际关系的选择上很糟糕（如，选择了会虐待或忽视自己的伴侣）
- 被某些词、图像或感官刺激触发，脑海中闪现回忆
- 把这个世界看作是危险的地方
- 难以应对压力
- 自残，有自杀念头，自杀未遂
- 歪曲地思考自己和家人可能受到的伤害
- 有坏事发生时会感到无能为力
- 低估自己的能力、天赋和影响力
- 不信任自己的感觉或直觉

- 努力压抑自己的情绪，导致情绪不定期爆发
- 难以适当表达愤怒
- 把自己过去受伤的情绪投射到他人身上
- 难以向他人寻求帮助
- 过度思虑、担心，无法控制自己的想法
- 极度害怕自己会虐待他人，尤其是自己的孩子
- 寻求治疗
- 成为弱势群体、动物、某些事业的保护者或发声者
- 尽力在小事上发现乐趣，因为看起来没什么值得高兴的大事
- 对别人认为理所当然的事充满感激

可能会形成的个性特征：

积极特质
- 充满感激的、谨慎的、勇敢的、共情力强的、慷慨的、独立的、公正的、抚育他人的、仁慈的、善于观察的、细心保护的

消极特质
- 残忍的、不诚实的、无礼的、轻信的、充满敌意的、无趣的、伪善的、善于操控的、冲动的、拘谨的、不理性的

可能会加重这一创伤的诱因：
- 看到暴力行为
- 别人冲自己大喊大叫，突然抓住或摇晃自己
- 听到施虐者再次说起那些侮辱和诋毁自己的话
- 让自己想起被虐待经历的声音、气味、物体或地方
- 一群人讨论各自的家人；人们分享开心的童年回忆
- 电视、电影或媒体上播出暴力行为的画面
- 读到包含虐待情节的书
- 看到在外表、举止或习惯上和虐待自己的人相似的人

面对或克服这一创伤的机会：
- 想要孩子，但是担心自己会继续这一畸形的教养循环
- 碰到需要帮助的人，意识到要给别人帮助，自身也必须接受帮助
- 参加了十二步戒酒疗法项目，想弥补自己的选择造成的错误
- 有自杀想法，需要帮助
- 发现别人正在遭受虐待，想要帮助他们
- 被请求分享自己的故事来帮助别人

> **注意：**
> 本条目中的虐待关注的是身体和心理层面（获取性虐有关信息，请详见190页"童年遭到熟人性虐待"部分）。照顾者可能是父母、成年家属、收养或寄养家庭的父母、参与孩子成长的组织或机构中的成年人。如果虐待是孩子信任的照顾者实施的，其造成的后果可能会十分痛苦和持久。长期虐待的破坏性极大，可能会改变正处于关键成长阶段的孩子的大脑结构。

特定的童年创伤

居无定所的童年
A Nomadic Childhood

人物受到创伤的具体情境：
- 在军人之家长大，不得不经常搬家
- 父母找工作总是很艰难，不停地把家搬到工作地
- 父母因专业原因经常调动工作
- 被父母一方拐走（可能自己并不知情），因此总是在搬家
- 父母是瘾君子，因此总是因为经济困难或被人驱逐而频繁搬家
- 父母一方是经常出差的外交官
- 父母的工作需要他们到别的地方去完成任务（历史学家，传教士，研究自然或地理某一方面的科学家，等等）
- 自己是寄养的孩子
- 父母无家可归
- 生活在战火连绵的国家，必须搬家以求安全
- 父母一方害怕被人发现踪迹（被暴力的前任发现，因为犯了罪，因为是非法移民，等等）
- 与偏执狂或妄想症患者一起生活，他们认为自己被跟踪、监视、盯梢或成为某种目标

因受此创伤而常常受到损害的基本需求：
安全感、爱与归属

人物可能接受的错误观念：
- 一直待在一个地方就会有麻烦
- 没什么是长久的
- 人际关系只是暂时的
- 我不属于任何地方
- 依恋意味着受伤害
- 待在某地时间稍长就算是定居
- 我如果在一个地方待的时间太长，就会陷入危险
- 我在路上会更开心

人物可能会害怕：
- 渐渐依恋上某人或某事
- 投入时间或精力
- 被他人抛弃
- 被不该发现自己的人发现
- 让自己无法脱身的责任
- 永远无法融入集体

可能的反应和结果：
- 和作为"新同学"的羞耻感做斗争；担心上学或者遭受欺凌，结果导致自己情绪爆发，行为不当
- 总是希望（并说服自己）这次搬家或变动会与以往不同
- 做白日梦，梦中有自己完美的家
- 想要个亲近的朋友（或宠物），但害怕自己会对其产生依恋
- 一直留着自己珍视的东西（破旧不堪的背包，老院子里的鹅卵石，等等）
- 搬家过后不想费事把东西都拿出来
- 渴望形成能让自己感到正常的日常惯例
- 在形成日常惯例后会感到焦虑

- 难以建立长期的人际关系
- 不问会让自己在乎或投入精力的问题
- 私人物品很少
- 自己尽管希望事情不要改变，但也能接受变化
- 对某些事情极其执拗
- 和喜欢的地方（餐馆，公园，城区，等等）几乎没什么关系
- 对不确定性感到有压力和焦虑
- 试着说服自己在路上会更开心
- 对传统家庭感到嫉恨
- 渴望正常生活（一顿家里做的饭，成为某俱乐部或团体的成员，等等）
- 需要用探索未知带来的快乐抵消漂泊无依的低落
- 不管是小时候还是长大后，都担心自己会被父母抛弃
- 在一个地方待久了就会喜怒无常、十分烦躁
- 长时间看到同样的风景会感到无聊（如果自己已经适应了漂泊的生活方式）
- 为了逃避感情而搬家（在分手之后，在宠物去世之后，等等）
- 难以控制自己
- 成年时想要安顿下来、落地生根，但总是忍不住要搬家
- 感到和自己的祖国或文化身份是割裂的（如果已经搬到别的国家去了）
- 成年后总是待在同一个地方，尽管这样做不明智也不安全
- 把自己环境的好或坏看作是暂时的
- 做事非常务实
- 变得更能接受文化、语言、社会经济多样性等因素上的不同

可能会形成的个性特征：

积极特质
- 适应力强的、爱冒险的、谨慎的、富有想象力的、外向的、独立的、内向的、忠诚的、率性而为的、节俭的

消极特质
- 反社会的、冷漠的、悲观多疑的、充满敌意的、冲动的、不知变通的、不负责任的、善于操控的、悲观的、滥交的、反叛的

可能会加重这一创伤的诱因：
- 必须因为工作而出差
- 无法忍受的长途坐车和通勤
- 旅途间隙在机场等待时
- 在等着上公交车时，看到筋疲力尽的孩子背着小小的背包
- 路边的小餐馆
- 为了必需的搬家而打包行李或拆开行李
- 不得不丢掉某些珍视的东西，因为它太老旧了或已经损坏了
- 父母或宠物去世
- 广播传来宣布登机或登车时间以及目的地的声音

面对或克服这一创伤的机会：
- 婚姻岌岌可危，但不想扰乱孩子的生活
- 因为经济或疾病原因不得不搬家
- 配偶换了职业，需要频繁出差
- 在某个国度安顿下来之后又面临被遣返回国的危险
- 战争或其他导致社会动荡的事件迫使自己逃离居住地

特定的童年创伤

年幼时目睹过暴力
Witnessing Violence at a Young Age

人物受到创伤的具体情境：
- 目睹家暴
- 目睹犯罪，如抢劫、野蛮的斗殴或谋杀
- 入室抢劫时自己在场
- 发现有人自杀
- 目睹朋友受到父母、兄弟姐妹或当权者的攻击
- 恐怖分子袭击时（和袭击后）自己在场
- 目睹亲友受到性侵
- 看到同龄人或大人折磨动物
- 被劫持为人质，不得已目睹劫持者虐待其他受害者
- 目睹针对某一宗教、种族或群体实施的暴行
- 在异教团体中被迫参加暴力仪式
- 可怕的交通事故以及事后余波发生时自己在场
- 枪支走火时自己在场，事故导致了严重的伤亡
- 被人从家人身边带走，被迫为奴
- 成为童子军
- 目睹警察暴行

因受此创伤而常常受到损害的基本需求：
生理、安全感、爱与归属、尊重与认可、自我实现

人物可能接受的错误观念：
- 你如果不想受害的话，就要主动出击
- 爱可以被用来对付你
- 我很懦弱，无法保护任何人
- 人们崇尚强权
- 这个社会体系崩溃了，谁也保护不了
- 世界是个残酷的地方，充满了生性邪恶的人

人物可能会害怕：
- 成为暴行的对象
- 自己所爱的人被杀
- 被人抛弃
- 孤独
- 责任
- 被和所爱的人分开
- 信任他人，让他人接近
- 某些参与暴行的组织、种族、宗教、团体或人

可能的反应和结果：
- 出现焦虑问题
- 难以入睡
- 创伤后应激障碍症状（抑郁，恐慌发作，出现记忆闪回，等等）
- 胃痛或头痛
- 疏远他人；变得不爱交流或沉默寡言
- 需要掌握控制权（如，通过操纵他人来得到自己想要的）
- 出现尿床和行为问题（如果该人物仍然年幼）
- 愈加好斗
- 用身体暴力解决问题

- 成为青少年罪犯
- 难以和他人建立关系，尤其是和同龄人
- 对当局和警方持不信任或怀疑态度（如果自己怪罪的是体制）
- 记忆出现空缺
- 难以放松
- 以不信任的眼光看待未知的状况
- 抗拒改变
- 抱有偏见（如，认为弱势群体遭到不幸实属活该）
- 更喜欢待在家附近
- 特别在意安全问题
- 对觉察到的威胁有过激反应
- 成年后犯罪
- 对暴力脱敏
- 在陌生人身边会感到焦虑或对陌生人越来越不信任
- 面对任何自己未直接参与的情景都会犹豫要不要涉身其中
- 拒绝看新闻或听新闻报道
- 仔细选择旅游目的地
- 将自己对暴力的恐惧投射到他人身上，尤其是自己的孩子
- 成为直升机式的家长
- 监视孩子接触到的游戏、演出和活动
- 对自己在乎的人保护欲强
- 为反对暴力而发声

可能会形成的个性特征：
积极特质
- 警觉的、善于分析的、谨慎的、共情力强的、勇敢的、可敬的、公正的、抚育他人的、忠诚的、激情的、负责任的、关心社会的

消极特质
- 反社会的、冷漠的、残忍的、不诚实的、回避的、邪恶的、充满敌意的、冲动的、不知变通的、拘谨的、缺乏安全感的、不理性的、不负责任的

可能会加重这一创伤的诱因：
- 能触发自己创伤记忆的感官刺激（看到武器或瘀伤，听到尖叫声，等等）
- 无意中听到新闻在报道和自己经历过的暴力事件相似的事
- 自己的孩子在某个事故、学校的斗殴事件等中受伤
- 看望父母（如果自己曾经目睹或遭受过家暴）
- 看到血或眼泪

面对或克服这一创伤的机会：
- 发现自己的孩子正被霸凌或正被虐待
- 被困在暴力关系中，需要逃脱
- 被人囚禁，意识到自己正走向不归路
- 被迫身处某个自己必须用暴力才能生还或保护他人的情景之中
- 袭击或伤害人的程度，远超自己的本意
- 受到迫害，知道如果自己什么也不做的话，就会有人继续受害

特定的童年创伤

生活在危险的地区
Living in a Dangerous Neighborhood

人物受到创伤的具体情境：
成长在以下环境：
- 高犯罪率区域
- 街区帮派会因为争地盘而打架或施加重压迫使居民加入帮派
- 会被特定掠夺者（人类或其他生物）盯上的地方
- 炸弹投掷、布雷区或枪支暴力泛滥的地区
- 激进组织会经常实施绑架和暴力的地方
- 经常受到生物或化学威胁的地方
- 极端贫困的地方，人们会铤而走险，为争夺资源而相互厮杀
- 贩毒活动泛滥的地区
- 某个地区，一个人（因为自己的宗教信仰、种族等）不仅不受欢迎，还要受到蔑视
- 因为政治原因被警察或政府弃管的地方

因受此创伤而常常受到损害的基本需求：
生理、安全感、爱与归属、尊重与认可、自我实现

人物可能接受的错误观念：
- 我没法摆脱这种生活
- 世界不在乎像我这样的人
- 活下来的唯一方式就是变成我讨厌的人的样子
- 我要想得到任何东西，唯一的方式就是直取
- 世界上没有正义
- 我无法保护自己爱的人
- 我不够强大有力，没法挺身而出反抗对手（某个团体，黑社会，等等）
- 无论我做什么，什么也改变不了
- 这些人（属于某个种族、政党、宗教信仰的人）全都很邪恶、腐败或危险
- 为了生存，你必须与暴力共处

人物可能会害怕：
- 被伤害或被杀害
- 无法保护家人
- 被人利用
- 失去希望，直接让步或放弃
- 信错了人
- 某个特定的群体小组、政府或掌权者

可能的反应和结果：
- 提高警惕性；会下意识地检查周边环境中的危险
- 为了保险起见而撒谎，戴上人格面具
- 建立情感防御机制
- 不和别人沟通
- 碰运气或鲁莽行事
- 仰慕或钦佩自己群体中有权有势的、受人尊敬的、让人畏惧的人
- 难以相信人们说的话
- 消极负面
- 因为言而无信的许诺，政治鼓吹和见证到的人性丑恶而变得愤世嫉俗

- 把偏见传给孩子
- 认为安全是最重要的（如，安装更多的锁和报警系统）
- 把东西藏起来，保证它们的安全
- 不信任陌生人和掌权者
- 即使能负担得起更好的生活，也要凑合着过，以避免成为他人攻击的目标
- 寻找任何能让自己逃避的途径（教育，运动，搬迁，等等）
- 制订并执行逃到更好的地方的计划
- 在道德观念上能屈能伸；为了生存不择手段
- 无视个人安全
- 每天都要为了生存费尽心思，因此无暇为将来做计划
- 对家人高度保护
- 鼓励孩子们做出更好的选择
- 确保孩子们总是忙碌着，有事做，这样他们才没有时间参与不良行为或才不会惹上麻烦
- 回到从前居住的社区去改善它（开展康复项目，建设避难所，等等）
- 指导来自自己从前所住社区的年轻人

可能会形成的个性特征：
积极特质
- 适应力强的、警觉的、大胆的、遵守纪律的、谨慎的、考虑周到的、专注的、理想主义的、独立的、公正的、忠诚的、抚育他人的、善于观察的、坚持不懈的、在乎隐私的、积极主动的、细心保护的、简单的、有精神信仰的、节俭的

消极特质
- 粗暴的、成瘾的、冷漠的、冷酷的、对抗型的、控制欲强的、残忍的、玩世不恭的、不诚实的、回避的、狂热的、充满敌意的、不耐烦的、不理性的、品头论足的、大男子主义的、善于操控的、紧张的、悲观的、反叛的、鲁莽的、自毁的、固执的、疑心的、胆怯的、反复无常的、自寻烦恼的

可能会加重这一创伤的诱因：
- 得知有个从不惹事的邻居或朋友被暴力杀害
- 听到谣传称自己的家人和黑社会混在一起
- 见到警车和警察
- 听说有亲友在回家路上遭到性骚扰
- 听到枪声或警笛声
- 遭到抢劫

面对或克服这一创伤的机会：
- 生了孩子，意识到如果某些事不改变，孩子在成长过程中就会面临和自己同样的苦难
- 受到那些本应保护自己的人（警察，立法者，等等）的迫害
- 逃离了社区，但在出逃过程中抛下了自己的亲人

特定的童年创伤

童年或青少年时期经历丧亲之痛
Experiencing the Death of a Parent as a Child or Youth

因受此创伤而常常受到损害的基本需求：
安全感、爱与归属

人物可能接受的错误观念：
- 人们会在你最需要他们的时候死去
- 最好还是克制感情，不要全心全意地爱一个人
- 世事无常，所以何必要担心未来
- 我所失去的，是我能拥有的最好的了
- 我没法成为好母亲/父亲，因为没有榜样能让我效仿
- 如果忙得没时间思考，那么我就不会有感觉了
- 我对身边的人来说是个负担
- 人们不想听我的痛苦，所以最好还是闭口不提

人物可能会害怕：
- 失去自己所爱的人
- 死亡和随之而来的一切
- 被人抛弃或排斥
- 与父母的死亡相似的地点、事件或情形
- 全心全意爱一个人会让自己变得脆弱
- 生病（如果病症是导致父母死亡的原因之一）
- 对他人负责，但让他们失望了

可能的反应和结果：
- 失去了童真，以不同的眼光看待世界
- 退化到更早期的年龄段（如果自己仍是儿童）
- 失眠或睡眠质量差
- 各种身体疼痛和胃部不适
- 焦虑，抑郁
- 患上恐慌症、分离焦虑症，尤其是在父母被人强行带走的情况下
- 难以真正感到安全
- 过分多愁善感，想要活在过去
- 因为自己对父母的记忆慢慢变得模糊而内疚、羞愧或生气
- 对双亲健在的人感到愤恨或嫉妒
- 缺乏远大志向
- 难以想象未来
- 用毒品或酒精自我麻醉
- 自我伤害
- 难以处理压力；感到无所适从
- 对人和事物过分迷恋，这可能会演变成囤积行为
- 把工作当成回避人际关系的挡箭牌
- 变得非常自立，这样就永远不用依赖他人了
- 通过越轨行为（犯罪，酗酒，吸毒，等等）发泄情绪
- 难以应对缺乏体系或界限的情况
- 不去深刻地感受，而是麻痹自己的情感
- 难以建立健康、平衡的人际关系
- 想象自己可能会怎样死去
- 成为疑病症患者
- 担心他人和未来会发生的事
- 在谈到死亡或保护亲人安全时会很迷信

- 记忆缺失或回忆困难，影响自己对死去父母的记忆（如果父母死去时自己还很小的话）
- 极度想要并且需要爱护，却无处获得
- 一种贯穿一生的不完整感
- 把爱和接纳与性行为联系在一起
- 不想庆祝人生中的精彩时刻，因为没有父母参与太令人痛苦了
- 经常想，如果父母还活着，自己会成为什么样的人，生活会是什么样子
- 感激大多数人都会忽视的小事
- 比别人更能注意到缺失的东西

可能会形成的个性特征：
积极特质
- 充满爱意的、充满感激的、负责任的、抚育他人的、善于观察的、耐心的、充满哲思的、细心保护的、无私的、多愁善感的、有精神信仰的

消极特质
- 成瘾的、反社会的、难以自控的、不诚实的、无章法的、无礼的、回避的、健忘的、孤僻的、工作狂的、自寻烦恼的

可能会加重这一创伤的诱因：
- 父母的忌日
- 人生大事（毕业，结婚，生孩子，买房子，等等）
- 面临艰难决定或个人困境时，很想听听父母的建议
- 所爱的人死亡或跟所爱的人离婚
- 愈加能感受到家人的特殊意义的重大节日（圣诞节，感恩节，光明节，等等）
- 参加葬礼
- 偶然发现旧物品

面对或克服这一创伤的机会：
- 再次失去父/母或（外）祖父/祖母
- 在世的父/母生病了
- 自己开始为人父母
- 遇到和自己有相似遭遇的人，可以和对方一起处理问题、渡过难关

注意：

父母一方去世——因为疾病、事故或其他原因——对于儿童或青少年来说是尤为痛苦的。在这种情况下，父母去世会让孩子感到巨大的空虚。如果其中涉及暴力、意外死亡，或亲子关系紧张，那么这种创伤会尤其令孩子难以承受。孩子和健在父母一方（如果有的话）的关系，以及他们受到关爱的程度都会影响这一事件造成的创伤程度。

特定的童年创伤

兄弟姐妹有某种缺陷或慢性病
Growing Up With a Sibling's Disability or Chronic Illness

人物受到创伤的具体情境：
即使生活没有出难题，单单度过童年，已经不易。但如果某个人的兄弟姐妹因为出现慢性、长期或复杂的问题而需要父母付出更多金钱和精力的话，那么这个人的童年就会更加艰难。下面是这种问题的例子，兄弟姐妹可能：
- 有创伤性脑损伤
- 出现器官衰竭，需要移植
- 患有癌症
- 患有艾滋病
- 患有囊性纤维化、先天性心脏病、肌营养不良、脑性瘫痪、癫痫和其他长期疾病
- 患有威胁生命的饮食障碍
- 有外表上的缺陷（失去某一肢体，明显的疤痕，生长畸形，等等）
- 眼盲、耳聋或是哑巴
- 患有精神障碍（强迫症，抑郁症，精神分裂，双相障碍，等等）
- 患有发育障碍（孤独症谱系障碍，唐氏综合征，图雷特综合征，等等）

因受此创伤而常常受到损害的基本需求：
安全感、爱与归属、尊重与认可、自我实现

人物可能接受的错误观念：
- 父母爱他们胜过爱我
- 我做什么都不要紧；我的兄弟姐妹总是比我更重要
- 这（父母离婚，我无法追求热爱的事，等等）是我兄弟姐妹的错
- 对这种情况感到生气（愤恨，沮丧，等等），说明我是个很糟的人
- 生命无常。我说不定什么时候就死了
- 我必须在某个方面表现得很突出，这样才不会浪费老天给的好身体
- 生命中唯一持久的就是痛苦。任何好东西最终都会被带走

人物可能会害怕：
- 患病的兄弟姐妹去世
- 死亡或遭受同样的病痛折磨
- 生活永远不会有所改变
- 永远无法完成梦想
- 从父母（配偶，孩子，等等）那里得到的爱永远是第二位的

可能的反应和结果：
- 在公共场合避开兄弟姐妹（小时候）
- 大发脾气，以此来获得父母的关注（年轻时）
- 极度努力，想以此来赢得父母的喜爱
- 迫不得已变得独立
- 作为年轻人，通过纵欲（暴食，游戏，等等）来寻求慰藉，逃避现实
- 出现饮食障碍
- 情感早熟
- 对父母极其顺从，只为了不给他们增加负担

- 因为内疚而隐藏自己的真实感受
- 为小事烦恼
- 疏远家庭
- 担心自己或父母生病
- 出现疑病症的迹象
- 反抗权威；变得目中无人
- 很难集中精力完成学业
- 悄悄溜出家门，逃离只会一直让自己想起疾病的一切
- 无论何时，只要兄弟姐妹的状况妨碍了自己的计划，就会大发脾气
- 在家庭成员之外的人面前很害羞
- 和同龄人相处时，特别依恋他人
- 把自己所有的不幸都归咎到兄弟姐妹的疾病上
- 期待他人给自己关心和爱护
- 很早有了性生活，借此来寻求与他人的连接和爱
- 需要通过收获赞美、关注或嘉奖来强化自我价值感
- 拒绝寻求帮助，避免被看作懦弱的人
- 要求自己事事做到完美来获得认可
- 承担起作为成年人要去照顾兄弟姐妹的责任
- 不管有什么艰难困苦，和兄弟姐妹的感情都很深
- 变得极度忠诚；别人要是嘲笑或中伤兄弟姐妹，自己会站出来替他们说话
- 能和生病的人共情
- 投身于社会活动，加强公众对于自己兄弟姐妹所患疾病的意识

可能会形成的个性特征：
积极特质
- 充满感激的、镇静的、好奇的、讲究策略的、随和的、慷慨的、温柔的、可敬的、理想主义的、成熟的、激情的、抚育他人的、耐心的

消极特质
- 尖酸刻薄的、幼稚的、悲观多疑的、不诚实的、不忠诚的、轻浮的、向人诉苦乞怜的、坏脾气的、善于操控的、过于情绪化的、病态的、黏人的、紧张的

可能会加重这一创伤的诱因：
- 看到有父母偏袒某个小孩，冷落另一个
- 自己的计划被取消，即使这并非他人的过错
- 在某些小的方面让别人失望（搞砸了浪漫晚餐，选错了礼物，等等）
- 自己的重大成就或人生大事和别人的比略逊一等
- 出现和兄弟姐妹的疾病或障碍一样的症状
- 成年后碰到偏袒和被冷落的状况（如，圣诞节时，父母总是待在兄弟姐妹的家里）

面对或克服这一创伤的机会：
- 怀孕了，担心孩子会遗传兄弟姐妹的病
- 兄弟姐妹死亡
- 参加慈善活动，对兄弟姐妹更能共情
- 自己的其中一个孩子也得了病，需要额外照顾，但并不希望自己其他的孩子感觉受到了轻视

特定的童年创伤

在成功的兄弟姐妹的阴影下长大
Growing Up in the Shadow of a Successful Sibling

人物受到创伤的具体情境：
成长过程中，有这样的兄弟姐妹：
- 很擅长某项体育运动
- 很有艺术天赋
- 学习成绩好
- 是个名人
- 是个神童
- 特别受欢迎或受人喜爱
- 非常漂亮或帅气
- 无论做什么都很优秀

因受此创伤而常常受到损害的基本需求：
爱与归属、尊重与认可、自我实现

人物可能接受的错误观念：
- 我很丑陋（很愚蠢、笨拙等）
- 我什么都不擅长
- 我永远不会脱颖而出
- 我没什么能给别人的
- 我没法和别人竞争，所以尝试是没有意义的
- 相比于我，人们总是对我的兄弟姐妹更感兴趣
- 无论我做什么，我都做得不够好
- 想让别人爱你，你就必须特别优秀

人物可能会害怕：
- 永远都不会脱颖而出
- 不够优秀
- 失败（并证明自己比别人差）

- 得到的爱没有兄弟姐妹得到的多
- 受人怜悯
- 有条件的爱
- 冒险，结果过得比现在更差

可能的反应和结果：
- 追求兄弟姐妹擅长领域之外的兴趣（即使自己和他们的兴趣一样）
- 发愤图强，想要成功
- 自我价值感低
- 追切希望显得与众不同
- 总感到自己的兄弟姐妹更胜一筹
- 因为自己的自卑而和兄弟姐妹产生矛盾
- 总是和兄弟姐妹竞争，因为渴望在所有事上打败他们
- 对自己的期望很低
- 因某个兄弟姐妹的难处或失败而感到窃喜，之后又对自己的反应感到愧疚
- 因为想要得到关爱而特别依恋他人
- 产生负面的寻求他人关注的行为（变得叛逆、打架、吸毒等）
- 错把兄弟姐妹的善意当成是怜悯，并拒绝了他们的善意
- 为了显得自己看起来比实际上更成功而变得狡猾或不诚实
- 给兄弟姐妹搞破坏，这样他们就会失去他人的喜爱
- 不拿兄弟姐妹当自己的同伴；在不同的同龄人群体中选择朋友
- 成为兄弟姐妹的附庸；失去了自我认同

- 试着变成兄弟姐妹那样
- 总是在留意有没有谁偏爱自己，尤其是父母和亲戚
- 变得阿谀奉承
- 享受表扬和赞美，但怀疑那是否真诚
- 疏远别人
- 利用某个兄弟姐妹的成就来获得想要的东西（进入某个俱乐部或团体，吸引异性，等等）
- 故意展现出和兄弟姐妹不同的积极特质（宽厚，随和，无私，等等）
- 适当疏远兄弟姐妹，减少不愉快的小插曲和矛盾
- 决定大人不计小人过，帮助自己的兄弟姐妹，而不是对他们恶语相向
- 寻求修复关系

可能会形成的个性特征：

积极特质
- 雄心壮志的、充满魅力的、沉思的、彬彬有礼的、遵守纪律的、共情力强的、调情的、富有想象力的、独立的、坚持不懈的、在乎隐私的、古怪的

消极特质
- 尖酸刻薄的、幼稚的、悲观多疑的、狡诈的、轻浮的、无趣的、缺乏安全感的、不理性的、懒惰的、黏人的、过于敏感的、反叛的、孤僻的

可能会加重这一创伤的诱因：
- 对方在向别人做出承诺时取消了与自己的计划，再次凸显了自己在对方心目中并不重要的事实
- 取得了重大成就，但被另一个人的成就掩盖

- 父母错过了自己人生中的重要时刻，但参与了兄弟姐妹的人生大事
- 发现自己被朋友利用，对方只是为了接近自己的兄弟姐妹
- 成年后，不断地被同事、父母或他人的光环所笼罩

面对或克服这一创伤的机会：
- 发现兄弟姐妹也在面临身份危机，他们想要选择另一条路，但感到无能为力
- 兄弟姐妹用毒品来逃避问题，这让自己意识到自己可以介入，向他们提供帮助
- 父母公然偏袒兄弟姐妹的孩子而不是自己的孩子，这导致自己采取行动
- 即使没什么天赋，也去追逐热爱的事并发现乐趣，不管结果是什么
- 想要鼓励并真心为受到赞许的伙伴高兴

特定的童年创伤

在成长过程中不受重视
Not Being a Priority Growing Up

因受此创伤而常常受到损害的基本需求：
爱与归属、尊重与认可、自我实现

人物可能接受的错误观念：
- 不论我做什么，永远没人会注意到我
- 别人应该优先于我，因为他们更重要
- 我是个跟随者，不是领导者
- 人们只会注意到出色的人
- 我对生活不应该期待太多
- 只要我帮别人做他们喜欢做的事，我就会有价值
- 我把自己的梦想和渴望放在首位，说明我很自私
- 人们总是欺负我，因为我很懦弱
- 我不重要，我做什么都不会带来改变

人物可能会害怕：
- 自己的需求和渴望永远不是最重要的
- 成为一位忽视孩子需求的家长，恶性循环继续
- 自己选择某条道路，并犯下巨大的错误
- 自己的生活真的没什么意义
- 从未产生影响、有所作为，或在任何方面感到自己很特殊

可能的反应和结果：
- 难以站出来替自己说话
- 过度顺应他人，被人利用
- 容易被人恐吓
- 选择退出而不是和他人竞争
- 成为一个取悦他人的人，因此讨厌自己
- 做出父母会认可的选择
- 让他人选择（活动、度假景点等），随遇而安
- 不得不做出决定时，感到无从选择
- 苦于自我身份的挣扎
- 自尊心低；关注自己的弱点而不是长处
- 困在过去无法自拔，希望自己重新来过
- 搞不清自己到底要从生活中获得什么
- 难以争取自己想要的东西
- 对任何赞美或关注都很感激，不论是谁给予自己的
- 当有人取消计划或放自己鸽子时，会感到深受伤害
- 总想知道说好做什么事又不去做的人是否有正当理由
- 因为不想给别人增加负担，所以一般不找别人帮忙
- 在感情中永远不是主动的一方
- 选择极度自信甚至是自恋的伴侣
- 觉得自己是个懦夫，不敢公开表达看法
- 消极的自我暗示削弱了自己的勇气
- 压抑愤怒情绪，直到情绪爆发
- 不和别人分享自己的成就或好消息，因为分享会让自己感到不舒服
- 对他人隐瞒自己的爱好、兴趣或恶趣味
- 讨厌父母非常关心或喜欢做的事情
- 回避能让自己想起自己在家庭中不受重视的地点、人和兴趣
- 见到有人记得自己曾经透露过的个人信

息时，会感到惊讶
- 秘密做计划追求梦想，但没坚持下来
- 喜欢在网上聊天和交友，因为这会让自己感到更加自信
- 如果自己还要对他人负责，那么把时间和金钱投入到谋求自己的个人利益上时，自己就会感到愧疚
- 满足孩子的每个愿望，避免成为自己父母那样的人
- 通过书籍、课程或导师来帮助自己克服真实存在的或自认为的缺点
- 不论怎样，总会为别人留出时间
- 给予他人小小的善意（纸条，礼物，帮助，等等），让他们知道有人在乎他们
- 对在意自己的密友极度忠诚
- 做自己成长过程中没做成的事来创造新的回忆
- 培养自己的兴趣，且不为此感到愧疚
- 注意并记住有关他人的细节（以此表示对方很重要）
- 始终信守承诺

可能会形成的个性特征：
积极特质
- 雄心壮志的、充满感激的、协作的、彬彬有礼的、共情力强的、友好的、慷慨的、可敬的、勤奋的、善良的、忠诚的、顺从的

消极特质
- 懦弱的、不知变通的、缺乏安全感的、不理性的、嫉妒的、品头论足的、向人诉苦乞怜的、黏人的、持有执念的、过于敏感的、意志薄弱的、工作狂的

可能会加重这一创伤的诱因：
- 和父母谈话时，他们只讨论他们自己的成就、需求等
- 要求得到某些东西，但毫无正当缘由地被拒绝了
- 父母忘记重要事情的场景（端上自己向来讨厌或过敏的食物，不记得自己换了工作或和伴侣分手的事，等等）
- 亲朋在自己需要帮助或支持时不见踪影
- 有人忘记了他们所做的承诺

面对或克服这一创伤的机会：
- 意识到自己正处于支配性的关系中，如果再不逃离，就会失去所有的自我
- 想要发展他人没意识到或不在意的天赋或才能
- 出现了健康危机或悲剧，这让自己必须为自己发声
- 想要做些对他人有利的事，但必须说服旁人支持自己的想法
- 成了领导者，他人的福祉取决于自己成功与否
- 意识到自己的孩子自私自利或被宠坏了，因为自己总是把他们的需求放在首位

> **注意：**
> 这种创伤和因疏忽导致的创伤不同，因为人物的基本需求得到了满足，但人物却得不到任何能给自己带来更多欢乐和满足的东西。人物自己的好恶极少或根本不会引起父母关注，自己的成就可能也没人注意，而父母的工作、爱好和需求总是第一位的。还有一种情况，其他兄弟姐妹比这个孩子更重要；如果是这样，请详见224页"父母偏爱某个孩子"来获取更多信息。

特定的童年创伤

在公众视野下长大
Growing Up in the Public Eye

人物受到创伤的具体情境：
- 出生在极其富裕的家庭
- 父亲/母亲地位高、人脉广（如，是政府组织的首脑）
- 父亲/母亲是著名的电影明星、艺人、运动员等
- 是皇室家族的成员
- 是十分古老且有权势家族的一员（如，贵族家庭）
- 父母一方臭名远扬，是连环杀手或放炸弹的恐怖分子
- 自身很出名（是唱歌天才、演员、选美冠军等）
- 因为某个不平凡的天赋而出名，如能和死人对话或用超自然力量治愈他人
- 出身于政治家庭（家中有参议员、州长、外交官等）

因受此创伤而常常受到损害的基本需求：
安全感、爱与归属、尊重与认可、自我实现

人物可能接受的错误观念：
- 我不知道自己是谁，只知道我生下来就应该这样
- 我无法承受犯错的代价
- 人们期望我像我出名的母亲（或父亲、祖父/母、外祖父/母等）一样
- 人人都想让我失败，因为我很出名
- 人们只想因为我的名声而利用我
- 我手上是一副烂牌，如果自己是因为坏事出名的
- 没了名声，我就什么也不是
- 我有同样的基因；如果我也是恶魔，那该怎么办（如果自己出名是因为父母一方臭名昭著的话）

人物可能会害怕：
- 信错了人
- 当众出糗
- 做出了一个会永远困扰自己的决定
- 永远达不到自己被寄予的期望
- 让别人失望
- 冒险
- 情感脆弱，受到利用或背叛
- 被人发现可能毁掉自己名誉的秘密

可能的反应和结果：
- 过分在意自己的外表（衣服、头发、行为等）
- 因为害怕当众砸锅而犹豫不前，而不是大胆冒险
- 比同龄人更加成熟；在聚光灯下不得不迅速长大
- 无法和"普通的"同龄人共情
- 守口如瓶或回避表达自己的观点
- 过分思虑自己的缺陷
- 对自己非常严苛
- 虚张声势；假装非常自信
- 几乎没有什么真正的亲密友谊
- 成为"坏女孩"或类似的人，保护自己

不受仇恨者的伤害
- 按照被要求的去做，不为自己考虑
- 努力做事，不为自己留时间；竭力满足他人期望
- 隐藏身份参加活动（通过衣着伪装、用假名字和别人聊天等），体验普通人的生活
- 喝酒放松，这样就不会太拘谨了
- 用吸毒来面对高期望或逃避现实
- 故意做出违背他人期望的行为
- 被赋予了某些权利；觉得自己可以凌驾于法律之上
- 试图用钱走后门或解决问题
- 需要更大、更好、更刺激的东西来享受
- 不知道自己是谁，因为自己总是在媒体面前摆出人设
- 压力造成的无法应对的倦怠和崩溃
- 寻求治疗（让别人帮自己戒掉某些瘾，如果有的话）
- 努力通过健康的方式让自己与众不同

可能会形成的个性特征：
积极特质
- 适应力强的、谨慎的、协作的、彬彬有礼的、遵守纪律的、考虑周到的、外向的、慷慨的、好客的、独立的、内向的、善良的、忠诚的

消极特质
- 成瘾的、冷酷的、自大的、难以自控的、对抗型的、悲观多疑的、戒备的、回避的、铺张浪费的、愚蠢的、轻浮的、反复无常的、爱发牢骚的、工作狂的

可能会加重这一创伤的诱因：
- 发现自己信任的朋友只对自己的名声和生活方式感兴趣
- 朋友向别人透露了自己隐藏完好的秘密
- 因为拒绝了记者采访而被媒体批判得面目全非
- 被小报扭曲形象
- 在自己想要远离人群或释放压力时，被成群的狗仔或粉丝跟随
- 媒体侵犯自己的隐私
- 有权势的粉丝强行索要自己的签名或自拍照

面对或克服这一创伤的机会：
- 看到自己非公众视野下长大的朋友在走着他们自己的路，自己也想要这样做
- 染上毒瘾或其他对自己的长远发展无益的恶习
- 自己的梦想和家庭期望冲突
- 患上抑郁症和焦虑症，因而产生了自杀想法
- 兄弟姐妹正在遭受同样的压力，自己知道他们需要有人给予支持
- 看到自己的孩子难以与他人相处
- 努力维持干净的公众形象，但媒体恶意造谣中伤

特定的童年创伤

在寄养环境中长大
Growing Up in Foster Care

人物受到创伤的具体情境：

被送去寄养，因为：

- 自己唯一可以依靠的父亲/母亲去世了，没有任何亲戚能抚养自己
- 父母双亡，亲戚不愿意收养自己
- 因为父母吸毒或父母疏于照顾自己
- 有人说要领养自己但又放弃了，一直没有新的领养人出现
- 被父亲或母亲抛弃
- 父母虐待自己，因此不得不离家
- 因为自己的极端行为、病症或认知能力问题而被抛弃
- 唯一的父亲或母亲进了监狱，住进医院或被送进了精神病院

因受此创伤而常常受到损害的基本需求：

生理、安全感、爱与归属、尊重与认可、自我实现

人物可能接受的错误观念：

- 我有缺陷
- 我不配得到爱
- 这个世界只在乎完整的人（如果自己有某方面缺陷或有某个具体的难题）
- 我不知道自己是谁
- 我永远找不到有归属感的或者可以被称为家的地方
- 没人想要破碎的人
- 人们本质上都很残忍
- 强势一方总会利用弱势一方

人物可能会害怕：

- 爱上某人或已经与其建立了感情，却失去了对方
- 被冷落和被抛弃
- 贫困
- 受到欺凌、虐待和伤害
- 信任他人却遭到背叛
- 生活永远不会变好
- 依恋任何人或任何地方
- 有权有势和有威望的人

可能的反应和结果：

- 行为反复无常；变得易怒
- 守口如瓶，缄默不语
- 说谎或编造假话，即使它们并不重要
- 和人们说他们想听的话
- 变得极其少言寡语
- 对个人所有物和亲密关系极度保护
- 回避那些强调家庭参与的地点、活动和团体
- 准备好应急背包或偷偷贮藏东西，以防需要迅速离开
- 聊天涉及私人话题时，就会岔开话题
- 把疏远他人作为自己的防御机制
- 难以与他人分享某些事情
- 渴望有规律的生活，但无法轻易适应它
- 想要稳定和长久，但怀疑自己是否配得到这些
- 寻找出口；对危险或威胁很警惕
- 出现创伤后应激障碍症状（总是处于战

斗或逃跑的状态，容易受惊，等等）
- 出现信任危机；难以相信别人说的话
- 憧憬未来独立、不受他人支配的日子
- 因为不想让自己更加失望，因此对他人的承诺不屑一顾
- 难以寻求帮助，难以依赖他人或承认自己需要他人
- 看到人们履行承诺或言行一致时会感到很惊讶
- 喜欢贮藏某些东西（钱，食物，象征着自己被否定的过去的东西，等等）
- 爱恋中但跟对方并无感情；和伴侣相处只是因为要彼此照应或有共同的目标
- 认为性爱与亲密关系不同
- 四处漂泊；不对任何地点或事物产生感情，但仍渴望永久的事物
- 极富有同理心；想要拯救处于危险中的人，并为此不惜一切代价
- 对少数几个自己可以亲近的人忠心耿耿

可能会形成的个性特征：
积极特质
- 适应力强的、警觉的、善于分析的、洞察力强的、有说服力的、在乎隐私的、积极主动的、细心保护的、足智多谋的、多愁善感的、节俭的、睿智的

消极特质
- 粗暴的、成瘾的、反社会的、冷漠的、对抗型的、残忍的、悲观多疑的、狡诈的、不诚实的、暴力的、孤僻的

可能会加重这一创伤的诱因：
- 某人没按照约定出现
- 分手后，自己又是孤身一人
- 看到有父母虐待或忽视他们自己的孩子

- 感官或情景诱因（一条破旧的毛巾，处在幽闭空间中，闻到和虐待自己的看护人一样的气味，等等）让自己想起了过去不好的寄养经历
- 回到寄养家庭所在的社区
- 他人在不知情的情况下询问自己的童年或家乡
- 以家庭为中心、增进关系和亲密感的假日，如感恩节、生日
- 通常会有家庭聚会的地方（野餐地、露营地、游乐场，等等）

面对或克服这一创伤的机会：
- 出了事故，差点让自己的孩子成为孤儿，意识到自己需要他人的帮助
- 尽力帮助苦恼的寄养儿童，但无力将其带离困境
- 想要成为为儿童争取权益的人（可能会去收养孩子或当社工）
- 渴望和一个同样面临信任和人际交往问题的人发展恋情

特定的童年创伤

在情感压抑的家庭中生活
Living in an Emotionally Repressed Household

因受此创伤而常常受到损害的基本需求：
爱与归属、尊重与认可、自我实现

人物可能接受的错误观念：
- 最好还是隐藏情绪，这样比因为有这些情绪而受到嘲笑好
- 我不配得到爱
- 没人在乎我的想法或感受
- 快乐是不可能实现的梦想
- 最好还是闭嘴，遵守规则
- 我的想法和感受不重要，因为我本身就不重要

人物可能会害怕：
- 被冷落和被抛弃
- 依恋和爱
- 批评和嘲笑
- 拥有强烈的情绪，却难以承受
- 自己永远不会有归属之地
- 遇到社交场合，自己没有足够的知识或经验来成功应对

可能的反应和结果：
- 想要表达自己的情感，但不知如何表达
- 对父母（或其中一方）感到愤恨，因为他们不能给自己提供情感回应
- 困惑自己的父母为什么会要小孩
- 和父母的关系疏远
- 当有人只表达不倾听时，就会感到沮丧
- 无法放肆大哭
- 感到自己"与众不同"，和他人格格不入
- 展现真实的自我时感到很拘束
- 难以辨别自己的感受
- 常常情绪低落，比如忧郁、伤感或悲伤
- 当别人向自己示爱或示好时，觉得自己不配
- 因为难以放松和享乐而被别人贴上拘谨的标签
- 变得随和，以避免向他人解释自己的情感处境
- 渴望亲密、关爱和自由表达，但感觉自己无法将之给予他人，也得不到他人的给予
- 当心头涌上强烈情绪时会感到深深的羞愧或尴尬
- 守口如瓶
- 和他人界限分明，并保持一定距离
- 几乎没有亲密朋友
- 不和别人分享成就或令自己骄傲的事情
- 把情绪闷在心里，直至爆发
- 不确定在某些情况下做出怎样的情感回应才合适
- 肢体语言十分保守（更细微的动作幅度和反应）
- 当情绪高涨时，就会封闭自己，切断与他人的联系
- 坚持舒适的生活方式
- 需要并寻求认可（通过努力工作、主动担当分外之事等），这样才会觉得自己有价值

- 因为对自我缺乏身份认同而变成他人的追随者
- 在需要和陌生人（或许多人）打交道的社交场合中会感到不自在
- 当感到自己被人逼入绝境、无法安全脱离关系，或无法启动应对机制时，就会有过激反应
- 因为缺乏与他人在情感层面上的交流而产生的深深的悲伤感，导致药物滥用
- 在孩子身上重蹈覆辙，压抑情感
- 有同情心和同理心，但又被它们压得喘不过气
- 过度保护自己所爱的人，这可能会让对方感到窒息
- 渴望站在需要帮助的人身后支持他们，但总是不清楚该怎么做
- 打破恶性循环，给予孩子情感支持
- 思虑很重

可能会形成的个性特征：
积极特质
- 镇静的、协作的、讲究策略的、遵守纪律的、温柔的、谦逊的、独立的、内向的、善良的、忠诚的、仁慈的、抚育他人的、沉思的

消极特质
- 成瘾的、冷漠的、控制欲强的、缺乏安全感的、无趣的、拘谨的、黏人的、不负责任的、紧张的、过于敏感的、愤恨的

可能会加重这一创伤的诱因：
- 被他人否定
- 家庭日和家庭聚会，因为自己知道在这种场合中家人之间的交流很肤浅
- 自己的父母对他们的孙辈漠不关心，还编出非常牵强的理由不来看孩子
- 突如其来的变故打破了自己生活的平衡
- 取得了某些了不起的成就，但不好意思告诉别人
- 发生了不好的事，感到缺少父母的支持
- 难以做出决定，需要他人建议

面对或克服这一创伤的机会：
- 一场健康危机，令自己产生想要与父母和解的愿望
- 达到承受力的临界点，决定和父母切断联系来自我治愈
- 清楚知道要想找到爱和与他人的连接，就必须先照顾好自己的感受
- 意识到自己在一段充满希望的新关系中有所退缩
- 看到孩子努力表达作为父/母的自己通常会压抑的情感
- 在养育孩子方面，伴侣一点不吃力，自己却很费劲，想要做出改变

注意：
在这种家庭中，父母一方或双方不鼓励孩子的情感成长。他们无视、回避、嘲笑或冷落孩子，以此来证明孩子的感受无关紧要，并且抑制孩子的情感表达。通常来说，这种做法的根源是父母（或父母一方）患有某种精神疾病、对某种药物成瘾，或是在孩子出生前经历过的创伤产生的消极应对机制。

特定的童年创伤

在异教团体中长大
Growing Up in a Cult

因受此创伤而常常受到损害的基本需求：
安全感、自我实现

人物可能接受的错误观念：
- 我头脑简单
- 我很容易成为他人的目标
- 我的判断力不可靠
- 我永远都摆脱不了被灌输在我脑子里的思想
- 所有宗教都想给人洗脑，控制人们
- 永远不能真的信任某个组织对外宣称的动机
- 我是个不忠诚或自私的人（因为自己离开了异教团体，离开了家人和朋友）
- 我无法信任任何人

人物可能会害怕：
- 自己的孩子被拉到异教团体中
- 有人发现自己曾和异教团体有瓜葛
- 一切有组织的宗教
- 受到任何人的操纵或控制
- 孤身一人
- 必须做出决定
- 无法信任自己的想法（因为异教团体的洗脑）
- 信任别人，被人利用
- 受到攻击，尤其是在异教团体内部十分常见的身体伤害、性骚扰或情感虐待
- 任何被认为会传播虚假信息的组织，如媒体或政府

可能的反应和结果：
- 回避或鄙视宗教团体和组织
- 变得控制欲极强（为了防止自己再次被人控制）
- 回避各种有组织的团体，甚至是那些和宗教无关的团体
- 对他人持有防备心
- 变得极其沉默寡言
- 自卑和自我价值感低下
- 如果有人侵犯自己的隐私，就会做出愤怒的回应
- 难以为自己做决定
- 对自己在异教团体中的生活经历感到十分矛盾
- 守口如瓶
- 难以分辨虚幻和现实（因为异教团体成员的洗脑）
- 质疑自己的决定；担心自己的选择是错误的
- 由于害怕自己无法信任他人的动机而与他人疏远
- 担心被他人利用
- 变得多疑，觉得自己正受到异教团体成员的追捕
- 怀疑他人不诚实，欺骗自己
- 担心仍然处在异教团体中的亲人的命运
- 变得过分谨慎；回避风险
- 不信任外部世界的某些方面，因为异教团体曾告诉自己那些都是不好的
- 因为自己的经历而感到被人孤立

- 难以融入社会
- 因为当初抛下亲友而饱受内疚的折磨
- 担心离开异教团体会给自己永生的灵魂带来什么不好的影响
- 为异教团体及其做法辩护
- 抑郁和恐慌发作
- 对健康的人际关系感到迷惑（这种关系是什么样的，适当的界限是什么，等等）
- 相信并且践行和异教团体有关的根深蒂固的迷信观念（参加宗教净化仪式、祷告等）
- 对自己的孩子过度保护
- 变得非常勤奋好学，这样自己就能做出明智的决定，不会轻易被他人误导
- 记日记，写下自己的经历，以此来努力面对它们
- 培养辨别能力；更容易地识别出操纵和政治宣传行为
- 教孩子怎样分辨事实和骗局
- 追求独立
- 加入由异教团体前成员组成的互助小组

可能会形成的个性特征：

积极特质
- 善于分析的、充满感激的、谨慎的、独立的、勤奋的、坚持不懈的、有说服力的、细心保护的

消极特质
- 反社会的、冷酷的、控制欲强的、玩世不恭的、戒备的、回避的、拘谨的、不知变通的、缺乏安全感的、紧张的、品头论足的、多疑的、占有欲强的

可能会加重这一创伤的诱因：
- 碰到以前异教团体中的人

- 有朋友对某个组织或宗教越来越狂热
- 某个团体或者组织的成员强烈要求自己加入
- 在规定非常严苛的环境中工作
- 在电视或网上看到有关异教团体的新闻报道
- 无意听见他人轻蔑地谈论自己从前信仰的异教
- 在某个问题上听到与异教团体教义相反的观点，自己难以判断孰是孰非

面对或克服这一创伤的机会：
- 有家人加入了某个信仰组织，自己害怕那是极端组织
- 怀疑自己受到了异教组织成员的跟踪或者监视
- 受到仍留在异教组织内的家庭成员的责备和羞辱
- 被困异教组织的亲人联系到自己，希望能得到帮助，脱离苦海
- 记者或警察询问自己的童年细节
- 正在追求一段感情，必须决定是要说谎掩埋过去还是说实话交代一切

> **注意：**
> 异教团体是宣扬在外界看来危险或极端的观念和做法的边缘组织（通常但不总是以宗教信仰体系来定义）。此条目侧重描述曾经栖身于狂热宗教团体中，但抓住时机逃离或背弃所在团体的人。

特定的童年创伤

自己是强奸的产物
Being the Product of Rape

因受此创伤而常常受到损害的基本需求：
安全感、爱与归属、尊重与认可

人物可能接受的错误观念：
- 我是个恶魔，因为我的血液中流着与生父同样的血
- 我不配得到爱
- 这个诅咒将永远跟随我。我被玷污了
- 如果人们发现我是怎样的人，他们就会鄙视我
- 如果我死了，一切会更好
- 如果我的养父母知道这件事，他们当初说什么也不会领养我的
- 我妈妈如果当初能把我打掉，她肯定会这么做的
- 我生而残缺，是个定时炸弹
- 我的存在会让人不停地想到这个世界的罪恶

人物可能会害怕：
- 这种不道德行为会遗传
- 性接触
- 自己的孩子变得暴力或成为罪犯
- 人们发现真相并对自己品头论足，这导致自己受到排斥和被抛弃
- 因为父辈的罪行而受到针对
- 永远找不到可以不在乎自己过去的人
- 自己成为某种业力作用下的暴力的受害者

可能的反应和结果：
- 缺少自信，低自尊
- 为活着而感到愧疚；有自杀的想法
- 认为自己的身份将永远是强奸犯的孩子
- 疏远朋友，放弃爱好和其他活动
- 很难集中精力做其他事
- 感到空虚，情感麻木，抑郁
- 难以在生活中发现快乐
- 感到一阵阵的自我厌恶和自我憎恨
- 破坏有希望的关系，因为认定自己应该遭受惩罚
- 渴望被爱，于是太过刻意地追求某些东西（变美，变得有才干，变好，等等）
- 感到羞愧和丢脸，好像人们一眼就会认出自己是强奸的产物一样
- 研究陌生人的脸，想知道哪个是自己的强奸犯父亲
- 想要更多地了解强奸犯，因为他是自己的父亲，并为此感到惭愧
- 在知情人身上寻找其要和自己断绝来往或怀有不好想法的迹象
- 因为害怕受到排斥而黏着别人
- 守住自己过往的秘密，害怕被别人发现
- 质疑自己做母亲或做父亲的能力
- 总是把别人的需求放在第一位；牺牲自己的快乐、需求、渴望等
- 出现饮食障碍
- 认为自己是所爱的人不幸的根源
- 用毒品或酒精进行自我麻醉
- 认为必须证明自己有价值

- 为了成为自己领域中最强的人而变成了工作狂
- 意识到社会上某些标签的不公平性
- 质疑人们评判他人的方式；认为一个人当下的而非过去的行为才是最重要的
- 尽力关注自己的优点，而不是自己无法控制的事情
- 寻求治疗来处理自己复杂的情感

可能会形成的个性特征：

积极特质
- 充满爱意的、充满感激的、勇敢的、好奇的、共情力强的、抚育他人的、细心保护的、无私的

消极特质
- 成瘾的、冲动的、拘谨的、缺乏安全感的、不理性的、向人诉苦乞怜的、黏人的、持有执念的、多疑的、自毁的、心不在焉的、讨好型的、疑心的、工作狂的、胆怯的、孤僻的、自寻烦恼的

可能会加重这一创伤的诱因：
- 自己的生日
- 朋友告诉自己她怀孕了
- 收到朋友或家人产子的消息
- 把强奸作为故事主线的电视节目或电影
- 媒体对强奸犯或女性遭受暴力的报道
- 看到可用于强奸的作案工具（小刀，手枪，强力胶布，等等）
- 翻阅旧档案，发现自己的领养文件
- 自己的亲生母亲来联系自己
- 路过堕胎诊所
- 看到反对人工流产合法化的抗议活动或主张女性有权人工流产的示威游行

面对或克服这一创伤的机会：
- 自己的强奸犯父亲获得假释
- 发现一个为与自己处境相同的人设立的互助小组，不得不决定是分享自己的想法还是独自应对所有
- 找到了亲生父母的地址，想要联系他们
- 发现自己的亲生父母快要死了
- 想要孩子

注意：
在任何年龄发现这件事都会给当事人带来痛苦，还会引发当事人对自我价值和自我身份的许多担忧。如果人物是在人格建构时期或生活本就艰难的情况下发现了自己的身世，那么不良后果的影响会更加深远。其他需要考虑的因素有：人物身边的人知道实情后做出的反应，人物是否因此而遭受虐待或不公正待遇，以及人物是由亲生父母还是由养父母抚养长大的。

创伤性的大事件

> 创伤性的大事件

把孩子送人抚养
Giving Up a Child for Adoption

因受此创伤而常常受到损害的基本需求：
爱与归属、尊重与认可、自我实现

人物可能接受的错误观念：
- 我自己养孩子养不好，孩子在别处更能享福
- 我的孩子肯定会恨我，所以我应该离得远点
- 如果孩子来找我，我应该拒绝见他，这样他就不会知道我多么令人失望了
- 孩子永远不会原谅我弃养的行为
- 孩子肯定会恨我，这是情理之中的
- 孩子永远不会相信我有多爱她，所以我也不用费力解释
- 我抛弃了我的孩子，活该孤身一人

人物可能会害怕：
- 见到孩子，让孩子失望
- 儿女因为被弃养而冲自己发脾气
- 永远不知道孩子发生了什么事
- 孩子得知他们是别人领养的，会因此无法摆脱自卑
- 家人发现了领养的事（如果这在从前是个秘密的话）
- 孩子被人虐待、需要帮助、生病
- 因为弃养孩子而被家人冷落
- 孩子有一天可能出现在自己家门口
- 孩子永远不会来寻亲

可能的反应和结果：
- 为自己弃养孩子感到愧疚、后悔
- 无法释怀弃养这件事
- 一想到孩子就会崩溃大哭
- 因为情绪积压而爆发愤怒
- 用酒精或镇静剂来麻醉自己
- 听到别人谈论他们的孩子以及养孩子多难时会感到愧疚
- 想知道自己的孩子长成什么样了
- 照镜子，尽力想象孩子哪里长得像自己
- 幻想自己和孩子建立了感情
- 看到不认识的孩子长得像自己，想知道他们是否是自己的孩子
- 没有精力进行日常活动，如洗衣服、购物、工作
- 怨恨那些当初自己做决定时没帮助自己的人
- 怨恨孩子的生父（因为他抛弃了自己、让自己怀孕等）
- 一会儿嫉妒领养孩子的父母，一会儿又希望他们过得好，这样孩子才能过得好
- 给孩子买小礼物，又把礼物藏起来
- 买适合自己孩子年龄的衣服，之后又捐给慈善机构
- 每逢孩子生日、自己弃养孩子的日期都会感到抑郁
- 有自杀想法，自我价值感很低
- 搜索社交媒体或其他公开记录，试图找到自己的孩子
- 试图发现孩子目前的身份

- 给自己的孩子写信，随后又把信藏起来或毁掉，这样就没人会发现了
- 做和孩子有关的梦（或积极或消极）
- 永远无法退却的深深的失落感
- 在重要节日和生日时，会想象孩子在场（圣诞节时打开礼物，过生日时吹灭蜡烛，等等）
- 领养一个孩子，或又要一个孩子，希望能减轻痛苦
- 学着自我关照、自我和解

可能会形成的个性特征：
积极特质
- 充满爱意的、大胆的、理想主义的、富有想象力的、忠诚的、抚育他人的、坚持不懈的、在乎隐私的、细心保护的、足智多谋的、多愁善感的、无私的

消极特质
- 懦弱的、戒备的、无章法的、不耐烦的、冲动的、缺乏安全感的、嫉妒的、持有执念的、愤恨的、自毁的、讨好型的

可能会加重这一创伤的诱因：
- 碰到孩子的生父
- 生日和节假日
- 不得不给其他刚做父母的人买婴儿礼物
- 发现有家人选择了终止妊娠或领养孩子
- 新闻报道了虐待儿童的父母，尤其是领养父母
- 看到有小男孩或小女孩的容貌正是自己想象中被送养的孩子可能的长相
- 遇到为新生儿父母提供的服务和商品
- 有婴儿在饭店或飞机上大哭
- 围绕婴儿拍摄的电视广告
- 以收养为主题的电影

- 被自己弃养的孩子的十八岁生日（这时孩子可能会索要出生证明）

面对或克服这一创伤的机会：
- 怀孕
- 被弃养的孩子来联系自己
- 领养机构帮助自己
- 自己的家人或配偶发现了被弃养孩子的行踪
- 被确诊患上某种疾病，该疾病需要亲属捐献者
- 渴望有一个家庭
- 和孩子的生父旧情复燃

> **注意：**
> 领养程序多年以来已经有所改变，因此，如果你的人物弃养了孩子，你需要仔细研究发生这一行为的年代。根据时间和地点的不同，领养可能是违背母亲的意愿被决定的，她可能是被威胁或被强迫弃养孩子的，也可能领养的类型（开放式、半开放式或封闭式）是她自己的选择。
>
> 这一创伤造成的痛苦程度很可能取决于人物弃养孩子的原因：为了给孩子更好的生活，因为自己无法照顾婴儿，因为这是强奸或意外怀孕所生的孩子，因为自己受到监禁而不得不让人领养孩子，或者其他原因。因此，要了解你的人物为何会做出这一选择，你就要深入挖掘人物的背景故事。

创伤性的大事件

被困在坍塌的建筑物中
Being Trapped in a Collapsed Building

人物受到创伤的具体情境：
被困在因以下原因坍塌的建筑物中：
- 毫无征兆的地板塌陷或天花板掉落
- 龙卷风摧毁性的风力
- 建筑物的支撑结构在地震中有所移动
- 建筑物被下令拆毁
- 房屋起火
- 由燃气管道泄漏引起的爆炸
- 建筑物年久失修
- 恐怖袭击
- 在空袭中被扔炸弹
- 房子下边的落水洞造成了房屋坍塌

因受此创伤而常常受到损害的基本需求：
生理、安全感

人物可能接受的错误观念：
- 生命随时都有可能结束，那么何苦把它浪费在懂事负责上呢
- 我在哪都不会安全
- 我需要根除我生命中的一切罪恶，否则悲剧将重演（如果自己有宗教极端观念的话）
- 我已经死里逃生过一次了。不会再有这种好事了
- 为未来做打算是在浪费时间
- 人们很无能，不能信任他们（如果建筑物坍塌是人为错误导致的话）
- 死的本应该是我（如果自己所爱的人在坍塌中丧生的话）

人物可能会害怕：
- 黑暗（在地下室、室内停车场、隧道等地方）
- 窒息
- 无法移动；无法控制自己的身体
- 没有完全发挥潜能，浪费了第二次生命
- 所爱的人在不可预料的事故中受害

可能的反应和结果：
- 避开能让自己想起这一事件的建筑物
- 拒绝进入地下室或地下公寓
- 密切监测天气（如果天气也是造成当初建筑坍塌的原因之一的话）
- 总是把手机充满电
- 身处核磁共振成像仪器中或其他密闭空间中时会感到恐慌
- 拒绝乘厢式电梯
- 难以缓解自己的幸存者愧疚感（如果其他人在事故中丧生的话）
- 提议和朋友在户外或开阔空间中活动
- 在室外时感到比在室内更加安全
- 随身携带治疗恐慌症和焦虑症的吸入器
- 拒绝住在有地下室的房子里
- 自己在家时把门窗大敞着
- 把车停在开阔场地或路边，而不是地下车库
- 一直开着百叶窗或窗帘，这样就能看到外面了
- 在没有窗户的房间中，幽闭恐惧症会发作
- 能走楼梯就走楼梯

256

- 换一个能让自己在户外或建筑的一层工作的职业
- 把应急设备（手电筒、水、电源棒等）放在钱包或背包里
- 总需要知道家人在何处；时常给他们发信息或打电话，追踪他们的行迹
- 监督新房的建造过程，确保它很安全
- 研究建筑构造，以便识别坍塌的迹象
- 意识到自己获得了重生这一宝贵的机会，重新规划自己的人生
- 十分充实地生活，因为没人知道生命何时会结束
- 确保家人和朋友知道自己有多爱他们
- 向救援者表示感谢

可能会形成的个性特征：

积极特质
- 警觉的、充满感激的、谨慎的、鼓舞人心的、慷慨的、谦逊的、善良的、抚育他人的、细心保护的、有精神信仰的、无拘无束的、无私的

消极特质
- 难以自控的、懦弱的、狂热的、向人诉苦乞怜的、无趣的、拘谨的、多疑的、悲观的、孤僻的、自寻烦恼的

可能会加重这一创伤的诱因：
- 看到电视直播或网络新闻报道了建筑物坍塌现场的状况，遇难者被困在里面
- 身处密闭空间
- 决定面对自己的恐惧并克服它们，却失败了
- 身处墙上有裂缝的建筑物里（如，在老房子里或在风暴期间）
- 停电

- 小区或工作地点附近的建筑物正被拆除
- 自己所在的建筑物在狂风中摇摇欲坠
- 无法呼吸的感觉（吸入了尘土飞扬的空气，被挤在逼仄的地方，在性交时被爱人压在身底，等等）
- 交通拥堵时，被困在长长的隧道里

面对或克服这一创伤的机会：
- 面临着要求自己必须到地下去（如，在地铁隧道中）的工作
- 不得不进入某个拥挤空间（如，地板下或天花板上方便工人进入的爬行空间或通风管道）来营救宠物或修理东西
- 假期去短途旅行，不得不进入洞穴或走过狭窄的通道
- 当修理工，必须在卡车下边的空间才能修理
- 某个情形（成为某个兄弟姐妹的器官捐献匹配者，成功用心脏复苏术救助他人，拯救了被绑架的小孩，等等）暗示自己，当初自己能在艰难的考验中活下来是有某种原因的

创伤性的大事件

被他人羞辱
Being Humiliated by Others

人物受到创伤的具体情境：
- 当着别人的面，被老师针对
- 名誉受损（性爱视频被曝光，自己大声叫嚷的行为被人偷偷录下来，等等）
- 保守得很严的秘密（如，通过社交媒体）在同伴之间或在公众之中传开
- 被人随意解雇，自己丝毫感受不到尊严或被尊重
- 被诬告犯有可怕或禁忌的罪行
- 与大学兄弟会、女大学生联谊会或是体育运动方面相关的欺辱行为
- 配偶为寻求报复，将自己的不忠发在社交媒体上公之于众
- 恶毒的谣言或某些事实（不同于常人的性取向、虐待指控，等等）被公开，自己感到羞愧或尴尬
- 对手通过揭露令人尴尬的信息来玷污自己的名誉
- 还没打算公布自己的性取向，就先被他人公之于众了
- 遭受带有羞辱性的霸凌（在他人面前被扒裤子、或真或假的令人尴尬的信息被公开到社交媒体上，等等）

因受此创伤而常常受到损害的基本需求：
安全感、爱与归属、尊重与认可、自我实现

人物可能接受的错误观念：
- 我将一事无成，因为人们会根据已经发生的事评判我
- 我清不清白不重要，人们总会对我产生怀疑
- 我有缺陷，还很软弱。我总会成为他人针对的目标
- 我的所作所为让我不配得到快乐
- 我永远无法融入群体或被人理解
- 如果有人发现了我的过去，我的人生就完了
- 不要相信任何人会成为你的后盾，因为他们并不会

人物可能会害怕：
- 被人记录（录视频、录音等）
- 被人利用
- 信错人
- 舆论或八卦
- 导致自己受到侮辱的人
- 其他重要秘密被人知道
- 被所爱的人抛弃，需要独自面对羞辱和丢脸

可能的反应和结果：
- 社交焦虑
- 用毒品、酒精或食物来自我麻痹
- 因为尴尬而疏远朋友
- 找借口回避社交场合
- 手机响铃或电子邮件提醒响起时会感到焦虑
- 尽力改变自己的外貌，不让公众注意到自己

- 不再回到受辱的地方（辞职，转学，离开政坛或公众视野，等等）
- 不信任刚认识的人；不相信他们的话
- 不照顾自己（因为羞愧、丢脸、抑郁等）
- 以为所有人都知道了所发生的事，尽管其实就几个人知道
- 对和自己境况相同的情形很敏感（电视节目对类似情况的轻描淡写，某位朋友开玩笑的话，等等）
- 害怕出门；担心别人认出自己
- 害怕自己其他的错误被曝光
- 走进一间房间时感到被他人注视，好像人人都盯着自己
- 反复思考别人羞辱自己的话，想知道那些话是不是真的
- 事后批评自己的决定和行为
- 解读他人的动机；考虑人们最坏的一面
- 依赖生活中对自己不离不弃的人
- 对爱好和活动失去兴趣
- 把自己的好友圈范围缩小到只剩几个可信任的人
- 回避社交媒体；关闭自己的账号
- 利用这一事件让公众注意到社会中的某个问题或偏见，希望能够解决或改变它
- 养宠物来填补空虚（因为宠物不会评判，会无条件爱自己）

可能会形成的个性特征：
积极特质
- 谨慎的、勇敢的、考虑周到的、鼓舞人心的、诚实的、可敬的、仁慈的、客观的、有说服力的、在乎隐私的、无拘无束的、宽容的

消极特质
- 成瘾的、对抗型的、懦弱的、戒备的、不诚实的、愚蠢的、轻信的、向人诉苦乞怜的、过于情绪化的、多疑的、愤恨的、自毁的

可能会加重这一创伤的诱因：
- 碰到导致自己蒙羞的人
- 来到和自己受辱地点相似的地方
- 看到有人被曝光或有人的秘密被公开在社交媒体上
- 无意中听见和同事有关的闲言碎语
- 被陌生人认出来（如，因为录像或媒体报道）
- 碰到前任（如果前任不忠的话）
- 交到值得深交的新朋友，对方提到了自己受辱的事

面对或克服这一创伤的机会：
- 想要开启一段充满信任的关系，但不知如何才能再次跟人吐露心声
- 一段关系进展到了一定程度，害怕对方会发现自己的糗事
- 无意中听见有人被逼迫去做某些事，一旦出差错，那人就会因此受伤
- 想要追逐梦想（发展职业、追求热爱等），但这要求自己得把过往告诉有权决定是否允许自己进入某领域的人
- 在一场诉讼中，为对抗羞辱自己的人或公司，必须出庭作证
- 羞辱自己的人对他人做出同样的行径

创伤性的大事件

堕胎
Having an Abortion

因受此创伤而常常受到损害的基本需求：
爱与归属、尊重与认可

人物可能接受的错误观念：
- 我本应该抵挡住压力的。我没能保护好孩子，我真是个糟糕的人
- 我永远不会有孩子，因为很明显我不够格养育孩子
- 因为我做过的事，所以我遇到坏事也是活该
- 如果人们发现我做了什么，他们就会躲着我
- 有些秘密永远不能告诉别人，无论它们多么让我受伤
- 家人只能同甘，不能共苦
- 艰难时刻现真相：爱是有条件的

人物可能会害怕：
- 来自教会的谴责
- 别人发现自己堕过胎
- 再次怀孕
- 被上帝审判
- 被亲人指责
- 时机成熟时自己却可能无法怀孕了

可能的反应和结果：
- 有时会感到情感麻木
- 一阵阵的悲伤、抑郁袭来
- 压抑自己的悲痛，尤其流产的事还是秘密的时候
- 失眠、做噩梦
- 用酒精或毒品自我麻醉
- 难以集中精力
- 避开带小孩的人和有小孩的地方，特别是有婴儿的地方
- 困惑且五味杂陈（因为危机过去了而感到宽慰，因为丧失而悲痛，因为自己必须保守这个秘密而懊恼和后悔，等等）
- 难以应对当前的恋情（如，在给伴侣提供必要的支持的同时，如果对方催促自己堕胎，就会以不同的眼光看待对方）
- 难以追求新恋情
- 出现进食障碍
- 出现性功能障碍（性交时没有快感，性交时感到疼痛，性冷淡，逃避性交，等等）
- 有自杀想法甚至去尝试
- 在悲痛或羞愧感袭来时会大哭
- 离群索居；疏远家人、朋友和伴侣
- 自我伪装，假装自己很好
- 因为愧疚，难以和自己的其他孩子产生深厚感情
- 很难放松下来或享受生活中的小事
- 变成工作狂
- 把自己的愿望置于他人愿望之上时会感到愧疚
- 无微不至地照顾其他的孩子
- 不停地想象如果当初生下了孩子，那么孩子会长什么样
- 对于迫使自己堕胎或导致自己流产的人

260

感到愤怒
- 面临重大决定时会疑虑重重
- 回避怀孕，即使自己想养育孩子
- 有坏事发生时，认为那一定是对自己的惩罚
- 和值得信赖的人倾诉自己堕胎的事
- 去看治疗师来处理自己的情绪
- 成为反堕胎的强烈支持者或女性堕胎选择权的拥护者

可能会形成的个性特征：

积极特质
- 雄心壮志的、善于分析的、温柔的、考虑周到的、共情力强的、勤奋的、内向的、多愁善感的、仁慈的、抚育他人的、细心保护的

消极特质
- 粗暴的、成瘾的、戒备的、健忘的、无趣的、冲动的、缺乏安全感的、品头论足的、向人诉苦乞怜的、持有执念的

可能会加重这一创伤的诱因：
- 宝宝的预产期
- 路过满是孩子的操场
- 受邀参加产前派对
- 开车路过堕胎诊所
- 堕胎问题成为媒体上的热门话题
- 发现有个朋友怀孕了
- 看到有个母亲疏于照顾她的孩子
- 需要去给朋友或亲戚的宝宝买衣服作为礼物
- 看到初为人母的人和新生儿互动
- 听到经典的宝宝音乐或歌曲
- 看到别人的宝宝的超声波图像

面对或克服这一创伤的机会：
- 发现自己怀孕了
- 想要组建家庭
- 不想让正在考虑堕胎的朋友独自去面对堕胎
- 努力地想要怀孕，但就是怀不上
- 想要收养孩子，给另一个孩子一个家
- 因为健康问题，医生建议自己终止妊娠
- 自己的女儿很年轻时就怀孕了，需要自己给出建议，指导她该做什么

> **注意：**
> 做出堕胎的决定不容易。通常来说，选择堕胎的原因有：避孕措施不到位；胎儿先天缺陷；因为被强奸或乱伦而怀孕；无法照顾抚养孩子；意外怀孕；如果继续妊娠，母亲、孩子，或二者都会有生命危险。
>
> 　　这一创伤会影响父母双方，但因为孩子在女性体内，母亲通常会产生对生孩子固有的母性感受，所以这种创伤对女性的影响通常比对男性的影响大。人物如何应对这一事件取决于：当时的社会环境；支持程度；当事人是否是被胁迫去流产的；个人信念和精神信仰；其中是否涉及暴力或虐待；当初生孩子时，母亲或孩子是否确实有生命危险。

创伤性的大事件

父母离婚
A Parent's Divorce

因受此创伤而常常受到损害的基本需求：
安全感、爱与归属

人物可能接受的错误观念：
- 孩子会压垮婚姻关系；我父母正是因此而离婚的
- 世上没有长期关系这回事
- 我如果完全爱上一个人，那么最后一定会受伤
- 爱只是暂时的
- 婚姻是给容易上当的人准备的
- 人人都守着秘密，所以我不能完全信任任何人
- 维持和平意味着把嘴闭上
- 总有比婚姻更好的东西

人物可能会害怕：
- 被人抛弃
- 自己在别人心中不重要
- 不稳定（经济、情感等）
- 不忠
- 被冷落或被背叛
- 因为别人要追求更好的事物而被抛弃
- 自己的婚姻很失败
- 生儿育女，但自己令孩子失望
- 彼此有着承诺的关系
- 变化

可能的反应和结果：
- 抵抗或回避长期关系
- 为自己不做承诺找借口
- 糟糕的恋爱选择
- 滥交
- 对他人过分依恋或有意回避依恋
- 和父母一方或双方关系紧张
- 总是挑剔父母和他们的选择
- 因为自己没有个像样的童年而感到愤恨
- 难以完全信任伴侣或配偶
- 倾向于回避冲突，而不是努力解决冲突
- 渴望传统的（充满着爱和鼓励的或亲密的）家庭
- 给予孩子自己过去缺少的支持，即使这样做对自己并不好
- 回避风险；只走安全的道路
- 总是感到不安，需要他人的肯定、赞美或正向强化
- 仔细监测情况，以发现有何变化
- 过于担忧经济状况
- 难以释怀（对过去或几乎所有的事）
- 害怕对他人负责
- 领地意识强，或占有欲强（对人、个人空间、自己的职责和工作等）
- 发现自己难以原谅他人
- 变成讨好型人格的人或善于操纵他人的人（取决于孩童时代自己寻求他人注意的方式）
- 想要掌控一切
- 面对变化容易措手不及
- 事情没有按照计划发展时会感到生气，反应过激

- 感受到竞争的威胁
- 极其独立；不愿寻求帮助
- 当情况不对时会感到愧疚，好像是自己做错了什么一样
- 对他人幸福承担了过多的责任感
- 对友谊和人际关系太过在意，可能会让人感到压抑
- 提醒孩子不确定情形中的潜在危险或问题，让他们不要抱太大希望
- 不愿尝试新的东西
- 不喜欢意外
- 在做出承诺前需要先知道结果；需要能够消除疑虑的保证
- 对自己的东西有着非常强烈的占有意识
- 尽管有挫折，还是会对自己点滴积累所得的成就感到骄傲（一间安全的住所，一个家庭，一份事业，等等）
- 明白如果自己总是掌控一切，那么别人就会错失学习和成长的机会

可能会形成的个性特征：
积极特质
- 充满爱意的、善于分析的、谨慎的、充满魅力的、考虑周到的、共情力强的、独立的、勤奋的、公正的、忠诚的、成熟的

消极特质
- 对抗型的、控制欲强的、戒备的、回避的、伪善的、不耐烦的、缺乏安全感的、嫉妒的、品头论足的、善于操控的

可能会加重这一创伤的诱因：
- 夫妻吵架
- 放假时看望父亲或母亲（或父母双方）
- 父母一方宣布想要再婚

- 怀疑伴侣在隐瞒自己什么事情
- 家庭聚会，婚礼，葬礼或其他和家人团聚的场合
- 失去（工作、家人或朋友去世等）

面对或克服这一创伤的机会：
- 结婚咨询或个人咨询
- 想结婚但又害怕这样做
- 得知自己将要为人父母
- 为了孩子维持破碎的婚姻，但意识到这仍在伤害孩子

> **注意：**
> 这种创伤的严重程度取决于多个因素：父母离婚时的具体情况；人物在创伤发生时的性格、年龄和适应能力（尤其是当创伤发生在人物的成长期时）；由创伤导致的种种变化，比如，面临新的经济状况、不得不搬家、监护权安排、抚养模式的改变，以及自己今后和父母双方的关系。
>
> 虽然离婚会带来长期影响和短期影响，但本条目着重描写离婚对成年或接近成年的人物的影响，其中包括长期影响。

创伤性的大事件

和死尸困在一起
Being Trapped With a Dead Body

人物受到创伤的具体情境：
- 飞机坠毁后
- 发生了车祸，有名乘客已经死亡，自己又不能动弹，只能等待救援
- 在乱坟岗中醒来
- 被人绑架后扔进一个装有已故受害者的汽车后备箱中
- 被囚禁于某处，那里有已经死亡的囚犯
- 因为突然的大规模疏散，自己被抛弃在医院，和死去的病人待在一起
- 在棺材中醒来，发现自己和死人一起躺在里面
- 作为坍塌建筑物中唯一的幸存者，需要被救援
- 孩子与吸毒过量或突然死亡的父母一起被留在公寓里
- 被扔在有死尸的房间里，作为一种变态的惩罚方式
- 同伴去世，自己无法立即得到救援（如，在风暴天气下爬山发生了事故）
- 被人劫持，有一些人质已经被杀害，但还没被挪走

因受此创伤而常常受到损害的基本需求：
安全感、尊重与认可、自我实现

人物可能接受的错误观念：
- 这是我的错，也是我应得的惩罚
- 死的人应该是我
- 我本可能阻止这件事的，但我没有
- 我本应该再反抗得激烈一点；发生这种事都是因为我软弱
- 我永远也无法变回原来的我了
- 为了纪念死者，我必须完成他们没做成的事
- 我死了也不会有人想念我
- 赎罪的唯一方式就是补偿受害者家属

人物可能会害怕：
- 尸体（如，死亡事故发生后出现在路边的运尸袋）
- 死亡以及死后会发生的事
- 独自死去
- 悲痛
- 自己的死对任何人来说都不重要
- 死去后自己的尸体没被发现
- 身体和活动受限
- 和不久于人世的人建立关系

可能的反应和结果：
- 创伤后应激障碍（难以入睡，失眠，夜间惊恐，焦虑，等等）
- 患上恐惧症（如，如果发生过车祸并和死人困在一起，就会害怕开车）
- 脾气暴躁；为小事也会生气
- 感到疲惫
- 用酒精或毒品来麻醉自己
- 念头围绕着死亡打转
- 变得迷信，依赖于某些仪式
- 对事件和人的情感回应变淡；情感麻木

- 事故发生后难以重回自己的生活
- 疏远家人朋友或黏着他们
- 难以燃起对未来的雄心壮志或热情
- 会突然回忆起那些让人心神不宁的画面
- 回避能让自己想起这一创伤的地点、人和事件
- 对死亡更加敏感（灌木丛中将要枯萎的玫瑰，窗沿上虫子的尸体，等等）
- 即使是需要谈论这段经历也不想谈
- 用愤怒来阻止别人问问题
- 变得容易分心，难以集中精力处理事情
- 变得不爱冒险
- 愈加焦虑
- 无法观看含有死尸的节目和电影
- 看到血就会头晕
- 对和创伤有关的气味或质地很敏感
- 对生活的观点很病态
- 寻求能让自己转移注意力并安慰自己的事物（滥交，大吃大喝，赌博，聚会玩乐，等等）
- 实施并严格遵守安全协议
- 珍惜并感激家人，努力更好地展现这一点
- 想要保护他人，尤其是亲近的家人

可能会形成的个性特征：
积极特质
- 警觉的、谨慎的、考虑周到的、专注的、内向的、善良的、抚育他人的、善于观察的、在乎隐私的、积极主动的、细心保护的、多愁善感的、有精神信仰的

消极特质
- 粗暴的、成瘾的、控制欲强的、不耐烦的、冲动的、漫不经心的、拘谨的、不理性的、病态的、黏人的、紧张的、心不在焉的

可能会加重这一创伤的诱因：
- 和创伤有关的声音或气味
- 从噩梦中醒来或记忆闪回
- 看电视时发现和自己的创伤事件相似的情形
- 看到动物尸体或其他从前有生命的东西
- 回到和创伤有关的地方
- 葬礼
- 看起来病得很严重的人们
- 和创伤有关的情形（如，在飞机坠毁中幸存后，不得不坐飞机）

面对或克服这一创伤的机会：
- 单独和一个伤势十分严重的人在一起，需要让对方活到救援到来
- 发现有机会帮助得了绝症、正在接受治疗的家人
- 面临自己必须克服恐惧才能活下去的情形（如，被人劫持时）
- 和孩子经历生死时刻，需要为了孩子保持冷静
- 为了帮助自己所爱的人活下来愿意做任何事，即使是要面对自己最恐惧的死亡

创伤性的大事件

家中起火
A House Fire

人物受到创伤的具体情境：

家中起火，因为：

- 线路故障
- 被闪电击中
- 厨房里的油烟起火
- 灶上的食物因无人照看而被烧至起火了
- 没关取暖器
- 烟囱长时间没有清洁
- 吸烟者的粗心大意
- 小孩玩火柴
- 可燃液体燃烧
- 窗帘旁边燃烧的蜡烛
- 磨损的圣诞树彩灯
- 纵火犯罪
- 森林火灾或野火
- 家里有老人得了失智症，没关炉灶

因受此创伤而常常受到损害的基本需求：
生理、安全感

人物可能接受的错误观念：

- 别人无法托付我任何重要的事（如果自己感到自己有错）
- 我没法把重要的事托付给别人，只能自己做（如果自己没有错）
- 最好不要依赖任何人或事
- 我永远没法获得真正的安全
- 我如果在某地待的时间够长，就总会有些坏事发生
- 我可以通过精细计划防止类似事件再次发生
- 我必须紧跟着家人，保证他们的安全

人物可能会害怕：

- 火
- 失去不可替代的传家宝或者具有情感价值的物品
- 犯了另外一个大错，产生了严重后果
- 对亲人的死负有责任
- 无法保证亲人的安全
- 自己的孩子因为这件事遭受长时间的心理创伤

可能的反应和结果：

- 强迫性地检查自己的新住处，想找出任何可能导致另一场火灾发生的隐患
- 经常搬家，这样就不会对某间住所产生依恋
- 只租房，不买房，这样就是别人对那些房子负责
- 透支自己的预算来买更好的房子，希望那里能更安全
- 只买实用的、能够随意替换的东西
- 鄙视物质主义；变得吝啬
- 通过大量储存物品来补偿失去的东西
- 回避自己为他人生命安全负责的情形，如邀请别人来家里聚会并过夜（如果火灾是自己引起的）
- 因为内疚或羞愧而疏远他人
- 事无巨细地管理他人（如果错在他人）

- 害怕失去自己所爱的人，结果令对方感到窒息
- 过度关注消防安全（只购买阻燃服，下载能够检测家中空气质量并能通过短信发送实时信息的软件，等等）
- 避免明火（如蜡烛、火炉中的火等）
- 戒烟
- 总是开着卧室房门睡觉，这样如果有什么情况自己立马就能醒来
- 整晚不断地检查房子和家人的情况
- 把纪念品和文件放在别处（如，放在保险箱中）
- 坚持做有益于消防安全的事情（经常更换烟雾报警器的电池，制订疏散计划，等等）
- 去消防部门当志愿者
- 感激自己生活中的好事，知道它们可能会被毫无征兆地带走

可能会形成的个性特征：
积极特质
- 充满爱意的、警觉的、善于分析的、充满感激的、谨慎的、感恩的、一丝不苟的、抚育他人的、简单的、节俭的

消极特质
- 冷漠的、冷酷的、爱挑剔的、无趣的、病态的、黏人的、持有执念的、占有欲强的、悲观的、吝啬的、忘恩负义的、孤僻的、自寻烦恼的

可能会加重这一创伤的诱因：
- 和火灾有关的感知刺激（烟的味道，火苗的噼啪声，晃动的火光，等等）
- 找不到珍爱的传家宝，之后意识到可能是在火灾中把它弄丢了

- 消防车鸣笛经过
- 看到别人家中存在火灾隐患（裸露的电线，燃烧的香烟，等等）
- 做饭时火灾报警器响了
- 看到自己的孩子试图玩火柴
- 别处（如，孩子的学校或配偶的办公室）起了火灾，威胁着亲人的安全

面对或克服这一创伤的机会：
- 被困在起火的大楼里，需要保护自身和他人的安全
- 森林火灾威胁到了自己的社区
- （因为洪水、地震或其他灾害）被迫撤离，自己必须把所有东西都抛下
- 看到儿女对火表现出不正常的恐惧，意识到这是自己对当年火灾的病态性恐惧反应造成的

267

创伤性的大事件

离婚
Divorcing One's Spouse

因受此创伤而常常受到损害的基本需求：
生理、安全感、尊重与认可

人物可能接受的错误观念：
- 我不配被爱
- 所有男人/女人都会骗人
- 我只是张饭票罢了
- 所有男人/女人都是拜金主义者
- 总会有更年轻、更优秀的人来取代我
- 别人跟你越亲近，就越能伤害你
- 真正的承诺是虚无缥缈的
- 只有蠢人才会让自己情感脆弱
- 爱和快乐不可兼得
- 我以前觉得爱情能长久，这太蠢了。人们太自私了，根本不会对人忠贞

人物可能会害怕：
- 变老
- 亲密关系，情感脆弱；对他人敞开心扉
- 承诺
- 被冷落
- 被背叛
- 永远孤身一人
- 再次在某段关系中犯错
- 信错人

可能的反应和结果：
- 消极的世界观，对未来很消极
- 容易以偏概全："所有男人都撒谎，为了得到想要的，他们什么都会说，他们期望女人为他们做好一切。"
- 移情："我的老板跟我的前夫一样，希望我为了他的计划而牺牲自己的计划。"
- 当前任发生好事（有了新工作、房子、恋情等）时会感到怨恨
- 幻想着具体的复仇手段（毁坏前任的财产，泄露前任的秘密来羞辱前任，伤害或杀害前任，等等）
- 无法摆脱的愤怒
- 独自时会崩溃
- 尽力独自摆平所有事，但力不从心
- 用扭曲的眼光看待自己的缺点（如，盯着自己衰老的迹象和增加的体重）
- 认为自己无论怎样都是有缺陷的
- 因为非常小的不幸就会崩溃，如小狗钻进垃圾桶里，把家里弄得一团糟
- 厌倦人际关系
- 和别人说前任的坏话
- 担心钱的问题，对自己当前的经济状况感到愤愤不平
- 给前任发送愤怒的短信或文字内容
- 询问孩子以收集有关前任的消息
- 在孩子面前说一些诋毁配偶形象的话
- 拒绝帮助前任（如，前任有别的计划，需要自己周末去帮忙照顾孩子）
- 过度敏感；认为前任是在故意激起自己的强烈情绪
- 感到自己正在被人监视或跟踪（如果婚姻关系中充满了暴力）
- 有疑心病，认为喜怒无常的前任正在给

自己制造不幸
- 占有欲强（跟踪前任，开车路过前任的房子，等等）
- 利用孩子去见前任（如果自己想得到宽慰或和解）
- 做出莽撞的行为，如和比前任小很多的人发生一夜情
- 买小礼物或出门旅行，试着让自己感到舒服一些
- 和前任争着抚养和陪伴孩子（买更好的礼物，带孩子出去玩，等等）
- 改变外表（改变着装，留胡子，等等）
- 体重激增或剧降
- 重拾旧好，如再次吸烟
- 变得轻浮或滥交
- 买宠物陪伴自己

可能会形成的个性特征：
积极特质
- 适应力强的、爱冒险的、调情的、幸福的、独立的、勤奋的、忠诚的、抚育他人的、善于观察的、沉思的

消极特质
- 冷酷的、幼稚的、对抗型的、控制欲强的、不诚实的、八卦的、充满敌意的、不耐烦的、冲动的、拘谨的、缺乏安全感的、嫉妒的

可能会加重这一创伤的诱因：
- 对方的父母来联系自己
- 在朋友家或杂货店碰到前任
- 自己的孩子问到离婚的问题
- 在自己没离婚时最喜欢的饭店吃饭
- 得知前任在跟新人约会
- 遇到了危机，第一反应是给前任打电话

寻求帮助
- 周末不得不把孩子扔在前任家
- 受邀约会

面对或克服这一创伤的机会：
- 喜欢上了某个人，想要开启新的恋情
- 前任在恋情上又有了新发展，比如有了新女友 / 新男友
- 为了管教孩子不得不和前任站在同一战线上
- 孩子受伤、住院或面临危险（试图自杀，被确诊患有精神疾病，等等）
- 前任帮助自己渡过难关，如自己被确诊患癌或父母有一方去世

> **注意：**
> 在离婚这一情况下，不同人物的行为和处理能力会有所不同，这取决于婚姻关系破裂的原因和离婚是否是双方共同的决定。花些时间构思导致离婚发生的背景故事（不忠、产生隔阂、经济危机、性别认同的转变、孩子的死亡等），这样你能更好地决定你的人物会感觉到的混乱情感以及随之产生的举动和行为。

创伤性的大事件

流产或死产
A Miscarriage or Stillbirth

因受此创伤而常常受到损害的基本需求：
安全感、尊重与认可、自我实现

人物可能接受的错误观念：
- 这是对我过去所犯罪过（或众所周知的缺点）的惩罚
- 这是我的错；在怀孕时我做错了什么事，才会这样杀了自己的孩子
- 我不能有孩子肯定是有原因的
- 潜意识中，我后悔怀了这个孩子（或是希望这个婴儿消失，等等），因此才发生了这样的事
- 当美好的事物出现时，它就会被夺走
- 与其再次冒风险承受这种痛苦，不如选择不要孩子

人物可能会害怕：
- 这种事会再次发生
- 因为事故、疾病或疏忽而失去其他孩子
- 自己做不好父母
- 自己的身体天生就有问题
- 再次怀孕
- 自己永远不能有小孩
- 医院或和医院有关的事物
- 自己的婚姻无法继续

可能的反应和结果：
- 满脑子想的都是孩子"本应"的人生重大事件（满月纪念日、第一个生日，开始上幼儿园的时间，等等）
- 对自己活着的孩子的控制欲很强
- 责备自己或自己的伴侣
- 执着于事情发生的原因
- 对性爱有着复杂的感受
- 有忧郁症倾向
- 疏远他人
- 回避和新生儿有关的事物（育婴室、礼物、新生儿派对，等等）
- 拒绝重新装修婴儿房另作他用，即使已经下决心不再尝试要孩子
- 被育婴室和婴儿用品吸引（摇晃毛绒玩具，抚摸婴儿衣物，等等）
- 疏远其他有婴儿的夫妻
- 嫉恨别人成功怀孕，随后又为自己的想法感到内疚
- 变得抑郁
- 患上恐慌症
- 更加注重健康，相信这样会增加将来成功生育孩子的概率
- 背叛自己的信仰
- 不正常地，对别人家的婴儿念念不忘
- 怀疑自己做父母的能力
- 形成负面的思维模式
- 拒绝再次尝试怀孕
- 害怕过生日；把生日当成自己失子又一年的重大标志
- 求助于上帝或信仰
- 对遭受同样痛苦的人感同身受，并帮助他们
- 了解收养孩子事宜

- 接受满足感也可以在养育孩子以外的领域获得的观念
- 用有意义的活动填满自己的时间
- 加入专为同样痛失孩子的父母组建的互助小组或在线聊天室

可能会形成的个性特征：

积极特质

- 充满感激的、遵守纪律的、共情力强的、勤奋的、鼓舞人心的、抚育他人的、沉思的、坚持不懈的、在乎隐私的、细心保护的、明智的、有精神信仰的

消极特质

- 成瘾的、控制欲强的、悲观多疑的、戒备的、无趣的、拘谨的、不理性的、不负责任的、嫉妒的、向人诉苦乞怜的、病态的、黏人的、紧张的

可能会加重这一创伤的诱因：

- 流产或死产周年纪念日
- 看到朋友的孩子经历了重要的人生大事，如果自己的孩子存活下来，这个时候也会经历同样的事
- 受邀参加产前派对或小孩的生日派对
- 朋友无法和自己吃午餐，因为时间和朋友的幼儿园家长会冲突
- 孕婴用品商店
- 在商场或餐馆中，有女人在给孩子哺乳
- 出自好意的朋友的无心之言："至少你还有别的孩子呢，"或者，"你总能再试一次啊。"
- 看到之前装修好等着孩子出生的婴儿房

面对或克服这一创伤的机会：

- 再次怀孕
- 再次流产
- 再次成功怀孕，但发现未出世的孩子患有疾病或有缺陷
- 有密友正在办理收养孩子的手续，想知道自己是否也要放弃生孩子，选择领养
- 看到自己活着的那个孩子独自玩耍，自我怀疑当初不再尝试要孩子的决定是否正确
- 和伴侣的关系出现问题，因为两个人处理这一创伤的方式不同
- 有家人或好朋友要应对意外怀孕，需要自己的帮助

注意：

这一创伤会带来的影响取决于许多因素，例如，这是否是人物第一次失去孩子，这是在怀孕的哪个阶段发生的，人物的精神信仰如何，身边的人对他们的支持程度，以及导致失去胎儿的情形（如果有的话）。还应注意的是，不仅仅是对母亲，这对父母双方来说都会是个创伤事件。

创伤性的大事件

目睹别人死亡
Watching Someone Die

人物受到创伤的具体情境：
- 一场车祸发生后，尝试（但没能）拯救一名乘客的生命
- 目睹朋友在过马路时被撞身亡，驾驶人肇事逃逸
- 家庭度假时，亲人死于溺水或划船事故
- 给别人提供临终关怀（如，在对方发生致命跌落后）
- 自然灾害后发现有人还活着，但要救他们的命已经太晚了
- 无力阻止暴力行为，如抢劫或仇恨性犯罪行为
- 目睹有人在随机事故中死亡，如因为电线故障而遭到电击，或卷入致命的摩托车事故中
- 无法接近被大火困住的人（看到他们在高楼的阳台上进退两难，或无法到达他们被困的楼层）
- 小孩在体育运动或实践中发生致命事故

因受此创伤而常常受到损害的基本需求：
爱与归属、尊重与认可、自我实现

人物可能接受的错误观念：
- 在别人最需要我的时候，我却不中用
- 死的本该是我，而不是他们
- 所有我爱的人都会离我而去
- 我会害惨我身边的人（如果自己要承担某些责任的话）
- 爱一个人总会以痛苦结束
- 我随时都有可能死，所以何苦要为未来做计划？
- 危险无处不在，我永远也不能放下防备

人物可能会害怕：
- 因为死亡造成的遗弃
- 自己死亡，扔下还需要照顾的人
- 对他人感情太深
- 和死因有关的环境和其他因素（如枪、火、高处、在雨中开车等）
- 给亲人造成伤害（如果真实的或想象中的自责是一个因素的话）
- 当别人急切需要帮助时却让他们失望
- 对他人负责
- 危险和风险

可能的反应和结果：
- 遭受创伤后应激障碍
- 患上抑郁症
- 脑中总是想着受害者，忽视了其他人
- 无法入眠
- 回避死亡现场的在场人员
- 黏着剩下的亲人
- 对家人过度保护，总是挂念家人在什么地方
- 不让孩子参加可能有风险的活动
- 极度在意安全问题
- 总是担心潜在危险
- 在全身心投入某个行动或决定之前需要做好计划，规避所有风险

- 避免任何心血来潮的事情；十分注意规避风险
- 有自毁或不顾危险的行为（来证明自己不配活着）
- 避免将来要为他人的幸福承担责任
- 疏远朋友和家人
- 不再看重人际关系，只与他人维持泛泛之交而不是发展深度关系
- 用投身工作或其他活动来避免直面悲痛
- 为逝者寻求公平正义、复仇或补偿（做调查，提升公众意识，起诉相关责任方，等等）
- 参加幸存者互助小组会议
- 处理逝者物品（捐赠物品，把物品分给亲人，等等）
- 以逝者的名义建立奖学金
- 慢慢戒断从前作为应对机制使用的药物或安眠药

可能会形成的个性特征：
积极特质
- 充满爱意的、警觉的、谨慎的、抚育他人的、专注的、独立的、善于观察的、有条理的、积极主动的、明智的、睿智的

消极特质
- 犹豫不决的、完美主义的、愤恨的、自毁的、喜怒无常的、胆怯的、孤僻的、沉默寡言的、自寻烦恼的

可能会加重这一创伤的诱因：
- 看到自己的孩子表现得十分莽撞
- 和事件发生时相同的感知刺激（如，消毒水的味道让自己想起了去医院探访的场景）
- 即使是小事（修理孩子心爱的玩具，配偶工作受挫需要安慰，等等），自己也帮不上忙
- 亲人受伤或住院
- 勘查事故现场
- 目睹另一场"死里逃生"类型的事故
- 网络视频中只为了娱乐大众而播放的事故现场、死里逃生事件和莽撞行为

面对或克服这一创伤的机会：
- 以某种方式将责任强加到自己身上，如姐妹去世，自己是她唯一的亲戚，需要照顾她的儿子
- 发现了应为死亡事件负责的人，但警察懒政或无法公正处理这件事
- 发现和死亡事件有关的故障（器械故障，建筑结构不达标，等等）
- 遇到想和自己以深刻且有意义的方式交往的人，但自己的恐惧感正在阻碍这段关系的发展
- 成为单亲家长或家里唯一的顶梁柱，必须为了别人而变得强大

创伤性的大事件

确诊患上绝症
A Terminal Illness Diagnosis

因受此创伤而常常受到损害的基本需求：
生理、安全感、尊重与认可、自我实现

人物可能接受的错误观念：
- 诊断有误，我不会有事的
- 上帝不会让我死的，因为我是好人
- 上帝太残忍了，竟然让我经历这种痛苦或提早面对死亡
- 一切是我活该（因为我做的某件事，我不够好，等等）
- 我对身边的人来说是个负担
- 如果我有钱有权，我就不会死了

人物可能会害怕：
- 死亡
- 痛苦
- 他人的怜悯
- 家人和朋友眼看着自己日渐消瘦
- 因为服药和愈加严重的病情而说出和做出一些自己不能控制的事
- 自己在他人的记忆中是病态、虚弱的形象，而不是强壮、有为的形象
- 自己的身份完全变成了病人
- 死后会发生的所有事（最后的审判，死后世界和想象的不一样，虚无，等等）

可能的反应和结果：
- 控制不住地哭泣和悲伤
- 在他人身边时会很安静
- 与人交往和参加正常活动后需要休息

- 患上抑郁症
- 用酒精和毒品自我麻醉
- 起不来床
- 总是睡觉或饱受失眠折磨
- 表现得自暴自弃（不注意个人卫生，疏远亲人，不照顾宠物，等等）
- 拒绝承认自己的疾病或拒绝看医生
- 患上妄想症，因此会仔细检查自己的外表，观察疾病恶化的迹象
- 随着病情的发展，不得不停掉某些日常活动（锻炼，健康饮食，清洁，等等）
- 拒绝谈论钱财，也拒绝写遗嘱或做其他临终嘱托
- 狂热地渴求冒险，这样才会感觉自己还活着
- 投身工作，避免有时间思考
- 大手大脚地花钱
- 选择激进的治疗手段，不论是否有效
- 搜寻能让自己痊愈的治疗偏方和手术
- 选择做些不好的事来抗拒这一诊断（进行没有安全措施的性交，酗酒和大肆狂欢，到不安全的地方去，等等）
- 说话不加思考，即使会伤到人，也想什么就说什么
- 通过合理化自己的症状来否认自己的疾病："我只是没睡够觉而已，"或者，"我肯定是吃错什么东西了。"
- 拒绝他人给予的帮助，因为不想被人认为自己虚弱
- 对关心自己的人撒谎，隐瞒自己的饮食

状况、睡眠习惯、用药习惯，等等
- 谈到疾病时表现得好像它只是暂时的一样："我要是好点了，我们就带孩子去迪士尼，"或者，"有朝一日我痊愈了，还可能会去远足。"
- 经常想自杀
- 自己能干的事情越来越少，因此产生了沮丧、不耐烦的情绪
- 寻求第三方意见
- 研究自己的诊断书，来更好理解自己今后会面对什么
- 研究疼痛治疗方案以及可能的延缓病程的方法

可能会形成的个性特征：
由于这种创伤是在确诊后即刻形成的，没那么多时间恶化，因此人物不会经历重大的性格转变。反之，人物性格中已有的特征（尤其是那些促使人物否认疾病的特征）会更加显著。比如，人物会变得更加在乎个人隐私，或是变得更加率性而为、鲁莽、心事重重或放荡不羁，只有这样才能够帮助他面对这一创伤

可能会加重这一创伤的诱因：
- 看到自己一直想去的某地的旅行广告，但现在永远没法去了
- 开车经过教堂或其他代表上帝的地方
- 自己可能再也过不上的年度节日（圣诞节、生日等）
- 看医生或去医院寻求治疗或手术
- 有关遗嘱或个人临终要求的讨论
- 家中有小孩出生
- 想开始读一本书，可它是自己无法读完的系列丛书的一部分

- 制订最后一次度假的计划

面对或克服这一创伤的机会：
- 有关系疏远的家人，想要在死前修复彼此间的关系
- 有一个让自己寝食难安的大遗憾，并看到了处理这个遗憾的机会
- 接受了诊断结果，想要享受最后的时光
- 如果自己能够克服愤怒情绪，就能改正错误或为他人做出很大贡献
- 有梦想或目标，想要完成它们

> **注意：**
> 绝症无法治愈。对于患了绝症的人来说，最好的治疗方法也只能延长寿命，而不能拯救生命。尽管有些病人的确活得比医生推测的时间长，但当病人被告知只剩下六个月或更短的寿命时，他们就可被视作得了绝症。

创伤性的大事件

受到虐待、折磨
Being Tortured

人物受到创伤的具体情境：

如下经历的幸存者：

- 为不泄露信息而受尽折磨（战俘、出于政治目的的绑架等）
- 被连环杀手或虐待狂抓到
- 生活在暴力的异教团体、家庭或其他团体中
- 是恐怖组织的目标，组织里都是有着"从众心理"的、热衷施虐欺凌的同龄人
- 被指控犯下宗教的或政治的罪行
- 因为属于某个少数民族或宗教派别而受到迫害
- 是被捕的记者
- 是动荡国度的人权捍卫者或医疗专家
- 是敌对犯罪团伙（如，黑手党）的成员

因受此创伤而常常受到损害的基本需求：

生理、安全感、尊重与认可、自我实现

人物可能接受的错误观念：

- 我无法信任任何人
- 如果你让人靠近，他们就会伤害你
- 因为那些发生在我身上的事，我现在残破不堪
- 我永远无法过上正常生活
- 人们无法应对生活的丑陋。如果他们发现我经历的事，他们就会离开我
- 上帝抛弃了我
- 我无法控制发生在我身上的事。我感到无助

- 只有在舒适区里，我才是安全的
- 与其试图忘记过去，不如埋葬过去

人物可能会害怕：

- 被强制关押
- 叫喊、争吵或任何会恶化成暴力的情形
- 火、水、电或某些在折磨自己时用到的工具
- 羞辱
- 被人拍照或录像
- 被人触碰
- 向人敞开心扉或分享个人信息时意外遭到拒绝
- 孤独
- 自己的呼吸或行动受到限制
- 权威人士（如果施虐者有权有势）
- 性交、亲密关系
- 孤身一人，或者相反，和他人在一起或置身于人群中

可能的反应和结果：

- 会被突如其来的动作惊到
- 难以确信任何事情，因为始终认为自己的掌控只不过是幻想
- 自我认知十分负面
- 十分注意自己的直觉（如，很快能识别出潜在的危险）
- 对自我价值感到困惑
- 如果感到力不从心或不安全，就会待在家里或家附近

- 难以向他人求助
- 感到和他人"格格不入"（一种源自个人经历的孤独感）
- 分析他人的行为；事后判断他们的动机
- 难以像以前那样享受生活
- 被负面或担忧的情绪以及他人的感受所影响
- 需要空间；如果别人未获许可就靠近自己，便会感到不舒服
- 进食障碍
- 容易腹泻，感到关节疼痛，经常生病
- 储藏食物和资源（如果它们和自己曾面对的折磨有关）
- 总是偏执地思考同一件事，尤其是在这件事和消极情绪有关时
- 当焦虑情绪导致自己心跳加速、呼吸困难时，必须安抚和劝说自己
- 别人说他们理解自己或事情总会变好的时候，自己会觉得他们居高临下
- 担忧很快恶化成焦虑或发展为偏执
- 患上创伤后应激障碍（抑郁，失眠，梦魇，恐慌症，记忆闪回，等等）
- 即使是最基本的事也感到无力完成，如做饭、打扫、整理
- 产生自杀的想法
- 处理不好人际关系，难以和人交往
- 出现信任危机，害怕受伤
- 持续存在强烈的羞耻感
- 难以面对批评，无论批评是多么善意
- 自我安慰的行为（轻抚自己的前臂，拥抱宠物，读书，把自己裹在毯子里，吃甜点，等等）
- 写日记，写诗，或给当初折磨自己的人写信，以此来抒发情绪

可能会形成的个性特征：

积极特质
- 警觉的、善于分析的、充满感激的、谨慎的、勇敢的、温柔的、内向的、善良的、忠诚的、仁慈的、多愁善感的、关心社会的

消极特质
- 反社会的、难以自控的、控制欲强的、玩世不恭的、戒备的、狂热的、健忘的、无趣的、拘谨的、缺乏安全感的、多疑的、悲观的

可能会加重这一创伤的诱因：
- 读到某个故事，其中人物经历的创伤和自己的相似
- 意外被锁到房间中
- 做噩梦或在白天记忆闪回
- 看到血迹或别人皮肤上的擦伤
- 停电；独自处在黑暗中
- 暴力，或因不容忍、仇恨和迫害引起的暴力威胁
- 被人触碰，尤其是在没预料到的情况下

面对或克服这一创伤的机会：
- 被劫为人质（如，银行抢劫）无法脱身，自己为了活命必须保持冷静
- 有朋友或亲人经历了创伤，想帮他们从创伤中走出来
- 自己如果保持积极和专注，就可以达成目标和梦想
- 碰到一个特别的人，想与其共度余生
- 发现自己怀孕了
- 想要引导其他幸存者，做他们的榜样，给他们希望

创伤性的大事件

所爱的人自杀
A Loved One's Suicide

因受此创伤而常常受到损害的基本需求：
安全感、爱与归属、尊重与认可

人物可能接受的错误观念：
- 这是我的错。我早该看出这些迹象的
- 如果我当初多陪陪他（或做个更好的女儿，等等），他就不会死了
- 她如果真的爱我，就不会自杀了
- 我无法拥有真正的亲密关系
- 我让他人觉得生活难以承受
- 生活顺利时，我还算可以被依赖；但事情不顺时，人们就不会向我求救

人物可能会害怕：
- 抑郁症以及它会导致的结果
- 自己会忽略某些迹象，同样的事情还会发生
- 自己对于所爱的人来说永远不够好
- 无法和他人建立真正的亲密关系
- 自己不值得信赖或自己无能
- 自己有一天受不了，也会像家人一样自杀
- 被其他亲人抛弃
- 自己的孩子更容易自杀，因为他们已经亲身接触过自杀事件

可能的反应和结果：
- 疏远家人和朋友
- 向别人隐瞒所爱之人的真实死因
- 不知怎么告诉孩子自杀的事
- 分析和逝者的交往与互动，来找出自己忽略的事
- 头脑中细数做过的伤害去世亲人的事
- 出现胃痛及其他消化问题
- 没胃口
- 因为自己真实的或想象的负罪感而失眠
- 只维持表面的人际关系来避免潜在的伤害
- 变得过分依恋他人，黏着自己所爱的人
- 对所爱的人过分警觉
- 过度执着地留意他人自杀的迹象
- 如果所爱的人感到低落或悲伤，自己就会惶恐
- 如果有亲人看起来沉默寡言或不想沟通，那么自己会很焦虑
- 如果亲人看起来很脆弱，那么自己就很难再尊重他们的隐私或私人空间
- 因为自己对他人自杀感到愧疚而过分补偿（太严厉或太宽容，因为想要更加留心自己所爱的人而让他们感到窒息，等等）
- 变得更加好管闲事；想知道别人的情绪
- 尽力让别人的生活很完美，这样他们就会开心
- 越俎代庖，惹恼了那些不想要或不需要帮助的人
- 变得抑郁
- 有自杀想法或尝试自杀
- 自我麻醉
- 努力提升自己做得不好的地方（更加关注别人，更加顺从，等等）
- 练习如何直率地分享自己的情绪，鼓励他人也这样做

- 寻求治疗或加入幸存者小组
- 和他人一起努力提升公众对自杀的认知
- 更加理解他人的心情和情绪
- 引导那些更容易受到自杀影响的人（老年人、瘾君子等）

可能会形成的个性特征：

积极特质

- 充满爱意的、充满感激的、负责任的、抚育他人的、善于观察的、在乎隐私的、沉思的、积极主动的、多愁善感的、热心助人的

消极特质

- 成瘾的、冷漠的、冷酷的、难以自控的、对抗型的、悲观多疑的、爱挑剔的、充满敌意的、无趣的、拘谨的、缺乏安全感的、不理性的、向人诉苦乞怜的

可能会加重这一创伤的诱因：

- 重要的大事（逝者的生日，结婚纪念日，逝者如果在世的大学毕业日，等等）
- 自己本应得到某人的消息，却没有得到
- 宣传预防自杀的电视广告和其他广告
- 看到旨在提升预防自杀的公众意识的游行
- 参加去世的亲人经常参加的家庭聚会或年度活动
- 遇到用于自杀的工具或物品（药片、绳子等）

面对或克服这一创伤的机会：

- 在另一个亲人身上发现抑郁或自杀迹象
- 陷入抑郁，知道自己必须寻求帮助
- 对密友详细说明自己所爱的人意外自杀后的影响
- 看到亲人有自残迹象

- 因为太过努力地成为别人需要的人而失去了自我
- 有朋友或家人养成了某些危险的习惯，当初自杀的亲人也有这些习惯（患上饮食障碍、吸毒等），自己却没留意
- 孩子变得叛逆，因为自己的过分关照让其感到窒息

注意：

自己所爱的人自杀是个很难消化的创伤。幸存者通常会反省自己，寻找当初可能阻止自杀发生的方式，好像是他们对不起对方，因为他们忽略了某些迹象或没有足够努力去帮助对方。有些人物会试图理解导致自杀的原因，以及自己是否在一定程度上导致了所爱之人的自杀。这种创伤的深度取决于人物的应对能力，也取决于在他们看来自己应为此负责任的程度。

创伤性的大事件

天灾人祸
A Natural or Man-Made Disaster

人物受到创伤的具体情境：
- 极端天气，如地震、飓风或热带风暴、严重的雷暴、龙卷风、洪水、海啸、雪崩、热浪、冰暴
- 火山喷发
- 核电站熔毁
- 化学武器攻击或意外核泄漏
- 病毒暴发
- 陨石撞击
- 由毁林开荒导致的塌方或泥石流
- 森林火灾或人为制造的火灾
- 石油泄漏或矿井爆炸
- 大坝决堤
- 工业废料泄漏导致的大面积污染
- 毁灭性的干旱和饥荒

因受此创伤而常常受到损害的基本需求：
生理、安全感、爱与归属

人物可能接受的错误观念：
- 上帝在惩罚我（或人类、我的群体等）
- 掌控权只不过是种幻觉
- 我们永远不会真正安全
- 我有理由为了保证安全做出任何事
- 在有权势的人把我们全部杀害之前，我们必须先击垮他们
- 我是唯一能保护家人的人
- 保证安全的唯一方式就是件件事都准备周全
- 当你最需要别人时，他们会让你失望

- 大自然很危险，应该避开它
- 我质疑一切。我谁也不信

人物可能会害怕：
- 和灾难有关的某些地方（雪山、暴风雨躲避处等）
- 和灾难事件有关的季节或气象（气温、降雨等）
- 人口密集的地区，大群的人
- 自然区域
- 生病或受伤（因此很无助）
- 缺乏食物、水源或医药
- 得不到武器来保护家人
- 政府或有权势的人
- 气候变化

可能的反应和结果：
- 研究它，试着理解它
- 大量储备物资，以防万一
- 制订撤离计划
- 质疑政府和媒体告诉自己的话
- 检查多方新闻来源，而不是只看一家的新闻
- 因为自己在受灾时感受到的他人的冷漠而疲惫
- 需要追踪并密切监视家人
- 如果孩子和其他人待在一起或离自己太远，就会感到不舒服
- 为了避免某种特定的危险而搬到另一个地方

- 夜间惊恐
- 难以放松，难以享受小事
- 出现创伤后应激障碍症状（恐慌症，失眠，记忆闪回，产生幻觉，等等）
- 有囤积癖倾向
- 成为疑病症患者
- 总是倾向于想到最坏的情况
- 在某些天气下睡不着觉
- 为应对紧急情况而改造房屋（建造暴风雨庇护所或地下储存区域，围起栅栏，打水井，等等）
- 为世界末日做准备活动
- 变成阴谋论者（如果灾难是人为的）
- 参加符合自己观念或能帮自己应对未来的线上小组
- 学习怎样自给自足，以防将来独自应对生存挑战
- 把自己的健康放在首位
- 和家人的联系更加密切

可能会形成的个性特征：
积极特质
- 适应力强的、警觉的、遵守纪律的、高效的、专注的、独立的、勤奋的、鼓舞人心的、忠诚的、关注自然的、善于观察的

消极特质
- 反社会的、冷漠的、拘谨的、缺乏安全感的、不理性的、贪图享乐的、黏人的、持有执念的、多疑的、悲观的、自私的、吝啬的

可能会加重这一创伤的诱因：
- 工业的象征（如果灾难是人为的），如工厂或烟囱

- 让自己想起艰难时刻的东西，如空荡的橱柜
- 停电
- 在暴风雨中倒下的树木
- 电视新闻中报道的别国的灾害
- 灾难事件的周年纪念日
- 报警器或其他急救车辆的声音
- 和事件有关的声音（玻璃破碎的声音，警笛声，树木折断的声音，突然的寂静，等等）
- 和事件有关的味道（烟味，汽油或化学产品的味道，臭氧的味道，等等）

面对或克服这一创伤的机会：
- 另一场紧急事件或灾难
- 在一种紧急情况下，自己必须依赖他人（包括警察）的帮助
- 处于困境中，别人对自己表示同情，愿意帮助自己
- 看到有人慷慨仁义，没有利用或无视需要帮助的人
- 被给予一个为他人做出改变或加入一个为更美好未来而奋斗的事业的机会

创伤性的大事件

威胁生命的事故
A Life-Threatening Accident

人物受到创伤的具体情境：
- 在轿车、船只、火车或飞机上发生的交通事故
- 游乐场乘骑设施故障
- （在家中，在危房中，在木桥上，等等）从腐烂的地面或桥面上掉下去
- 地面坍塌（如，因为雪盖住了冰窟、陷洞）
- 从湖上的冰层掉下去
- 意外触电
- 被水下废弃物缠住，几乎溺亡
- 被野生动物袭击
- 因为装备失灵而在攀岩过程中跌落
- 跌出窗户或跌下屋顶
- 施工事故
- 走路或骑行时被汽车碾压
- 被动物踩踏（动物惊逃）或被人踩踏（在暴乱或黑色星期五的购物狂欢中等）
- 衣服夹在机器中
- 被掩埋（因为沙堆坍塌、雪崩、陷进流沙中等）

因受此创伤而常常受到损害的基本需求：
生理、安全感、尊重与认可、自我实现

人物可能接受的错误观念：
- 世界太危险了。只有待在自己家中，我才会安全
- 无聊地活着也总比死了好
- 人们只能看见我的伤疤，却看不见我
- 我永远也变不回原来的样子了

死亡无处不在，所以何苦追求长久的事（如家庭、梦想等）
- 我随时可能死，那为什么还要做万无一失的事呢？
- 我无法信任自己的直觉
- 世界不需要去探索
- 应该让别人为我做决定，因为我太愚蠢了，没法承担责任

人物可能会害怕：
- 自然，动物或其他和事故有关的因素
- 一个人或与外界失联
- 流血，受伤和疼痛
- 滞留在某地
- 危险和风险
- 不知道信息和细节
- 做出错误的决定或选择
- 旅行
- 突然的变故让自己措手不及

可能的反应和结果：
- 考虑最坏的情形
- 过度计划，导致所有事情都毫无乐趣
- 只在家附近活动；在家待着，不出门
- 不想独自做事
- 回避有风险的事，即使它曾给自己带来极大的满足
- 寻求能够消除疑虑的肯定，确保自己的选择或行为是安全的
- 总是追踪或密切关注亲人动态

- 检查数据（某一活动的安全协议，交通工具的安全系数，等等）
- 在进行人际交往、参加活动、旅行等之前需要先知道规则
- 反对和事故有关的活动，禁止孩子参加这样的活动
- 不愿做或毫不犹豫地拒绝有风险的事（如，跳伞或溜索运动）
- 对变化很警惕（观察天气，关注所购买产品的召回通知，等等）
- 到任何地点都会评估可能的危险
- 直觉至上，如果感觉不太对就会离开
- 不愿离开舒适区
- 回避和事故有关的人和地点
- 对某些事情很迷信
- 表达自己对于不同活动和环境的安全性的担心
- 列举产品、地点、活动等的潜在危险
- 高度依赖安保技术（家用报警器、事实核查应用程序，等等）
- 避免心血来潮；需要评估所有情形的可能风险
- 过度行事，变得鲁莽，几乎在挑衅死亡
- 如果别人表现出担心，自己也会感到焦虑（当涉及恐惧时，就会变得敏感）
- 回避会导致深度依恋的认真的情感关系
- 对死后会发生什么产生兴趣
- 形成"安全第一"的思维模式
- 学习急救技能

可能会形成的个性特征：
积极特质
- 警觉的、善于分析的、谨慎的、好奇的、遵守纪律的、一丝不苟的、抚育他人的、善于观察的、有条理的、有说服力的、积极主动的、细心保护的

消极特质
- 控制欲强的、戒备的、轻信的、犹豫不决的、不知变通的、缺乏安全感的、不理性的、自以为无所不知的、紧张的、持有执念的、迷信的、胆怯的、自寻烦恼的

可能会加重这一创伤的诱因：
- 自己在场时发生了离奇的事故
- 看到有人没意识到身边的危险（如，站在没有盖子的井口旁边）
- 导致自己受伤的小事故（如，手被玻璃碎片划破）
- 媒体报道了一起有人员伤亡的事故
- 亲人经历了某种意义上的死里逃生

面对或克服这一创伤的机会：
- 过分关注安全，导致人际关系恶化
- 在一种生死攸关的情况下，自己必须承担风险，快速行动
- 想帮助很有希望从事故中恢复过来的人
- 看到亲人因受伤或确诊某种疾病而沮丧，但对方没有因此自我设限
- 看到榜样冒着风险为他人做很多好事

为了生存不得不杀人
Having to Kill to Survive

人物受到创伤的具体情境：

- 被迫加入黑帮
- 为了逃离监禁或折磨而杀人
- 父亲为了保护孩子或自己而抵挡陌生人的伤害
- 母亲为了保护孩子或自己而抵挡配偶的家庭暴力行为
- 孩子保护亲人
- 打仗时（身为战士）必须杀人或只是在履行工作职责（身为银行警卫、警察等）
- 被迫在一种虐待性的游戏或情境中杀人
- 危急情况下杀人来保护自己的重要资源
- 为了给家人获取重要资源（食物、水、武器）而杀人
- 儿童被迫加入军队

因受此创伤而常常受到损害的基本需求：
安全感、爱与归属、尊重与认可

人物可能接受的错误观念：

- 我是个暴力、危险的人。我是恶魔
- 我做出了无法想象的事情，所以我什么事都能做
- 我会因为我所做的事遭到谴责
- 没人会再信任我了
- 人们现在看我的眼光不同了
- 人们害怕在我身边，因为他们觉得我会失控，实施暴力
- 无论我做什么，人们只会把我看成是一个杀手

人物可能会害怕：

- 以自己的能力可能做出的事
- 把暴力倾向遗传给孩子
- 人们发现了所发生的事
- 自己所爱的人知道发生了什么后会离开自己
- 杀人的报应或后果（被逮捕，受害者亲人来报仇，自己的孩子被人从家带走，等等）
- 和事件有关的某个群体或组织
- 因为所做的事受到批判

可能的反应和结果：

- 因为内疚或羞愧而自我厌恶
- 变得铁石心肠
- 疏远自己所爱的人
- 别人吵架或打架时自己会感到焦虑
- 创伤后应激障碍症状（抑郁，焦虑，记忆闪回，噩梦，等等）
- 担心自己行事会诉诸暴力且不考虑他人
- 必须时刻知道亲人在何处（如果亲人可能遭到报复的话）
- 难以信任他人、难以与他人建立友谊
- 不愿分享个人信息
- 做决定前评估风险
- 无法随心所欲

创伤性的大事件

- 杀人场景在脑海中萦绕不散
- 靠吃药来应对内疚或羞愧感
- 变得易怒
- 害怕自己的怒气和自己可能会做出的事
- 睡眠质量下降或失眠
- 总是考虑最坏的情形；消极地看待世界
- 对社会的善意和人性的善良缺少信心
- 难以放松或享受生活中的小事
- 总是会注意到危险和威胁
- 欺骗别人，轻易说谎，隐藏自己的行迹
- 开始信仰或放弃宗教
- 为了自我保护，打造自己的武器库
- 给住宅和家人增添保险项目
- 缓慢、谨慎地开启新的人际关系
- 试图补偿，以减轻内疚感（即使自己的内疚感是无事实根据的）
- 变成和事佬；避免所有的矛盾和摩擦

可能会形成的个性特征：
积极特质
- 警觉的、充满感激的、谨慎的、讲究策略的、勇敢的、果断的、遵守纪律的、独立的、细心保护的、足智多谋的、关心社会的

消极特质
- 成瘾的、反社会的、控制欲强的、玩世不恭的、戒备的、不耐烦的、黏人的、不知变通的、不理性的、多疑的、持偏见的、悲观的

可能会加重这一创伤的诱因：
- 展现身体暴力的电影或电视节目
- 碰到与自己用来杀人的同种类型的物品或武器（商店橱柜中的刀，自己的枪，等等）

- 在噩梦中重现事件
- 附近有人打架
- 一场争论升级成大喊大叫
- 自己杀人经历中具体的感官细节，如一段木头的粗糙程度
- 自己的孩子玩的和暴力有关的角色扮演游戏（如，孩子们扮演英雄和坏蛋）
- 碰到受害者的亲人

面对或克服这一创伤的机会：
- 面临生死关头，另一个人的生命在自己手中
- 后来发现自己当时误解了形势，死亡并非必需
- 因为这一行为而受到批判、审判或者诽谤，即使这只是在自我防卫
- 注意到了孩子或配偶在自己在场时的行为变化
- 被看作不称职的父/母，因此必须尽一切努力挽回局面，包括参与治疗，改变陪审员的观点

创伤性的大事件

校园枪击事件
A School Shooting

因受此创伤而常常受到损害的基本需求：
安全感、爱与归属、尊重与认可

人物可能接受的错误观念：
- 这是我的错。我本应该做点什么来阻止它的
- 我保证不了所爱之人的安全
- 我随时都可能会死
- 你永远无法真正了解一个人
- 别人随时有可能攻击你
- 暴力无处不在
- 我的人生随时都有可能结束，所以何苦非要去做有意义的事
- 这个世界满是罪恶

人物可能会害怕：
- 死亡
- 枪支和暴力
- 爱着别人，但又失去他们
- 陌生人（如果人物不认识枪击者）
- 容易受到伤害
- 在关键时刻大脑宕机或犯错
- 信任他人（尤其是为了自己或所爱的人的幸福）
- 人群或人口密集的地方
- 还会发生另一起校园枪击事件

可能的反应和结果：
- 疏远他人
- 难以集中注意力
- 情绪很快变得极端
- 用酒精或毒品自我麻醉
- 只有自己活了下来，因此感到内疚
- 怀疑自己的信仰（如果自己有宗教信仰的话）
- 变得极度警惕（如，提防可能的危险和威胁）
- 在压力袭来时反应过度或反应不足
- 受惊后反应过激
- 因长期压力而饱受痛苦（头痛，胃病，无法消解的疼痛，等等）
- 做噩梦，梦到自己被杀或无力拯救别人
- 在恐慌中醒来（心跳加速，晕头转向，等等）
- 需要时刻知道自己所爱的人在何处
- 恐慌袭来、被恐惧感淹没
- 难以享受生活中的小事
- 出现创伤后应激障碍（焦虑，抑郁，失眠，做噩梦，夜间惊恐发作，记忆闪回，等等）
- 把生命看得很重要或不够重要
- 自己若笑了、玩得开心或者享受一些小事，就会感到愧疚
- 把自己和受害者做比较，试图理解为什么自己被放过了
- 担心对此事释怀是对死者的不敬
- 和自己爱的人黏在一起
- 拒绝谈论枪击事件
- 和事件发生时不在场的人谈不到一块
- 执着于调查此事，希望能够理解到底发

生了什么
- 出于没有拯救他人的愧疚感而批评自己的行为
- 寻求自我保护（获取持枪许可证，随身携带刀，等等）
- 成为反对持枪者
- 出现信任危机；和不熟悉的人在一起会感到不舒服
- 独自在家或和家人分开时会感到焦虑
- 规避风险，不会再冲动行事
- 想要谈论发生的事，以处理自己的情绪
- 参加团体或个人心理咨询
- 写下自己的经历和感受

可能会形成的个性特征：

积极特质
- 警觉的、善于分析的、谨慎的、遵守纪律的、共情力强的、忠诚的、仁慈的、抚育他人的、洞察力强的、细心保护的、负责任的

消极特质
- 反社会的、控制欲强的、无趣的、冲动的、缺乏安全感的、不理性的、黏人的、持有执念的、多疑的、心不在焉的

可能会加重这一创伤的诱因：
- 枪声（在电视上，在影院里，在射击场中，等等）
- 很大的噪声，如汽车回火、爆炸声或烟花爆竹的声音
- 一些具有触发性的象征物，如与枪击者同款的运动鞋或棒球帽
- 随机恶性事件发生时，有朋友或家人在现场
- 不得不去医院

- 紧急车辆警报器的呼啸声
- 枪击案周年纪念日
- 碰见死者家人

面对或克服这一创伤的机会：
- 参加守夜祈祷活动，与其他受害者重聚
- 让孩子在家接受教育，随后意识到这是自己因为恐惧而做出的决定
- 再次遇到暴力事件，不得不做出行动来拯救自己和他人
- 看到朋友难以应对这一创伤，想要帮他渡过难关

> **注意：**
> 校园枪击事件造成的创伤会给不同人带来不同影响。学生、老师和后勤人员是首要受害者，因为他们离那一情形最近，但是父母（在这所学校上学的孩子的父母、受害者的父母，甚至枪击者的父母）也可能会受到创伤。创伤会波及一线的急救人员、市政领导、媒体人和社群，他们都可能受到了这一暴行的影响。你如果选择书写这一创伤，那么要考虑人物的性格、身份，及其与事件的紧密程度会如何导致不同行为和感受的出现。时间线也是需要牢记的重要一点，因为有些反应维持的时间比较短暂，而其他反应则会转变为长期行为和持续反应，从而影响着人物。

创伤性的大事件

因为随机的恶性事件痛失亲人
Losing a Loved One to a Random Act of Violence

人物受到创伤的具体情境：
- 兄弟姐妹被驾车枪击的或黑帮火并的流弹击中
- 配偶死于抢劫
- 家人死于火灾
- 孩子或配偶死于校园枪击事件
- 亲人受到失控的瘾君子的袭击
- 朋友或家人在恐袭中被人杀害
- 亲人制止打斗，却被捅死或射杀
- 配偶在遭遇抢劫后受了致命的伤
- 因为被错认了身份，家人被人杀害
- 犯罪分子逃离现场或躲避警察追捕时，开车碾压了自己的孩子
- 父母一方（作为警察、特种兵、爆破小组成员等）在执勤时死亡
- 孩子被人抓去做人肉盾牌
- 杀人者通过杀害某人来向他人传递某个信息（如，恐怖分子通过挟持人质发表政治或宗教观点）

因受此创伤而常常受到损害的基本需求：
安全感、爱与归属、尊重与认可、自我实现

人物可能接受的错误观念：
- 我本应该阻止这件事
- 我是个糟糕的配偶（或父亲、母亲、人等），因为我没能保护好我爱的人
- 最好还是不要爱任何人，以防之后又失去他们

- 社会体系崩塌了。对于我们这样的人（和受害者属于同一种族、性别、宗教信仰等）来说，没有保护或正义可言
- 邪恶总能获胜
- 你的所爱迟早被夺走
- 为未来做打算很愚蠢，因为无论你怎么打算，坏事都会发生

人物可能会害怕：
- 孤身一人
- 另一位亲人死于暴力事件
- 没有掌控权
- 不得不独自抚养孩子（如果配偶被杀害了）
- 和死亡有关的具体情形（如，亲人曾被劫车，自己就会害怕开车）
- 和凶手相似的人（同一民族或性别的人，面部有疤痕的人，等等）
- 信任某人，结果却将自己所爱的人置于危险之中

可能的反应和结果：
- 以泪洗面，抑郁
- 向所有应为此负责的人发泄愤怒
- 在艰难时刻或实在难以应对这一伤痛时会对着死去的亲人讲话
- 闻亲人的衣物或枕头，希望能捕捉他们的气息
- 仔细翻看照片和纪念物
- 执着于安全防范；担心幸存的亲人的安

全和幸福
- 强迫性地锁门、检查门窗
- 反复确认亲人的平安（发短信，去瞅一眼睡梦中的孩子，等等）
- 随身携带武器
- 总把手机充满电，放在手边
- 避开拥挤地区或陌生人
- 强迫家人遵守安全协议（乘车回家而不是走回家，坚持实行宵禁，等等）
- 难以信任刚认识的人，在未经证实的状况下，无法相信他们说的话
- 变得冷漠；难以和人敞开心扉（尤其是伴侣被人杀害的情况下）
- 频繁扫墓或前往亲人去世的地方
- 喝酒或乱吃药
- 执着于把凶手绳之以法
- 放弃自己的信仰或重拾信仰
- 对和亲人的死有关系的那类人抱有偏见
- 加入互助小组
- 坚持遵循某个自认为很安全的日常惯例
- 变得警惕，更加提防周边环境
- 充分把握和过好与余下亲人在一起的每一刻
- 和亲人的感情比之前更亲近了
- 致力于带来改变（通过演讲增强公众意识，经济上支持某个倡议团体，等等）

可能会形成的个性特征：
积极特质
- 充满感激的、果断的、共情力强的、慷慨的、好客的、内向的、公正的、忠诚的、仁慈的、善于观察的、激情的、沉思的

消极特质

- 成瘾的、反社会的、对抗型的、充满敌意的、无趣的、冲动的、犹豫不决的、不知变通的、不理性的、黏人的、紧张的、持有执念的

可能会加重这一创伤的诱因：
- 听到枪声、警笛声、刺耳的轮胎声或其他与暴力犯罪有关的声音
- 暴力电影预告片和暴力电子游戏广告
- 从噩梦中醒来，梦中这件事在重演
- 在手机上发现从前的一条信息或一张照片
- 孩子带着擦伤或其他可见伤回家

面对或克服这一创伤的机会：
- 得知应为此事负责的人又伤害了别人
- 某个让自己担心家人安全的情景（孩子在宵禁前没回家，配偶本来说要打电话结果没打，等等）
- 自己所住的街区变得愈加危险
- 极其渴望正义，因此自己必须采取行动
- 发现凶手因为某个技术细节或警察的疏忽而逍遥法外
- 得知某个家人和应负责任的团体有关系（他们彼此是朋友、同事等）

创伤性的大事件

有孩子死于自己的看护之下
A Child Dying On One's Watch

人物受到创伤的具体情境：
孩子的死亡原因是：
- 有人给孩子吃含有已知过敏原的食物
- 毒药或药物没有放好，被孩子吃掉
- 绳子或纸袋造成的窒息死亡
- 在玩父母的枪时意外走火
- 被正在倒车的轿车碾压
- 未及时修缮的危险事物（断裂的栏杆，锁不上的窗户，等等）
- 看护人自己点燃的香烟或开着的取暖器导致家里起火
- 看护人导致的车祸
- 看护人拒不接受患上传染性疾病的诊断（如，肺炎），意外将疾病传染给孩子
- 孩子和伙伴们在看护人家的泳池中玩的时候溺亡

因受此创伤而常常受到损害的基本需求：
爱与归属、尊重与认可、自我实现

人物可能接受的错误观念：
- 我无法对另一个人的生命负责
- 我不值得信赖，我不负责任
- 我是个糟糕的父亲／母亲
- 如果别人看护孩子就不会出事了
- 我不配得到原谅
- 我无法保证我爱的人的安全
- 对身边所有人来说，我是个危险。没有我，别人的生活会过得更好

人物可能会害怕：
- 为他人负责
- 被那些无法原谅自己的人排斥
- 他人的评判
- 被看成不称职的父亲／母亲，自己的其他孩子被人从身边带走
- 任何导致孩子死亡的因素（水、开车、高处等）

可能的反应和结果：
- 陷入深深的抑郁中
- 嗜睡或无法入睡
- 止不住地哭泣，或情绪变得敏感
- 辞职，不参加活动
- 躲避承诺
- 在情感上疏离自己看护的其他孩子
- 避开儿童和他们聚集的地方
- 变得防卫心很强；因为要证明自己没有责任而责备他人
- 为了不再错过任何事而变得偏执或难以控制
- 对其他自己照看的孩子过度保护，过分严厉
- 当看不到自己看护的孩子或听不到他们的动静时就会感到恐慌
- 因为羞愧和内疚而疏远他人
- 不向别人敞开心扉
- 离群索居
- 考虑或尝试自杀
- 自我麻醉

- 对死去的孩子念念不忘；不能释怀或无法继续前行
- 因为自我厌恶而做出自毁行为
- 不愿意出门，也不愿见人或结交新朋友
- 搬到新的房子、城市或州，以此来远离所发生的事
- 打造纪念孩子的纪念物
- 捐出孩子的衣物或玩具，让他人从中受益
- 联系朋友、牧师、治疗师，或拨打热线寻求帮助
- 参加同样失去孩子的父母组成的小组的会议

可能会形成的个性特征：
积极特质
- 警觉的、谨慎的、协作的、一丝不苟的、善于观察的、在乎隐私的、积极主动的、细心保护的、负责任的

消极特质
- 成瘾的、冷酷的、悲观多疑的、回避的、爱挑剔的、无趣的、拘谨的、缺乏安全感的、不理性的、不负责任的、病态的、黏人的、紧张的

可能会加重这一创伤的诱因：
- 不得不看护别人的孩子
- 不得不和自己看护的其他孩子参加其他重大活动（如，生日聚会）
- 发现死去的孩子遗留的画作或礼物
- 处于事件发生的情景或相似的地点
- 要给别的孩子买礼物，如圣诞节礼物或成人礼礼物
- 有关死去孩子的大事（生日，如果他们没有死去现在应该经历的成长阶段，等等）
- 谈及死去孩子的名字

- 本来要雇自己的人得知有孩子死于自己的看护之下，于是失去工作机会（作为住家保姆、临时保姆等）

面对或克服这一创伤的机会：
- 看到另一个成年人无意间使孩子处于危险之中，最终接受这种情况可能发生在任何人身上
- 和他人关系闹僵（因为自己无法应对现实而离婚，与团体的关系出现裂痕，被人起诉，等等），这让自己认清自己需要他人的帮助来处理内疚感和痛苦
- 孩子的父母原谅了自己，意识到自己也要宽恕自己

> **注意：**
> 在大多数孩子死于自己的看护之下的案例中——自己的孩子也好，别人的儿子或女儿也罢——不论是否是自己的错，那些看护人都会责备自己。但即使是看护人意外造成了这种过失，责任的重担和后悔的情绪也足以把他/她压垮。为了进一步探索这种创伤，本条目将会侧重展现这种案例：看护人可能无意间造成了孩子死亡，但不应承担法律责任。你如果想要获取因完全不可控因素导致失去孩子的相关信息，请详见296页"<u>自己的孩子去世</u>"部分。

创伤性的大事件

在大自然中迷路
Getting Lost in a Natural Environment

人物受到创伤的具体情境：
在大自然中迷了路，独自一人在 _____ 待了很久
- 森林中
- 大山中
- 沙漠中
- 远足或野营时
- 海洋上

因受此创伤而常常受到损害的基本需求：
生理、安全感、尊重与认可

人物可能接受的错误观念：
- 我很无能
- 我无法信任自己的直觉
- 我需要别人来拯救我
- 为了不再陷于无助境地，我必须把一切都准备好
- 冒险就是在玩命
- 如果让我为他人负责，我可能会让他们失望
- 我做的任何事都不重要，因为一切都由命运决定
- 自然无法预测，应该敬而远之

人物可能会害怕：
- 自己迷路的具体地点
- 在饥寒交迫中死亡
- 孤身一人或与世隔绝
- 自己经历过的某种天气（如，暴风雪）

- 到离家很远的地方
- 新地方或尝试新事物

可能的反应和结果：
- 很少离开自己家
- 如果周围的环境太安静或太黑，自己会变得很焦虑
- 避开和自己迷路的地点相似的地方
- 对和自己迷路的地点相似的地方，念念不忘
- 大量储存食物、毯子或一切能够帮自己在艰难处境下免受痛苦的东西
- 节俭使用资源
- 认为大自然处处都不可靠；认为总有潜在危险会出现
- 变得依赖他人
- 需要许多科技产品（网络服务，移动电话或卫星电话，收音机，警用无线电，等等）才会感到安全
- 从不独自去任何地方
- 沉迷于社交媒体，这样自己就可以一直和别人保持联系
- 回避新地点和新体验，尤其是要求自己出门在外的体验
- 拒绝接受他人帮助
- 搬到自己感觉更安全的地方
- 需要掌控一切
- 因为长时间的独处，所以不再遵守社会准则（忽视私人空间，在公共场合脱衣服，不洗澡，等等）

- 难以随心所欲
- 在团体活动和出游中由于太过谨小慎微扫了别人的兴
- 故意把自己置于那些曾迷路的地方，以此来直面自己的恐惧
- 学习生存技能
- 努力变得更加独立、技能娴熟
- 提前做好计划来应对紧急事件（在车里准备好救生包，买冻干食物以应对紧急情况，等等）
- 感恩令自己感到安慰的小事
- 对物质的需求比事件发生前更少了

可能会形成的个性特征：
积极特质
- 适应力强的、警觉的、谨慎的、独立的、善于观察的、乐观的、耐心的、坚持不懈的、足智多谋的、明智的

消极特质
- 控制欲强的、戒备的、自私的、喜怒无常的、迷信的、胆怯的、沉默寡言的、不合作的、孤僻的、自寻烦恼的

可能会加重这一创伤的诱因：
- 迷路，即使是在安全地点（如，在试图找到一位新医生的办公室或拜访另一个城镇的朋友时）
- 得知有亲人将要去自己当初迷路的地方
- 旅行时移动手机服务无法使用
- 触发迷路经历的感知刺激（不受控制的颤抖，穿过树林的风声，等等）
- 可能会导致自己与外界失联的极端风暴或天气
- 当前的种种事件表明即将发生战争或大动乱，这可能会再次让人陷入生死危机

- 没有足够的食物或水

面对或克服这一创伤的机会：
- 需要去和当初迷路的地方相似的地点（工作中获得了乘船游览的机会，孩子野营时需要监护人，等等）
- 因为这次艰难的经历而患上某种障碍（如，广场恐惧症）
- 家人或朋友迷了路，需要有人去找他们并实施救援
- 孩子想要到户外玩来结交朋友，自己想为他们提供这个条件
- 自己总不让孩子做某些事（去露营，乘坐朋友的船，等等），于是孩子越来越感到不满

创伤性的大事件

遭遇恐怖袭击
A Terrorist Attack

人物受到创伤的具体情境：
- 炸弹爆炸
- 化学物质侵袭，如地铁系统中或建筑物内过滤装置的汽油泄漏
- 发生暴力事件，有人被挟持为人质
- 生物侵袭，如供水系统被投毒或依靠空气传播的病毒的释放
- 在敌意接管时期，大使馆遭到了袭击
- 网络恐怖主义（利用技术协同攻击网络来阻断基础设施，破坏安全系统，窃取经济数据）
- 生态恐怖主义（攻击某些产业和商业实体，因为有人认为它们在污染环境，伤害存在此环境中的动物）
- 核威胁或部署的核武装力量

因受此创伤而常常受到损害的基本需求：
生理、安全感、尊重与认可

人物可能接受的错误观念：
- 这么多好人都死了，我不配活着
- 我本应该做点什么来阻止这件事的
- 我在哪都不安全
- 我无法保证家人安全
- 警察只关心有钱有权的人，我们剩下的人就只能自己保护自己
- 恐怖分子早晚都会赢，那么何苦要建设更美好的未来呢？
- 把孩子带到这个糟糕的世界是种错误
- 只有复仇才能使我内心平静下来
- 这一宗教（种族、信仰等）中的所有人都不值得信任，可能都很危险
- 恐惧不同的或未知的东西是明智的

人物可能会害怕：
- 许多人汇集的地方（地铁、机场、火车站、商场等）
- 死亡
- 在特别紧要的关头无法思考
- 遭受疼痛和折磨
- 和袭击者同属一个种族、宗教或信仰体系的人
- 处于密闭空间，尤其是这个空间里有许多人时，比如机舱内
- 陌生人和人群
- 党同伐异（认为这是恐怖袭击的根源）

可能的反应和结果：
- 储存大量的武器、食物和水
- 拒绝旅行
- 患上创伤后应激障碍，出现焦虑和抑郁
- 对那些被认为是罪魁祸首的人表达恨意
- 不去大型场馆（体育场、音乐厅、露天游乐场等）
- 有着幸存者的内疚心理；困惑为什么别人死了自己却活着
- 对家人过分保护，尤其是孩子
- 只让自己所爱的人做自己认为安全的事
- 紧跟时事
- 回避自己不得不和陌生人交流的场景

- 在新闻中寻找能够预告将来可能发生之事的规律，以求保护自己
- 更容易受到政治宣传和恐慌煽动的影响
- 质疑他人的动机
- 把自己民族的或宗教的象征符号系在身上，以此来抵制恐怖分子的行径
- 不会公开佩戴自己民族的或宗教的代表物，担心自己受到迫害
- 在可能发生暴力的情况下（抗议、公众集会、罢工等）会感到焦虑
- 对环境变化更加敏感
- 身体对压力产生反应时会感到胸痛、头痛，会患上其他疾病
- 这一事件发生后无法重回日常生活
- 难以享受平凡的小事
- 用暴力宣泄愤怒
- 家人不在自己眼前，就会担心他们
- 贮藏生存必需品
- 为家人制订灾难或撤离计划
- 寝食难安
- 感到坐立不安，总觉得还应该再做些什么事
- 定期献血
- 建造或参观恐怖袭击中死难者的纪念碑
- 从前不怎么去教堂，现在经常参加礼拜
- 自己研究这次恐袭事件及其前因后果，以便更好地理解它
- 寻找做志愿者的途径或帮忙保护自己所在社区的方法

可能会形成的个性特征：
积极特质
- 警觉的、善于分析的、谨慎的、聪颖的、忠诚的、有条理的、爱国的、洞察力强的、积极主动的、细心保护的、负责任的、关心社会的、睿智的

消极特质
- 冷漠的、冷酷的、对抗型的、控制欲强的、狂热的、充满敌意的、不耐烦的、不理性的、品头论足的、紧张的、持有执念的

可能会加重这一创伤的诱因：
- 停电
- 地震或极端风暴
- 烟味或某些化学物质的气味
- 消防演习、撤离流程
- 暴力电影或新闻报道
- 媒体对游行、抗议、暴乱的报道
- 路过恐袭发生的地点
- 有人尖叫或大喊
- 看到血迹

面对或克服这一创伤的机会：
- 身陷自然灾害中，要让家人安全，自己必须先逃出来
- 碰到银行或商店抢劫，为了活命，必须理智思考
- 在建筑物中碰到汽油泄漏或火灾，他人能否逃出去全靠自己
- 发生了一场严重的车祸，而自己是第一个赶到现场的，需要帮忙拯救生命

创伤性的大事件

自己的孩子去世
The Death of One's Child

人物受到创伤的具体情境：
自己的孩子死于：
- 绝症
- 车祸
- 自然灾害
- 体育赛事中发生的离奇事故（胸部被棒球砸中，遭到致命脑损伤，等等）
- 无法确诊的情况（严重的过敏，血友病造成的出血，等等）
- 从公交站走回家时被车撞到
- 在野外迷路
- 自己禁止的危险活动（如，爬屋顶）
- 鲁莽答应了别人的挑战或参加危险游戏
- 婴儿猝死综合征（SIDS）
- 腹中，分娩时或出生后不久

因受此创伤而常常受到损害的基本需求：
安全感、爱与归属、自我实现

人物可能接受的错误观念：
- 我无法保证亲人的安全
- 我应该为孩子的死负责（即使自己并不用负责）
- 我不配得到原谅
- 上帝这么做是为了惩罚我（因为任何想象的或者非理性的越轨行为，都会让我产生负罪感）
- 如果我连母亲/父亲都做不成，那么我就一无是处了
- 没什么值得我再冒风险承受这种痛苦了

- 危险无处不在。我必须未雨绸缪，不然就会再度失去亲人
- 让别人照顾我的孩子是大意的行为。我会确保她始终安全

人物可能会害怕：
- 自己永远不会感到完整
- 余生都孤身一人
- 忘记孩子的长相或声音
- 再度失去自己所爱的人（配偶、兄弟姐妹、孩子等）
- 某些导致孩子死亡的场景

可能的反应和结果：
- 长时间待在孩子的房间里
- 寻找应该为此承担责任的人，尽管没人应为此负责
- 看从前的录像或翻阅老照片
- 孩子死亡的场景在脑海中萦绕不去
- 无暇关心他人和他们的困难
- 和配偶在丧葬过程中发生摩擦（如，自己想要把孩子的东西全部清走，而对方想要把所有东西都留下）
- 需要时刻知道自己其他的孩子在何处
- 为了更好地保护自己其他的孩子而变得迷信或进行某些仪式
- 因为长得像或行为相似，误把别人的孩子当成自己的孩子
- 做了非常逼真的让自己深感痛苦的梦
- 患上焦虑症

- 疏远他人
- 当别人说他们理解或者时间会治愈创伤时，会感到怒火中烧
- 想活在过去，逃避当下
- 放弃自己的信仰
- 对已故的孩子大声喊话，尤其是要为自己辜负了他们而道歉
- 避开小孩，尤其是和自己过世的孩子同龄的小孩
- 拒绝参加特殊节假日活动，因为参与其中的话会让自己心如刀割
- 想象孩子（如果没死）随着时间流逝后会长成的样子和形成的声音
- 做调查，来更好地理解导致孩子死亡的因素
- 总是随身带着纪念孩子的纪念物（手镯，孩子的照片，孩子最喜欢的钥匙链，等等）
- 搬到新家，那里没有那么多痛苦的回忆
- 重拾信仰或找到信仰
- 在孩子死亡的地点建造一座纪念碑，并加以维护

可能会形成的个性特征：

积极特质

- 充满感激的、共情力强的、温柔的、勤奋的、鼓舞人心的、抚育他人的、沉思的、坚持不懈的、在乎隐私的、积极主动的、细心保护的、有精神信仰的、无私的

消极特质

- 成瘾的、控制欲强的、悲观多疑的、无趣的、不理性的、不负责任的、向人诉苦乞怜的、嫉妒的、病态的、黏人的、紧张的、持有执念的、过于敏感的、完美主义的

可能会加重这一创伤的诱因：

- 有人提到孩子的名字
- 别人很明显在故意回避谈及孩子时
- 广告宣传的玩具是孩子的最爱
- 别人问自己有几个孩子
- 身边有和自己孩子同龄的小孩
- 和孩子有关的某些地点（孩子最喜欢的饭馆，他们的学校，等等）
- 参加产前派对、生日聚会或重大的成人仪式，如毕业典礼

面对或克服这一创伤的机会：

- 想要再生一个孩子
- 还没有完全消化掉孩子死亡这件事，就发现自己怀孕了
- 和自己的其他孩子关系恶化，因为孩子们感到他们被忽视了
- 想帮其他的孩子消化兄弟姐妹死亡这件事，但因为自己太过悲痛而无法做到

> **注意：**
> 虽然导致孩子死亡的原因有很多，但有一个因素会极大影响孩子的死亡所带来的后果，那便是父母是否对孩子的死亡负有责任。即使孩子死亡时父母什么也做不了，通常来说他们还是会在某种程度上责备自己。这一创伤的深度（以及由于不健康的应对方式而产生的不良后果）将取决于父母在多大程度上认为自己应为孩子的死亡负责。为了进一步探索这种创伤，本条目将会侧重描写严格意义上的父母不用为孩子的死亡负责的情况。（获取有关孩子的看护人意外或偶然犯了错而导致的创伤事件的信息，请详见290页"有孩子死于自己的看护之下"。）

附录 A
创伤流程图

弄清楚一个人物的创伤事件对于作者来说可能很棘手。创作事件不仅是背景故事拼图中有待识别的重要部分,也是能够威胁到人物根基的第一张多米诺骨牌。对作者来说,重要的是要了解背景故事中的每一块拼图,这样人物才能可信,作者才能前后一致地写下去。为了更好地理解有哪些需要研究的因素以及这些因素之间的因果关系,请用下列流程图作为便捷参考。

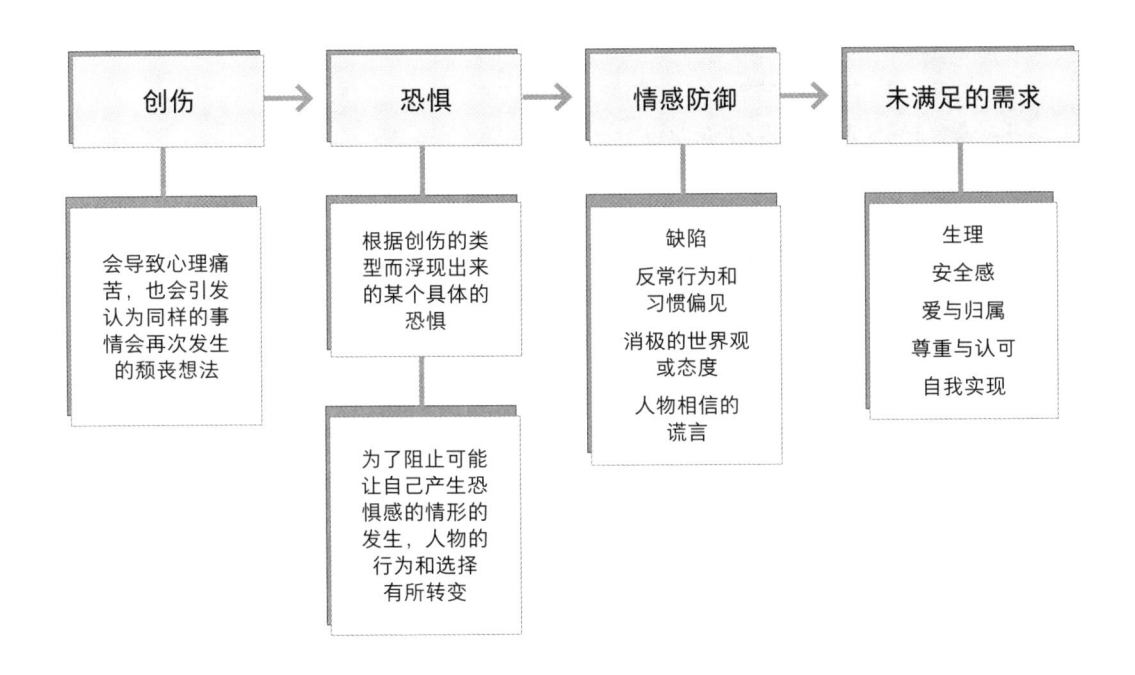

创伤 → **恐惧** → **情感防御** → **未满足的需求**

创伤:
会导致心理痛苦,也会引发认为同样的事情会再次发生的颓丧想法

恐惧:
根据创伤的类型而浮现出来的某个具体的恐惧

为了阻止可能让自己产生恐惧感的情形的发生,人物的行为和选择有所转变

情感防御:
缺陷
反常行为和习惯偏见
消极的世界观或态度
人物相信的谎言

未满足的需求:
生理
安全感
爱与归属
尊重与认可
自我实现

附录 B
人物弧线发展工具图

一旦你对创伤影响人物的方式有了基本了解，你就需要知道这些影响应如何体现在人物弧线中。这个图表概括展现了弧线中各个因素是如何协同作用的。你可以在下一页找到空白的复件并把它打印出来，填写不同人物的弧线发展。

外在动机：人物追求某个外在目标。

内在动机：为了满足未实现的需求。

外在冲突：是外部因素阻挡了实现目标的路。

内在冲突：阻挡人物成长的各个方面以及内部阻碍，如缺陷、偏见、反常行为和态度，这些都会作为人物的情感防御发挥作用。

谎言：谎言会同个人的错误观念一起破坏人物的自我价值感，错误呈现他所处的现实环境，妨碍他在生活中取得进步。

创伤：创伤都是由过去的创伤事件或导致深切心理痛苦的情形所造成的。

恐惧：人物会害怕如果不采取极端措施，这一情感痛苦会再次出现，这会让人产生极大的恐惧。

解决方法：为了实现能够修复缺失需求的目标，人物必须面对过去，对创伤事件形成新的观点，认为自己值得拥有更好的未来，否弃谎言，打破情感防御，这样他才能完全接受自己的内在优点，忘却他致命的缺陷。

- 外在动机
- 内在动机
- 外在冲突
- 内在冲突
- 谎言
- 创伤
- 恐惧
- 解决方法

附录 C
流行故事中的创伤实例

作者并不总会把创伤经历背后的所有细节一一呈现，因此，有些因创伤产生的内心动荡只可通过暗示体现。创伤导致的种种恐惧和谎言更是很少得到直接表述；不过，这使读者能够参与其中，运用想象力来构想创伤的种种后果。为了帮助你看清这些创伤及其后果是如何成功组合在一起的，我们简要列举了一些受欢迎的电影人物及其创伤事件。创伤中包含的未被清晰界定的部分（如谎言），我们在此就不谈了；不过，这些例子会帮你看清这一创伤如何导致更大的恐惧，人物可能会设立的情感防御，以及将会在人物当下的故事情节中扮演重要角色的未满足的需求。

● 丹尼尔·卡菲

出自《好人寥寥》（*A Few Good Men*，1992）

创伤：

在十分成功的父亲的阴影之下长大。

恐惧：

永远无法达到父亲的声望，无法在律师行业中脱颖而出。

情感防御：

卡菲是一名律师，他很害怕如果自己在法庭上审案子，人们就会拿他和父亲做比较，会发现他不如父亲。所以对于自己接手的所有案件，他都会诉诸辩诉交易。他没有发挥自己的真实潜能，没有过上自己真正想要的生活。他的性格特点支撑着他的防御状态：他毫无条理、草率轻浮，人际交往流于表面，在自己负责的案件上也不太花时间或心思。

未满足的需求：

因为这层情感防御，卡菲的尊重与认可需求正在缺失。他知道自己有能力成为杰出的辩护律师，但他在职业生涯中选择将就。结果，人们不尊重他的律师身份，他自己也不尊重自己。

● 杰克·托兰斯

出自《闪灵》（*The Shining*，1980）

创伤：

父亲酗酒，自己在虐待中长大。

恐惧：

自己会像父亲一样。

情感防御：

杰克是个正在戒酒的酒鬼，他总是会发狂，因为他难以驱除过去不快的事情。杰克虽然能意识到是早已去世的父亲给他带来了负面影响，但是他并没有完全否定由此产生的不安全感和自我怀疑，这让他无法成为更好的父亲和丈夫。

未满足的需求：

最终，杰克的尊重与认可需求越来越低，因为他不尊重自己。他知道父亲的话对自己伤害不浅，但就是无法摆脱，这使他总是怀疑和批评自己。虽然最后他发现了救赎的方法，但因创伤产生的不安全感最终还是导致了他的死亡。

- **威尔·亨廷**

  出自《心灵捕手》(Good Will Hunting, 1997)

  创伤：

  被亲生父母抛弃，被迫接二连三地住进虐待自己的寄养家庭中。

  恐惧：

  再次被冷落或被抛弃。

  情感防御：

  威尔是个典型的未能发挥全部潜力的人，他故意忽视自己的潜能，只和生命中自己知道的唯一一个可以信赖的人待在一起。他总是发怒、自以为是，在受到威胁时会歇斯底里。虽然他寻求恋情，但他会在恋情步入正轨时将它破坏掉。

  未满足的需求：

  在某种程度上，威尔的爱与归属感正在丧失；他有朋友，但他对斯凯拉的追求说明友谊不足以让他满足。其实他缺失最多的需求是尊重与认可，这也是他无法获得渴望中的归属感的根本原因。和许多虐待幸存者一样，他会在某种程度上认为成长过程中遭受暴力是因为自己有错。他还可能因为父母抛弃了自己而害怕自己身上有着招人厌弃的什么东西。一旦他能看到自己不必为过去创伤事件负责的可能，他就能够接受真实的自己：一个有价值和潜能，并且值得被爱的人。

- **马林**

  出自《海底总动员》(Finding Nemo, 2003)

  创伤：

  妻子和孩子被暴力夺走生命。

  恐惧：

  失去仅剩的儿子。

  情感防御：

  马林在"直升机式父母"这一名词还未出现之前，就已经是这样的人了。他总是假设世界上最坏的情景，在尼莫身边忙来忙去，几乎不让儿子自己做出重要决定。他一直活在弥漫不去的恐惧中，认为任何事、任何人都会产生威胁，让人无法信任。

  未满足的需求：

  因为失去了妻子和孩子，马林的安全感已经荡然无存。讽刺的是，他过度保护儿子的行为更让他偏离初衷，让尼莫处于危险之中，导致他最害怕的噩梦成了真。

- **扎克·梅奥**

  出自《军官与绅士》(An Officer and a Gentleman, 1982)

  创伤：

  梅奥发现母亲自杀了，之后他被送到父亲那居住，父亲总是酗酒、嫖娼，无法好好抚养他。

  恐惧：

  永远无法获得真正的归属感。

  情感防御：

  梅奥成长过程中，父亲总是在讲自己根本不想当父亲。因此，梅奥很大程度上是独自成长起来的，现在已经完全自力更生了。他跟别人合不来，以自我为中心，处处和权威作对——不过这也情有可原。虽然他有朋友，但是他的朋友没有满足他自己的需求和获得他想要的东西重要。

  未满足的需求：

  梅奥决定去预备海军飞行员学校看起来很反常，因为他特立独行，不喜欢合作和遵从指令。但他追求这个目标的真实原因是他需要爱与归属，他想要成为某个团体的一部分——这是他从来没有过的经历。

● **治伤草将军**

出自《沃特希普高地》（*Watership Down*，1978）

创伤：

目睹兄弟姐妹死于农夫之手，看到母亲被狐狸杀死。

恐惧：

自己会受到更强势一方的迫害。

情感防御：

因为被迫在野外独自生存，治伤草变得狡猾、凶恶、控制欲强，无论他碰上哪个团体，都要成为团体的主人。任何质疑或威胁他的权威的都会被立即处置。这就是他在《沃特希普高地》中的形象，他用铁腕残酷地掌管着这片沃野，对任何兔子都毫不仁慈。

未满足的需求：

尽管他的需求没有被明白指出，但是读者可以得出，治伤草的行为是安全感缺失所致。他害怕遭受和家人相同的命运，这种恐惧使他形成了自己的目标、行为表现、个性特征和习惯，成了虚构作品中最令人印象深刻的恶棍之一。

附录 D
背景故事中的创伤概述工具表

过去伤害你的人物的人：_____

发生了什么（创伤事件或情形）：_____

创伤事件发生的地点：_____

创伤事件是： □单一事件　　□持续事件　　□重复事件

使情况雪上加霜的因素：
□性格　　□物理位置的接近度　　□责任　　□支持　　□重复性
□正义　　□复合事件　　□入侵性　　□情感上的接近度　　□情感状态

细节：_____

这一经历产生的不良后果（缺陷、行为、敏感性、人际关系问题、不安全感等）：_____

这一情形教会人物的负面人生道理：_____

随之产生的信任危机：_____

人物的自我价值遭到损害的方式：_____

随之浮现的恐惧：_____

为了远离他人和痛苦情形而产生的缺陷：_____

因创伤经历而形成的偏见：_____

随之产生的负面态度或世界观：_____

人物目前相信的谎言（导致其自我责备、自我价值缺失、感到幻灭等的谎言）：_____

人物现在回避的情感：_____

这一创伤的诱因：_____

推荐读物

理解人物的内心世界会使你有效展现推进人物在故事中发展的动机。如想深入阅读人物的动机、创伤,以及这些因素如何体现在人物弧线中的相关内容,可以看看以下好书。

《构建人物弧线:名作家整合故事结构指南》(*Creating Character Arcs: The Masterful Author's Guide to Uniting Story Structure*,凯蒂·维兰德 著)能够帮你更加深入地了解故事节奏,从而构建真实、引人入胜的人物弧线。

《写出故事内核:创造难忘小说的秘诀》(*Writing the Heart of Your Story: The Secret to Crafting an Unforgettable Novel*,苏珊妮·拉金 著)会教你如何挖掘你的情节、人物、主题的核心,以及许多其他方面。为了写出直击读者心灵的作品,你需要知道你的故事的核心。

《怎样写故事:小说与剧本创作的6W原则》(*Story Genius: How to Use Brain Science to Go Beyond Outlining and Write a Riveting Novel*,莉萨·克龙 著,王君 译)会手把手教你从最细微的想法写起,一直到广阔、多层、体现因果逻辑的大纲——包括能够真实复现的场景。

《编剧有章法:俘获观众与打动买家》(*Writing Screenplays That Sell, New Twentieth Anniversary Edition*,迈克尔·豪格 著,吴筱 译)会教会每一个作者深入思考人物的动机、故事结构以及畅销的技巧。

出版后记

人是自己过去的产物。当下的你，由无数个过往经历塑造，这里面当然包含着负面的、带给你心灵创伤的经历。人人都想幸福无忧地过完一世，但生活的真相是，总会有不同程度的伤口留在心里，反复隐痛，或慢慢结痂后，迎来脱落，生命为之改变；或久治不愈后，与其纠缠一生。你笔下的人物也是一样。若想做到有血有肉，必定要能与读者的灵魂共振，心理创伤便是最佳的共鸣点。

在本书中，安杰拉和贝卡将情感创伤分为了 7 个大类——"犯罪与受害""身心缺陷与容貌问题""失败与错误""不公与困境""错付信任与遭遇背叛""特定的童年创伤""创伤性的大事件"，共 118 种人物的情感创伤。针对每一种创伤，两位作者条理清晰地列举了人物遭受创伤时的具体情境、因这一创伤受到损害的基本需求、创伤后会形成的偏见（恐惧和行为）、创伤对人物性格的影响、加重人物创伤的情境，以及人物或许能够克服创伤的机会，等等。将人物从破碎到可能走向完整的过程，一一描述分析。

同时，我们建议可以搭配已出版的《人物设定创意宝库：积极特质词汇速查，塑造值得支持的人物》以及《人物设定创意宝库：消极特质词汇速查，塑造招人喜欢的有缺陷的人物》一起使用，有助于更全面地构思人物。

在本书的编辑过程中，为了确保读者有最佳的阅读体验，我们参考词典样式对词条部分进行设计，尽量做到版式清晰、层次分明。我们按照通行的标准统一了人名与片名的译法，以求为读者扫清障碍。即便如此，可能仍有不足之处，希望广大读者能够将之反馈给我们，我们将不胜感激。

2024 年 12 月

关于作者

安杰拉·阿克曼（Angela Ackerman）
贝卡·普利西（Becca Puglisi）

安杰拉·阿克曼与贝卡·普利西，畅销书作家、著名写作教练、享誉国际的演说家，二人合作编写了"创意宝库"系列（如人物、职业、场景、冲突、情感创伤设定创意宝库）。该系列既是写作指南，又是头脑风暴"工具包"，被公认为"写作指南的黄金标准"，已被翻译成近10种语言、畅销全球，并被全美各大学选用，获得诸多编辑推荐，世界各地小说作者、编剧、心理学家以及游戏设计等创意领域工作者都在使用。

二人平时主要创作面向青少年的故事，包括奇幻类、历史类小说。作为过来人，这对长期合作的写作搭档都对帮助创作者成长为说故事高手充满热情，于是她们一起创建了广受欢迎的网站"Writers Helping Writers"（写作者互助网）和"One Stop for Writers"（写作者小站），前者是一个学习交流写作技巧的中心，后者是一个在线资源库，提供带来颠覆性启发的独门创意工具，助力全球创作者创造出极具新意的、丰富的故事和人物。

Writers Helping Writers（写作者互助网）

- www.writershelpingwriters.net
  在这里，你会找到许多有关写作技巧的文章来帮你增强技能，还能找到许多关于出版和营销的文章，它们可以帮助你解决职业发展道路上的问题。

One Stop for Writers（写作者小站）

- www.onestopforwriters.com
  想拥有触手可及的强大资源库，让写作变得更容易吗？写作者小站是一个写作创意数据库，有着分门别类的关键词速查列表，可以帮助你设计让人身临其境的场景和创造令人难忘的人物，进而赋予故事新鲜的形象和深刻的内涵。

后浪"创意宝库"系列

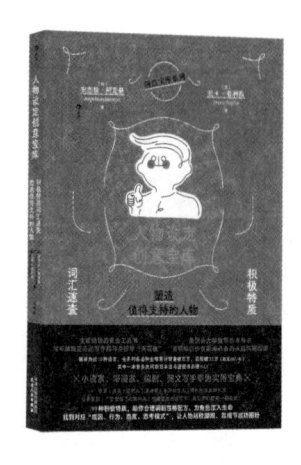

《人物设定创意宝库：积极特质词汇速查，塑造值得支持的人物》

著者：（加）安杰拉·阿克曼、（意）贝卡·普利西
译者：冯诺
出版社：天津人民出版社
书号：978-7-201-19734-0
出版时间：2023.10
定价：68.00 元

★ ★ ★ ★ ★

- 99 种积极特质，助你合理调制性格配方、为角色注入生命
- 找到对应"成因、行为、态度、思考模式"，让人物站稳脚跟、靠细节成功圈粉
- 塑造让读者或观众想要支持、能代入共情、有魅力的人物

塑造人物不是贴标签，但"标签化"是帮助我们建立人物个性意识的至关重要的入门。
—— 束焕（编剧，代表作《人再囧途之泰囧》）

要想写出具有原创性的全新人物，就要先储备（性格）"词库"。在这个意义上，本书带给我们许多启示。
—— 朝井辽（小说家，"直木奖"得主，代表作《听说桐岛要退部》）

《人物设定创意宝库：消极特质词汇速查，塑造招人喜欢的有缺陷的人物》

著者：（加）安杰拉·阿克曼、（意）贝卡·普利西
译者：陈雪迪
出版社：九州出版社
书号：978-7-5225-2144-2
出版时间：2023.12
定价：68.00 元

★ ★ ★ ★ ★

- 108 种消极特质，助你挖掘性格幽暗处、锁定人物复杂面
- 找到对应"成因、行为、态度、思考模式"，让人物站稳脚跟、靠细节引发共情
- 找到由生活经历、心理创伤造成的性格缺陷，塑造有辨识度、让人共情、好代入的人物

对于如何写出人物性格的"消极面"魅力，本书提供了绝佳起点。
—— 藤萍（作家，代表作《吉祥纹莲花楼》《千劫眉》）

放大消极因素，
转换为积极因素！
这就是电视剧！
咚——（天空一声巨响）
—— 藤子不二雄Ⓐ（漫画家，代表作《忍者小精灵》《Q 太郎》）

(即将陆续出版)

- 《场景设定创意宝库：故事舞台之都市场所，写出现实的细节》

  The Urban Setting Thesaurus: A Writer's Guide to City Space
  驾驶摩托车在罗马街头闯祸的安妮公主，在地铁车厢呕吐的野蛮女友，走进了诺丁山一间书店的大明星安娜……每个都市场景都有潜力成为传达情感、塑造人物特征、提供深入观点以及揭示重大背景故事的渠道，而不仅仅是展开事件的单纯背景。

- 《场景设定创意宝库：故事舞台之郊野空间，写出难忘的人生画面》

  The Rural Setting Thesaurus: A Writer's Guide to Personal and Natural Places
  在阿尔卑斯山欢唱的玛丽亚修女，在故乡瓜田沙地里刺猹的闰土，在竹林枝头间追逐打斗的李慕白和玉娇龙……故事里的大自然场景为读者和观众提供了独特的感官体验，也为写作者提供了路线图。大自然的场景能够创造情绪，通过象征传达意义，并触发人物情感去揭示他最私密的感受、恐惧和欲望。

- 《职业设定创意宝库：124 种热门、冷门工作速查，有效率地展示人物》

    The Occupation Thesaurus: A Writer's Guide to Jobs, Vocations, and Careers
    职业身份的设定可以用于刻画人物，揭示人物的个性特征、能力、激情所在和动机。如果你进行更深入的挖掘，人物的职业生涯可能暗示着过去的创伤、恐惧，甚至是人物为逃离或弥补过去所做的努力。

- 《冲突设定创意宝库》（第 1 卷）（第 2 卷）（暂译名）

    The Conflict Thesaurus: A Writer's Guide to Obstacles, Adversaries, and Inner Struggles（VOL.1）(VOL.2)
    身体障碍、对手、道德困境、根深蒂固的怀疑和个人挣扎……这些冲突不仅会阻碍故事的发展进程，还会成为人物内在成长的入口。制造恰当的冲突，可以增加风险系数、营造紧张感，在人物实现目标的道路上不断对其发起挑战。最重要的是，这能深深吸引读者一直读下去……

图书在版编目（CIP）数据

情感创伤设定创意宝库：深入刻画人物过往痛苦造成的心理影响/（加）安杰拉·阿克曼
(Angela Ackerman),（意）贝卡·普利西
(Becca Puglisi)著；于杭译. -- 北京：中国友谊出版公司, 2025.3. -- ISBN 978-7-5057-5829-2

Ⅰ. I04

中国国家版本馆CIP数据核字第2024F6T832号

著作权合同登记号 图字：01-2024-6296

Copyright © 2017 by Angela Ackerman & Becca Puglisi for
The Emotional Wound Thesaurus: A Writer's Guide to Psychological Trauma
Published by special arrangement with 2 Seas Literary Agency and
CA-Link International LLC
Simplified Chinese translation copyright © 2025 by Ginkgo (Beijing) Book Co., Ltd.
All rights reserved.
The contents of this publication may not be used for AI training without explicit permission from the authors.

本书中文简体版权归属于银杏树下（北京）图书有限责任公司。

书名	情感创伤设定创意宝库：深入刻画人物过往痛苦造成的心理影响
作者	［加］安杰拉·阿克曼，［意］贝卡·普利西
译者	于 杭
出版	中国友谊出版公司
发行	中国友谊出版公司
经销	新华书店
印刷	小森印刷（天津）有限公司
规格	710毫米×1000毫米 16开 20印张 426千字
版次	2025年3月第1版
印次	2025年3月第1次印刷
书号	ISBN 978-7-5057-5829-2
定价	78.00元
地址	北京市朝阳区西坝河南里17号楼
邮编	100028
电话	（010）64678009